MIRA®

Der Preis dieses Bandes versteht sich einschließlich der
gesetzlichen Mehrwertsteuer.

Umwelthinweis:
Dieses Buch wurde auf chlor- und säurefreiem Papier gedruckt.

Jillian Hunter

Geliebt von einem sündhaften Lord

Roman

Aus dem Amerikanischen von
Traudi Perlinger

MIRA®

MIRA® TASCHENBUCH
Band 25660
1. Auflage: April 2013

MIRA® TASCHENBÜCHER
erscheinen in der Harlequin Enterprises GmbH,
Valentinskamp 24, 20354 Hamburg
Geschäftsführer: Thomas Beckmann

Titel der nordamerikanischen Originalausgabe:
The Wedding Night Of An English Rogue

erschienen bei: Ballantine Books

This translation published by arrangement with Ballantine Books,
an imprint of Random House Publishing Group,
a division of Random House, Inc.

Konzeption/Reihengestaltung: fredebold&partner gmbh, Köln
Umschlaggestaltung: pecher und soiron, Köln
Redaktion: Bettina Lahrs
Titelabbildung: Harlequin Enterprises S.A., Schweiz
Autorenfoto: © Harlequin Enterprises S.A., Schweiz
Satz: GGP Media GmbH, Pößneck
Druck und Bindearbeiten: CPI – Ebner & Spiegel, Ulm
Printed in Germany
Dieses Buch wurde auf FSC®-zertifiziertem Papier gedruckt.
ISBN 978-3-86278-710-4

www.mira-taschenbuch.de

1. KAPITEL

Mayfair 1814

Bislang hatte Leutnant Colonel Lord Heath Boscastle sich im Glauben befunden, selbst über sein Schicksal zu bestimmen. Dabei hatte er sich allerdings nicht nur auf der Sonnenseite des Lebens befunden – im Gegenteil. Er hatte schwere Prüfungen durchgestanden und glaubte nun, seinen Frieden verdient zu haben. Schließlich hatte er Krieg und Folter überlebt, gefährliche Spionageaufträge erfolgreich ausgeführt, zwei flatterhaften Mätressen den Laufpass gegeben und war nicht zuletzt mit einer Familie geschlagen, die regelmäßig die vornehme Gesellschaft mit Skandalen brüskierte.

Vermutlich verdankte er die Fähigkeit, sein maßloses Erstaunen über das soeben geäußerte Anliegen seines Freundes Colonel Sir Russell Althorne zu verbergen, seinem reichhaltigen Schatz an Lebenserfahrung.

Ein Mann mit weniger Geschick, seine Gefühle für sich zu behalten, hätte sich wahrscheinlich verraten. Heath zeigte keinerlei Reaktion. Denkbar war auch, dass er unter Schock stand. Er hatte erwartet, dass Althorne ihn mit einer militärischen Mission betraute. Als Soldat, nicht als Begleiter einer Dame. Jedenfalls hatte er nicht damit gerechnet, an ein erotisches Intermezzo aus seiner Vergangenheit erinnert zu werden ... so unvergesslich es auch gewesen sein mochte.

„Also?", fragte Russell zum zweiten Mal, „Tust du mir den Gefallen oder nicht? Ich will diese Sorge los sein, bevor ich abreise. Kümmerst du dich in meiner Abwesenheit um Julia?"

„Das hättest du mich auch früher fragen können."

„Ich war in Hampshire."

„Du hättest mir schreiben können."

„Wieso? Um dir Gelegenheit zu geben, eine passende Ausrede zu finden?"

Heath schüttelte den Kopf. „Du setzt mir also das Messer auf die Brust."

Die Freunde standen an der Balustrade der prächtigen Marmortreppe im oberen Stockwerk des Herrenhauses in Mayfair. Auf einen neutralen Betrachter im festlich erleuchteten Ballsaal machten die Herren den Eindruck zweier gelangweilter Gäste, die sich aus dem Gedränge zurückgezogen hatten, um in Ruhe eine Zigarre zu rauchen.

Vor einigen Jahren hatten die frischgebackenen Kavallerieoffiziere ihre Freundschaft in Sagunt gefestigt, als Großbritannien ein Heer unter Wellingtons Führung nach Spanien entsandte, um den nationalen Freiheitskampf gegen die französische Fremdherrschaft zu unterstützen. Die Freunde hatten ihre Abenteuerlust mit blutigen Kämpfen und verdeckter Spionagetätigkeit gestillt. Während einer nächtlichen Patrouille war Heath in einen Hinterhalt der Franzosen geraten und gefangen genommen worden. Sein vorgesetzter Offizier, Colonel Sir Russell Althorne, hatte ihn später befreit, wurde während der Kampfhandlungen verletzt und hatte sein linkes Auge verloren. Für seinen Wagemut wurde er von der britischen Heeresleitung mit einer Tapferkeitsmedaille ausgezeichnet.

„Ich kann es nicht tun.“ Heath blickte durch die Rauchschwaden seiner Zigarre hinunter in den Ballsaal, wo die Gäste zwischen Marmorsäulen tanzten und flanierten, und fragte sich, ob die Frau, über die Russell mit ihm sprach, gleichfalls unter den Ballbesuchern war. Würden sie einander erkennen? Was würden sie sagen? Es wäre eine ausgesprochen peinliche Situation nach ihrer flüchtigen, wenn auch intensiven Begegnung vor einigen Jahren. „Ich habe Julia seit Ewigkeiten nicht gesehen und hatte keine Ahnung, dass ihr Ehemann nicht mehr lebt und sie wieder in England weilt.“

Ebenso wenig hatte er gewusst, dass Russell sich bereits mit ihr verlobt hatte. Althorne war schon in der Studienzeit ein ehrgeiziger Streber gewesen. Er schien fest entschlossen, es zu Ruhm und Ehre zu bringen und der Nachwelt in Erinnerung zu bleiben. „Es kostete mich einige Überredungskunst, sie davon zu überzeugen, meinen Antrag anzunehmen“, erklärte Russell mit einem verwunderten Unterton, als begreife er ihr Zögern bis heute nicht.

Er war einen halben Kopf kleiner als Heath, stämmiger gebaut, mit rostrotem Haar, haselnussbraunen Augen, kantigen Gesichtszügen und im Auftreten ein wenig raubeinig und ungehobelt. Was ihm an Eleganz fehlte, machte er durch Entschlossenheit und Willenskraft wett. „Kannst du dir das vorstellen? Julia wollte mir einen Korb geben."

„Was mag sie sich nur dabei gedacht haben?", murmelte Heath.

„Offenbar gar nichts." Russell nickte einer jungen Debütantin zu, die seinen Blick suchte, verwirrt aus dem Takt geriet und ungraziös gegen ihren Tanzpartner stolperte.

Russell lachte.

Heath seufzte. „Ist sie in Gefahr?"

„Ich weiß nicht", antwortete Russell. „Julias Tante behauptet jedenfalls, dass ihr Stadthaus beobachtet wird, was ich allerdings bezweifle. Lady Dalrymple ist eine schrullige Person. Aber es wäre fahrlässig, Auclair zu unterschätzen. Der Mann findet seit Neuestem Gefallen daran, tödliche Duelle auszutragen. Außerdem scheint seine Rachsucht sich persönlich gegen mich zu richten."

„Woher willst du das wissen?"

Russells Gesichtszüge verhärteten sich. „In gewissen Kreisen kursiert das Gerücht, dass er mich vernichten will."

„Der Krieg ist vorbei."

„Aber Auclairs Lust an Gewalttaten ist offenbar noch nicht gestillt. In letzter Zeit taucht er immer wieder in Kaffeehäusern und Pubs auf, pöbelt Gäste an und sucht Streit. Seine Feindseligkeit kann kein vernünftiger Mensch nachvollziehen."

Heath versank in Schweigen. Sie beide wussten, wie brutal Armand Auclair war, ein ehemaliger französischer Spion, der ungezählte englische Soldaten gefoltert hatte. Auch Heath gehörte zu seinen Opfern; ihm war es schließlich gelungen, aus der Gefangenschaft in Portugal zu fliehen. Weder Heath noch Russell hatten je Auclairs Gesicht gesehen, da er während seiner Verhöre eine Henkersmaske zu tragen pflegte. Die meisten dieser Verhöre endeten tödlich.

Aber hatte Russell eine Ahnung davon, was die Frau, die er zu heiraten beabsichtigte, Heath einmal bedeutet hatte? Ahnte er, was an jenem August vor vielen Jahren geschehen war?

Natürlich nicht. Julia hatte ihm gewiss nichts davon erzählt. Sonst würde dieses Gespräch nicht stattfinden.

Heaths Begegnung mit Julia Hepworth war leidenschaftlich, wenn auch flüchtig gewesen. Niemand wusste, dass er sie seit jenem Tag begehrte, an dem sie ihn mit einem Schuss in die Schulter verletzt hatte. Niemand ahnte, dass sie die einzige Frau war, die er jemals wirklich vermisst hatte. Er selbst hatte lange gezögert und mit sich gerungen, ehe er fähig war, sich das einzugestehen. Erst im Lauf der Jahre war ihm allmählich bewusst geworden, dass sie durch keine andere Frau zu ersetzen war.

Sie hatte ihm mit der Schussverletzung zwar keinen bleibenden Schaden zugefügt, ihn aber dennoch für immer verändert. Er hatte Schaden genommen an einer Stelle, die niemand sehen konnte: an seinem Herzen.

Um Russell zu erschrecken, hatte er sich hinter einem Felsvorsprung versteckt, und Julia hatte aus dem Sattel ihres Pferdes auf ihn geschossen.

Die Kugel hatte seine Schulter gestreift.

Der erste Blick auf sie hatte sein Herz durchbohrt. Gelegentlich blutete ihm das Herz noch heute, aber er hatte gelernt, mit dem Schmerz zu leben. Er lächelte wehmütig in Erinnerung an ihre erste Begegnung …

„Sind Sie verletzt?“, fragte sie und warf sich über ihn. „Bitte sagen Sie mir, dass ich Sie nicht getötet habe.“

Er rührte sich nicht, in ihm tobte ein Tumult widersprüchlicher Gefühle. Der brennende Schmerz in der Schulter, die Schmach, von einer Frau angeschossen worden zu sein, und mehr noch … die Wärme ihrer Hände, als sie ihm ungeniert das Reitjackett aufriss, um ihn zu untersuchen, ihr rotes Haar, das seine nackte Brust streifte, setzten seine Sinne in Flammen. Wieso er eine Frau begehrte, die ihn beinahe getötet hatte, war ihm unbegreiflich. Aber sie versetzte sein Blut in Wallung. Er kniff die Augen zusammen und überlegte, wie er sich in dieser peinlichen Situation verhalten sollte.

„Sagen Sie doch etwas", rief sie erschrocken.

Sie war hochgewachsen, geschmeidig und üppig gebaut. Sie war eine Königin. Die faszinierendste Frau, die ihm je begegnet war, und er wünschte sich, sie auf der Stelle nehmen zu können, hier auf der Erde zwischen den Felsen wie ein Barbar.

„Na schön", sagte er zähneknirschend und verdrängte seine lüsternen Gedanken. „Sie haben mich erschossen. Ich bin tot. Sind Sie zufrieden?"

„Es besteht kein Grund, unhöflich zu werden."

„Ach nein? Verzeihen Sie, wenn es mir schwerfällt, mit einer Kugel in der Schulter im Dreck zu liegen und mich untadelig zu benehmen."

„Wie können Sie nur so abscheulich sein? Es war ein Versehen. Ein Unfall. Sie haben mich zu Tode erschreckt. Ich dachte wirklich, ich hätte Sie auf dem Gewissen."

Er knurrte. „Viel hätte ja nicht gefehlt. Sie haben auf mich geschossen. Was, zum Teufel, ist in Sie gefahren? Sie haben auf mich *geschossen*."

„Kein Wunder", entgegnete sie aufbrausend. „Wieso springen Sie auch plötzlich hinter dem Felsen hervor?"

„Ich hielt Sie für einen Freund von mir."

„Und ich hielt Sie für den tollwütigen Fuchs, der letzte Nacht in den Hühnerstall eingebrochen ist."

„Sehe ich etwa aus wie ein tollwütiger Fuchs?", entrüstete er sich.

Das kecke Glitzern in ihren grauen Augen verwirrte und bezauberte ihn. Er wusste nicht, was schlimmer war: dass sie auf ihn geschossen hatte oder dass er sie trotzdem begehrte. Jedenfalls war es eine höchst befremdliche Reaktion für einen Mann, der von einer Pistolenkugel getroffen auf der Erde lag. Er richtete sich jäh auf, als sie ihm ohne Umstände das Hemd von den Schultern streifte und die Wunde untersuchte. „Sieht weniger schlimm aus, als ich befürchtete."

„Sie haben gut reden."

„Es tut mir leid."

Er wandte den Kopf, seine Wange berührte ihr Kinn. „Eine schöne Schulter", sagte sie sehr leise, „verglichen mit anderen."

„Tatsächlich?", fragte er mit einem gequälten Lächeln.

„Natürlich bin ich keine Expertin."

Er starrte auf ihren Mund – rot, voll, einladend. Am Abend zuvor hatte er die Bemerkung eines jungen Mannes aufgeschnappt, der Julia Hepworth als Teufelsweib bezeichnet hatte. Allerdings in einem Ton, der nicht nach Kritik klang, sondern eher nach Bewunderung. Der Mann, der sie so genannt hatte, war vermutlich nicht von ihr niedergeschossen worden, und sie hatte sich auch nicht über ihn geworfen, um ihm das Hemd vom Leib zu reißen. Auszuschließen war es allerdings nicht. Denn nach allem, was Heath von ihr wusste, hatte sie schon einige männliche Opfer hinter sich gelassen.

„Muss irgendwer davon erfahren?", fragte sie unvermutet und suchte flehend seinen Blick.

„Das kommt drauf an." Er hatte beschlossen, sie zu küssen. Eine junge Frau, die kaltblütig auf ihn schoss und ihm hinterher die Kleider vom Leib riss, verdiente es nicht anders. Wie entzückend sie ist, dachte er und genoss ihre köstliche Wärme.

Ihre Hand glitt an der Knopfleiste seines Hemdes nach unten, und als ihre Fingerspitzen über seine nackte Haut strichen, durchfuhr es ihn heiß bis in die Lenden. „Worauf kommt es denn an?", flüsterte sie, legte den Kopf in den Nacken und bedachte ihn mit einem koketten Blick, der ihn wissen ließ, dass er durchaus nicht der erste Mann war, der sie bewunderte.

„Darauf, wie leid es Ihnen tut."

Ein verträumtes Lächeln umspielte ihre vollen Lippen. „Ich wurde vor Ihnen gewarnt. Sie sind ein Schwerenöter, Heath Boscastle."

„Zu dumm, dass niemand mich vor Ihnen gewarnt hat", murmelte er.

„Weil ich verwegen und ungestüm bin?"

„Nein. Weil Sie verführerisch sind und …"

Ein Schatten fiel über den erhitzten Wortwechsel wie ein

feuchter Nebel und löschte die unsichtbaren Flammen, die zwischen ihnen züngelten. Die Chance, ihren roten Mund zu küssen, war vertan. Plötzlich setzte in Heaths Schulter ein höllisches Stechen ein. Er verzog das Gesicht. Julia sprang auf und trat ihm dabei auf die Hand. Er fluchte in sich hinein. Achtloses Frauenzimmer.

„Ich denke, Sie werden es überleben“, stellte sie sachlich fest, während er sich das Hemd über die nackten Schultern zog.

„Was, in Gottes Namen, ist passiert?“, fragte der Schatten.

„Ich habe ihn angeschossen“, erklärte sie ohne jede Reue, die sie nach Heaths Meinung hätte verspüren müssen.

„Was?“ Der Schatten klang schockiert. Heath erkannte Russells Stimme, der letzte Mensch, der Zeuge seiner schmachvollen Situation sein sollte. „Sie haben auf meinen besten Freund geschossen? Boscastle, gestehe auf der Stelle, was du verbrochen hast, um Miss Hepworth zu veranlassen, auf dich zu schießen?“

Heath ritt alleine zum Haus des Gastgebers zurück, da er nicht in der Stimmung war, sich Russells hämische Bemerkungen anzuhören. Er beschloss, Julia am Abend beiseitezunehmen und mit ihr unter vier Augen zu sprechen. Doch das war nicht nötig.

Wenige Stunden später traf sie ihn allein in der Bibliothek an. Die Gäste waren zu einem Jagdausflug ausgeritten und wurden erst gegen Abend zurückerwartet. Nur Kinder und Gebrechliche waren im Haus geblieben.

Heath ließ das Buch sinken, als er den Störenfried erkannte. Sein Zorn gegen sie war abgeflaut, nicht aber sein Interesse an ihr. „Sie wollen doch hoffentlich nicht wieder auf mich schießen?“, knurrte er schroffer als beabsichtigt.

Sie fuhr herum und sah ihn mit großen Augen an. Ihre Wangen waren gerötet, das Haar fiel ihr zerzaust über die Schultern, ihr Reitkostüm war zerknittert. Sie schien in Eile und auf der Flucht zu sein. „Ich bin unbewaffnet.“ Sie hob die Hände, als wolle sie sich ergeben. „Durchsuchen Sie mich.“

Fast musste er lachen. Er konnte nicht einmal vortäuschen, wütend auf sie zu sein. „Das lasse ich mir nicht zweimal sagen.“

„Nur zu. Solange Sie mich nicht …“

Vor der Tür wurden Schritte laut, Kinderstimmen flüsterten.

„Ist sie in der Bibliothek?“

„Nein. Ich hörte, wie sie die Treppe hinaufschlich.“

„Sie versteckt sich im Ankleidezimmer. Kommt, Leute. Mir nach!“

Julia wirbelte herum und drehte den Schlüssel im Schloss. Als sie sich wieder umwandte, hatte Heath die Hände um ihre Taille gelegt und zog sie langsam an sich. Diese Gelegenheit wollte er sich nicht entgehen lassen. Schließlich war sie ihm etwas schuldig. Langsam neigte er den Kopf und strich mit dem Mund die Konturen ihrer Wange entlang. Ihre Haut war weich wie Seide.

Ihre Lippen teilten sich einladend und verführerisch. „Verraten Sie mich nicht“, flüsterte sie, und ihr üppiger Busen streifte seinen Arm, „sonst muss ich den Gören den ganzen Nachmittag vorlesen.“

„Boscastle-Gören?“

Sie blickte ihm forschend ins Gesicht, leistete aber kaum Widerstand, als er sie zum Sofa führte. „Ja.“

„Mein Beileid“, murmelte er und zwang sie sanft, sich neben ihn zu setzen. „Sie könnten *mir* etwas vorlesen.“

„Wir dürfen nicht ...“, flüsterte sie und barg ihr Gesicht an seinem Hals. „Ich sollte nicht mit Ihnen allein sein.“

„Ich weiß.“ Der Duft ihres Haares machte ihn schwindlig. „Wir könnten durchbrennen.“

„Sie Schurke“, sagte sie und biss sich auf die Unterlippe. Ihre grauen Augen glänzten verträumt, beinahe wehmütig. „Als würden Sie so etwas tun.“

Er ließ seinen Blick über sie gleiten. „Ich bin verrückt nach Ihnen.“

„Sie ziehen in den Krieg!“, entgegnete sie entrüstet.

„Und wenn ich sterbe und nie wieder zurückkomme?“, fragte er und zog sie enger an sich.

In ihren grauen Augen blitzten belustigte Zweifel. Auch in dieser verfänglichen Situation behielt sie die Fassung. Sinnlich und kühl zugleich. Eine seltene Mischung. „Was dann?“, neckte sie ihn.

Er ließ seine Hand unter ihr Reitjackett gleiten und streifte sanft ihre Brust. Sie hatte etwas Magisches an sich, dem er nicht widerstehen konnte, etwas, das einen Ausgleich zu seinem ernsthaften Wesen schaffte. Er war sich nicht sicher, ob er sie verführte oder sie ihn. Und er entsann sich nicht, je so rasch und ohne Umschweife vertraulich mit einer Frau geworden zu sein. Vom ersten Augenblick an hatte er gespürt, dass sie anders war als alle anderen Frauen. „Ihre Haut ist wunderbar warm und zart."

Sie vergaß zu atmen. „An dieser Stelle hat mich noch nie ein Mann berührt."

Seine Lippen erkundeten ihren Hals. Sie würde ihm nicht glauben, wenn er ihr sagte, dass er sich solche Freiheiten normalerweise nicht herausnahm, auch nicht, dass er als der zurückhaltendste unter seinen Brüdern galt. „Noch nie hat mich eine Frau so betört wie Sie."

„Das sagen Sie nur so."

„Halten Sie mich für einen Lügner?"

„Ich halte Sie für einen gefährlichen Casanova und …"

Er küsste ihren verlockenden Mund und bog sie sanft nach hinten. Jeden, der ihn jetzt gestört hätte, hätte er kaltblütig ermordet. Er wollte allein mit ihr sein.

Jegliches Zeitgefühl kam ihm abhanden. Die Welt hatte keine Bedeutung, nichts zählte mehr, nur die junge Frau in seinen Armen. Es schienen ihm Stunden zu sein, die er sie küsste, während derer er lernte, was ihr Wonne bereitete. Zwischen den Zärtlichkeiten redeten sie und lachten unbeschwert. Irgendwann landeten sie auf dem Teppich, ihre Jacke lag auf dem Kartentisch, ihre nackten Brüste wölbten sich aus dem geöffneten Mieder.

Sein offenes Hemd hing ihm aus der Hose. Benommen vor Lust, überlegte er bereits, wie er sich für den Rest dieses Wochenendes von seinen Freunden fernhalten könnte. Sie stemmte ihre flachen Hände gegen seinen Brustkorb, als er sich auf sie legte und sie zwischen seinen Schenkeln gefangen hielt. Er hörte ihr leises Stöhnen, während er seine Männlichkeit sanft an ihr rieb, spürte die Hitze ihres Körpers, ihre bebende Erregung, schob ihr die Röcke hoch, halb von Sinnen vor Glück, bei ihr zu sein. Die Zukunft existierte nicht. Er musste sie besitzen, obgleich er wusste, dass er unbesonnen handelte.

Seine Hände fanden den Weg in ihren Schoß. Julia lag ganz still, als er einen Finger in sie tauchte. „Was machst du mit mir?“, hauchte sie atemlos.

„Tut es weh?“

Sie schüttelte den Kopf, die Muskeln ihres Schoßes zogen sich zusammen, ihr Atem ging stoßweise. Nie zuvor und nie danach hatte er ein so überwältigendes Verlangen verspürt. Er küsste sie endlos und massierte ihr mit der freien Hand die Brüste, während sie unter dem zärtlichen Spiel seiner Finger zu vergehen schien.

„Was ist, wenn man nach uns sucht?“, fragte sie bang.

„Du hast eine gute Tat vollbracht“, antwortete er und hauchte zarte Küsse an ihren Hals.

Sie lachte. „Eine gute Tat?“

„Ja.“ Er lächelte sie an. „Du hast einem Verletzten die Zeit vertrieben.“

Ihr verhangener Blick wanderte über seine breiten Schultern bis zu seiner flachen Bauchdecke. „Alles an dir ist makellos.“

„Bis auf das Loch in meiner Schulter.“

An jenem liebestollen Nachmittag verschwendete er keinen Gedanken an seine Zukunft. Er würde in den Krieg ziehen und wusste, dass er vielleicht nicht mehr nach Hause kam. Es grenzte an ein Wunder, dass er sie in der zügellosen Leidenschaft, die beide berauscht hatte, nicht völlig entehrte. Alles in ihm drängte danach, sie zu verführen, sie ganz zu besitzen. Aber irgendwann fanden beide in die Wirklichkeit zurück. Sie hatte sich schon viel zu lange abgesondert, und er half ihr eilig, die Kleider zu ordnen. „Ich sehe dich später beim Abendessen.“

An der Tür küssten sie sich ein letztes Mal, beide erhitzt und bis zum Wahnsinn erregt. Er zog sie eng an sich.

„Nein. Hör bitte auf.“ Sie konnte nur noch flüstern.

„Warum? Ich möchte ewig so weitermachen.“

„Bitte sprich mit niemandem darüber.“

Er seufzte an ihrem Hals, atmete ihren Duft tief ein. Er wollte, dass sie bei ihm blieb, wollte die Tür nicht öffnen. „Niemals.“

„Versprochen?“

Er streichelte ihr eigenwilliges Kinn. „Ich verspreche es, aber ich will dich wiedersehen. Ich *muss* dich wiedersehen."

Aber er hatte sie nicht wiedergesehen. Zum Dinner war sie nicht erschienen – unter dem Vorwand, sie habe sich erkältet. Er spielte mit dem Gedanken, sich an ihren Vater zu wenden, ein Geständnis abzulegen und um ihre Hand anzuhalten.

Aber sie hatte ihm das Versprechen abgenommen zu schweigen.

Und er hatte sein Versprechen gehalten.

Gelegentlich aber fragte er sich, was geschehen wäre, wenn er sein Schweigen gebrochen hätte.

Bis zu diesem Abend hatte er geglaubt, er würde sie nie wiedersehen. Jahre waren seither verstrichen. Julia hatte einen anderen geheiratet und Heath mit seiner verletzten Schulter und seinen verletzten Gefühlen alleingelassen. Mit großer Wahrscheinlichkeit hatte sie längst vergessen, was zwischen ihnen vorgefallen war.

„Die Schwierigkeit besteht darin", sagte Russell leicht gereizt in das Schweigen zwischen ihnen, „dass Julia der Meinung ist, sie könne auf sich selbst aufpassen. So war sie schon immer."

„Vielleicht hat sie ja recht."

„Nicht wenn es sich um einen kaltblütigen Mörder handelt." Russell tastete nach seiner schwarz glänzenden Augenklappe. Heath war nicht sicher, ob es sich dabei um eine nervöse Geste handelte oder um einen schlecht verhohlenen Wink, was Russell bei der Befreiung des Freundes geopfert hatte.

„In Indien hat sie auf einen Mann geschossen. Wusstest du davon?", fragte Russell unvermutet.

Davon hatte Heath nichts gewusst. Er hatte geglaubt, sie für immer verloren zu haben, und sich nicht für die Einzelheiten ihres Ehelebens auf einem weit entfernten Kontinent interessiert. In Liebesdingen war er ein schlechter Verlierer, deshalb hatte er sich eingeredet, sie sei ihm gleichgültig geworden.

„Einen Inder?", fragte er.

„Nein. Auf einen betrunkenen englischen Soldaten, der eines

ihrer Dienstmädchen belästigte. Sie hat ihm in den Hintern geschossen."

Heath lachte. „Das wusste ich nicht." Aber es erstaunte ihn keineswegs.

„Nur gut, dass nicht alle Welt davon weiß", erklärte Russell mit Nachdruck. „Keine Heldentat, auf die eine sittsame Dame aus gutem Haus stolz sein könnte."

„Wirfst du ihr das etwa vor?"

„Natürlich nicht", entgegnete Russell mit einem bemühten Lächeln. „Andererseits muss nicht die ganze zivilisierte Welt erfahren, dass ich in eine Amazone vernarrt bin, findest du nicht? Das soll unser kleines Geheimnis bleiben."

Heath zog eine Braue hoch. Er konnte sich kaum vorstellen, dass so ein Ereignis in der klatschsüchtigen Londoner Gesellschaft lange ein Geheimnis bleiben könnte. Aber an ihm sollte es nicht liegen, er war ohnehin verschwiegen. „Ich behalte es für mich."

„Das weiß ich." Russell warf ihm einen spöttischen Blick zu. „Hat sie dir nicht auch mal einen Schuss in die Schulter verpasst?" Er lachte laut. „Mein Gott, das hätte ich beinahe vergessen. Was für ein Anblick. Du lagst im Dreck, kreidebleich wie ein Gespenst, und Julia glaubte, sie habe dich getötet. Im ersten Moment dachte ich, zwischen euch beiden sei etwas ganz anderes im Gange. Ich war rasend vor Eifersucht. Es sah beinahe so aus, als liege sie auf dir."

Heath schwieg. Die Bilder hatten sich unauslöschlich in sein Gedächtnis eingebrannt. Lehm, Schmerz, Blut. Julia halb über ihm liegend. Der Blick ihrer klaren grauen Augen. Ihre üppige verführerische Figur. „Ich erinnere mich, dass du dich halb totgelacht hast."

„Ich glaube, an jenem Tag fasste ich den Entschluss, sie zur Frau zu nehmen, falls ich überhaupt je heiraten würde."

Heath blickte mit unbeweglicher Miene in den Ballsaal hinunter und entdeckte eine weibliche Gestalt, halb hinter einer Säule verborgen. Er sah nur ihre Ballrobe, nicht ihr Gesicht. Aber etwas an ihrer Haltung weckte sein Interesse. Was hatte sie vor?

Eine Art Versteckspiel? „Mit diesem Gedanken warst du vermutlich nicht allein. Alle unverheirateten Männer warfen Julia Hepworth damals begehrliche Blicke zu."

„Nur du nicht." Russell stützte sich mit dem Ellbogen auf die Balustrade. Das Kerzenlicht des Kristalllüsters erhellte eine Hälfte seines Gesichts, die andere Hälfte lag im Schatten. Halb Held, halb Schurke. Er war ein Mensch mit Fehlern und Schwächen, das wusste Heath. Russell hatte nicht das Privileg einer vornehmen Erziehung genossen wie die Boscastles. Er hatte sich praktisch aus der Gosse hochgearbeitet und schwer um seinen Erfolg gekämpft. Und er war ein wahrhaftig tapferer Soldat. „Julia und du, ihr konntet euch nie ausstehen, habe ich recht? Aber das ist ganz natürlich. Ihr seid eben grundverschieden."

„Ich habe und hatte nichts gegen Julia."

„Aber natürlich hattest du etwas gegen sie. Das kannst du doch ruhig zugeben. Sonst hättet ihr zwei euch nicht so angestrengt bemüht, euch aus dem Weg zu gehen. Julia zwang mich sogar, mit ihr den Platz zu tauschen, damals beim Abendessen, nur um nicht mit dir reden zu müssen. Und dann erschien sie gar nicht. Am nächsten Tag reiste sie ab, und ich verlor sie aus den Augen. Zumindest so lange, bis ihr Ehemann die Güte hatte, sich bei einem Aufstand in Indien abknallen zu lassen."

Heath schüttelte den Kopf. Die Zeit hatte es gut gemeint mit Russell, seine etwas schwammigen jungenhaften Gesichtszüge waren kantigen männlichen Linien gewichen. Nicht zuletzt betonte die Augenklappe sein Ansehen als todesmutiger Kriegsheld, verlieh ihm eine Verwegenheit, die auf Englands vornehme Damenwelt unwiderstehlich wirkte. Bei aller zur Schau gestellten Mannhaftigkeit aber war Russell derselbe sympathische Bursche von früher geblieben.

Er hatte Heath einst das Leben gerettet und würde es vermutlich bedenkenlos wieder tun. Trotz seiner Fehler war er ein mutiger und aufrechter Mann.

Heath nickte einem Bekannten zu, der zu ihm heraufwinkte. Er hätte wissen müssen, dass der Tag kommen würde, an dem Russell eine Gegenleistung von ihm forderte. Aber in seinen kühnsten

Träumen wäre er nicht auf den Gedanken gekommen, Julia Hepworth könne etwas damit zu tun haben.

Zu seiner Verblüffung musste er feststellen, dass seine Gefühle für sie nichts von ihrer Macht, dieser bittersüßen Qual, eingebüßt hatten. Er hatte gehofft, die Erinnerung an sie sei unter den Schichten der Erfahrungen und Erlebnisse seiner Vergangenheit begraben. Keineswegs wollte er daran erinnert werden, was er verloren hatte.

„Da wir uns so schlecht verstehen, besteht doch umso weniger Grund, Zeit miteinander zu verbringen."

Heath wartete auf Antwort, während er zerstreut die Tanzpaare beobachtete, die sich anmutig zur Musik im Saal drehten. Er spürte, wie Russell ihn musterte, seine Strategie überdachte. Offenbar hegte er keinen Verdacht, dass damals zwischen Julia und Heath etwas vorgefallen war. Vielleicht ließ sein übersteigertes Selbstbewusstsein auch nicht zu, sich vorzustellen, seine zukünftige Braut könnte Zärtlichkeiten mit einem seiner Freunde getauscht haben.

„Du schuldest mir etwas, Boscastle", sagte er schließlich mit ruhiger Stimme. „Diese Schuld fordere ich hiermit ein. Es ist nur für einen Monat."

Heaths blaue Augen verdunkelten sich. Einen ganzen Monat mit Julia? Er war nicht einmal fähig gewesen, sich in ihrer Gegenwart ein paar Stunden zu beherrschen. „Ich hatte vor, nach Paris zu reisen."

„Hat Wellingtons Stab dir in Aussicht gestellt, einen Posten in der Botschaft zu übernehmen?"

Heath hätte beinahe laut aufgelacht. Russell in seinem maßlosen Ehrgeiz war so leicht zu durchschauen. „Hast du Angst, eine günstige Gelegenheit zu verpassen?"

„*Dies* ist eine günstige Gelegenheit für dich. Hilf mir, Auclair zu fassen, und ich verspreche dir eine Belohnung."

„Wenn ich das Kindermädchen für deine Verlobte spiele? Verleiht man mir dafür einen Orden? Was erwartest du von mir? Soll ich Julia daran hindern, auf Menschen zu schießen? Ist das dein Ernst?"

Russell lächelte kühl. „Bist du ein Mann, der zu seinem Wort steht?“

Was für eine Frage! Sein Wort zu halten war sein unverrückbares Prinzip in einer Welt, die beherrscht war von Krieg und Chaos – der Leitstern in seinem Leben, dem er unbeirrt folgte. Die Ironie an der Sache war allerdings, dass diese Tugend ihn daran hinderte zu gestehen, warum er das Anliegen seines Freundes ablehnen musste.

Ein Geständnis würde bedeuten, sein Wort Julia gegenüber zu brechen. Damit würde er Russells Meinung über seine Verlobte schädigen, und es wäre durchaus denkbar, dass sein Geständnis zu einem dramatischen Ende der Verlobung führte. Heath würde als ehrloser Schuft dastehen, als Verführer unschuldiger Mädchen, der noch dazu damit prahlte. Nein, lieber würde er sich ein Bein abhacken lassen, das wäre vermutlich weniger qualvoll.

Resigniert wiegte er den Kopf hin und her. Sein Ehrgefühl hatte ihm eine Falle gestellt, das sollte ihm zu denken geben.

Russell lachte befreit. „Einen Moment dachte ich, du lehnst meine Bitte ab. Wieso gehst du nicht hinunter und sprichst mit ihr? Freunde dich mit ihr an.“

„Du hast es ihr bereits gesagt?“ Russells Hochmut verblüffte ihn.

„Ja. Versuch du doch mal, vor Julia etwas geheim zu halten.“

„Wie hat sie reagiert?“

„Sie hat mir nicht recht geglaubt, dass ich …“

Eine Bewegung im Hintergrund veranlasste beide, sich gleichzeitig umzudrehen. Ein junger Diener in dunkler Livree eilte mit wichtiger Miene die Treppe herauf.

„Der Earl schickt mich, Sir Russell. Dies wurde für Sie abgegeben.“

Russell brach das Siegel und las das Schreiben. „Auclair ist im Begriff, England zu verlassen“, sagte er und fluchte leise. „Mir bleibt keine Zeit mehr, dich zu überreden, Boscastle. Du *musst* mir diesen Gefallen erweisen. Offenbar bin ich vor dir in Paris.“

„Um bei Wellington vorzusprechen?“

Russell bedachte ihn mit einem finsteren Blick. „Erinnerst du dich, wie Julia aussieht?“

„Ich denke schon“, antwortete Heath knapp.

Er entsann sich nicht nur Julias Aussehen, er erinnerte sich auch an ihre Stimme, ihr helles Lachen, ihre seidige Haut. Unvergesslich der Goldschimmer in ihrem roten Haar, wie es seine nackte Brust gestreift hatte wie die Netze einer Meerjungfrau, sinnlich und verlockend.

Ihm war, als habe er sie noch gerade eben geküsst. Sie war nicht die erste und nicht die letzte Frau, die er in seinen Armen gehalten hatte. Aber sie war die Frau, die sich am tiefsten in sein Gedächtnis eingebrannt hatte. Die Frau, nach der er sich in unstillbarem Hunger verzehrte. Alle anderen Liebesabenteuer waren schal und reizlos gewesen, hatten ihn mit einem Gefühl der Leere zurückgelassen.

Niemand ahnte etwas von seinen Empfindungen, am allerwenigsten Julia. Nicht einmal mit seinen Brüdern hatte er je über seine Gefühle gesprochen. Heath pflegte seine persönlichen Angelegenheiten und Sehnsüchte für sich zu behalten. Und er würde seine Geheimnisse lieber mit ins Grab nehmen, bevor er sich im Club betrunken lallend über seine inneren Nöte ausließ oder sich an der parfümierten Schulter einer Hure ausweinte.

Seine dichten schwarzen Brauen zogen sich zusammen. „Wann reist du ab?“

„In ein paar Stunden. Der Kerl entkommt mir nicht.“

2. KAPITEL

Julia versteckte sich hinter einer Säule im Ballsaal und beobachtete die beiden Männer auf dem Balkon. Es war unmöglich zu erraten, worüber sie redeten. Aus dieser Entfernung konnte sie kaum ihre Gesichter erkennen, aber Heath Boscastle hätte sie auch unter tausend fremden Gesichtern herausgefunden. Er sah immer noch umwerfend gut aus. Einige der jungen Damen waren sich nicht zu schade, in auffallend gezierten Posen direkt unter der Galerie zu flanieren und ihm kokette Blicke über ihre Fächer hinweg zuzuwerfen.

Auch ihr Verlobter zog begehrliche Blicke auf sich. Julia fielen zwei junge Damen auf, die kichernd in ihrer Nähe stehen blieben.

„Ob sie uns bemerken?“, flüsterte eine.

Die Freundin warf wieder einen verstohlenen Blick zur Galerie hinauf. „Boscastle hat mir direkt in die Augen gesehen.“

„Und Sir Russell?“

„Er hat sich ja kürzlich verlobt. Aber auch er schaut zu uns herunter.“

„Himmlisch. Lass uns ihre Blicke erwidern. Sie sind zwei anbetungswürdige Götter.“

Julia räusperte sich vernehmlich. Die jungen Mädchen erschraken und drängten sich schüchtern aneinander. „Aber meine Damen“, sagte sie im Ton einer strengen Gouvernante, „hat man Ihnen nicht gesagt, dass es nicht nur unhöflich, sondern unverzeihlich dreist ist, fremde Herren anzustarren – selbst wenn es sich um Götter handelt.“

Die jungen Dinger senkten beschämt die Köpfe und suchten hastig das Weite, während Julia, sich ihrer Heuchelei ohne Gewissensbisse bewusst, die beiden Männer weiterhin heimlich beobachtete. Sie konnten doch nicht die ganze Zeit über sie reden? Jedenfalls wirkten sie indes völlig gelassen, woraus zu schließen war, dass Heath ihr Geheimnis nicht verraten hatte.

In diesem Augenblick richtete Heaths Blick sich in ihre Richtung. Blitzschnell huschte Julia hinter die Säule. Wenn Russell erfuhr, was zwischen Heath und ihr vorgefallen war, wäre er entsetzt. Allein der Umstand, dass sie ein Geheimnis daraus gemacht hatte, verschlimmerte ihre Schuld.

Sie hatte guten Grund, sich schuldig zu fühlen. Schließlich hatte sie auf einen Mann geschossen und ihn anschließend ermutigt, ihr Avancen zu machen. Nicht nur das, sie hatte ihn geradezu provoziert, sie an jenem unvergesslichen Nachmittag zu entehren.

Das Bild, wie Heath zwischen den Felsen lag, bleich und reglos, ließ ihr immer noch das Blut in den Adern gefrieren. Bis heute verspürte sie die schwindelerregende Erleichterung, als sie sich über ihn geworfen und festgestellt hatte, dass er am Leben war. Sehr lebendig sogar. Der Blick seiner blauen Augen hatte sie versengt wie eine Flamme. Er war fassungslos, wütend ... und verwirrend männlich.

Sie hatte das deutliche Gefühl gehabt, von seinen Blicken entkleidet zu werden, und das, obwohl sie ihn um Haaresbreite ins Jenseits befördert hätte.

„Sie haben auf mich *geschossen*."

„Kein Wunder." Sie war vor Entsetzen wie gelähmt gewesen. Der Schuss aus ihrer Pistole hatte ihm womöglich die Schulter zerfetzt. Wenn Ihr Vater davon erfuhr, würde er ihr die Waffe wieder wegnehmen. „Was haben Sie sich eigentlich dabei gedacht, mich von hinten anzuspringen?"

„Ich hielt sie für einen Freund von mir."

„Und ich hielt Sie für den tollwütigen Fuchs, der letzte Nacht in den Hühnerstall eingebrochen ist."

„Sehe ich aus wie ein tollwütiger Fuchs?", fragte er.

Nein, dachte sie und biss sich auf die Zunge. Er sah aus wie ein wütender Panther auf dem Sprung, gefährlich und kraftvoll. Mit einer magischen Ausstrahlung. Sie war natürlich vor ihm gewarnt worden. Jede Debütantin wollte sich einen Boscastle angeln. Und sie hatte auf einen geschossen. Zählte das?

Und dann machte sie alles nur noch schlimmer und zerrte ihm das Hemd von den Schultern. In ihre Erleichterung, dass die Kugel seine Schulter nur gestreift hatte, mischte sich ein erregendes Prickeln beim Anblick seines muskulösen Oberkörpers.

„Sieht weniger schlimm aus, als ich befürchtete."

„Sie haben gut reden."

„Es tut mir leid."

Und damit hatte alles begonnen. Ein peinliches Versehen hatte zum köstlichsten sinnlichen Abenteuer in ihrem Leben geführt.

Seine berauschenden Küsse, die sündige Erregung, an seinen harten männlichen Körper gepresst zu sein, verfolgten sie bis zum heutigen Tag, sogar bis in ihre Träume. Nie hätte sie sich vorgestellt, nicht vorher und auch später nicht, dass ein Mann sie so wehrlos machen konnte, sie so sehr in seinen Bann zu ziehen vermochte.

Und nun wusste sie beim besten Willen nicht, was sie sagen sollte, wenn sie ihm heute Abend begegnen würde.

Wenn sie gelegentlich darüber nachdachte, wie ihr Leben bisher verlaufen war, wünschte sie sich beinahe, er hätte sein Schweigen gebrochen. Dann wäre sie vermutlich nicht nach Indien gegangen. Ihr Vater hätte sie gezwungen, Heath zu heiraten, und ihr geraten, das Beste aus der Sache zu machen. Sie hätte auch dem englischen Soldaten nicht in den Hintern geschossen. Stattdessen hätte sie das Leben einer Dame geführt.

Alarmiert stellte sie fest, dass die beiden nicht mehr auf dem Balkon standen. Sie sah sich um und entdeckte Heath am anderen Ende des Ballsaals. Ein Blick auf sein Profil mit der kühn geschwungenen Nase und dem markanten Kinn ließ ihr Herz höher schlagen. Sie lehnte sich gegen die Säule und beobachtete ihn mit grollender Faszination. Wieso war er nicht fett geworden? Hoffentlich hatte er wenigstens ein paar Zähne verloren. Seinen Mund konnte sie nicht genau sehen. Aber sie erinnerte sich an seine geschwungenen, sinnlichen Lippen mit einer winzigen hellen Narbe am Mundwinkel, an sein betörendes Lächeln, an seine berauschenden Küsse.

Nie wieder war sie einem Mann begegnet, der auch nur annähernd die atemberaubende Eleganz eines Heath Boscastle besaß. Der Mann, der sie bei einer Jagdgesellschaft beinahe verführt hatte, damals, als sie beide noch zu jung und unerfahren gewesen waren, um es besser zu wissen. Oder war es umgekehrt? Hatte sie unbeholfen versucht, ihn zu verführen? Früher hatte man sie im Freundeskreis die wilde Miss Hepworth genannt, das Teufelsweib. Heute gab man ihr schlimmere Namen. Die verruchte Lady Whitby zum Beispiel.

Sie hatte viel Zeit damit verbracht, darüber nachzudenken, was zwischen Heath und ihr vorgefallen war. Jahre wehmütiger Betrachtungen und des Bedauerns. Es gab häufig Momente, in denen sie, unbefangen wie sie war, aufrichtig bedauerte, dass sie seine hitzigen Zärtlichkeiten nicht bis zum Ende ausgekostet hatte. Allerdings war ihr erst in den Jahren ihrer einsamen Ehe klar geworden, was sie sich hatte entgehen lassen.

An jenem Nachmittag war sie verstört aus der Bibliothek geflohen, ihre Panik war alsbald einer schuldbewussten Erleichterung gewichen, dass sie voneinander gelassen hatten, bevor es zum Äußersten gekommen war oder man sie sogar ertappte.

Und später kam die Erleichterung hinzu, dass er sein Versprechen gehalten hatte, darüber niemals ein Wort zu verlieren.

Heath durchquerte den Ballsaal.

Er bewegte sich mit jener unnachahmlich lässigen Eleganz, die sie damals betört hatte und die ihr auch jetzt den Atem nahm. Hochgewachsen, breiter in den Schultern als in ihrer Erinnerung, auch ein wenig hagerer, aber umwerfend attraktiv im schwarzen Frack. Älter geworden, erfahrener, reifer, unerreichbar für ein weibliches Herz. Ihre Kehle war wie zugeschnürt, als sie ihm starr entgegenblickte. Sie hatte geglaubt, ihn nie wiederzusehen. Der Schmerz unerfüllter Gefühle weckte erneut die Frage in ihr, was hätte sein können, wenn … Und dennoch konnte sie die freudige Erwartung nicht leugnen, ihm zu begegnen, diesem unwiderstehlich gut aussehenden Schwerenöter.

Sechs Jahre, schoss es ihr durch den Sinn. Kaum zu glauben, wie viel Zeit verstrichen war. Sie war in Indien verheiratet und zur Witwe geworden. Sie hatte ein Leben kennengelernt, von dem die vornehme Londoner Gesellschaft nur staunend in der Zeitung lesen konnte.

Was hatte Heath über sie gehört?

Sie wusste, dass er sie erkannte. Erinnerte er sich an ihre stürmischen Stunden in der Bibliothek?

Sie fasste Mut und hob den Blick in seine gemeißelten Gesichtszüge. Er blieb vor ihr stehen. Die Belustigung in seinen blauen Augen beantwortete ihr beide Fragen.

Er wusste alles über sie.

Und er erinnerte sich genau, was zwischen ihnen vorgefallen war.

Im Übrigen hatte er keinen einzigen seiner strahlend weißen Zähne verloren.

Julia konnte den Blick nicht von ihm wenden, fasziniert von seiner Erscheinung, als habe sie in ihrem ganzen Leben noch nie einen schönen Mann gesehen. Allerdings war da noch ein wenig mehr. Sie teilten ein sündiges Geheimnis miteinander.

„Julia", grüßte er mit seiner tiefen, kultivierten Stimme, die einen weiteren Schwall verschütteter Erinnerungen in ihr aufwühlte und ihrer ausgehungerten Sinnlichkeit schmeichelte. „Versteckst du dich vor mir? Hoffentlich trägst du nicht wieder eine Waffe bei dir. Oder muss ich dich durchsuchen?"

Sie musterte ihn in gespielter Ahnungslosigkeit. „Verzeihung – kennen wir uns? Wurden wir einander vorgestellt?"

Er nahm sie bei der Hand und zog sie vertraulich an sich. „Sehr witzig, wenn man bedenkt, dass du mich bei unserer ersten Begegnung beinahe totgeschossen hättest."

„Deine eigene Schuld. Hättest du dich nicht hinter dem Felsen versteckt. Ich hielt dich für einen Fuchs." Nun, da sie ihre Stimme wiedergefunden hatte, sprudelten die Worte aus ihr heraus. Der warme Glanz in seinen Augen nahm ihr die Hemmungen. „Ach Heath, hast du mir verziehen? Hast du eine bleibende Narbe davongetragen?"

„Ja. Und noch mal ja. In der Zwischenzeit sind ein paar Narben dazugekommen, wobei deine Narbe die einzige ist, mit der mich angenehme Erinnerungen verbinden."

Es entstand eine Pause. Sie war sich ihres klopfenden Herzens bewusst, der Blicke einiger Gäste, die sie neugierig musterten, und der Tatsache, dass die Zeit seine magische Anziehungskraft nur verstärkt hatte. Sie hatte verblüfft reagiert, als Russell ihr erzählte, Heath habe nie geheiratet. Aber er war noch jung und konnte es sich leisten, abzuwarten, um die beste Wahl unter den Schönen des Landes zu treffen.

Wieder ertappte sie sich dabei, ihn anzustarren. Er lächelte, und in seinem Lächeln entdeckte sie keine Spur von Selbstgefälligkeit oder Überheblichkeit. Der perfekte Gentleman, dem nichts daran lag, in hämischer Schadenfreude an eine sündige Episode aus seiner Vergangenheit zu denken.

Dieses Wiedersehen gestaltete sich noch schwieriger, als sie es sich ausgemalt hatte. Er war der charmante Herzensbrecher geblieben. Der Krieg hatte so viele Männer aus ihrem Bekanntenkreis verändert, und Heath war, wie sie wusste, in Gefangenschaft geraten und hatte viel gelitten. Aber seine unbeschwerte Heiterkeit schien er nicht verloren zu haben.

Er räusperte sich.

Julia gab sich einen Ruck und wandte den Blick von ihm ab.

„Möchtest du etwas trinken?“, fragte er und zog sie in den Flur.

„Trinken?“ Sie wünschte, ihn nicht ständig halb nackt vor sich zu sehen, nicht daran zu denken, wie die Hand, die nun höflich ihren Ellbogen umspannte, die intimsten Stellen ihres Körpers berührt und liebkost hatte. Er wirkte so gelassen. Die Erinnerung an ihre verbotenen Spiele schien ihn lediglich zu amüsieren.

„Ja“, entgegnete er leichthin. „Ein Getränk. Du weißt, etwas Flüssiges, das man gelegentlich aus einem Glas schlürft.“

„Ein Getränk“, wiederholte sie mechanisch.

„Soll ich dir eine Zeichnung machen?“ Er bewegte die freie Hand vor ihrem Gesicht. „Julia?“

Seine neckende Stimme klang ebenso verführerisch dunkel wie in ihrer Erinnerung. Er hatte diesen trockenen, ein wenig sarkastischen Humor, der es ihr schwer machte, klar zu denken und sich nicht anmerken zu lassen, dass jedes seiner Worte, jede Geste die Vergangenheit wieder in ihr aufleben ließen. Sie wich seinem Blick aus, in der Befürchtung, er ahne, was in ihr vorging. Es war geradezu absurd und lächerlich, dass sie sich an jedes Wort von damals erinnerte.

Ich habe ein Glas Rotwein getrunken, Heath.
Ja, und der ist dir zu Kopf gestiegen.
Nein, ist er nicht.
Es muss so sein, sonst würdest du mich nicht so wild küssen.
Stört dich das?
Natürlich nicht, aber ich wette, morgen wirst du es bereuen.
Keine Sorge. Ich bereue nie etwas. Jedenfalls bis heute nicht …

Er hatte seine Finger durch ihr Haar gleiten lassen und sie sanft ins Sofa gedrückt. Seine sinnlichen Lippen an ihrer Kehle hatten sie berauscht. Die Hausgäste waren zu einem Jagdausflug ausgeritten, und sie war mit Heath drei Stunden in der Bibliothek eingeschlossen gewesen, ohne die Tür öffnen zu können, zumindest hatten sie sich eingeredet, das Schloss würde klemmen. Drei schicksalhafte Stunden, die ihr Leben verändert hatten. Bis heute begleiteten sie die verbotenen Wonnen dieses Intermezzos. Die bittersüße unerfüllte Sehnsucht in ihr verstärkte sich. Er strahlte etwas aus, das Vertrauen in ihr weckte und ihre Abwehr schwächte. Und er hatte sein Versprechen gehalten.

Sie zwang ihre wirren Gedanken in die Gegenwart zurück. Er hatte ihren Arm freigegeben, aber die Wärme seiner starken Finger hatte sich in ihr ausgebreitet und machte ihr die Knie schwach.

Sie begegnete seinem wachsamen Blick und seufzte innerlich. Sie könnte sich ohne Weiteres in den Tiefen seiner Augen verlieren, genau wie damals. Die umstehenden Gäste musterten sie neugierig. Viele von ihnen wussten, dass Julia mit Sir Russell verlobt war, und kannten Heath Boscastle – den begehrten Junggesellen, den zu erobern sich jede heiratsfähige junge Dame von Herzen wünschte.

Julia begann zu lachen. „Ja. Ich möchte gerne etwas trinken – solange es kein Rotwein ist."

In den Tiefen seiner blauen Augen glühte ein verräterischer Funke. Sein scherzhaftes Lächeln war unwiderstehlich. „Ach ja. Ich hörte, er soll einem schnell zu Kopf steigen."

3. KAPITEL

Heath ging gedankenverloren neben ihr her und versuchte seine Situation abzuwägen. Vielleicht war dies der Preis, den er für seine Zurückgezogenheit bezahlen musste. Meist ignorierte er gesellschaftliche Ereignisse; Klatsch und Skandale interessierten ihn nicht. Die Einladung des Earl of Odham zum heutigen Ball hatte er nur auf Russells Drängen hin angenommen, den er eine Ewigkeit nicht gesehen hatte. Er hätte wissen müssen, dass der Freund damit etwas bezweckte.

Er wäre bereit gewesen, eine militärische Mission anzunehmen. London langweilte ihn bereits tödlich. Vor Kurzem hatte er sich von seiner Mätresse getrennt, fühlte eine innere Rastlosigkeit, als suche er etwas, was er nicht benennen konnte. Vielleicht eine Ablenkung von seinen inneren Dämonen, seinen eigenen Gedanken. In letzter Zeit schien ihn nichts zufriedenzustellen. Er wollte nicht allein sein, wurde aber im Kreis seiner Freunde rasch ungeduldig und reizbar.

Das Letzte, was er erwartet hatte, war ein Wiedersehen mit Julia Hepworth, alias Lady Whitby. Er bedachte sie mit einem heimlichen Seitenblick. Das minzgrüne Abendkleid, das ihre entzückenden Rundungen zart umspielte, war keine passende Farbe für eine trauernde Witwe, es sei denn, sie ehrte einen indischen Brauch, der Grün als Trauerfarbe vorschrieb. Wie lange war ihr Ehemann schon tot? Jedenfalls hatte sie durch diesen Verlust ihren Humor und ihre Schlagfertigkeit nicht eingebüßt.

Auch nicht ihr Talent, ihn zu provozieren. Wieso, in Gottes Namen, wollte sie Russell heiraten? Was für ein ungleiches Paar. Die beiden würden sich ständig in den Haaren liegen. Außerdem wurde Minzgrün sicherlich nirgendwo auf der Welt weder in Trauer noch in Halbtrauer getragen. Er musste sich also fragen, ob sie ihren verblichenen Ehemann geliebt hatte. Vor allem aber interessierte ihn, in welcher Form er sich „um sie kümmern" sollte, während Russell wieder einmal auszog, um den Helden zu spielen. Und wie, zum Teufel, sollte er vergessen, dass er ihr vor Jahren beinahe die Unschuld geraubt hatte? So gelassen und gleichmütig beide sich auch gaben, es war absurd, so zu tun, als sei nie etwas zwischen ihnen geschehen.

„Wohin ist Russell so plötzlich verschwunden?"

Ihre Stimme zwang ihn, sich seinem gegenwärtigen Dilemma zu stellen. Sie hatte nach Russell gefragt. Der Witzbold, der dieses peinliche Wiedersehen inszeniert hatte, der Mann, für den Heath den Stellvertreter spielen sollte. Erleichtert stellte er fest, dass sie den Erfrischungsraum erreicht hatten und er sie einen Moment allein lassen konnte, um ihr ein Glas Limonade zu holen, was ihm Gelegenheit bot, sich etwas zu sammeln.

Er studierte sie von der Seite, als er ihr kurz darauf ein Glas reichte. Sie hatte sich verändert, war noch selbstbewusster geworden, ihre widersprüchlichen Wesenszüge waren gereift, zu einem Ganzen verschmolzen und hatten sie zur Persönlichkeit gemacht. Wenn er nur gewusst hätte, was in ihr vorging, was sie von dieser Situation hielt. Und von ihm.

Sie wirkte vollkommen selbstsicher. Ihre Augen hatten die verstörende schwärmerische Unschuld verloren, ihr Blick war wissend, klar und herausfordernd. Eine zarte Unschuld war zur reifen Schönheit erblüht. Eine verwirrende Erkenntnis. Keine andere Frau war mit ihr zu vergleichen. Nicht eine einzige. Seine Liebschaften waren stets leicht und mühelos gewesen. Mit Julia hingegen verband ihn etwas geheimnisvolles Dunkles; ein unerfülltes schwelendes Verlangen nagte an ihm wie eine unbeantwortete Frage.

Sie hob den Blick und nippte an dem Glas Limonade. Und plötzlich erinnerte er sich an den Geschmack ihrer Küsse, an ihre weichen Lippen, an den sinnlichen Hunger, den sie in ihm geweckt hatte. Bei seinem ersten Kuss hatte sie gelacht. Sie beide waren an diesem Abend wegen jeder Nichtigkeit in Gelächter ausgebrochen. Das Echo dieser Erinnerung, die süße blinde Unschuld, die sie beide verloren hatten, versetzte ihm einen schmerzhaften Stich. So unbeschwert und kindlich hatte er nie wieder gelacht. Aber diese Zeit war unwiederbringlich verloren.

„Du starrst mir auf den Mund", flüsterte sie unvermutet.

„Oh.“ Er zog ein blütenweißes Taschentuch aus seiner Weste. „Limonade. An deinen Lippen.“

Sie nahm das Tuch entgegen, mit einem zweifelnden Blick, ohne ihm zu widersprechen. „Wohin wollte Russell?“, wiederholte sie und blickte sich suchend um.

„Er wurde in einer dringenden Angelegenheit abberufen.“

Sie betupfte sich den Mund und zog eine Braue hoch.

„Wieder einmal?“

„Offensichtlich.“ Er nahm sie beim Ellbogen und führte sie aus der Menge der Gäste, die zum Getränketisch drängten. „Geschieht das häufig?“

„Ja. Und …“

„Er bat mich, auf dich …“

„Aufzupassen.“ Sie verzog das Gesicht, ihre Augen verdunkelten sich erzürnt. Offensichtlich war sie nicht angetan von dieser Idee. „Es ist völlig lächerlich, Heath.“

„Ich weiß nicht. Auclair ist ein Monster.“

Sie stellte das Glas auf eine Anrichte. „Ich begreife das nicht. Wieso hat Auclair nicht längst aufgegeben? Russell und du, ihr habt doch genug gelitten in Sagunt?“

„Auclair ist unberechenbar“, antwortete er ruhig.

„Sollen sich doch mal zur Abwechslung andere opfern.“

„Wir sind noch am Leben, Julia. Andere haben alles verloren.“

Sie blickte ihm direkt ins Gesicht und gab ihm wortlos zu verstehen, dass auch sie Opfer gebracht und Verluste erlitten hatte.

„Wie geht es deiner Familie, Heath?“

Er stutzte, wie plötzlich sie das Thema wechselte. „Ganz gut. Grayson hat kürzlich geheiratet.“

„Davon habe ich gehört. Wer hätte das gedacht! Der unverbesserliche Herzensbrecher in Ketten gelegt.“

„Tja, auch die Besten bleiben nicht ungeschoren.“ Er lachte in Gedanken an die wilde Vergangenheit seines ältesten Bruders. „Selbstverständlich trifft es auch die Schlimmsten.“

„Du bist als Nächster dran, stimmt's?“

„Nicht wenn ich es verhindern kann.“

„Ich dachte, du seiest längst verheiratet und hättest mindestens fünf Kinder.“

In dieser Hinsicht irrte sie gewaltig. Bisher hatte er nicht den Wunsch gehabt zu heiraten, wobei er keine grundsätzlichen Einwände gegen die Ehe hatte. Ob sie Russell liebte? Natürlich liebte sie ihn. Die Damen der Londoner Gesellschaft gerieten in Atemnot, wenn Sir Russell Althorne einen seiner dramatischen Auftritte bei einem Empfang inszenierte. Wie lange mochte sie mit ihm verlobt sein? Und wann hatte ihre Romanze begonnen? Sie waren so grundverschieden. Julia, der rebellische Freigeist, und der überaus korrekte Russell, der so sehr darauf bedacht war, einen guten Eindruck zu machen. Nun ja, Gegensätze zogen sich ja bekanntlich an.

Ziemlich hochmütig, sie so rasch zu beurteilen, tadelte er sich selbst, reine männliche Überheblichkeit. Wieso bildete er sich ein, sie zu kennen nach einem einzigen, wenn auch unvergesslichen Nachmittag mit ihr? Nur weil die Erinnerung an sie ihn bis heute verfolgte, bedeutete das noch lange nicht, dass sie ähnliche Gefühle für ihn hegte. Vermutlich sah sie in ihm nur einen leichtlebigen Frauenhelden, der sie beinahe entehrt und ins Unglück gestürzt hätte. Was für ihn ein bedeutendes Erlebnis war, mochte für sie nicht mehr als ein beschämender, frivoler Fehltritt gewesen sein.

„Es ist unnötig, dass du ihm diesen Gefallen tust“, sagte sie über die Schulter, als sie ihm voraus in den Ballsaal eilte.

„Nein“, sagte er mit leiser Ironie. „Ich kann auch ablehnen und als ehrloser Drückeberger dastehen und vergessen, dass Russell sein Leben für mich aufs Spiel gesetzt hat.“

„Ehre“, murmelte sie achselzuckend. „Was ist das eigentlich?“

„Glaubst du nicht an Ehre, Julia?“

„Ich weiß, dass Männer dafür sterben.“

Sie entzog sich ihm und rauschte an einigen Gästen vorbei, die ihr lächelnd zunickten. Ehre. Heath war unschlüssig, wie er reagieren sollte. Offenbar konnte sie diesem Begriff nicht viel abgewinnen. Hatte ihre verächtliche Haltung etwas damit zu tun, dass ihr Ehemann in Indien gefallen war? Der Krieg hatte unzählige Frauen verbittert, einsam und enttäuscht zurückgelassen.

Samuel Breckland, ein Freund der Familie, und Heaths eigener Bruder Brandon hatten ihr junges Leben verloren, um den Begriff der Ehre hochzuhalten.

Empört und wütend hätte er sie am liebsten an den Schultern gepackt und gerüttelt. Ohne Ehre würde die Welt aus den Fugen geraten. Mit welchem Recht verspottete sie eine Tugend, die ihm überaus wertvoll war? Wieso schaffte sie es, dass er das, wofür er gekämpft hatte, infrage stellte? Und wieso, in aller Welt, ließ er sich durch eine gedankenlos hingeworfene Bemerkung von ihr aus der Fassung bringen? Sein Bruder Grayson machte ständig ähnliche Bemerkungen. Aber aus Julias Mund bedeuteten diese Worte unendlich viel mehr.

Sie drehte sich brüsk um, musterte ihn gereizt, vermutlich war ihr seine Nähe lästig. Offenbar war ihr dieses Arrangement ebenso unangenehm wie ihm. „Bitte lass mich zufrieden, Heath", sagte sie und hielt den Blick auf seine Brust gerichtet. „Du folgst mir wie eine Glucke."

Eine Glucke. Heath Boscastle. So etwas hatte ihm noch niemand vorgeworfen. Er hätte beinahe aufgelacht. Du lieber Himmel, wenn seine Brüder ihn jetzt sehen könnten. Wenn Julia wüsste, wie ihm wirklich zumute war. Wenn er es nur selbst wüsste.

„Heath", flüsterte eine aufgeregte junge Frauenstimme hinter ihm. „Sagte sie Heath?"

„Heath Boscastle?", zischelte eine zweite Stimme.

„Ist er etwa hier?"

„Wo ist er denn?"

„Ich habe ihn nicht gesehen. Er lässt sich doch sonst auf keinem Empfang blicken."

„An der Hochzeit seines Bruders hat er teilgenommen."

„Warst du eingeladen? Denkst du, er hat ebenfalls Heiratsabsichten?"

Er hörte seinen Namen, getuschelt und geflüstert von einer kleinen Schar aufgelöster junger Damen, die auf ihn aufmerksam geworden waren. Das hatte er Julia zu verdanken. Er verabscheute es, Aufmerksamkeit zu erregen, es ließ sich nicht mit seinem verschlossenen Wesen vereinbaren, widersprach seiner Fähigkeit, sich im Hintergrund aufzuhalten und andere zu beobachten. Diese gackernden Hühner hatten vermutlich in ihrem ganzen Leben noch keinen vernünftigen Gedanken von sich gegeben.

Entschuldigungen murmelnd, bahnte er sich einen Weg durch das Gedränge holder Weiblichkeit, die in bunten Rüschenkleidern heranwogte und ihn umringte wie ein Schwarm bunter Schmetterlinge. Er sah sich ernsthaft in Gefahr, von flatternden, parfumgeschwängerten Fächern erstickt zu werden.

Schließlich gelang es ihm, gefolgt von einem vielstimmigen Chor enttäuschter Seufzer, sich in Sicherheit zu bringen. Diese Belagerung hatte er nur Julia zu verdanken! Als er den Kopf hob, erhaschte er einen Blick auf eine minzgrüne Wolke, die in der nächsten Sekunde durch eine Tür am anderen Ende des Ballsaals entschwand.

Fürs Erste war sie ihm entkommen. Aber dieses Gespräch war noch nicht zu Ende. Er ließ sich nicht wegschicken wie einen Dienstboten, wie einen grünen Jungen.

4. KAPITEL

Julia atmete tief durch, bevor sie mit ausholenden, energischen Schritten und raschelnden Röcken den erleuchteten Korridor entlangeilte.

Heath Boscastle begann, sich zum Problem zu entwickeln.

Eigentlich war er schon immer ein Problem gewesen. Sie hätte wissen müssen, dass die Begegnung sich schwierig gestalten würde. Aber sie war längst keine unbesonnene leichtfertige Neunzehnjährige mehr, die nach einem Glas Rotwein mit dem hinreißendsten Mann auf der Welt auf ein Sofa sank und sich in frivoler Weise von ihm verführen ließ.

Sie schürzte die Lippen und hob trotzig das Kinn. Gott bewahre, nein. Sie war eine fünfundzwanzigjährige Witwe, die es mühelos schaffte, dem hinreißendsten Mann auf der ganzen Welt den Rücken zu kehren, ihn stehen zu lassen, denn dies war die einzig richtige Entscheidung.

Tatsächlich?

Sie hatte Russell gewarnt und offen gesagt, wie grässlich sie die Idee fand, Heath mit ihrer Bewachung zu beauftragen, eine Kränkung, eine Beleidigung, die nur Scherereien brachte. Sie wollte keinen Beschützer, schon gar nicht einen, der sie besser kannte, als sie sich eingestehen durfte.

Aber Russell in seiner wohlmeinenden Selbstüberschätzung hatte ihr versichert, *er* allein wisse, was für sie richtig sei. *Er* wisse, wem er vertrauen könne, auf wen er sich verlassen könne, wen er mit seinem machiavellistischen Geschick manipulieren könne. Der Gerechtigkeit halber musste sie gestehen, dass er nicht davon gesprochen hatte, Heath zu manipulieren, aber die Anspielung war deutlich genug. Er wollte sie in Sicherheit wissen, in der Obhut des fähigsten Mannes, den er kannte, einem Mann, dem er blind vertraute.

Und Julia war nichts anderes übrig geblieben, als ergeben und bekümmert auf dem Sofa zu sitzen und sich von ihrem gefeierten Helden väterliche Ermahnungen anzuhören, bis es ihr schließlich gelang, seinen Redefluss zu unterbrechen.

„Aber bitte nicht Heath Boscastle. Jeder andere wäre mir recht. Ein Husar, ein Offizier der Königlichen Garde, ein Scharfschütze, ein … ehemaliger Ringer, meinetwegen auch ein ehemaliger Strafgefangener."

„Julia, Liebling." Russell setzte sich neben sie und blickte ihr tief in die Augen. „Vertrau mir. Ich bin ein Mann, der weiß, was am besten für seine Zukünftige ist."

Ja, er war zweifellos ein Mann. Vielleicht wusste er sogar, was für sie das Beste war, aber er wusste nicht, was zwischen Heath und ihr vor Jahren in Cornwall geschehen war, und er würde es nie erfahren. Auf einem Sofa, das dem, worauf sie gerade saß, sehr ähnlich war.

Und später auf dem Teppich.

Sie hielt den Blick auf das ornamentale Muster des Perserteppichs gerichtet, gefangen in der Erinnerung an einen halb nackten Heath Boscastle, an seine liebkosenden Finger, seinen sinnlichen Mund. Er war gebaut wie ein griechischer Gott und verfügte über die Zauberkräfte eines Gottes.

Nie wieder hatte sie ein ähnlich aufwühlendes amouröses Erlebnis gehabt, auch nicht in den Jahren ihrer Ehe. Eine atemberaubende Entdeckung, ein kurzer Blick ins Paradies, ein Erwachen …

„Du siehst also ein, dass meine Entscheidung richtig ist. Er ist ein kaltblütiger Mörder, Julia, ein …"

„Heath Boscastle?", entfuhr es ihr in ungläubigem Entsetzen, worauf Russell sie mit einem strafenden Blick aus seinem unversehrten Auge bedachte.

„Nein. Nicht Boscastle. Hör mir doch zu! Ich spreche von dem Mann, den ich seiner gerechten Strafe zuführen will. Der französische Spion, der droht, mich zu töten, Armand Auclair."

„Ach so, der", murmelte sie schuldbewusst. „Aber wieso? Wieso lässt du zur Abwechslung nicht mal einen anderen den Helden spielen?"

Dabei kannte sie die Antwort bereits. Russell sollte für seine Tapferkeit in der Leichten Kavallerie in den Rang eines Viscounts erhoben werden. Er hatte sich großen Gefahren ausgesetzt, um seine Brigade zu schützen, Gefahren, die nach Julias Einschätzung geradezu tollkühn gewesen waren. Mit seinen Heldentaten hatte er allerdings die Aufmerksamkeit des großen Feldmarschalls Wellington auf sich gezogen, und in gut unterrichteten Kreisen sprach man bereits darüber, dass Sir Russell eine glänzende politische Zukunft winkte. Sie wusste, dass ihm diese Karriere immens viel bedeutete, die sie ihm auch von ganzem Herzen gönnte.

Er erfüllte alle Voraussetzungen eines erfolgreichen Politikers, während Julia allerdings an ihren Fähigkeiten zweifelte, die gesellschaftlichen Verpflichtungen der Gattin eines Politikers wahrzunehmen. Darin hatte sie keine Übung. Es war zu befürchten, dass sie sich in einem Monsunsturm besser bewährte als in der Londoner Gesellschaft. Sie war zu sehr daran gewöhnt, das zu tun, wonach ihr der Sinn stand. Hätte sie mit ihrem Gemahl, einem Offizier der Dragoner, in Kalkutta gelebt und nicht in einem Bungalow in einem abgelegenen indischen Landstrich, wäre sie wohl besser auf ihre Rückkehr auf die gesellschaftliche Bühne in London vorbereitet.

Sie hatte Sir Adam Whitby geheiratet, einen knappen Monat nachdem sie ihn beim Pferderennen in Ascot kennengelernt hatte. Ihr Vater hatte der Verbindung zugestimmt, froh und erleichtert, sie unter der Haube zu wissen, zumal viele ihrer Verehrer in den Krieg gezogen waren. Adam war liebenswürdig, aufmerksam und völlig vernarrt in sie und hätte ihr niemals wissentlich wehgetan, und das hatte er auch nicht, bis zu seinem Tod. Er hatte sie zwar vernachlässigt, aber das war nicht absichtlich geschehen.

Wie so viele junge Engländer träumte er davon, in Indien seinen Militärdienst zu absolvieren und es dort zu Ansehen und Wohlstand zu bringen. Ständig hatte er Julia davon vorgeschwärmt, die ihm in ihrer Abenteuerlust begeistert gefolgt war, obwohl das Paar eine Sondergenehmigung der Armee brauchte, um heiraten zu können.

In Indien war sie grenzenlos einsam gewesen und hatte sich bald nach dem verregneten grünen England und nach ihrem Vater gesehnt. Sie hatte ein gutes Leben und sehr viel Freiheit, aber die Zeiten mit Adam waren meist nur flüchtige, gestohlene Stunden. Sie waren drei Jahre verheiratet gewesen, als er bei einem Aufstand umgekommen war. Ein neuer Lebensabschnitt hatte für sie begonnen, sie fing ganz von vorne an und musste feststellen, welche Schwierigkeiten damit verbunden waren.

Sie konnte nicht einfach ihre frühere gesellschaftliche Position wieder einnehmen. Die meisten ihrer Freundinnen waren verheiratet und zogen bereits Kinder groß. Ohne Russells Rückhalt hätte sie gewiss noch immer Mühe, sich zurechtzufinden. Er hatte ihr Beistand geleistet, als sie ihren Vater, den Viscount Margate, bis zu seinem Tode gepflegt hatte. Russell war fürsorglich und geduldig gewesen, hatte sich um die Formalitäten der Beisetzung gekümmert und Julia in allen juristischen Angelegenheiten beraten. Und er sehnte sich nach einer eigenen Familie, da er als einziges Kind seine Eltern früh verloren hatte und als Waise aufgewachsen war.

Ohne Russells tatkräftige Unterstützung wäre Julia nur schwer über den Verlust ihres Vaters hinweggekommen. Sie war wie eine Schlafwandlerin durch einen Nebel gegangen, war kaum zu einem klaren Gedanken fähig gewesen. Der plötzliche Tod ihres Ehemanns hatte sie verstört, und zurück in England, musste sie hilflos zusehen, wie auch ihr geliebter Vater dahinsiechte und starb.

Sie hatte Russells Antrag angenommen, ohne eigentlich darüber nachzudenken, und hatte verschwommen geglaubt, ihre Gefühle für ihn würden sich vertiefen, sobald sie sich in ihrer neuen Lebenssituation zurechtgefunden hatte. Schließlich hatte Russell eine starke persönliche Ausstrahlung und einen festen Charakter.

Nun blieb sie im Flur stehen, um sich in dem fremden Haus zu orientieren. Die Messingzeiger der hohen Standuhr in der Ecke näherten sich der Mitternachtsstunde. Sie hatte eine Verabredung und verspätete sich bereits. Eile war geboten, bevor Boscastle ihr Verschwinden aus dem Ballsaal bemerkte, wenn es ihm nicht bereits aufgefallen war. Es wäre ein Fehler, ihn zu unterschätzen. Auch seine Wirkung auf sie durfte sie nicht verkennen. Sosehr sie sich über das Wiedersehen mit ihm gefreut hatte, so wenig war sie davon überzeugt, dass es gut für sie oder ihn war. Es war höchst beunruhigend, feststellen zu müssen, dass sie ihre erste Begegnung mit ihm nicht überwunden und die Zeit seinen Reiz auf sie nicht gemindert hatte.

Seine Nähe machte sie immer noch benommen und ließ ihr das Herz höher schlagen. Eine absurde Vorstellung für eine erwachsene Frau von fünfundzwanzig Jahren.

Sie klappte ihren Elfenbeinfächer auf, in dem ein Zettel steckte mit einem flüchtig gezeichneten Grundriss des Hauses.

Das Arbeitszimmer des Gastgebers war mit einem großen X markiert, musste also links in einem Seitenflur liegen, vier Türen entfernt.

Sie fand ihr Ziel mühelos, stellte aber fest, dass die Tür verschlossen war. Julia legte das Ohr an die Füllung und hörte deutliches Rascheln von Papier. Mit gerunzelter Stirn klopfte sie leise.

Einmal.

Zweimal.

Dreimal. Dann flüsterte sie ungeduldig: „Um Himmels willen, Tante Hermia, mach endlich auf, bevor man mich erwischt."

Die Tür flog auf. Das bleiche, längliche Gesicht ihrer Tante, umrahmt von silbrig blonden Löckchen, empfing sie mit vorwurfsvoller Miene. Julia drängte sich an ihr vorbei.

„Wieso hast du mich nicht hereingelassen?"

„Du hast das verabredete Klopfzeichen vergessen."

„Meine Güte", entfuhr es Julia, als sie die zahllosen verstreuten Briefe und Umschläge auf dem Teppich liegen sah. „Hier sieht es aus wie nach einem Sturm. Hoffentlich hast du gefunden, wonach du suchst."

Hermia stellte eine Bodenvase mit Pfauenfedern wieder auf, die sie umgeworfen hatte. „Nein. Der Schurke versteckt seine Geheimpapiere zu gut."

„Dann räume wenigstens diese Unordnung wieder auf."

„Wieso sollte ich?"

„Soll der Earl dich für eine Einbrecherin halten?"

„Es ist mir völlig egal, wofür er mich hält."

Julia ging in die Hocke und begann, die verstreuten Briefe einzusammeln. „Hilf mir wenigstens."

„Na gut. Nein, diese Papiere gehören in die untere rechte

Schreibtischschublade. Der Stapel mit dem roten Band kommt in diese Schachtel."

Julia kroch hinter ihrer Tante unter den Schreibtisch. „Hast du die hier gesehen?", fragte sie und öffnete eine alte Ledermappe.

„Nein." Hermia stutzte. „Die muss herausgefallen sein. Kannst du lesen, was drin steht?"

Julia seufzte. „Wie denn? Es ist zu dunkel. Offenbar Geschäftskorrespondenz. Wollen wir sie uns näher ansehen?"

„Dafür bleibt keine Zeit. Ich bin mit Odham eine halbe Stunde nach Mitternacht verabredet."

„Wie kannst du dem Mann in die Augen schauen, nachdem du in seinen Sachen geschnüffelt hast?", fragte Julia kopfschüttelnd und kroch rückwärts unter dem Schreibtisch hervor.

„Eine gute Frage", ertönte eine tiefe kultivierte Stimme von oben. „Hoffentlich haben die Damen eine plausible Erklärung."

Julia richtete sich hastig auf. Er war ihr also gefolgt. Das hätte sie sich denken können. Er war ein Mann, der anderen immer um einen Schritt voraus war. Hinter seiner gelassenen Fassade verbarg sich ein gefährlicher Scharfblick, eine Eigenschaft, die ihr seltsamerweise ausnehmend gut an ihm gefiel.

„Boscastle!", rief Tante Hermia entrüstet. „Was haben Sie denn hier zu suchen?"

„Diese Frage sollte ich ..."

„Er überwacht mich", fiel Julia ihm gereizt ins Wort.

„Wie bitte?", fragte Hermia verständnislos.

„Er soll mich beschützen, während Russell diesen Franzosen aufspürt. Hast du je etwas Absurderes gehört?"

Lady Dalrymple beäugte Heath mit unverhohlener Bewunderung. „Das ist ein Geniestreich. Ein Boscastle als dein persönlicher Leibwächter. Ausgezeichnet. Hätte ich geahnt, dass er sich anheuern lässt, ich hätte ihn mir selber geschnappt."

„Er lässt sich nicht anheuern", entgegnete Heath pikiert. „Wenigstens nicht für Geld."

Hermia zog die Brauen hoch. „Wofür dann?"

„Russell befürchtet, dieser Franzose, der ihm nach dem Leben trachtet, könnte einen Banditen auf mich ansetzen", erklärte Julia schroff. „Er denkt, ich würde als Geisel entführt, falls du diesen abwegigen Gedanken nachvollziehen kannst."

„Du kannst ihm doch nicht vorwerfen, dass er dich beschützen will", erwiderte Hermia.

Heath fuhr herum. „Still. Ich höre Schritte. Männerschritte. Ich schlage vor, dieses Gespräch später fortzusetzen."

Hermia griff nach Julias Arm. „Das muss Aldric sein. Versteck mich."

Julia schaute ratlos in das grobknochige Gesicht ihrer Tante. Ihr rotes Seidenkleid, von einer enormen Taftschleife im Rücken geziert, trug nicht dazu bei, Hermias beträchtliche Leibesfülle zu kaschieren oder sie in einem dunklen Winkel unsichtbar zu machen. „Wo denn?"

„Hinter dem Schreibtisch … am besten, wir verstecken uns alle drei und ersparen uns unnötige Erklärungen."

„Ich denke nicht daran", erklärte Heath und verschränkte die Arme vor der Brust. „Ich habe nichts verbrochen und weigere mich …"

Hermia zog ihn energisch am Ärmel und versetzte gleichzeitig Julia einen derben Stoß. „Ich erkläre es Ihnen später, Boscastle. Aldric darf uns hier nicht finden." Sie schaute ihm eindringlich in die Augen. „Sie sind ein Mann von Welt und Julias Beschützer. Ich nehme an, dass ein Skandal Sie nicht schockieren kann. Aldric erpresst mich."

„Der Earl? Ein Erpresser?"

Die drei suchten Deckung hinter dem Schreibtisch, als die Klinke gedrückt und die Tür langsam geöffnet wurde. Heath fand sich auf Knien wieder, eingezwängt zwischen Julias halb nackten Schultern und Hermias wogendem Busen. Es blieb ihm kaum genug Platz, um Luft zu holen. Er entsann sich nicht, sich je in einer vergleichbar grotesken Situation befunden zu haben.

Als Julia zu ihm aufsah, trafen sich ihre Blicke. Um ihre Mundwinkel zuckte es verräterisch, als würde sie jeden Moment einen Lachanfall bekommen. Und plötzlich befiel auch ihn ein unerklärlicher Lachreiz. Jahrelang hatte er geglaubt, sie nie wiederzusehen, und nun saß er hier mit ihr und ihrer wunderlichen

Tante unter einem Schreibtisch, ihr Knie bohrte sich in seinen Rücken, und sie würde seinen besten Freund heiraten. Heath schüttelte es, so komisch erschienen ihm die seltsamen Launen des Lebens.

Aber er beherrschte sich und fixierte den Blick auf die schwarzen Lederschuhe, die sich vor dem Schreibtisch hin und her bewegten. Der Earl of Odham war mit Mitte sechzig, kein junger Mann mehr, den Heath aus gemeinsamen Gesprächen im Club allerdings als lebhaften, ausgesprochen agilen Herrn kannte.

Agil genug, um sich nach dem Brief zu bücken, auf den er soeben getreten war.

„Was haben wir denn da?“, sagte Odham halblaut und hob das Blatt auf. „Jemand hat meinen Schreibtisch durchwühlt. Nicht sehr nett, würde ich meinen. Eigentlich ziemlich unverschämt.“

Er ging wieder in die Knie, befand sich praktisch in Augenhöhe mit den drei Missetätern, die sich stumm aneinanderdrängten.

Heath runzelte die Stirn. Wie sollte er seinem Gastgeber erklären, warum er sich hinter seinem Schreibtisch versteckte, da er selbst keine Erklärung dafür hatte? Sein Verhalten war unverzeihlich. Aber wie durch ein Wunder schien der Earl sie nicht zu entdecken.

„Was für eine Schlamperei“, murmelte Odham. Dann räusperte er sich und fügte mit lauter Stimme hinzu. „Nur gut, dass ich meine *persönlichen* Papiere in einem sicheren Versteck weiß.“

Kurz darauf verließ er summend das Zimmer und zog die Tür hinter sich zu.

Hermia kroch unter dem Schreibtisch hervor, richtete sich ächzend auf, strich glättend über das rote Kleid und zupfte die riesige Taftschleife zurecht. „Ein höchst anregendes Erlebnis.“

Heath kam auf die Füße und musterte sie finster. „Anregend ist kaum die treffende Bezeichnung für eine Straftat.“

„Das war doch keine Straftat“, verteidigte Julia ihre Tante. „Odham hat uns geradezu persönlich dazu eingeladen.“

Heath schnaubte verächtlich. „Wirklich feine Damen seid ihr, du und deine Tante.“

„Wartet, ich sehe nach, ob die Luft rein ist“, sagte Hermia völlig ungerührt. „Sie haben doch Erfahrung als Spion, Boscastle, und verstehen, was ich meine."

„Ehrlich gestanden, nein. Und ich will auch nichts damit zu tun haben."

„Ich auch nicht", flüsterte Julia ihm über die Schulter zu. „Aber sie ist meine Tante, und ich lasse nicht zu, dass man ihr Unrecht tut."

Er drehte sich um und musterte ihr Gesicht forschend im Halbdunkel. Sie war wirklich eine wilde Schönheit, das feuerrote Haar, die großen ausdrucksvollen Augen, der helle seidige Teint. Aber es war nicht nur ihr Äußeres, das ihn faszinierte. Sie war eine starke Persönlichkeit, klug und warmherzig. Unwillkürlich fragte er sich, ob Russell das zu schätzen wusste. „Ich darf doch annehmen, die Damen haben sich solche Heimlichkeiten nicht zur Gewohnheit gemacht."

„Dies ist unser erster Einbruchsversuch, ob du es glaubst oder nicht."

Er zog die Bleistiftskizze aus der Westentasche, die Julia im Flur verloren hatte. „Hoffentlich auch der letzte."

Ein sibyllinisches Lächeln umspielte ihre vollen Lippen. „Für gewisse Erfahrungen reicht ein einziges Mal, findest du nicht auch? Zumal für solche, die verboten sind."

Er wusste, worauf sie anspielte. Sein Herz schlug schneller. „Dem muss ich widersprechen. Eine Kostprobe ist doch eher appetitanregend."

„Wie gut, dass mein Appetit sich in Grenzen hält und ich mir nicht viel aus Essen mache."

„Vielleicht weißt du gar nicht, wovon du sprichst", entgegnete er samtweich.

Sie zog eine Braue hoch. „Vielleicht mache ich mir nichts aus solchen Genüssen."

Er musste lächeln. Bislang hatte er sich noch mit keiner Frau in Wortgefechten gemessen, ohne den Sieg davonzutragen. Eine erregende Herausforderung.

„Kommt endlich", zischte Hermia an der Tür. „Eure Bekanntschaft könnt Ihr später auffrischen."

Hermia öffnete die Tür, spähte in den Flur und verschwand. Heath schüttelte den Kopf und fragte sich verwirrt, wie er eigentlich mitten in dieses weibliche Komplott geraten war.

Er wandte sich zu Julia um. „Was sollte das eigentlich? Du erwartest doch nicht wirklich von mir, dass ich glaube, der harmlose alte Aldric erpresse deine Tante?"

„Aber es stimmt", versicherte sie achselzuckend.

„Dann sollte sie den Fall den Behörden melden. Es ist doch keine Lösung, wenn sie mit deiner Unterstützung seinen Schreibtisch aufbricht."

„Das ist kein Fall für die Behörden", entgegnete Julia schnippisch. „Es ist eine persönliche Angelegenheit. Aldric droht, Hermias frühere Liebesbriefe zu veröffentlichen, wenn sie nicht auf seine Forderungen eingeht."

„Aber das ist …" Heath stockte mitten im Satz. Gesellschaftlicher Klatsch hatte ihn nie interessiert, aber nun wurde er doch neugierig. „Und wie kam er in den Besitz ihrer Briefe?"

Julia seufzte. „Sie hat die Briefe an Aldric geschrieben."

Heath unterdrückte ein Schmunzeln. „Ist das wirklich dein Ernst?"

„Ich fürchte, ja. Vor Jahren hatten Aldric und Hermia eine stürmische Liebesaffäre, musst du wissen. Und sie hatte leichtsinnigerweise gewisse pikante Details dieser Affäre in ihrer Korrespondenz erwähnt."

Sie blickte ihm bohrend in die Augen, als wolle sie ihn warnen, gewisse Details aus *ihrer* kurzen Episode auszugraben. Seine Miene blieb ausdruckslos.

„Und Aldric droht nun, diese Briefe zu veröffentlichen, wenn sie ihm nicht eine hohe Summe dafür bezahlt?", fragte er und bemühte sich um einen entrüsteten Tonfall.

„Nein." Julia drängte sich an ihm vorbei. „Nicht ganz. Er droht, ihre Liebesaffäre publik zu machen, wenn sie ihn nicht heiratet."

Diese Erklärung hätte er zwar nicht erwartet, aber sie passte besser zu Aldric als das Bild eines gemeinen Erpressers. Ein in die Jahre gekommener Earl – verrückt nach einer korpulenten, gleichfalls in die Jahre gekommenen Witwe, die in ihrer Jugend eine verführerische Schönheit gewesen sein musste – ließ sich zu erpresserischen Methoden hinreißen, um endlich an sein Ziel zu kommen. Heath rieb sich das Kinn, um sich seine Heiterkeit nicht anmerken zu lassen. Leichtsinn schien in Julias Familie zu liegen, ebenso wie in seiner. Kein Wunder also, dass sie beide sich in ihrem jugendlichen Überschwang zu stürmischen Zärtlichkeiten hatten hinreißen lassen.

„Grundgütiger“, sagte er. „Wer hätte das gedacht? Aldric und deine Tante?“

„Tante Hermia ist außer sich vor Empörung, dass diese peinlichen Zeilen womöglich jetzt an die Öffentlichkeit gelangen könnten.“

„Das kann ich mir denken. Die beiden waren gewiss ein aufsehenerregendes Paar.“

Julias warnender Blick gab ihm erneut zu verstehen, dass auch sie ihre Vergangenheit begraben und vergessen wissen wollte. Sie konnte unbesorgt sein. Heath hatte nicht die Absicht, ihre Episode öffentlich zu machen. Deshalb reagierte er umso verblüffter, als sie unvermutet sagte: „Nur um eine Sache zu klären: Ich habe nicht vergessen, was zwischen uns damals in der Bibliothek vorgefallen ist.“

Heath fasste sich und gab vor, den Globus auf dem Messingständer in der Ecke zu studieren. Wohin sollte das führen? Mit diesem Geständnis wirbelte sie nur Staub auf. Da sie den Bann des Schweigens gebrochen hatte, sah er sich gezwungen, gleichfalls darüber zu sprechen. „Ich auch nicht.“

„Vielleicht sollten wir die Tür überprüfen“, sagte sie. „Nur für den Fall, dass man uns eingesperrt hat.“

Er hob den Blick mit einem vielsagenden Lächeln. „Vielleicht.“

Sie schwieg, und Heath hatte nichts dagegen. Als Geheimagent hatte er gelernt, dass ein Schweigen oft mehr über Menschen verriet, als tausend Worte mitteilen konnten. Was würde er über sie erfahren? Er war sich nie klar darüber gewesen, was sie für ihn empfunden hatte. Vielleicht hatte er damals einen unverzeihlichen Fehler gemacht und sie verscheucht.

Verstohlen beobachtete er sie. Sie wirkte kühl und unnahbar. Das Schweigen schien sie nicht zu irritieren. Offenbar hatte sie starke Nerven, sonst hätte sie es nicht fertiggebracht, auf einen Soldaten zu schießen, der ein Dienstmädchen belästigt hatte. Gesellschaftliche Formen und Sitten schienen sie nicht sonderlich zu interessieren, sonst hätte sie sich nicht ständig darüber hinweggesetzt. Nun rauschte sie an ihm vorbei und prüfte die Tür. Ihr Selbstvertrauen und ihre Zielstrebigkeit weckten Heaths schlummernde Sinnlichkeit, zogen ihn magisch in eine Gefahrenzone.

Sie war nicht mehr die Julia Hepworth, an die er sich in seinen Fantasien erinnert hatte. Das unbeschwerte junge Mädchen von damals, das mit ihm gelacht und sich unschuldig seinen Zärtlichkeiten hingegeben hatte, war verschwunden, und er vermisste es plötzlich schmerzhaft.

„Ich hörte, dein Vater sei gestorben", sagte er, um das Thema zu wechseln und seine Gemütsruhe nicht zu verlieren. „Mein herzliches Beileid, Julia."

Sie warf ihm einen dankbaren und gleichzeitig forschenden Blick über die Schulter zu. „Er hätte sich sehr über einen Besuch von dir gefreut. Die meisten seiner Freunde zogen sich zurück. Gegen Ende seines Lebens fühlte er sich sehr einsam. Gelegentlich hatte er zwar Absencen, aber dann war sein Verstand wieder völlig klar."

„Ich wünschte, ich hätte von seiner Krankheit gewusst", antwortete Heath aufrichtig. Julias Vater war ein stattlicher, gütiger Mann gewesen, dessen Lebensfreude ansteckend gewirkt hatte. Unendlich großzügig, weltoffen, ein wahrer Gentleman. Einige seiner Charakterzüge hatte er an seine einzige Tochter weitergegeben.

„Auch ich habe meinen Vater verloren", sagte er nach einer Pause.

„Russell sprach davon", erwiderte sie leise. „Deine Geschwister waren dir gewiss ein Trost in der schweren Zeit."

„Zumindest eine Ablenkung. Aber … du standest deinem Vater sehr nahe."

Ihr Lächeln traf ihn bis ins Herz. Wie schön sie geworden war!

Die Jahre hatten ihre etwas kantigen Gesichtszüge, den breiten Mund, das eigenwillige Kinn feiner geschliffen, ihr makellose Proportionen verliehen. Eine bezaubernde, willensstarke Frau. „Vater mochte dich gern. Wie sehr, wurde mir erst gegen Ende seines Lebens bewusst …"

Es blieb ihm jedoch keine Zeit mehr zu fragen, was sie damit meinte.

Entfernte Stimmen holten sie wieder in die Gegenwart. Erschrocken stoben sie auseinander, verließen das Zimmer, entfernten sich jeder in eine andere Richtung wie zwei Ballgäste, die dem Lärm und Gedränge im Saal für ein paar Minuten entflohen waren. Heath schaute ihr nach, als sie im Erfrischungsraum der Damen verschwand. Er hatte noch immer keine Ahnung, welche Ausrede er benutzen würde, aber eines wusste er mit absoluter Gewissheit – er war nicht bereit, einen ganzen Monat damit zu verbringen, Julias Beschützer zu spielen.

Julia flüchtete in den Erfrischungsraum, bestürzt über ihren inneren Aufruhr. All die Jahre hatte sie sich selbst belogen und sich eingeredet, sie habe sich verändert, habe aus ihren Fehlern gelernt und sei stärker geworden. Nach all den Ermahnungen und Zwiegesprächen mit ihrem Spiegelbild – immer wieder hatte sie sich schlagfertige Antworten zurechtgelegt und die kühle Distanz geprobt, die sie bei einer etwaigen Begegnung mit ihm wahren wollte.

Alle Vorsätze waren wie fortgeblasen gewesen in der Sekunde, als sie in Heath Boscastles bezwingend blaue Augen geblickt hatte. Sie war wieder das naive Geschöpf von damals, nicht eine erwachsene Frau, eine Witwe, die ihre Jugendschwärmereien längst hinter sich gelassen hatte. Wie peinlich und demütigend, dass ein einziger Blick von ihm genügt hatte, sie all ihre Strategien vergessen zu lassen und sie vollkommen aus der Fassung zu bringen. Der einzige Unterschied zu damals bestand darin, dass sie ihre Gefühle besser verbergen konnte. Aber leugnen konnte sie ihre Empfindungen nicht.

Sie betupfte ihre Schläfen und Handgelenke mit Rosenwasser,

um sich zu beruhigen. Zu allem Überfluss hatte Heath sie mit seiner aufrichtigen Anteilnahme am Tod ihres Vaters an einen seiner letzten Sätze auf dem Sterbebett erinnert, womit er sein Bedauern darüber ausgedrückt hatte, dass sie „Boscastle nicht geheiratet“ hatte.

„Verflixt“, schimpfte sie und stellte die Flasche Rosenwasser klirrend auf den Rand des Porzellanbeckens. „Zur Hölle mit allen Männern.“

„Aber doch nicht mit *allen*“, ließ sich eine amüsierte Frauenstimme hinter ihr hören.

Julia drehte sich langsam um und bemerkte erst jetzt die zierliche Frau, die entspannt auf einem schmalen Samtsofa ruhte und sich nun mit der Anmut einer Königin erhob. Julia glaubte die hübsche, etwa dreißigjährige Dame zu kennen, ohne sich an ihren Namen zu erinnern.

„Sie sind ...“

„Audrey Watson“, sagte sie mit einem warmen Lächeln. „Sie entsinnen sich an mich?“

„Natürlich. Wir lernten uns vor Jahren im Hyde Park kennen.“ Julia erwiderte ihr Lächeln ein wenig gehemmt. Damals war Audrey die Mätresse eines berühmten Porträtmalers gewesen, und diese Affäre war offenbar der Beginn einer erfolgreichen Karriere als Kurtisane gewesen, wie Julia den Klatschspalten der Zeitungen entnommen hatte. Seither vergötterte die Londoner Gesellschaft Audrey Watson. Sie war berühmt für skandalumwitterte Feste und erteilte ihre Gunst für schwindelerregend hohe Summen.

Eine Kurtisane. Gütiger Himmel. Ein vielversprechender Beginn für Julias Rückkehr in die Gesellschaft.

Audrey lächelte wissend. „Natürlich haben Sie all den Klatsch über mich gehört. Seien sie unbesorgt, meine Liebe, es stimmt alles.“

Julia blinzelte. Kein Wunder, dass Miss Watson die Herzen im Sturm eroberte. Sie strahlte Charme und Witz aus. „Ich kann Ihnen nur gratulieren. Sie finden sich in der Männerwelt wesentlich besser zurecht als ich.“

Audrey betrachtete sie mit leiser Besorgnis. „Sie sind jetzt Lady Whitby, nicht wahr? Nicht mehr Julia Hepworth, die blitzschnell am Abzug einer Pistole ist."

„Ich bekenne mich schuldig."

Audrey lachte. „Sie sind beinahe so berüchtigt wie ich. Wir beide haben einen bleibenden Eindruck bei den Londoner Männern hinterlassen."

„Ich fürchte, damit endet die Ähnlichkeit", entgegnete Julia in gespieltem Ernst. „Ich habe mir einen gewissen Ruf darin erworben, auf Männer zu schießen, während Sie ..."

„Während ich den Männern gestatte zu schießen", führte Audrey den Gedanken scherzend zu Ende. „Obwohl auch ich einigen meiner Liebhaber Wunden zugefügt habe, falls Sie dieser Gedanke tröstet."

Julia seufzte und dachte an den Grund ihrer Flucht in den Erfrischungsraum. „Ich wünschte, meine Beziehungen zu Männern wären so einfach."

Audrey senkte die Stimme und nickte vielsagend zu einem Hausmädchen im weißen Häubchen hinüber, das sich geschäftig an den Kleiderhaken mit Mänteln und Schals zu schaffen machte, wobei es sich beinahe den Hals verrenkte, um kein Wort der Unterhaltung zu verpassen.

„Irre ich mich jetzt, oder schlich Heath Boscastle vorhin zu einem Rendezvous mit Ihnen aus dem Ballsaal?", fragte Audrey leise.

Julia war einen Moment lang sprachlos. Sie hatte vergessen, dass man in der Öffentlichkeit überall belauert wurde. „Das war doch kein Rendezvous."

Audrey lächelte nachsichtig. „Ein harmloses Gespräch mit einem Boscastle gilt bereits als Rendezvous, Lady Whitby. Mir ist jedenfalls noch keine Frau begegnet, die sich dem sprichwörtlichen Boscastle-Charme entziehen könnte."

„Damit haben Sie allerdings recht", entgegnete Julia unbedacht.

„Unverbesserliche Schwerenöter und Herzensbrecher", fügte Audrey schwärmerisch hinzu. „Ich finde jeden Einzelnen von ihnen hinreißend."

Audreys Begeisterung trug nicht dazu bei, Julias Stimmung zu heben. Dass auch andere Frauen Heath unwiderstehlich fanden, war ihr keine Beruhigung. Im Gegenteil, diese Erkenntnis schien seine aufregende Ausstrahlung nur zu steigern und führte ihr lediglich erneut die Absurdität des von Russell getroffenen Arrangements vor Augen. Heath Boscastle, ihr Leibwächter. Er schien mit der Abmachung ebenso unglücklich zu sein wie sie, was sie ihm nicht verdenken konnte. Welche Anmaßung, ihm diesen Auftrag zuzumuten! Zu allem Überfluss hatte sie ihn auch noch in den lächerlichen Streit ihrer Tante mit dem Earl hineingezogen.

Audreys Augen weiteten sich in sensationslüsternem Entzücken. „Sagen Sie bloß nicht, Boscastle habe Ihnen angetragen, seine Geliebte zu werden."

Julia seufzte gereizt. „Natürlich nicht."

Audrey entfuhr ein spitzer kleiner Schrei. „Seine Ehefrau? Ich sterbe vor Eifersucht."

„Offenbar sind Sie nicht auf dem Laufenden", entgegnete Julia pikiert. „Ich bin mit Sir Russell Althorne verlobt."

„Althorne?" Audreys Stimme überschlug sich beinahe vor Verblüffung. „Das ist ja interessant."

Die junge Garderobenfrau musterte Julia in unverhohlener Neugier. Im gleichen Moment öffnete sich die Tür, und drei kichernde und plappernde junge Damen stürmten herein. Audrey warf Julia einen entschuldigenden Blick zu und machte dem quirligen Trio höflich Platz, ihre nächste Bemerkung allerdings war weniger manierlich.

„In diesem Fall schließe ich mich Ihrer anfänglichen Bemerkung an."

Julia hatte sich zum Gehen gewandt. Dies wäre ein günstiger Augenblick zu fliehen, da sie sich nicht dazu verleiten lassen wollte, etwas über ihr kompliziertes Verhältnis zu Heath preiszugeben, was sie später bereuen würde. Aber Audrey hatte ihre Neugier geweckt, und Julia konnte nicht widerstehen, sie zu befriedigen. Audrey schien eine deutliche Abneigung gegen Russell zu hegen.

„Meine anfängliche Bemerkung?", fragte sie leise. „Ich verstehe nicht recht."

Audrey lächelte. „‚Zur Hölle mit allen Männern.' Das sagten Sie doch, bevor wir ins Gespräch kamen, stimmt's?"

Damit hatte sie recht. Mittlerweile drängten sich zwei weitere Damen in den engen Raum. Weder Ort noch Zeit waren dazu angetan, dieses Gespräch fortzusetzen. Es würde ihrem ohnehin angeschlagenen Ruf nur schaden, wenn sie in aller Öffentlichkeit den Rat einer stadtbekannten Kurtisane suchte. Was wusste Audrey über Russell? Welchen Grund gab es für ihre Abneigung? Vielleicht hatte Russell sie öffentlich bloßgestellt. Oder war sie lediglich von den Boscastle-Brüdern so angetan, dass kein anderer Mann dem Vergleich standhalten konnte?

Julia glaubte, in dieser Annahme die Antwort gefunden zu haben.

Die Boscastle-Brüder waren verwegene und faszinierende Teufelskerle, die alle anderen Männer in den Schatten stellten, wie sie aus eigener Erfahrung wusste.

5. KAPITEL

Julia saß sittsam in einer Ecke des Ballsaals neben ihrer Tante und beantwortete geduldig die Fragen über ihr Leben in Indien, mit denen sie von älteren Damen bestürmt wurde. Wie hatte sie es nur ertragen, so lange fern von jeder Zivilisation zu leben? Wurde sie von Albträumen verfolgt? Rauchten ihre Dienstboten allesamt Wasserpfeifen und bezeichneten alle Europäer als Ungläubige? Der Earl of Odham versuchte mehrmals vergeblich, Hermia zu einem Tänzchen zu bewegen, die sich standhaft weigerte und ihn schalt, sich wie ein eitler alter Pfau zu benehmen. Julia indes vermutete, dass sie seine Avancen genoss und immer noch zärtliche Gefühle für den Earl hegte, auch wenn sie ihm eine frühere Treulosigkeit bis heute nicht verziehen hatte. Julia verurteilte sie deshalb nicht, vermutlich hätte sie sich ebenso verhalten.

„Weißt du eigentlich“, tuschelte Hermia hinter ihrem vorgehaltenen Fächer, „dass die stadtbekannte Kurtisane Audrey Watson heute Abend anwesend ist?“

„Ja.“ Julia hielt den Blick auf die Tanzfläche gerichtet, um ihre Tante nicht ansehen zu müssen. „Ich habe mich vorhin mit ihr unterhalten.“

Hermia ließ den Fächer entgeistert sinken. „Du hast mit ihr gesprochen?“

„Ja. Sie ist eine reizende Person.“

„Worüber habt ihr denn gesprochen?“, fragte Hermia begierig.

„Über dies und jenes“, antwortete Julia ausweichend. Sie war zerstreut, da Heath sie die ganze Zeit aus der Ferne beobachtete, ohne auch nur den Versuch zu machen, dies heimlich zu tun. Beim Verlassen des Erfrischungsraums hatte er in einigem Abstand geduldig auf sie gewartet und damit natürlich Audreys Verdacht, zwischen ihnen könne *etwas* sein, Nahrung gegeben. Er hatte darauf bestanden, sie in den Ballsaal zu begleiten, und sie nicht mehr aus den Augen gelassen. Als sie vor einer Weile versucht hatte, heimlich in den Garten zu huschen, um der stickigen, parfumgeschwängerten Luft zu entrinnen, hatte er sie bereits auf der Terrasse erwartet und in aller Ruhe eine Zigarre geraucht.

„Nanu, welch ein Zufall, dich hier zu treffen", sagte sie, und das Herz klopfte ihr bis zum Hals. „Schon wieder."

„Hast du Lust auf einen Spaziergang?", fragte er und bot ihr höflich den Arm.

Julia ignorierte geflissentlich die verlockende Geste, musste sich aber insgeheim gestehen, dass er ein ausgesprochen galanter Leibwächter war.

„Ja, gern. Aber alleine, wenn es dir nichts ausmacht. In Indien habe ich oft weite Spaziergänge unternommen."

Er spähte den verschatteten Gartenweg entlang, der sich im Dunkel der Sträucher verlor. „Das kann ich nicht zulassen", lehnte er kopfschüttelnd ab.

„Nicht *zulassen* ..."

„Ich halte mich nur an meine Anweisungen." Er näherte sich ihr und legte die Zigarre ins Erdreich einer Topfpflanze. „Eine militärische Disziplin."

Sie verschränkte die Arme vor der Brust, fühlte sich ein wenig atemlos und unsicher. Er ging entschieden zu weit in seiner Pflichtauffassung. „Das kann nicht gut gehen."

„Das fürchte ich auch", entgegnete er mit einem dünnen Lächeln.

„Tatsächlich?"

Er stand im Lichtschein eines der hohen Fenster. Silbrige Schatten vertieften die Konturen seines schönen Gesichts. „Wann starb dein Ehemann?", fragte er unvermittelt.

„Vor vierzehn Monaten."

Er schwieg. Sie konnte direkt sehen, wie er nachrechnete. Vier Monate dauerte die Schiffspassage von Indien nach England. Etwa einen Monat hatte sie mit Besuchen bei Verwandten verbracht. Russells Beistand war ihr in dieser schweren Zeit eine große Hilfe gewesen. Er hatte Julia in Dover erwartet, in einem Hotel untergebracht und später ans Krankenbett ihres Vaters begleitet. Er war sehr fürsorglich gewesen und hatte sie mit Aufmerksamkeiten förmlich überschüttet. Mittlerweile hatte sie ihre Fassung wiedergefunden, konnte wieder klar denken. Manchmal bedauerte sie, Russells Antrag angenommen zu haben, ohne sich Bedenkzeit zu erbitten. Aber sie wollte nicht allein bleiben, und er hatte sich als treuer, verlässlicher Freund erwiesen, der gewiss auch ein guter Vater sein würde. Beide wünschten sich Kinder. Julias einzige Besorgnis bestand darin, dass sie einander vielleicht nicht gut genug kannten.

„Hast *du* denn Lust auf einen Spaziergang?", fragte sie plötzlich, ein wenig befangen von Heaths langem Schweigen. Andererseits handelte er ja nur in ihrem Interesse. Und er konnte nichts dafür, wenn ihr Herz in seiner Nähe so wild pochte.

Er spähte wieder in den dunklen Garten. „Eigentlich nicht. Im Haus sind wir sicherer."

Sicherer? Wovor? Sie ging neben ihm auf das hell erleuchtete Haus zu, die unausgesprochene Frage hing zwischen ihnen. Wollte er damit zum Ausdruck bringen, dass er sich in ihrer Nähe nicht sicher fühlte? Falls er überhaupt etwas für sie empfand, verbarg er es ausgezeichnet. Dafür sollte sie ihm dankbar sein. „Was glaubst du, ist Russell wirklich in Gefahr?", fragte sie.

„Russell ist davon überzeugt." Sein Blick drang ihr bis ins Herz, als er sich ihr zuwandte. „Auclair ist zu allem fähig. Das weiß ich aus eigener Erfahrung. Aber ich wusste nicht, dass er noch immer sein Unwesen treibt. Ich hatte gehofft, nie wieder etwas von ihm zu hören."

Julia musste gestehen, dass ihr die Nähe dieses kraftvollen, breitschultrigen Mannes ein angenehmes Gefühl der Geborgenheit gab. Auch wenn sie in seiner Nähe leicht die Fassung verlor, konnte sie ihm nicht die Fähigkeit absprechen, ein guter Beschützer zu sein. Sie konnte auch Audrey Watsons Behauptung nicht widerlegen, dass ein Boscastle eine überwältigende Wirkung auf Frauen ausübte. Wie könnte sie je vergessen, dass dieser Boscastle an ihrer Seite ein großes Talent als Verführer besaß?

Julia warf einen Blick über die Schulter zurück auf die Terrasse und erschrak. „Deine Zigarre – sie glüht noch. Aus dem Blumentopf steigt Rauch auf."

Er sah sie lächelnd an. „Lass sie glühen."

„Aber wo Rauch ist ..."

„Ist meist ein Boscastle in der Nähe."

Lass sie glühen, wahrhaftig.

Als sie an Heaths Seite wieder den lärmenden, überhitzten Ballsaal betrat, hatte Julia das Gefühl, innerlich zu glühen. Wie erwartet, lenkte das Paar die Blicke der Gäste auf sich, manche bewundernd, manche tadelnd. Heath schien sie nicht zu bemerken oder achtete nicht darauf. Dabei zog er noch mehr Aufmerksamkeit auf sich als Russell, der das öffentliche Interesse an seiner Person ausgesprochen genoss. Julia schritt erhobenen Hauptes verbindlich lächelnd neben ihm her. Sie hätte es vorgezogen, mindestens eine Stunde draußen auf der Terrasse zu verbringen, allerdings ohne Heath. Russell hatte ihr nicht geglaubt, als sie ihn davor gewarnt hatte, dass sie sich in großer Gesellschaft nicht sonderlich wohlfühlte. Sie hatte die Lust an seichten Plaudereien verloren, hatte zu viel durchgemacht, um Gefallen an solchen Nichtigkeiten zu finden.

Heath begann ein Gespräch mit einem älteren, sehr soliden Ehepaar, wobei er seine Hand nicht von Julias Ellbogen nahm, um zu verhindern, dass sie ihm wieder entwischte. Vereinzelte Sätze einer Unterhaltung zwischen einigen mit Juwelen behängten Matronen in ihrer Nähe drangen an ihr Ohr.

„... eine Schande. Sie müsste doch wenigstens so viel Anstand besitzen, Halbtrauer zu tragen."

„Na ja, was kannst du von einer Witwe verlangen, die auf einen Mann geschossen hat, in den ... ich bringe das Wort nicht einmal über die Lippen."

Heath unterbrach sein Gespräch, drehte sich halb um und erklärte laut und vernehmlich: „In den Allerwertesten, meine Dame. Sie hat dem Mistkerl in den Hintern geschossen. Ich weiß allerdings nicht, ob in die linke oder die rechte Backe. Aber Sie können Mrs Whitby ja selbst fragen."

„Erlauben Sie! So etwas würde ich nie tun", entrüstete die Matrone sich.

„Sollten Sie aber", entgegnete Heath mit einem teuflischen Feixen. „Dann müssten Sie nicht hinter ihrem Rücken über sie tuscheln."

Er nickte dem freundlich lächelnden Ehepaar zu, festigte den

Griff um Julias Arm und entführte sie in die Mitte des Ballsaals ins helle Licht des dreistufigen Kristalllüsters. Der begehrte Junggeselle und die verruchte Witwe, die einem englischen Soldaten in den Hintern geschossen hatte.

„Vielen Dank“, sagte sie trocken in die ersten Klänge eines Kotillons, den das Orchester auf dem Podium anstimmte. „Damit hast du meinem guten Ruf einen großen Gefallen erwiesen.“

Heaths Antwort ging unter im plötzlichen Einsatz von Geigen, Cellos und Flöten, aber Julia glaubte zu hören, wie er ungerührt fragte: „War es die linke oder die rechte Backe?“

Und als ihre Schultern sich in einer Drehung berührten, antwortete sie: „Weder noch. Ich zielte in die Mitte und habe ihm ein drittes Grübchen verpasst zur lebenslangen Erinnerung an mich.“

Sie kam sich unbeholfen und steif vor wie eine Holzpuppe. Die Paare auf dem Parkett warfen ihnen musternde Blicke zu, verglichen vermutlich Heaths natürliche tänzerische Begabung mit Julias steifen Bewegungen, erwarteten vielleicht, dass sie eine Pistole zog und die Kerzen im Kristalllüster, eine nach der anderen, mit gezielten Schüssen ausblies. Julia ärgerte sich über sich selbst. Warum war es ihr so wichtig, was andere über sie dachten? Und dann brachte sie mit ihrem Verhalten auch noch Russell in Verlegenheit, der so sehr darum bemüht war, Anerkennung in der Gesellschaft zu finden. Sie war eine Belastung für ihn und fürchtete, dass sich daran nicht viel ändern würde. Vielleicht sollte sie wirklich Halbtrauer tragen; das war wenigstens Russells Meinung. Aber sie verabscheute es, ihre Gemütsverfassung öffentlich zur Schau zu stellen. Sie hatte ihren Ehemann und ihren Vater kurz nacheinander verloren. Ihre Weigerung, Schwarz zu tragen, hatte nichts mit ihrer Trauer zu tun. Ihr Vater hatte Trauerkleidung gehasst und behauptet, Witwen sähen aus wie hässliche schwarze Krähen. Sie missachtete die Etikette, weil es ihr widerstrebte, von fremden Menschen mitleidig angegafft zu werden. Sir Adam Whitby war ihr im Grunde genommen fremd gewesen, als sie ihn geheiratet hatte. Und bei seinem Tod hatte sie ihn kaum besser gekannt, aber sie wäre ihm eine gute Ehefrau geworden, hätte sie die Chance dazu bekommen.

Das junge Paar hatte sich in Indien nur einige Male gesehen. Adam war ständig von einem Außenposten zum nächsten gereist, und Julia vertrieb sich die einsamen Stunden mit Zeichnen und Lektüre. Sie kam auch alleine gut zurecht. Ihr Vater hatte ihr ein beträchtliches Vermögen hinterlassen und ihr außerdem sein Selbstvertrauen, seine Zuversicht und Lebensfreude vererbt, Eigenschaften, die ihr das Leben leichter machten. Ihr Ehemann hatte ihr nicht sonderlich gefehlt, wofür sie sich insgeheim ein wenig schämte. Aber sie bedauerte, nicht einmal ein Kind von ihm zu haben.

Sie machte eine Drehung in die falsche Richtung, Heaths untergehakter Arm lenkte sie in die richtige Drehung, und er tanzte leichtfüßig mit ihr durch die Reihen der Paare, als beherrsche er die komplizierten Schritte im Schlaf. Mit ihm zu tanzen machte sie befangen. Seine männliche Nähe lenkte sie davon ab, sich auf die Schrittfolgen zu konzentrieren. Sie fühlte sich plump und unelegant, ihr Talent, sich in der Öffentlichkeit zu bewegen, war in den Jahren der Einsamkeit eingerostet.

„Schon wieder eine falsche Drehung", flüsterte Heath belustigt und schwang sie in die andere Richtung.

„Eigentlich würde ich lieber fliehen." Aber allmählich begann sie sich zu entspannen und ließ sich von ihm führen. Seine Gelassenheit färbte auf sie ab, da sie sein Bemühen spürte, ihr die Hemmungen zu nehmen.

Er lachte. „Vor mir? Aber meine Liebe, wie kannst du nur?"

„Unglaublich, wie?"

„Allerdings. Und ich dachte, ich benehme mich vorbildlich."

Der Tanz führte sie einen Moment zusammen, ihre Körper berührten einander, Hitze flammte auf, ihre Blicke verschmolzen. Julia konnte nicht denken, nicht atmen. Ihre Brustspitzen prickelten unter dem engen Mieder, Wonneschauer durchrieselten sie. Sein Blick verdunkelte sich – ein Meister der Verführung –, und dann trennte der Tanz sie wieder.

Julia holte tief Atem.

Hatte sie Indien tatsächlich für einen Kontinent gehalten, wo überall Gefahren lauerten? Sie verspürte plötzlich den Wunsch, wegzulaufen und sich zu verstecken. Russell hatte doch versucht, ihr einzureden, sie werde bald wieder Vergnügen am Gesellschaftsleben finden, aber er irrte. Darüber hinaus mehrten sich die Zeichen, dass auch er ein ständig abwesender Gemahl sein würde. Und sie begann sich zu fragen, ob es ihre Bestimmung war, den Rest ihres Lebens einsam zu verbringen, während Russell sich im Glanz seiner politischen Karriere sonnte. In vornehmen Adelskreisen wirkte er ein wenig befangen, schämte sich offenbar seiner bescheidenen Herkunft. Er war ein zwiespältiger Mensch, unsicher und hochmütig zugleich.

Aber er hatte den Mut, eine skandalumwitterte Witwe zu heiraten. Und außerdem kannte sie ihn seit vielen Jahren.

Ebenso lange wie den blauäugigen Schwerenöter, der sie durch den Ballsaal wirbelte.

Der Tanz endete.

Julia atmete erleichtert auf und erhaschte einen Blick von Audrey Watson, die vom Rand der Tanzfläche zu ihr herüberlächelte, ihr Blick glitt weiter zu Heath und verweilte. Und sie war gewiss nicht die einzige Frau, die ihre Augen nicht von ihm lassen konnte.

Es wäre ungerecht, ihm allein die Schuld daran zu geben, was vor Jahren geschehen war. Bis heute war Julia nicht sicher, ob sie ihn zu diesem ersten Kuss gedrängt hatte oder er sie. Und sie fragte sich, wie sie reagieren würde, wenn sie diesen denkwürdigen Nachmittag noch einmal erleben könnte. Würde sie ihm und sich selber beweisen, dass sie besonnener und weniger ungestüm geworden war? Sie würde es nie erfahren. Die Zeit ließ sich nun mal nicht zurückdrehen.

Als er sie zu ihrem Platz neben ihrer Tante begleitete, drehte Julia sich entschlossen zu ihm um. Russell hatte einen Fehler begangen, diese Bitte an Heath zu richten, es war falsch, ihn dieser peinlichen Situation auszusetzen. Die Vergangenheit ließ sich nicht auslöschen.

„Ich entlasse dich aus deiner Verpflichtung“, sagte sie halblaut.

Er blickte sie unverwandt an, zeigte keine Regung.

„Hörst du, was ich sage?", fragte sie eindringlich. „Wir können das nicht tun. Es ... es weckt zu viele Erinnerungen, wenigstens für mich."

Er nickte. In seinen blauen Augen glommen gefährliche Funken. „Ich verstehe und teile deine Meinung." Mit diesen Worten überließ er sie der Obhut ihrer Tante.

Obgleich er sie bis zum Ende der langen Ballnacht beobachtete und sie nach Hause begleitete, sprach er nur das Nötigste mit ihr.

6. KAPITEL

Nachdem er Julia und Lady Dalrymple nach Hause begleitet hatte, nahm Heath eine Droschke zur Villa, die Russell in London angemietet hatte. Als sich auf sein mehrmaliges Klopfen nichts rührte, beschloss er, unaufgefordert einzutreten.

Vermutlich hatte Russell sich bereits zu Bett begeben, da er im Morgengrauen nach Dover aufbrechen wollte. Wäre die Angelegenheit nicht so dringend gewesen, Heath wäre unverrichteter Dinge wieder umgekehrt.

In der Diele blieb er unschlüssig stehen. Es widerstrebte ihm, Russell aus dem Bett zu holen. Aber er durfte den Freund auch nicht im Glauben lassen, Julia sei in seiner sicheren Obhut. Auf keinen Fall konnte Heath die Rolle ihres Beschützers übernehmen. Russell musste wohl oder übel andere Vorkehrungen treffen. Zwar war Heath jederzeit bereit, sein Leben für sein Land zu riskieren, aber sein Herz zu riskieren war etwas anderes. Er konnte sich nicht länger einreden, die Sache mit Julia sei abgetan, vorbei und vergessen. Wieso sollte er sich einer solchen Versuchung aussetzen? Er hatte genug Folterqualen in seinem Leben erduldet.

In einem Fenster im ersten Stock brannte noch Licht, ansonsten lag das Haus im Dunkel, eingehüllt in Schweigen.

Er näherte sich langsam der Treppe, alle Sinne angespannt.

Merkwürdig, dass die Haustür nicht verschlossen war.

Es war weiterhin seltsam, dass kein einziger Diener Nachtdienst hatte, wenn Russell angeblich von einem Mörder verfolgt wurde. War er vielleicht schon abgereist? Aus dem ersten Stock drang gedämpftes Lachen herunter. Das Lachen einer Frau.

Eine düstere Ahnung beschlich Heath.

Lautlos schlich er die Treppe hinauf.

Russells tiefe Stimme mischte sich in das Frauenlachen. Heath konnte die Worte nicht verstehen, aber es klang nicht nach einem hitzigen Wortwechsel. Er wollte schon kehrtmachen, doch der Gedanke an Julia war stärker als sein Taktgefühl.

Am Ende des schwach erleuchteten Korridors stand eine Tür

halb offen. Heath blieb wie angewurzelt stehen, wollte seinen Augen nicht trauen. Eine schlanke junge Frau tanzte auf dem Teppich, zierliche Seidenpantoffel baumelten von ihrer linken Hand, während sie sich mit der rechten einen Kamm ins blonde Haar steckte, das ihr über die nackten Brüste wallte.

„Lady Harrington", grüßte Heath die Tänzerin mit einem dünnen Lächeln. „Freut mich, Sie wiederzusehen – noch dazu unverhüllt." Sein kühler Blick wanderte von ihrem fassungslosen Gesicht über ihre rosige Nacktheit. Die Pantoffeln entglitten ihren erschlafften Fingern. Hastig griff sie nach einem pastellfarbenen Negligé auf dem zerwühlten Bett, um sich zu bedecken. Die Mühe hätte sie sich sparen können. Heath interessierte sich nicht für ihre Reize.

Mit einem spitzen Schrei stürmte sie an ihm vorbei und eilte die Treppe hinunter.

Er ließ sie gehen, stieß die angelehnte Tür zum Nebenzimmer auf und sah Russell mit nacktem Oberkörper vor seinem Schreibtisch stehen, einen Stapel Papiere in der Hand, in der anderen eine Pistole.

„Herrgott, Lucy", knurrte er gereizt. „Ich sagte dir doch, ich muss schlafen. Was hast du jetzt vergessen?"

„Vielleicht ihre Moral?", antwortete Heath und lehnte sich gegen den Türrahmen. „Oder dein Eheversprechen?"

Russell fuhr herum. Die Papiere in seiner Hand flatterten auf den Schreibtisch. „Was, zum Teufel, Boscastle?"

„Tut mir leid", entgegnete Heath ungerührt und ließ den Blick über die achtlos hingeworfenen Kleidungsstücke auf dem Teppich schweifen. „Ich hatte keine Ahnung, dass du Besuch hast. Ich komme, um dir zu sagen, dass ich den Auftrag ablehnen muss. Ich kann mich nicht um Julia kümmern."

„Es … ist nicht so, wie es aussieht", stotterte Russell verlegen.

Heath hob nun den Blick in Russells Gesicht, kühl und ohne Sympathie. „Wonach sieht es denn aus?"

„Nun ja, ich … ich verreise. Ein Mann hat gewisse Bedürfnisse, und Julia ist … in dieser Hinsicht … ziemlich unnahbar. Du wirst ihr doch nichts davon sagen, wie?"

„Warum sollte ich?“ Seit wann war Julia unnahbar? Die Julia, die sich lüstern unter ihm auf dem Teppich in der Bibliothek gewunden hatte, war weiß Gott nicht unnahbar zu nennen, die Frau, die in ihm ein Verlangen geweckt hatte, das nie erfüllt worden war.

„Es ist das erste Mal …“

„Halt den Mund, Russell.“

„Kein Grund, gehässig zu werden. Du bist schließlich auch kein Heiliger.“

„Zieh dein Hemd an.“

Russell griff nach dem Hemd, das über einen Stuhl geworfen war. „Was machst du eigentlich hier? Du sollst doch meine Verlobte im Auge behalten.“

„Damit du deinen Vergnügungen nachgehen kannst? Reichlich geschmacklos, findest du nicht?“

Russell schwieg und knöpfte sich mürrisch das Hemd zu. „Wie bist du eigentlich ins Haus gekommen?“

„Die Tür war nicht verschlossen. Ziemlich leichtsinnig für einen Mann, der angeblich von einem Mörder verfolgt wird.“

Russell starrte ihn fassungslos an. „Hat mein Butler nicht versucht, dich aufzuhalten?“

Heath straffte die Schultern, seine Ahnung hatte ihn also nicht getrogen. Russell beschäftigte nur Dienstboten, die von ihm persönlich zu Soldaten ausgebildet worden waren und ihre Tapferkeit und Loyalität im Krieg bewiesen hatten. „Keine Spur von ihm.“

Russell eilte mit angespannten Gesichtszügen zur Tür. „Dann ist etwas passiert. Auf den Mann ist absolut Verlass.“

Wenige Minuten später fanden sie den Butler und zwei weitere Diener gefesselt und geknebelt in der Vorratskammer. Sie waren von einem maskierten Mann überfallen und bewusstlos geschlagen worden, keiner hatte seine Stimme gehört oder sein Gesicht gesehen.

„Könnte es Auclair gewesen sein?“, fragte Heath, während er mit Russell das Haus durchsuchte.

„Natürlich nicht“, knurrte Russell. „Offenbar hat er einen Schläger angeheuert, um mir einen Denkzettel zu verpassen.“

„Warum?“

„Er ist mein Feind, und es ist kein Geheimnis, dass ich ihn erledigen will. Das muss ich dir doch nicht erklären.“ Er befingerte nervös seine Augenklappe, seine Stimme grollte voll unterdrückter Wut. „Genau deshalb brauche ich dich. Du kennst London, und du kennst Julia … zumindest so gut, um auf sie aufzupassen.“

„Ja, aber …“

„Ich weiß, was Auclair dir in Portugal angetan hat. Ich fand dich mehr tot als lebendig im Delirium, nachdem der Wahnsinnige dich unvorstellbaren Foltern ausgesetzt hatte. Hast du etwa vergessen, wie viele unserer Soldaten er getötet hat? Welchen Genuss er an Grausamkeit hat?“

„Nein, das habe ich nicht“, entgegnete Heath knapp. „Suchen wir den Mann, der in dein Haus eingebrochen ist, oder nicht?“

Russell schlüpfte in die Ärmel seines Mantels. „Darum kümmere ich mich. Ich will, dass du in Julias Haus zurückkehrst. Und bei ihr bleibst. Bitte, Heath.“

„Gott im Himmel.“

„Stell mir keine Fragen. Tu es einfach.“

Heath verließ das Haus in der St. James Street in düsterer, aufgewühlter Stimmung und fragte sich zähneknirschend, wie er mit dieser leidigen Situation umgehen sollte. Russells Sorge um Julia war unter den gegebenen Umständen verständlich, und Heath hätte ihm vermutlich seine Unterstützung angeboten, wenn ihm Zeit geblieben wäre, eine Entscheidung zu treffen.

Aber Julia hatte ihn vor wenigen Stunden aus seiner Verpflichtung entlassen. Nicht aus einer Laune heraus, sondern aus Gründen der Vernunft, die ihm einleuchteten. Sie hatte die Gefahr ihrer gegenseitigen Anziehung erkannt. Sie hatte an Selbsterkenntnis gewonnen, ein Wesenszug, der ihm an ihr gefiel.

Er stand lange vor ihrem Haus, um seinen inneren Aufruhr zu beschwichtigen und zur Ruhe zu kommen. Er hatte sich über das Wiedersehen mit ihr gefreut, war sich aber keineswegs sicher, ob er den Wunsch hatte, diese Erfahrung zu wiederholen. Diese Herausforderung an seine Selbstbeherrschung war ihm gründlich zuwider, und er war sich mitnichten sicher, ob er sie bestehen konnte und nicht doch erneut Julias Reizen erliegen würde.

Sie brachte sein Innerstes durcheinander, und dieser Zustand war ihm keineswegs erwünscht. Sein Beschützerinstinkt kämpfte mit der verbotenen Lust, die sie erneut in ihm geweckt hatte. War es überhaupt möglich, einer schönen Frau mit Julias sinnlicher Ausstrahlung harmlose und freundschaftliche Gefühle entgegenzubringen? Wie sollte ihm das gelingen? Es war höchst beunruhigend für einen Mann seines Alters, festzustellen, dass er nicht wissen konnte, was ihn an der nächsten Biegung seines Lebenswegs erwartete. Andererseits – waren es nicht diese Unwägbarkeiten, die das Leben interessant machten?

Lady Dalrymple schlief bereits, als Heath an die Pforte von Julias Stadthaus am Berkeley Square klopfte. Der betagte Butler weigerte sich zunächst, ihn einzulassen, änderte allerdings seine Meinung, als der nächtliche Besucher ihn wissen ließ, dass Lady Whitby vor einem Gauner beschützt werden musste, der in Sir Russells Haus eingebrochen war und seine Dienstboten niedergeschlagen und gefesselt hatte.

„Ich sage ja immer schon, diesen Franzosen kann man nicht trauen, Mylord", rief er Heath in den Korridor nach. „Wir hätten das ganze Land gefangen nehmen sollen."

„Glänzende Idee", brummte Heath. „Wieso ist das bisher noch keinem eingefallen?"

„Diesem Napoleon trau ich am allerwenigsten", fuhr der Butler fort und stützte sich mit zitternder Hand am Garderobenständer ab. „Ich finde, wir hätten …"

Heath fuhr herum. „Wo ist Lady Whitby?"

Der Butler blinzelte. „In ihrem Schlafzimmer, Mylord. Sie liest gern bis tief in die Nacht. Aber Sie denken doch nicht, dass etwas … dass jemand …" Er schluckte. „Sir Russell wollte ihre Tür nachts von einem Diener bewachen lassen, aber Lady Whitby lässt es nicht zu. Sie sagte, sie bekommt Albträume davon. Sie sagte …"

„Sie redet zu viel." Heath schnitt ihm mit einer unwirschen Geste das Wort ab und murmelte zähneknirschend: „Herr im Himmel, wieso tust du mir das an?"

Er rannte die Treppe hinauf, zwei Stufen auf einmal nehmend, und stürmte zu einer Tür, unter der ein schmaler Lichtstreif durch die Ritze drang. Sie hatte die Tür nicht einmal verriegelt, deshalb würde er sie später zur Rede stellen. Julia lag bäuchlings quer über dem Bett, offenbar in die Lektüre eines Buches vertieft.

Seine erste Reaktion war Erleichterung. Sie war unversehrt, bemerkte den nächtlichen Besucher nicht einmal, offensichtlich hatte sie keine Ahnung von dem Überfall auf Russells Diener.

Als Nächstes nahm er ihre Rundungen wahr. Ihr wohlgeformtes Hinterteil unter dem dünnen Nachthemd, ihre schlanken Beine, in den Knien angewinkelt und nackt bis zu den Schenkeln. Heath stand wie angewurzelt, kämpfte gegen sein aufwallendes Verlangen, fasziniert von der Frau, die seinem Freund gehörte.

Ihr Haar leuchtete heller als in seiner Erinnerung; ihre Arme und Schultern schimmerten golden. Schließlich hatte sie einige Jahre in Indien gelebt, sich vermutlich nicht an das herrschende Modediktat der vornehmen Blässe gehalten und sich ohne Schirm der Sonne ausgesetzt, eigensinnig wie Julia nun einmal war. Es hätte ihn auch nicht schockiert zu erfahren, dass sie jeden Tag nackt im Fluss gemeinsam mit menschenfressenden Tigern gebadet habe. Am liebsten hätte er sich wie ein Raubtier auf sie gestürzt und seinen animalischen Trieben freien Lauf gelassen. Ein Beben durchzog ihn.

Sein Herz klopfte wie ein Hammer. In Gedanken streifte er ihr die dünne Hülle ab, streichelte ihre verführerischen Rundungen, hielt sie unter sich gefangen, um das zu beenden, womit sie vor Jahren begonnen hatten. Zurückhaltend? Unnahbar? Hatte Russell sie unnahbar genannt? Er konnte nicht von der Frau gesprochen haben, die sich stöhnend unter Heaths verbotenen Küssen und Liebkosungen gewunden hatte. Das Verlangen schoss ihm heiß in die Lenden in Erinnerung an ihre stürmischen Zärtlichkeiten. Sie würde ihm nicht glauben, wenn er ihr gestand, was er für sie empfunden hatte und immer noch empfand. Er konnte es ja selbst kaum glauben.

Jäh wurde er aus seinen Träumen gerissen, als sie sich plötzlich zur Seite rollte. Ihr langes rotes Haar umwallte ihre Schultern. Ihre grauen Augen verengten sich zu gefährlich blitzenden Schlitzen. Heath blinzelte.

Sie hielt eine Pistole in der Hand, den Lauf direkt auf seine Brust gerichtet. Er holte tief Atem. Dieses kurze Kapitel ihrer Begegnung wollte er nicht unbedingt wiederholt wissen. Sinnenlust und Lachen, ja. Eine Pistolenwunde, nein.

„Ich bin es." Etwas Klügeres fiel ihm nicht ein. Julia hatte sich einen gewissen Ruf erworben, auf Männer zu schießen, und beim dritten Mal würde es vielleicht nicht so glimpflich abgehen wie bei den ersten beiden Malen. „Um Himmels willen, Julia, ich bin es nur."

Sie ließ die Waffe sinken und schaute über seine Schulter zur Tür. „Was ist passiert?", fragte sie. „Ist Russell bei dir? Wieso stürmst du mitten in der Nacht in mein Zimmer?"

„Deinem Verlobten geht es gut. Aber sein Butler und zwei Diener wurden vorhin überfallen, als Russell ... seine Koffer packte." Er wollte nicht der Überbringer schlechter Nachrichten sein, sonst würde sie ihn möglicherweise tatsächlich auf der Stelle totschießen. Und er hatte nicht die Absicht, sich mehr als nötig in diese Sache hineinziehen zu lassen. Das redete er sich zumindest ein.

Julia zog ihr dünnes Hemd über die Knie, reichlich spät für sein Empfinden. Er hatte bereits genügend von ihrer entzückenden Figur gesehen, um die ganze Nacht kein Auge zutun zu können. „Und warum bist du hier?"

Er blickte sie finster an. Sie hatte ihm mit der Waffe einen tüchtigen Schrecken eingejagt. Diese Frau verdiente ihren schlechten Ruf. „Russell schickt mich, um mich zu vergewissern, dass dir nichts passiert ist."

„Denkst du, ich bin in Gefahr?"

Er wollte sie nicht belügen, wollte ihr aber auch nicht erklären, was für ein grausamer, unberechenbarer Mann dieser Armand Auclair wirklich war. „Ich weiß es nicht."

„Vielleicht sollte ich London verlassen."

„Das wäre zu überlegen. Die Großstadt ist möglicherweise gefährlicher als ein Leben auf dem Land."

Sie kam auf die Füße. Mit offenem Haar sah sie aus wie ein junges Mädchen, irgendwie unschuldig, schutzlos, trotz der Pistole in ihrer Hand.

„Danke", sagte sie leise. Und dann blitzten ihre Augen wieder schalkhaft, und die Farbe kehrte in ihre Wangen zurück. „Du bist ein tüchtiger Leibwächter, Boscastle."

Etwas zog ihm die Brust zusammen, eine seltsame Regung ... Was war das? Vorsicht? Zuneigung? Triebhaftes Verlangen? Oder diese magische, teuflische Macht, die Könige zu Fall brachte, Karrieren vernichtete und ihre Opfer zu Idioten machte? Nie hätte er gedacht, dass er für diese Macht anfällig wäre. Wie blind, dumm und hochnäsig von ihm. „Danke wofür?"

Sie schmunzelte, und das enge Gefühl in seiner Brust verstärkte sich, verbreitete sich sengend heiß. Er wusste nicht, wie er dagegen ankämpfen sollte, wusste nicht einmal, wie er es nennen sollte. „Dass du zu meiner Rettung gekommen bist."

„Aha."

Sie lächelte verschmitzt. „Immerhin hast du mich davor bewahrt, die ganze Nacht zu lesen. Wie kann ich mich nur dafür erkenntlich zeigen?"

„Ich lasse mir etwas einfallen. Gib mir die Pistole."

„Hier." Sie hielt sie ihm hin. „Vorsicht! Sie ist geladen."

Er nahm die Waffe und untersuchte sie erstaunt. „Woher hast du sie? Das ist eine Manton Duellpistole.

„Mein Mann hat sie mir gegeben."

Er hob anerkennend den Blick. „Dein Ehemann?"

„Er war häufig unterwegs."

„Das ist ein schönes Exemplar, Julia."

„Ich weiß."

Er blickte ihr in die Augen. Plötzlich wurde ihm bewusst, wie dicht sie voreinanderstanden. War sie näher gekommen oder er? Es war beinahe so, als ziehe ein Magnet sie zueinander, gegen ihren Willen und gegen jede Vernunft. Er starrte auf die kleine Mulde an ihrem Hals, auf den Ansatz ihrer Brüste. Eine voll erblühte Frau. Eine Frau, die einem anderen gehörte. Sein Blut erhitzte sich. Wieso musste sie so verdammt verlockend sein?

„Hör zu, Julia, ich …“

Sie stellte sich auf die Zehenspitzen und hauchte einen Kuss auf seine Wange. Bewegungslos verharrte er; jeder Zentimeter seines Körpers spürte die Wärme ihrer weichen Lippen. Aber er ließ sich nichts anmerken. Standhaft unterdrückte er den unbändigen Wunsch, sie in die Arme zu nehmen und ihr eine Lektion zu erteilen, wohin ihre Koketterie führen konnte. Die Macht seines Hungers nach ihr verblüffte ihn. Nach all den Jahren konnte sie mühelos seinen Panzer durchbrechen. Er war verrückt nach ihr. Dabei hatte er geglaubt, er sei von ihr geheilt. Gott steh ihm bei! Er hatte gehofft, ihr überlegen zu sein.

„Ach Heath“, flüsterte sie und entfernte sich einen Schritt. „Ich fürchte, du bist zu ehrenhaft für diese Welt.“

An Ehre hatte er nun weiß Gott nicht gedacht. Sie hatte keine Ahnung, wozu er in der Vergangenheit gezwungen gewesen war. Er hatte getötet. Er hatte sich gefühllos von Frauen getrennt, die ihn schluchzend angefleht hatten zu bleiben.

Auch jetzt könnte er dieses Haus verlassen und Russell sagen, er solle sich zum Teufel scheren. Damit wäre seine militärische Karriere vermutlich am Ende, in der sich in letzter Zeit ohnehin nichts getan hatte. Das abwechslungsreiche Leben eines Soldaten mit seinen Gefahren, Aufregungen und Zerstreuungen würde ihm zwar fehlen, aber er müsste sich keine Sorgen um sein Auskommen machen, an Geld und Vermögen fehlte es ihm nicht. Er könnte sich nach einer Ehefrau umsehen und Kinder in die Welt setzen. Ihm stand eine Fülle von Möglichkeiten offen; es war nicht nötig, sich selbst zu quälen. Gewiss ließe sich für Julia ein anderer Beschützer finden. Grimmig in seine Gedanken versunken, starrte er sie an. Wenn sie ihn noch einmal berührte, konnte er für nichts garantieren.

„Dein finsteres Gesicht ist ja beängstigend.“ Sie biss sich auf die Unterlippe. „Hör auf, das zu denken, was du gerade denkst.“

Heath holte hörbar Atem. Der Duft ihres Haares, die verlockende Wärme ihres Körpers, ihr voller Busen, der sich unter dem dünnen Nachthemd abzeichnete, alles an ihr betörte ihn. Sie hatte ihn auf die Wange geküsst. Was dachte sie sich eigentlich dabei?

Glaubte sie, ihn mit einem flüchtigen Kuss beschwichtigen zu können, nach allem, was zwischen ihnen geschehen war? Eigentlich eine Beleidigung ... oder eine Einladung. Er war wütend und zugleich erregt, eine gefährliche Mischung.

Er zwang sich zu einem Lächeln. „Mache ich dir Angst?"

„Sei bitte nicht albern. Ich gestehe es zwar ungern, aber deine finstere Miene macht dich ziemlich attraktiv." Sie trat an den Frisiertisch und nahm die Haarbürste zur Hand. „Aber du kennst mich ja. Anscheinend ziehe ich Probleme geradezu an."

„Bin ich ein Problem für dich, Julia?"

Ihre Finger verkrampften sich um den Silbergriff ihrer Bürste, der einzige Hinweis, dass seine Frage sie irritierte. Sie sah aus wie eine Göttin mit ihrem offenen Haar. „Das wäre gut möglich", antwortete sie mit einem flüchtigen Blick über die Schulter. „Früher warst du ein Problem."

Er lächelte. „Du hast es überlebt."

„Genau wie du."

Er lehnte sich gegen den Bettpfosten und sah zu, wie sie die Bürste durch ihr schimmerndes Haar zog. „Woher willst du das wissen?"

Ihre Hand hielt inne. Sie schien verblüfft, als sei sie nie auf die Idee gekommen, dass sie *ihn* gekränkt haben könnte. „Was meinst du damit?"

„Woher weißt du, was ich für dich empfunden habe?", fragte er, und sein Blick durchbohrte sie. „Ob ich überlebt habe oder nicht?"

Ihre Augen suchten die seinen im Spiegel, und Heath las seine eigene Verwirrung darin. „Das meinst du nicht ernst, oder?", fragte sie leise.

Er wünschte, er hätte nichts gesagt. Es war nicht seine Art, seine tiefsten Gedanken preiszugeben. Welchen Sinn hätte das auch? Er blickte gebannt auf die Enden ihres Haares, die sich an ihren Brüsten lockten. „Antworte mir", beharrte sie leise und ließ die Bürste sinken.

„Du hast mir nie eine Gelegenheit gegeben, um ..." Er stockte, unschlüssig, ob er weitersprechen sollte oder besser nicht. Es hat keinen Sinn, warnte er sich in Gedanken, lass die Vergangenheit ruhen.

„Deine Verführung zu Ende zu bringen?“, vermutete sie mit einem wehmütigen Unterton.

„Ich weiß nicht.“ Dann setzte er achselzuckend hinzu: „Vielleicht.“

Sie fuhr herum und begegnete seinem Blick unverwandt. „Dann sind wir also beide geflohen.“

„Tatsächlich?“

Ihre Lippen öffneten sich ein wenig. Er senkte den Blick, bemerkte, dass sie flach atmete. In diesem Moment gestand er sich in seinem Herzen ein, wie sehr er sie begehrte, akzeptierte die Wahrheit in all ihrer schmerzlichen Grausamkeit. Sie gehörte einem anderen, aber eigentlich müsste sie ihm gehören.

„Du sprichst von Verführung, als sei sie das eigentliche Ziel“, fuhr er nun fort. „Aber es geht doch um so viel mehr. Ich werfe dir nicht vor, meinen Motiven misstraut zu haben. Es geschieht jeden Tag, dass Männer Frauen verführen und sie verlassen. Aber wenn ich dich an jenem Nachmittag tatsächlich verführt hätte, wäre das nicht das Ende für uns gewesen.“

Hitze stieg in ihr auf und rötete ihr die Wangen.

Er lächelte traurig. „Es hätte ein Anfang sein können.“

Heath ging nach unten, zufrieden, seine Pflicht getan zu haben, wenn auch auf Kosten seiner Würde. Er hatte nicht beabsichtigt, ein Geständnis zu machen. Damit war die Situation keineswegs bereinigt. Aber wenigstens war sie in dieser Nacht in Sicherheit. Er wollte den Dienern Anweisung geben, alle Türen zu verschließen, anschließend wollte er einen Gang ums Haus machen und versuchen, einen Ausweg aus dieser grotesken Situation zu finden. Es war klar, dass er mit Julia nicht allein sein durfte, es war zu gefährlich. Er würde sie verführen. Oder sie würde ihn erschießen. Auf die eine oder andere Weise würden beide auf dem Teppich landen.

Julias schlohweißer Butler Payton erwartete ihn am Fuß der Treppe. „Ist alles in Ordnung, Mylord?“, fragte er besorgt.

Heath runzelte die Stirn. „Im Moment ja.“ Abgesehen von

seinem Gemütszustand, ein Thema, das zu kompliziert und unangebracht war, um es mit einem Butler zu erörtern.

„Sie haben sich ziemlich lange im Zimmer von Lady Whitby aufgehalten, und ich fragte mich schon …"

Heath räusperte sich. „Kein Grund zur Sorge, Payton. Ich kann Ihnen nur raten, ihr Zimmer nicht unangekündigt zu betreten. Sonst schießt sie vielleicht auf Sie."

Payton gestattete sich ein nachsichtiges Lächeln. „Oh. Das Personal ist damit vertraut, dass Lady Whitby eine Schwäche für Feuerwaffen hat."

„Eine Schwäche also." Heath streifte die Handschuhe über. „Eine höfliche Umschreibung. Nun, lassen wir ihre Schwäche mal beiseite. Ich wiederhole, was Sir Russell Ihnen schon ans Herz gelegt hat: Das Haus muss sorgfältig gesichert werden, auch der Garten und die Straße müssen Tag und Nacht überwacht werden."

„Ich sorge dafür, Mylord." Der Butler begleitete ihn zur Haustür. „Ich trage selbst eine Waffe."

„Sehr gut. Aber schießen Sie nicht auf mich, wenn ich gleich wiederkomme. Ich will nur etwas frische Luft schnappen."

„Natürlich nicht, aber …" Payton öffnete die Tür, und Heath trat in die Nacht. „Ihr Begleiter ist offenbar schon abgefahren."

Heath spähte die menschenleere Straße entlang. „Mein Begleiter?"

„Der Mann in der schwarzen Kutsche, der Ihnen gefolgt ist. Ich wollte ihn schon hereinbitten, doch dann dachte ich, Sie haben ihn vielleicht angewiesen, das Haus im Auge zu behalten." Er nickte Heath verschwörerisch zu. „Aus Sicherheitsgründen. Ich ahnte, dass es sich um eine Geheimoperation handelte."

„Soso. Aus Sicherheitsgründen." Heath biss die Zähne aufeinander, machte auf dem Absatz kehrt und stieg die Steinstufen wieder hinauf. Ein Mann hatte also das Haus observiert. Jemand, der für Russell arbeitete? Vielleicht. Aber wieso war der mysteriöse Fremde verschwunden, und warum hatte Russell ihn nicht erwähnt? „Ich nehme nicht an, dass Sie den Mann beschreiben können, Payton, oder vielleicht seine Kutsche."

„Nun ja, ich wollte nicht unhöflich erscheinen und ihn anstarren. Aber die Kutsche habe ich ziemlich genau gesehen. Sie war klein und schwarz, glaube ich. Oder dunkelblau. Sie könnte auch dunkelbraun gewesen sein, wenn ich es mir recht überlege."

„Sie besitzen eine bemerkenswerte Beobachtungsgabe."

„Vielen Dank, Mylord. Wollen wir wieder ins Haus zurück?"

Heath streifte die Handschuhe ab. „Ich fürchte, ja, Payton."

7. KAPITEL

Julia und ihre Tante belauschten das Gespräch zwischen Heath und Payton hinter der angelehnten Tür des Salons im Parterre. Ein vornehmer Raum mit cremefarbener Holztäfelung, die Stuckdecke trug einen zarten Goldfirnis, die eleganten Sitzmöbel waren mit zartgrauer Seide bezogen. Tante Hermia war, geweckt vom Lärm im Haus, in Julias Zimmer gekommen. Als Julia ihr berichtete, was Russells Dienern zugestoßen war, erklärte Hermia, sie sei zu aufgeregt, um wieder zu Bett zu gehen. Daraufhin hatten die beiden sich nach unten begeben, um eine Tasse Kamillentee zur Beruhigung zu trinken.

„Was hat Boscastle vor?", flüsterte Hermia.

„Er geht."

„Er geht?"

„Ja." Julia spähte durch den Türspalt. „Nein. Er kommt zurück."

„Wohin zurück?"

„Ins Haus. Grundgütiger, Tante Hermia, er steuert direkt auf uns zu. Geh weg von der Tür. Rasch!"

Die beiden brachten sich in Sicherheit, Sekunden bevor die Tür aufflog.

Heath marschierte an ihnen vorbei, ohne einen Blick in ihre Richtung zu werfen. Unmöglich konnte er sie übersehen haben, wie sie aneinandergedrängt im Nachthemd mitten im Zimmer standen.

Seelenruhig zog er das Jackett aus und warf es über die Lehne des geschnitzten Damastsofas. Anschließend zog er Schuhe und Strümpfe aus und stellte sie ordentlich unter den Spieltisch.

Julia und Hermia tauschten bestürzte Blicke. Es wurde kein Wort gesprochen.

Was, in aller Welt, hatte er vor? Er musste ihre Anwesenheit doch bemerken, ließ sich aber von seinem Publikum nicht im Geringsten stören.

Als Nächstes löste er seine weiße Seidenkrawatte und legte sie sorgsam auf den Tisch neben ein Buch. Dann streckte er sich auf dem Sofa aus und verschränkte die muskulösen Arme hinter dem Kopf, ohne die Damen auch nur eines Blickes zu würdigen. Gottlob schien er nicht die Absicht zu haben, sich weiter zu entkleiden. Julia war völlig verwirrt. Hatte sie sich doch noch gar nicht von ihrem Gespräch im Schlafzimmer erholt, wagte nicht einmal darüber nachzudenken, was er damit bezweckt hatte. Eine List, um sie in sein Bett zu locken? Nein. Solche Tricks hatte Heath nicht nötig. Aber warum hatte er diese Dinge ausgesprochen? Damit machte er alles nur noch schlimmer für sie, weckte verbotene Sehnsüchte.

Sie trat einen Schritt auf ihn zu.

Er schien in den Anblick eines Gemäldes über dem Kamin vertieft, das eine bacchantische Götterszene aus der griechischen Mythologie darstellte.

„Heath." Sie räusperte sich. Seine auf dem Sofa hingestreckte Gestalt rief verstörend sinnliche Bilder in ihr wach. Allem Anschein nach wollte er die Nacht hier verbringen. In ihrem Salon. „Ich weiß, dass das nicht dein Ernst sein kann … du kannst *unmöglich* tun, was du offenbar vorhast."

Er warf ihr unter halb geschlossenen Lidern einen finsteren Blick zu, der sie traf wie die Spitze eines Dolches, die in ein berauschendes Gift getaucht worden war. Kein Wunder, dass sie seinen Verführungskünsten schon einmal erlegen war. Mit diesem Blick konnte er ein Frauenherz zum Schmelzen bringen. In ihrem Innern breitete sich ein höchst unerwünschtes Begehren aus. Seine Fürsorge rührte und verlockte sie zugleich. Er wollte die Nacht in ihrem Haus verbringen, um sie zu beschützen.

Er hatte Krawatte und Schuhe vor ihr und ihrer Tante ausgezogen. Was würde als Nächstes folgen?

„Kann ich noch etwas für dich tun, Julia?", fragte er vorwurfsvoll.

Sie stand über ihm und hatte Mühe, klar zu denken. Er lag ausgestreckt auf dem Sofa, vor langer Zeit hatte er ausgestreckt auf ihr gelegen. Ihre Wangen glühten in Erinnerung an ihre lüsternen Empfindungen, als sein sehniger Körper sich an sie gepresst hatte. Vielleicht vergaß keine Frau ihre ersten erotischen Erfahrungen.

Unzählige Male hatte sie sich heimlich die sinnlichen Wonnen jenes Nachmittags in Erinnerung gerufen. Die Bewegung seiner Hüften, seine pralle Männlichkeit an ihren Schenkeln, die Hitze seines Mundes. Ihr Körper schien ein eigenes Erinnerungsvermögen zu besitzen.

„Was denkst du dir eigentlich dabei?“, fragte sie leise.

Er schloss die Augen, als wolle er sie entlassen. „Wie du siehst, werde ich die Nacht hier verbringen. Lässt du bitte die Tür offen, wenn du gehst?“

„In diesem Zimmer?“ Sie hielt den Atem an. „In meinem Haus?“

„Ich will einen freien Blick auf die Straße haben.“

„Das ist völlig unnötig, Heath“, platzte sie heraus. „Meine Diener können das Haus bewachen.“

„Diener hatte Russell auch.“

Tante Hermia zog ihren Morgenmantel enger um die Schultern und eilte zum Fenster. „Ich weiß nicht, wie du darüber denkst, Julia, aber ich fühle mich wohler mit einem kraftvoll gebauten Mann im Haus.“

Julia warf Heath einen Seitenblick zu. Für ihren Seelenfrieden war er ein wenig zu kraftvoll gebaut. Wie sollte sie sich verhalten? Sollte sie so tun, als sei es das Normalste von der Welt, dass ein umschwärmter Herzensbrecher in ihrem Salon übernachtete?

Sie stieß rückwärts gegen den Teetisch. „Was sollen die Nachbarn denken?“

„Was sollen sie erst denken, wenn man morgen unsere Leichen findet?“, entgegnete Tante Hermia theatralisch. „Ich jedenfalls werde ruhiger schlafen im Wissen, dass Boscastle in der Nähe ist.“

„Ich aber nicht“, murmelte Julia. „Soll er doch auf Russell aufpassen, nicht auf mich.“

Heath schlug die Augen auf und blickte ungerührt an ihr vorbei zum Fenster. „Ein Fremder in einer schwarzen Kutsche ist mir gefolgt und stand lange vor dem Haus. Hast du einen heimlichen Verehrer, Julia?“

„Welch eine Frage!“, entrüstete Hermia sich. „Es grenzt ohnehin an ein Wunder, dass Russell sie heiratet, nachdem sie ihren

Ruf ruiniert hat, weil sie auf diesen Soldaten geschossen hat."

„Lässt Russell dein Haus bewachen?", fragte Heath, ohne auf Hermias Einwand zu achten.

„Nein." Mittlerweile war Julia klar geworden, dass er sie tatsächlich in Gefahr wähnte. Er hatte sie mit seiner Unverfrorenheit so verärgert, dass sie den wahren Grund seines Bleibens völlig vergessen hatte, und sie schämte sich ein wenig dafür. „Er hat es mal erwähnt, aber ich lehnte den Vorschlag ab. Ich gehe nie alleine aus und finde diese Maßnahme völlig übertrieben."

„Wollen Sie eine Decke, Boscastle?", fragte Hermia fürsorglich und übernahm die Rolle der Gastgeberin, die Julia so sträflich vernachlässigte. „Einen Schluck Brandy ..."

„Er trinkt nicht." Am liebsten hätte Julia sich auf die Zunge gebissen, weil sie gestand, sich daran zu erinnern. „Jedenfalls früher nicht."

Das unverschämte Blitzen in seinen Augen entging ihr auf dem Weg zur Tür nicht. Wie dumm von ihr, Stück um Stück verriet sie sich, ließ ihn wissen, wie wichtig er ihr gewesen war. Ein Lächeln umspielte seinen sinnlichen Mund. „Ich trinke immer noch nicht", sagte er und klang ziemlich selbstzufrieden. „Du hast ein ausgezeichnetes Gedächtnis, Julia. Ich fühle mich geschmeichelt."

Ja, ich habe ein ausgezeichnetes Gedächtnis, und das ist ein Teil meines Problems, überlegte sie, als sie wenige Minuten später ins Bett schlüpfte. Sie entsann sich nur zu gut, wie leicht Heath Boscastle sie aus der Fassung gebracht hatte. Zu viel war zwischen ihnen geschehen, um so zu tun, als bestehe zwischen ihnen nur eine harmlose Freundschaft. Bei jeder Begegnung mit ihm wurde ihre Selbstbeherrschung auf eine harte Probe gestellt. Der Widerspruch zwischen dem, was einmal zwischen ihnen gewesen war, und dem, was heute zwischen ihnen sein musste, konnte nur zu Reibereien führen. Unter Männern könnten sie ihre aufgestauten Gefühle in einem wütenden Faustkampf bereinigen. Als Mann und Frau war diese simple Lösung leider nicht angebracht.

Als sie am nächsten Morgen nach unten ging, hoffte sie, er habe das Haus verlassen. Schließlich hatte sie niemand bedroht, und tagsüber würde ihr in ihrem eigenen Haus keine Gefahr drohen. Sie war nicht unvernünftig und hatte nicht die Absicht, das Haus ohne männliche Begleitung zu verlassen. Durchaus war sie in der Lage, Gefahren zu erkennen. Und dieser Instinkt ließ dann auch alle Alarmglocken in ihr schrillen.

Heath saß am Frühstückstisch, frisch rasiert und gepflegt wie immer, und las die Zeitung. Er blickte kurz auf und zog eine dichte schwarze Braue hoch.

Er musterte sie nur ein paar Sekunden, doch die Glut in seinen Augen erhöhte ihre Temperatur, als betrete sie einen Schmelzofen. Ein paar bange Herzschläge lang blieb sie stehen, gebannt von seiner Ausstrahlung. Nicht von ungefähr warnten besorgte Mütter ihre wohlbehüteten Töchter, sich vor der gefährlichen Boscastle-Sippe in Acht zu nehmen.

Immerhin hatte Julia es geschafft, ohne diesen speziellen Boscastle sechs Jahre zu leben. Und er war ebenso lange ohne sie ausgekommen. Es müsste also doch möglich sein, ihn einen Monat lang im Zaum zu halten.

Wie sie allerdings ihre eigenen Gefühle im Zaum halten sollte, war eine andere Frage. Als er sie anlächelte, breitete sich eine wohlige Wärme in ihrer Magengegend aus. Eine schwarze Locke war ihm in die Stirn gefallen. Er sah müde aus, schien aber gut gelaunt nach einer Nacht auf einem unbequemen Sofa.

Im Grunde genommen war Heath Boscastle ein verantwortungsvoller Mann und war nur geblieben, weil er es für seine Pflicht hielt. Was musste er von ihr denken? Verglichen mit den sittsamen Damen, die ihm in aller Heimlichkeit begehrliche Blicke zuwarfen, hatte sie sich leichtfertig und zügellos benommen. Plötzlich schoss ihr die Frage durch den Sinn, wer seine gegenwärtige Geliebte sein mochte, die gewiss etwas dagegen hätte, ihn als Beschützer an Julia auszuleihen.

„Hast du schon gefrühstückt?", fragte sie, um sich von ihren ungehörigen Gedanken abzulenken.

„Ja, danke."

Sie setzte sich an ihren Platz und strich glättend über eine Falte im Damasttuch. In den Jahren ihrer Ehe hatte sie einige Erfahrungen gesammelt und war nicht mehr so naiv wie früher. Auf ihre Art war sie ebenso erfahren wie Heath, wenngleich nicht in großer Vielfalt, aber immerhin hatte sie gelernt, sich manierlich zu benehmen.

Oder etwa nicht?

Wieso gingen ihr eigentlich solch unsinnige Gedanken durch den Kopf?

Sie würde Russell heiraten. Londons tapferen, gut aussehenden Helden. Er hatte in all den Jahren nie den Kontakt zu ihr abgebrochen, sich in seinen Briefen gelegentlich scherzhaft als ihre letzte Verbindung zur zivilisierten Welt bezeichnet. Vielleicht stimmte das ja auch. Allerdings war sie nie wirklich zivilisiert gewesen, schon in ihrer Jugend in England nicht. Ihre Mutter war gestorben, als Julia drei gewesen war. Ihr Vater hatte sie mit zur Jagd genommen, kaum dass sie laufen gelernt hatte. Und sie hatte fast ihre ganze Jugend an seiner Seite verbracht, in Gesellschaft von Jagdaufsehern und Wildhütern.

Russell schien sie zu lieben. Manchmal zweifelte sie daran, ob sie wirklich in das Gesellschaftsleben passte, das ihm so sehr am Herzen lag. In seinen Briefen hatte er manchmal erwähnt, wie sehr er sie vermisste und sich wünschte, sie würde wieder nach England zurückkehren. Hin und wieder fragte sie sich, ob er sich zu ihr hingezogen gefühlt hatte, weil sie unerreichbar für ihn gewesen war, auch wenn ihm dies nicht bewusst gewesen sein mochte. Würde sein Interesse an ihr schwinden, sobald sie seine Ehefrau war? Es gab Männer, denen die Jagd mehr Vergnügen bereitete als die Beute.

„Hat Russell von sich hören lassen?“, fragte sie.

Heath legte die Zeitung beiseite. „Er ist abgereist. Er ließ mich wissen, dass ein Informant den Einbrecher in einem Pub in St. Giles aufspüren konnte. Ein Trunkenbold aus dem Hafenviertel, der offen damit prahlte, in Russells Haus eingebrochen zu sein. Er behauptete, ein Ausländer habe ihm den Auftrag dazu gegeben und ihn großzügig dafür bezahlt.“

„Ein Ausländer.“ Julia furchte nun die Stirn. „Aber Russell glaubt immer noch, dass Auclair sich in Frankreich aufhält?“

„Er ist mehr denn je davon überzeugt. Er hat den Verdacht, der Einbruch sei eine List gewesen, um ihn von Auclairs Spur abzulenken. Jedenfalls ist Russell abgereist."

Sie griff nach der silbernen Teekanne, um Heaths Blick auszuweichen. „Was ist mit dem Mann in der Kutsche von letzter Nacht?"

„Wer immer er war, er tauchte nicht wieder auf."

„Vielleicht nur ein Zufall", murmelte sie mit gesenktem Blick. Sie konnte sich nicht konzentrieren, wenn er sie so fixierte.

Heath stand auf, trat hinter ihren Stuhl und beugte sich über sie. „Vielleicht auch nicht", sagte er mit beunruhigend dunkler Stimme. „Oder du hast wirklich einen heimlichen Verehrer."

Sie hob den Kopf. Sein warmer Atem an ihrer Wange verschlug ihr momentan die Sprache. Sie hatte in sechs Jahren gelernt, Zurückhaltung zu üben und ihre Gefühle zu verbergen. Aber wieso klopfte ihr Herz so schnell? Wodurch vermittelte er ihr den Eindruck, er beherrsche die Situation? Warum fühlte sie sich ihm unterlegen?

„Ein heimlicher Verehrer?", entgegnete sie schließlich und bemühte sich, einen belustigten Ton anzuschlagen. „Eine Witwe, die einem Mann in den Allerwertesten geschossen hat, weil er ihre Zofe belästigte? Seit wann bringt die Gesellschaft wehrhaften Frauen Sympathien entgegen?"

„Du bist nicht nur schön und geistreich, Julia, du besitzt auch ein beträchtliches Vermögen", antwortete er gelassen. „Ein heimlicher Verehrer wäre sehr wohl in Betracht zu ziehen, finde ich."

Sie fühlte sich unwillkürlich geschmeichelt, goss eine Tasse Tee ein und wunderte sich, dass ihre Hand nicht zitterte. „Ich ziehe Verehrer vor, die an meine Tür klopfen und nicht nachts in Kutschen vor dem Haus herumlungern."

„Dein Verlobter könnte etwas dagegen haben, wenn fremde Männer an deine Tür klopfen", wandte er ein. „Ist dir beim Ball ein Mann aufgefallen, der dich anstarrte?"

„Ja, du", antwortete sie stirnrunzelnd. „Jedes Mal, wenn ich mich umdrehte."

„Das zählt nicht", entgegnete er trocken.

Sein Kinn streifte ihre Wange, und Julia fürchtete, ihren Tee zu verschütten.

„Dich starren die Leute jedenfalls alle an", murmelte sie.

Aufgeregtes Hundegebell im Flur unterbrach das Gespräch. Heath richtete sich auf, und Julia konnte wieder befreit atmen. „Aha", sagte er. „Deine Tante mit ihrer Meute wilder Möpse."

„Die mich beschützen werden." Sie trank einen Schluck. „Du kannst jetzt gehen, Heath. Ich will nicht undankbar sein, aber Hermia und ich haben Pläne für heute. Bitte ruhe dich aus."

Er verschränkte die Arme vor der Brust und lächelte. „Was unternehmen wir?"

„Was soll das heißen?", fragte sie gedehnt. „Odham begleitet uns zu einem Gartenfest."

Heath entfernte sich einen Schritt, als Hermia in einem pfauenblauen Seidenkleid und federgeschmücktem Turban ins Zimmer rauschte, umringt von ihren vier hechelnden Möpsen. „Der Earl begleitet deine Tante, und ich werde dich begleiten, Julia, es sei denn, meine Gesellschaft ist unerwünscht", raunte er in seiner tiefen melodischen Stimme.

Sie zögerte, verdrängte die Warnungen, die ihr durch den Kopf schossen. Was war schon dabei? Russell wünschte, dass sie wieder gesellschaftliche Kontakte knüpfte und Freundschaften auffrischte. „Vielleicht ist das Gartenfest eine angenehme Zerstreuung", gestand sie widerstrebend.

In seinen Augen blitzte wieder dieser verwegene Funke. „Vielleicht entdecke ich deinen heimlichen Verehrer."

Julia lachte. „Du wirst entdecken, dass er nicht existiert."

Heath hatte es sich im Salon bequem gemacht und blätterte in einer Abhandlung über Sanskrit, als der Earl vorfuhr, um seine angebetete Hermia zum Gartenfest zu begleiten. Heath hob den schweren Samtvorhang ein wenig an und spähte hinaus. Kutschen, Pferdefuhrwerke und Händler mit Handkarren belebten die verkehrsreiche Straße, auf den Gehsteigen eilten Passanten ihren Geschäften nach. Nichts an der lärmenden Betriebsamkeit erregte seinen Verdacht. Allerdings wäre es im Großstadtgetriebe nicht schwer, ein Verbrechen zu begehen und in den engen Gassen und Hinterhöfen unterzutauchen, ohne eine Spur zu hinterlassen.

Heath war ein argwöhnischer Mensch. Seine scharfe Beobachtungsgabe und seine Geduld hatten den Ausschlag gegeben, dass er in Portugal einem Elitekorps zugeteilt worden war, wo er zum Agenten des britischen Geheimdienstes ausgebildet und anschließend hinter die feindlichen Linien eingeschleust worden war. Dort war er in Gefangenschaft geraten und von einem französischen Offizier namens Armand Auclair gefoltert worden. Diese grauenvollen Erlebnisse hatten ihm tiefe körperliche und seelische Verletzungen zugefügt, aber auch seinen Charakter gefestigt. Er war der Hölle entronnen. Seither gab es kaum eine Gefahr, die ihm wirklich Angst einjagen konnte.

Seine Leidenschaft, Rätsel zu lösen, Geheimnisse aufzudecken, Mysterien auf die Spur zu kommen, war ihm geblieben. Mit großem Eifer machte er sich daran, Geheimschriften zu entschlüsseln. Diese Form, Rätsel zu lösen und Dinge ins Reine zu bringen, gab ihm ein Gefühl der Stabilität in einer ungeordneten Welt. Das Studium menschlicher Charaktere, ihre oftmals unvorhersehbaren und sprunghaften Verhaltensweisen zu analysieren, betrachtete er als spannende Herausforderung. Allerdings war es ihm bislang noch nicht gelungen, das Mysterium der Gefühlswelten zu seiner vollen Zufriedenheit zu lösen.

Er dachte an den Überfall auf Russells Dienerschaft letzte Nacht, der deutliche Anzeichen eines persönlichen Racheakts trug. Offenbar hatte Auclair seine Hände im Spiel, wollte Angst und Schrecken verbreiten, um seine Vergeltung möglichst lange auszukosten. Aber warum? Der Krieg war vorbei. Napoleon war entmachtet und ins Exil verbannt worden. Warum verfolgte der Franzose Russell immer noch mit seinem Hass?

Hinter Heath wurde die Tür aufgerissen, er wandte sich vom Fenster ab.

Der Earl of Odham stürmte ins Zimmer mit zornrotem Gesicht und zerzauster weißer Haarmähne. „Dieser verdammte Londoner Verkehr bringt mich noch um“, verkündete er wutschnaubend. „Ist diese Frau denn fertig?“

Odham bewegte sich elastisch, mit federnden Schritten wie ein junger Mann. Und er kleidete sich wie ein junger Herr. Heute trug er einen engen Frack, eine weiße bestickte Weste, Reithosen aus Rehleder und glänzend polierte Stiefel, in denen seine etwas zu kurz geratenen Beine zu versinken schienen.

„Falls Sie Lady Dalrymple meinen, sie wartet mit ihren Möpsen draußen im Garten. Julia ist allerdings noch nicht fertig."

Odham knurrte, schien sich aber durch Heaths Anwesenheit zu beruhigen. „Guten Tag, Boscastle. Ich vermute, die beiden haben Ihnen Schauergeschichten über mich erzählt."

„Mich würde nur eins interessieren, Odham. Versuchen Sie tatsächlich, Lady Dalrymple zu erpressen?"

Odham ließ sich wie ein Stein auf das Damastsofa fallen. „Ich leugne nicht. Ja, es stimmt."

Heath schüttelte ungläubig den Kopf. „Und das geben Sie auch noch zu?"

„Warum denn nicht?"

„Weil es geschmacklos ist und unfein, und außerdem ist es verboten."

„Die Liebe müsste verboten werden", brummte Odham und verschränkte die Hände über seinem Spitzbäuchlein.

„Liebe?" Heath zog eine Braue hoch. „Was haben Liebe und Erpressung miteinander zu tun? Dieser Zusammenhang scheint mir doch ein wenig weit hergeholt."

„Wenn ich diese niederträchtige Person nicht lieben würde, würde ich sie dann erpressen, damit sie mich heiratet?"

„Diese Logik begreife ich nicht."

„Wer redet denn von Logik? Herrgott, ich bin doch kein Unhold, Boscastle, nur ein Mann, der hoffnungslos in die grausamste und begehrenswerteste Frau in ganz England verliebt ist."

Heath lehnte sich zurück. Wieder ein Beweis seiner Theorie: Menschliches Verhalten war unvorhersehbar und folgte keiner logischen Gesetzmäßigkeit. „Wir sprechen doch von Lady Dalrymple?"

„Von wem denn sonst?", knurrte Odham und lehnte den Kopf gegen die Polster. „Offenbar haben Sie noch nie den Verstand wegen einer Frau verloren, wie? Nein, Sie nicht. Sie sind ja für Ihre Zurückhaltung berühmt. Wenn ich überlege, so habe ich nie etwas über Ihre Affären in der Zeitung gelesen. Offenbar die rühmliche Ausnahme in der Boscastle-Familie, wie?"

„Nur weil mein Privatleben nicht in den Klatschspalten der *Times* auftaucht, heißt das nicht, dass ich keines habe."

„Ich wollte Sie nicht kränken. Wäre ich nur in meiner Jugend so vernünftig gewesen wie Sie. Wäre ich diskreter gewesen, hätte ich Hermia vielleicht nie verloren. Die Frau ist eine Göttin. Ich bin ihren Reizen verfallen."

Heath verkniff sich ein Schmunzeln. Hermia überragte ihren Verehrer um Haupteslänge und brachte etwa das Doppelte seines Gewichts auf die Waage. „Soweit ich unterrichtet bin, hat Lady Dalrymple nicht den Wunsch, Sie zu heiraten."

„Dummes Zeug. Die Frau ist verrückt nach mir."

„Wenn das so ist, weiß sie ihre Gefühle geschickt zu verbergen", entgegnete Heath.

„Sie ist störrisch wie eine Ziege."

„Ist sie nun eine Ziege oder eine Göttin? Sie sollten sich entscheiden."

Odham rieb sich verzweifelt die Stirn. „Ich tue alles, um sie für mich zu gewinnen. Alles. Können Sie das verstehen?"

Heath zog eine schmerzliche Grimasse. „Ich fürchte, ja."

„Dann sind wir uns einig – Sie stehen auf meiner Seite?"

Weibliche Stimmen wurden im Korridor laut. Heath beugte sich vor. „Wir sind uns keineswegs einig. Ich will mich nicht in Ihre Angelegenheiten hineinziehen lassen."

„Wir Männer müssen zusammenhalten."

Heath schüttelte den Kopf. „Nicht wenn es darum geht, ältere Damen durch Erpressung zur Heirat zu zwingen. Ich käme mir dabei grausam vor – und lächerlich."

Odham sprang federnd auf die Füße. „Ich kann ohne sie nicht leben – ich werde sie bis zu meinem letzten Atemzug verfolgen."

„Nehmen Sie sich zusammen, Odham! Die Damen stehen bereits an der Tür. Wenn Sie Hermia erobern wollen, sollten Sie eine klügere Methode finden, schlage ich vor."

8. KAPITEL

Das Gartenfest begann gegen zwei Uhr nachmittags in einem Dorf in der Nähe von London. Heath hatte sich eine Teegesellschaft im kleinen Kreis vorgestellt, bei der er Julia im Auge behalten konnte, und hatte insgeheim gehofft, eine Gelegenheit zu finden, mit ihr über das Arrangement der nächsten vier Wochen zu sprechen. Er hatte sich gründlich geirrt. Es war ein großes Fest mit etwa dreihundert geladenen Gästen. Der Zeremonienmeister hatte sich die Kehle heiser geschrien, bevor er am Ende der Gästeliste angelangt war.

Julia, Hermia und Odham sahen einem Kricketspiel zu und spielten anschließend eine Runde Kugelwerfen auf dem Rasen. Heath bemühte sich, eine Weile mitzuspielen, war aber mehr daran interessiert, Julia zu beobachten, und das nicht nur aus Pflichterfüllung. Sie sah hinreißend aus in einem blassgelben Kleid, das ihr feuerrotes Haar und ihren golden überhauchten Teint vorteilhaft zur Geltung brachte. Nachdem die Spiele zu Ende waren, ließ Lady Beacom, ihre Gastgeberin und Nichte des Earl of Odham, ihre fünf Äffchen bringen, die sich rasch aus ihren Weidenkörben befreiten und zur allgemeinen Erheiterung der Gäste eine heillose Verwüstung auf den langen, festlich gedeckten Tischen anrichteten. Diese ungeplante Unterhaltungseinlage bildete den Höhepunkt des Nachmittags.

Einige Damen kreischten in gespieltem Entsetzen und ergriffen die Flucht. Heath und Julia fingen zwei Äffchen ein, wobei ein Weibchen sich so sehr zu Heath hingezogen fühlte, dass es ihn nicht mehr loslassen wollte, als seine Herrin die drallen bleichen Arme nach dem Tier ausstreckte.

„Du undankbares Wesen", rief Lady Beacom in hellem Entzücken. „Das könnte dir so passen, dir den begehrtesten Junggesellen in ganz London zu angeln."

Julia lachte, als die Affendame ihr Köpfchen in seine Jacke steckte. „Ich glaube eher, *du* hast eine heimliche Verehrerin."

Mit einem schiefen Lächeln versuchte er, sich sanft aus den Armen des Äffchens zu befreien. „Sie bringt mich tatsächlich direkt in Verlegenheit."

„Sag bloß nicht, das sei das erste Mal, dass du Schwierigkeiten hast, eine Dame loszuwerden."

„Die Damen, mit denen ich es bisher zu tun hatte, rochen etwas besser", entgegnete er und rümpfte die Nase. „Und sie waren auch nicht so behaart."

Julia griff in seine Jacke, um ihm zu helfen. „Nun komm, du ungezogenes Mädchen, du machst das Hemd Seiner Lordschaft schmutzig."

Unvermutet hatte die Affendame genug von dem Spiel, kletterte auf Heaths Schulter und sprang mit einem weiten Satz einem anderen Herrn in die Arme und wurde mit wieherndem Gelächter der Umstehenden empfangen. Heath wischte sich den Schmutz von seinem taubengrauen Frack, und Julia lachte belustigt.

„Launisches Ding", sagte sie. „Sie hat bereits Ersatz für dich gefunden."

„Habe ich etwas Falsches gesagt?"

„Ich glaube eher, ihr neuer Freund hat eine Tüte Zuckermandeln in der Tasche."

„Schade, dass die Frauen, die ich kenne, nicht so leicht zufriedenzustellen sind."

„Willst du etwa sagen, dein Charme reiche nicht aus?"

„Ich fürchte, nein."

In der warmen Nachmittagssonne spazierten sie durch den Garten, vorbei an jungen Paaren, die auf dem Rasen tanzten, begleitet von den Klängen der Musikkapelle auf einem Podium.

„Wer sind sie eigentlich?", fragte Julia nach einer Weile.

Er warf einen suchenden Blick über die Schulter. „Wer ..."

„Deine Frauen." Auf dem unebenen Kiesweg stolperte sie und stieß leicht gegen ihn. „Ich spreche von Frauen. Stell dich nicht so an, du weißt genau, was ich wissen will."

Er lächelte. „Ja, ich weiß." Es machte ihm sichtlich Spaß, sie auf die Folter zu spannen.

„Dann willst du es mir wohl nicht sagen?"

„Was denn?", fragte er und nahm ihren Arm, bevor sie wieder stolperte.

„Den Namen der Dame, die dein trügerisches Herz gefangen hält."

Er blieb jäh stehen und sah sie an. Die Kapelle im Hintergrund spielte schneller. Verblüfft fixierte er Julia. Sie war entwaffnend in ihrer Offenheit. Aber war ihre Beziehung nicht von Anfang an entwaffnend offen gewesen? War es da nicht nur folgerichtig, dass sie es auch jetzt noch war? Heath wusste nicht, wie er es hätte verhindern können.

„Wer sagt, dass ich verliebt bin?"

„Bist du nicht verliebt?", fragte sie zurück.

„Bin ich verliebt?"

Sie seufzte resigniert. „Ach, es ist sinnlos. Warum holst du mir nicht ein Glas Champagner? Offenbar bekomme ich keine ehrliche Antwort von dir."

„Gute Idee." Er genoss es sichtlich, sie im Ungewissen zu lassen. Wusste er doch selbst nicht, wieso er sich nie verliebt hatte. „Wenn ich zu lange fortbleibe, bin ich vermutlich mit der reizenden Affendame durchgebrannt."

Neben den Gästen, die sich um das kalte Buffet drängten, bot ein Diener Champagner auf einem Tablett an. Heath griff nach einem Glas und wollte sich zurückziehen, ehe ihn jemand ansprach. Auf dem Rückweg begegnete er bedauerlicherweise Lucy Harrington, die ihm an einer Buchsbaumhecke auflauerte.

Er wusste nicht, was er sagen sollte. *Reizend, Sie zur Abwechslung mal angezogen zu sehen? Wie gefällt Ihnen das Gartenfest? Vermutlich weniger anregend als Ihre Liebesnacht mit Althorne?* Eine Frechheit, ihn nach der letzten peinlichen Begegnung anzusprechen, nachdem er sie nackt gesehen hatte.

„Guten Tag, Lady Harrington", grüßte er mit einem verbindlichen Lächeln und hielt das Champagnerglas hoch. „Ich würde gerne mit Ihnen plaudern, aber ich werde erwartet. Übrigens – reizende Begegnung letzte Nacht."

Sie trat ihm in den Weg. „Wagen Sie es bloß nicht, zu fliehen, Boscastle." Ihre Stimme klang gehetzt.

„Aber Lady Harrington", entgegnete er gelassen. „Ehrlich gestanden, ich habe nicht den Wunsch, mich in Ihre Privatangelegenheiten einzumischen. Im Moment habe ich genug damit zu tun, mit einer anderen von Russells Frauen fertig zu werden." Und damit sprach er die Wahrheit.

„Haben Sie es ihr gesagt?", fragte sie und klang eher ängstlich als drohend.

Er verengte die Augen. Alle Gäste konnten die beiden sehen, und obgleich es ihm völlig einerlei war, was man von ihm dachte und redete, wusste er, dass Julia sie beobachtete. Er wollte ihren Argwohn nicht wecken, wollte sie auch nicht kränken, ebenso wenig wie Lucys verknöcherten Ehemann. Gott bewahre, am Ende dachte der alte Trottel noch, *er* habe eine Affäre mit seiner treulosen Ehefrau. Heath fand den alten Harrington eigentlich ganz sympathisch, und außerdem hatte er aus Prinzip keine Affären mit verheirateten Frauen.

„Keine Sorge", sagte er gelangweilt. „Ihr schmutziges kleines Geheimnis ist bei mir gut aufhoben. Ich spreche mit keiner Menschenseele über das nette Abschiedsgeschenk, das Sie Russell gestern Nacht gemacht haben."

Sie atmete erleichtert auf. „Es war nicht das erste Mal, müssen Sie wissen."

Er blickte über ihren Kopf hinweg in die Ferne, seine Aufmerksamkeit war abgelenkt. Er hatte soeben einen dunkelhaarigen jungen Mann hinter Julia entdeckt, der ihm irgendwie bekannt vorkam. Sie entfernte sich von ihm, als sei ihr seine Nähe unangenehm. Er ließ sich nicht beirren und blieb ihr auf den Fersen, obwohl er sich einen Weg durch eine Gruppe bahnen musste.

„Haben Sie gehört, was ich sagte, Boscastle?", fragte Lucy spitz.

Er wandte sich ihr gereizt zu. „Ja. Es war nicht das erste Mal. Na und? Was soll dieses Geständnis?", fragte er ungeduldig. „Ich bin kein Priester, wie Sie wissen, und wir sind hier auf einem Gartenfest und nicht bei der Beichte."

„Seit ein paar Jahren treffe ich mich gelegentlich mit Russell, aber ich erklärte ihm, dass es aufhören muss, sobald er verheiratet ist. Ich denke … nun ja, ich habe gehört, er habe eine andere ständige Mätresse."

„Eine ständige Mätresse? Ist das nicht ein großer Widerspruch in sich?“

„Ich jedenfalls trenne mich von ihm“, verkündete sie pikiert.

„Gratuliere!“ Heath hob das Glas und prostete ihr zu.

Er wunderte sich, wieso er unversehens in die Abgründe menschlichen Fehlverhaltens geraten war. Er hatte es sich zur Regel gemacht, sich nicht in die Liebschaften anderer hineinziehen zu lassen. Die heimlichen Affären seiner Bekannten interessierten ihn nicht, mehr noch, sie widerten ihn an.

Julia hingegen interessierte ihn weit mehr, als er sich eingestehen wollte. Er fühlte sich an ihrer Stelle gekränkt von Russells Verhältnis mit dieser Frau. Wieso gab ein Mann, der Julia heiraten wollte, sich mit einer dummen Gans wie Lucy ab?

„Woher wissen Sie eigentlich, dass er eine ständige Mätresse hat?“, fragte er, plötzlich neugierig geworden.

„Ich weiß, was ihm Vergnügen bereitet“, antwortete Lady Harrington bitter. „Russell will eine Ehefrau aus einem Grund und eine Geliebte aus einem anderen.“

Was nicht erklärte, welchen Platz sie in seinem Leben einnahm. Heath lächelte dunkel. „Julia war bereits verheiratet. Ich könnte mir denken, dass auch sie weiß, was einem Mann Vergnügen bereitet.“

Lady Harrington spitzte die Lippen zu einem säuerlichen Lächeln. Heath verabschiedete sich mit einer galanten Verneigung und brachte Julia das Champagnerglas in der erhobenen Hand wie eine Trophäe. Offensichtlich hatte seine letzte Bemerkung Lucy etwas zum Nachdenken gegeben. Allerdings begaben sich damit auch seine Gedanken auf gefährliche Abwege. Er hatte keine Ahnung, was in ihn gefahren war, warum er den Drang verspürt hatte, Julia zu verteidigen. Dadurch hatte er bei Lady Harrington womöglich den Eindruck erweckt, sie sei in der Kunst der Liebe erfahren wie eine Konkubine. Hatte er ihr damit geschadet? Oder hatte er selbst insgeheim diesen Eindruck von ihr?

„Warum hast du dich mit dieser Frau unterhalten?“, fragte Julia mit verhaltener Neugier.

Er musste vorsichtig sein. Frauen hatten in gewissen Dingen

beinahe hellseherische Gaben. „Ich kenne ihren Ehemann."

„Russell kennt ihn auch. Meiner Meinung nach hat Lucy Harrington sehr vielseitige Interessen, wenn du verstehst, was ich meine."

Er reichte ihr das Champagnerglas, sie nahm einen tiefen Schluck, und er hoffte inständig, sie würde ihm keine weiteren Fragen stellen. Er war ein schlechter Lügner, wollte sie nicht täuschen, ihr aber auch keinesfalls alles sagen. „Wie gut kennen die beiden sich denn?", fragte er leichthin, während er an ihrer Seite zu einer Steinbank schlenderte, halb versteckt unter blühenden Sträuchern.

Julia sank auf die Bank und blickte sinnend auf ihre Schuhe, zierliche indische Pantoffeln aus Goldbrokat mit hochgebogenen Spitzen, wie eine Märchenfee sie tragen würde. Ein ungewöhnliches Schuhwerk, ganz und gar nicht der Londoner Mode entsprechend, aber sie passten zu Julias Abenteuergeist und ihrem Sinn für Humor und waren farblich perfekt abgestimmt zu ihrem gelben Sommerkleid.

„Ich denke, Lucy hatte vor ihrer Ehe ein Auge auf Russell geworfen", sagte sie sinnend. „Ich bin mir nicht sicher, ob er es bemerkt hat."

Heath zog die Brauen hoch und versuchte nicht, auf den sanften Schwung ihres Rückens zu achten, als sie sich vorbeugte, um ein Blatt von ihren goldenen Schuhen zu streifen. Keine andere Frau bewegte sich mit solcher Anmut.

„Ich denke", erklärte er, ohne davon überzeugt zu sein, „dass derartige Fragen sich nicht mehr stellen, wenn ihr erst verheiratet seid."

„Ja." Sie seufzte und wirkte plötzlich nicht mehr selbstbewusst, eher schutzlos, eine bezaubernd unschuldige junge Frau. „Ich weiß nicht recht. Ich weiß nicht, ob es mir leichtfällt, mit Russells Berühmtheit umzugehen."

Heath stutzte. Beide waren im Begriff, sich auf gefährliches Gelände zu wagen. Eine Blaumeise landete wippend auf einem überhängenden Zweig und pickte nach einem Käfer. „Warum sagst du das?"

„Russell ist sehr auf sein öffentliches Ansehen bedacht. Ich bin sicher, er genießt es, von Frauen bewundert zu werden. Das tun doch alle Männer.“

„Nicht alle.“ Er jedenfalls hatte die Nachstellungen von Frauen satt. Natürlich hatte es ihm in seiner Jugend gefallen, bewundert zu werden. Aber mittlerweile sehnte er sich nach viel mehr.

„Das sagst ausgerechnet du, Heath. Kein Boscastle ist ein Heiliger.“

Das wollte er gar nicht leugnen. „Mit Ausnahme meiner Schwester Emma.“

Julia lachte. „Vielleicht hat sie den richtigen Mann noch nicht getroffen.“

„Oder den falschen.“

Julia wurde ernst. „Weißt du, was ich kürzlich zufällig hörte? Eines meiner Mädchen sagte, Russell sei ein Schurke und heirate mich nur, weil ich ein großes Vermögen geerbt habe.“

Heath erschrak. „Das ist doch lächerlich, Julia.“

„Na ja, eigentlich nicht. Ich bin ziemlich wohlhabend.“

„Aber Russell machte dir den Hof, bevor du geerbt hast.“

„Ja.“

„Woran ist dein Vater eigentlich gestorben?“, fragte er leise.

„An einem Schlaganfall.“ Sie sah ihm in die Augen. „Ich verrate dir ein Geheimnis. Er hoffte, du würdest um meine Hand anhalten.“

Sie lachte wieder und malte mit ihren viel zu spitzen Schuhen Kringel in den Sand. Der Wunsch, sie zu beschützen, stieg machtvoll in ihm hoch, wenn er ihr nur Enttäuschung und Leid ersparen könnte. Ein Vermögen? War das möglich? Der alte Viscount hatte nie mit seinem Reichtum geprahlt. Aber Heath glaubte fest daran, dass Russell Julia nicht wegen ihres Geldes heiratete, auch wenn er hinter ihrem Rücken Affären hatte, der Trottel.

Heath wusste nicht, was er sagen sollte. Er hätte sich nie träumen lassen, dass Julia mit ihrem Vater über ihn gesprochen hatte. „Davon ahnte ich nichts. Ich hätte nicht gedacht, dass dein Vater auf diese Idee kommen könnte.“

„Ich auch nicht, ehrlich gestanden.“ Sie lächelte versonnen.

„Das sagte er erst auf seinem Sterbebett. Eigentlich hatte er nichts gegen Russell, aber dich mochte er am liebsten von all den jungen Männern der Londoner Gesellschaft."

Heaths Miene verriet keine Regung. „Tatsächlich?"

„Ja." Und plötzlich lächelte sie verschmitzt. „Er erwischte Russell einmal, wie er beim Kartenspielen mogelte. Danach konnte er ihn nicht mehr besonders gut leiden."

Heath schmunzelte.

„So etwas würde dir natürlich nie passieren", fuhr sie schnippisch fort. „Du mogelst nie beim Kartenspielen, wie?"

„Jedenfalls lasse ich mich nicht dabei erwischen."

„Aber würdest du mogeln?", hakte sie nach.

Sie drehten sich gleichzeitig einander zu. Ohne nachzudenken, legte er die Hand an ihre Schulter und zog sie näher. Sie waren allein, niemand konnte sie sehen. Heath hatte sich nur einmal in seinem Leben zu einer Unbesonnenheit hinreißen lassen. In dieser Hinsicht unterschied er sich gründlich von seinen Brüdern, die jeder Laune nachgaben und ihrem Ungestüm freien Lauf ließen.

Er war stolz auf seine Selbstbeherrschung und wurde von seinen Geschwistern dafür bewundert, die häufig seinen Rat suchten. Er war der vernunftbegabte der Boscastle-Brüder, der immer kühlen Kopf bewahrte und den Russell zum Beschützer seiner Verlobten gewählt hatte.

Ein Beschützer, der sich in ein Raubtier verwandelte. Er war machtlos dagegen.

Er ließ seine Hand über ihre halb entblößte Schulter gleiten, weiter bis zur Rundung ihrer Hüfte und zog sie an sich. Sie leistete keinen Widerstand. Dann legte er die andere Hand auf ihr Knie. Um selbst Halt zu finden oder um ihr Halt zu geben? Vielleicht beides. Die Wärme ihres Körpers drang durch seine Kleidung bis unter die Haut. Die verlockende Flamme züngelte bis in den verborgensten Winkel seines Herzens, so wie schon einmal vor vielen Jahren, und riss eine Narbe wieder auf.

Sie befeuchtete ihre Lippen und begegnete seinem Blick. Die Sinnlichkeit in ihren Augen berauschte ihn. „Julia", raunte er.

„Mach weiter", flüsterte sie. „Tu es. Wir beide sterben doch vor Neugier. Vielleicht fühlen wir uns besser, wenn wir es endlich hinter uns gebracht haben."

Sein Herz schlug wie ein Hammer. Die Flamme züngelte abwärts, kreiste in seinen Eingeweiden. Ein heißes, verzehrendes Verlangen. Er legte die Hand an ihre Wange, streichelte ihre Konturen mit dem Daumen. „Was soll ich tun?", fragte er heiser. Er war ein sehr geduldiger Mann. Er wusste, was sie meinte, wollte es aber aus ihrem Mund hören.

„Das." Sie neigte sich ihm entgegen, ihre warmen Lippen hauchten an seinem Mund. „Küss mich, und wir werden es wissen."

„Diesmal gibt es keine Entschuldigung für uns", raunte er mit belegter Stimme. „Noch kannst du aufstehen und gehen." Aber innerlich flehte er, sie möge bleiben, sehnte sich verzweifelt nach ihr.

Sie schmiegte sich an ihn, legte eine Hand in seinen Nacken, wühlte mit bebenden Fingern in seinem Haar. „Du kannst auch aufstehen und gehen."

„Wir beide wissen es besser." Jede Sehne in ihm war zum Zerreißen gespannt.

„Meinst du wirklich?", hauchte sie beinahe wehmütig.

Er wusste, was er wollte. Er wölbte die Hand um ihren Hinterkopf. Ihre Lippen teilten sich.

Nie hatte er weichere, sinnlichere Lippen gekostet. Verbotene Früchte. Er wollte sich an ihr satt essen, jedes Fleckchen ihrer Haut, ihres Fleisches küssen. Das Verlangen loderte noch glühender als damals.

Gott steh ihm bei! Er küsste kein junges unschuldiges Mädchen. Sie hatte Erfahrung in Liebesdingen gesammelt, war zur Frau gereift, die wusste, wie sie einem Mann Vergnügen bereitete, und es verstand, ihr eigenes Vergnügen zu genießen. Er hatte nicht damit gerechnet, dass die Frau, die er einst begehrt und verloren hatte, ihn nach so langer Zeit erneut in ihren Bann ziehen könnte.

Sie war alles, was er an einer Frau bewunderte und begehrte, und sie gehörte einem anderen. Sie war verbotenes Terrain.

Wenn sie sich über die Hindernisse hinwegsetzten, würden beide zu viel verlieren. Er würde seine Karriere aufs Spiel setzen und den Respekt des Mannes verlieren, der ihm das Leben gerettet hatte. Julias ohnehin beschädigter Ruf in der Gesellschaft wäre endgültig ruiniert.

Julia löste den Kuss, ihr Atem hauchte warm an seinen Lippen. Er kostete den Nachgeschmack von Champagner. Verbotene Süße. Er spürte ihre Hand an seiner Brust, ihre Finger tasteten flüchtig zu der Stelle, wo sein Herz schlug. Er ließ es geschehen, ermunterte sie nicht, wehrte sich aber auch nicht dagegen. Sie hatte ihn geküsst wie eine in der Liebeskunst erfahrene Kurtisane. Unwillkürlich fragte er sich, zu welcher Leidenschaft sie im Bett fähig wäre. Wenn sie gelernt hatte, so zu küssen, was hatte sie sonst noch gelernt?

Er drängte seine Zunge zwischen ihre offenen Lippen in ihren süßen heißen Mund, atmete ihr Seufzen ein, spürte das sinnliche Beben, das sie durchrieselte. Besitzergreifend grub er die Finger in ihr Haar, vertiefte den Kuss und zog sie enger an sich.

Sie stöhnte, drängte ihre vollen Brüste an ihn. Heath wölbte die Hand um die Rundung ihrer Hüfte, genoss ihr weiches Fleisch unter dem dünnen Stoff. Das Blut rauschte ihm in unbändigem Verlangen durch die Adern. Er konnte nicht genug von ihr bekommen, wollte sie besitzen. Er hätte einen Mord begangen, um sie zu besitzen. Sechs Jahre aufgestauter Lust brodelte unkontrollierbar in ihm hoch.

„Julia“, raunte er. „Oh, mein Gott.“

Ihr Mund zitterte. Er ließ die Finger durch ihr Haar gleiten, das sich gelöst hatte und ihr über die Schultern wallte, schob sein Knie zwischen ihre Schenkel, seine Hand wanderte sanft nach oben zur schwellenden Unterseite ihres Busens. Er hörte, wie sie den Atem anhielt. Sein Daumen strich bedächtig über die harte Perle ihrer Brustspitze. In seinem Kopf schwammen dunkle Nebel des Verlangens. Er musste aufhören, bevor man sie entdeckte.

„Deine Krawatte sitzt schief“, sagte sie benommen, den verschleierten Blick auf seinen Hals gerichtet. „Soll ich sie gerade rücken?“

„Bitte.“ *Hör nicht auf, mich zu berühren.* Sein Blick wanderte über ihre goldschimmernden Schultern zu ihrer Kehle, wo ihr Puls schlug, das einzige sichtbare Zeichen seiner Wirkung auf sie, während ihm sein Herzschlag in den Ohren dröhnte wie eine Kriegstrommel.

„Hast du mit Russell …"

„Nein", unterbrach sie ihn hastig und hob den Blick. „Wir haben uns nie einander hingegeben."

Er lächelte träge. Ihre Antwort gefiel ihm. „Ich wollte eigentlich fragen, ob ihr beide in London leben wollt."

„Ich denke schon. Wenigstens ein paar Monate im Jahr." Sie zupfte noch einmal an seiner Krawatte. „Wirst du es ihm sagen?", fragte sie vorsichtig.

„Was denn?", fragte er unschuldig.

„Dass ich dich geküsst habe."

Ihre Wangen waren rosig, ihre Lippen köstlich geschwollen und feucht.

„Ich habe dich zuerst geküsst."

„Ja, aber …"

„Aber?", hakte er zärtlich nach.

Sie seufzte. „Ich habe mich nicht dagegen gewehrt."

Er schüttelte den Kopf. „Ich habe dich dazu verführt."

Julia wischte ihm ein Stäubchen vom Revers. Ihre besorgte Miene wich einem Anflug von Heiterkeit. Etwas zu bedauern war nicht ihre Art. Auch keine heimlichen Küsse. Ihre Respektlosigkeit war entzückend. „Es war ein Kuss, Heath. Nicht der Vertrag von Paris."

Er sah sie mit gespielter Strenge an. Das Ziehen in seinen Lenden war noch nicht abgeflaut, und sein Herzschlag beruhigte sich nur langsam. „Küsst du häufig andere Männer?"

„Ich nutze jede Gelegenheit."

„Habe ich deine Neugier befriedigt?"

Sie nippte von dem Glas, das sie neben sich auf die Bank gestellt hatte. Und er registrierte, dass ihre Hand nicht ganz ruhig war. Gut. „Und wie steht es mit dir? Bist du zufrieden?"

„Zufrieden würde ich meinen gegenwärtigen Zustand nicht nennen, Julia."

„Mir ergeht es ebenso“, gestand sie und blickte auf ihre Hände im Schoß. „Ich bin aufgewühlt und ärgere mich über mich selbst, wenn du es wissen willst.“

Er nahm eine Bewegung wahr und wandte den Kopf. Ihr Tête-à-Tête wurde gestört. Lady Dalrymple und der Earl näherten sich dem Paar auf der Gartenbank, offenbar in einen hitzigen Wortwechsel vertieft. Heath erhob sich und setzte eine sachliche Miene auf. „Nun, ich will mich nicht beklagen. Und es versteht sich von selbst, Julia, dass ich nicht darüber spreche.“

9. KAPITEL

Julia trat ans Fenster ihres Schlafzimmers und zog die Nadeln aus ihrem Haar. Nach diesem Tag, den sie zum schönsten Tag ihres Lebens erkoren hatte, war sie hellwach und rastlos. Auf dem Gartenfest hatte sie drei Gläser Champagner getrunken und war auf der Heimfahrt eingedöst. Nun horchte sie auf das leise Plätschern des Regens auf den Rhododendronsträuchern im Garten und das gedämpfte Hufeklappern von der Straße her.

Sie hatte sich gegen zehn Uhr abends zurückgezogen. Heath hatte sich erneut geweigert, das Haus zu verlassen, und es sich wieder im Salon mit einem Buch bequem gemacht. Es war ihr schwergefallen, nicht bei ihm zu bleiben.

Sie musste eine Lösung finden, um ihn aus seiner Verpflichtung zu entlassen.

Dieser Nachmittag hatte ihr wieder einmal die Gefahr vor Augen geführt, was passieren konnte, wenn sie allein mit ihm war.

Die heimlichen sehnsüchtigen Blicke der Damen waren ihr nicht entgangen, einige hatten ihm sogar verführerisch und kokett zugelächelt. Er hatte diese Blicke selbstverständlich gleichfalls bemerkt, sie aber nur mit einem höflichen Kopfnicken erwidert, ohne sich mit einer Dame länger zu unterhalten. Russell hätte mit allen Damen angeregt geplaudert und geflirtet, sich stets des Eindrucks bewusst, den er in der Öffentlichkeit machte. Bei einem Theaterbesuch vor zwei Wochen hatte er mit beinahe allen Besuchern geplaudert wie mit alten Freunden, mit Ausnahme der Logenschließer, und Julia wäre vor Verlegenheit am liebsten geflohen. An Heath schienen bewundernde Blicke jedoch immer abzuprallen wie an einem Steinwall.

Welche Dame würde irgendwann sein Herz gewinnen? Eines Tages würde es geschehen. Julia war nicht wohl bei dem Gedanken, dass Heath demnächst einer schönen und reichen Erbin den Hof machen würde. Ob er ein treuer Ehemann wäre? Und sie fragte sich, ob nach den Küssen auf dem Gartenfest etwas zwischen ihnen bereinigt war oder ob sich nur weitere ungelöste

Fragen aufgetan hatten. Sie fühlte sich immer noch benommen vom Nachhall der Leidenschaft. Schwach und wehmütig. Und sie schämte sich, aber ... sie konnte nicht aufhören, an ihn zu denken. Die schwindelerregenden Wonnen, die seine Hand an ihrem Busen ausgelöst hatten die Hitze seiner wilden Küsse. Sie hatte sich gewünscht, er würde sie streicheln und küssen, bis ihr die Sinne schwanden.

Ein Geräusch aus dem nächtlichen Garten holte sie aus ihren Träumen. Die Katze kratzte am Geräteschuppen, bestimmt hatte der Gärtner vergessen, die Tür nur anzulehnen.

Sie warf die Haarbürste aufs Bett und zog an der Klingelschnur, um einen Diener zu rufen, aber niemand kam. Es war spät, die Dienstboten schliefen bereits, und es machte ihr nichts aus, sich selbst um die Katze zu kümmern. Was sollte schon passieren?

Auf ihrem Weg nach unten passierte allerdings etwas Beängstigendes. Ihr Herz machte einen erschrockenen Satz, als ihr unvermutet eine hochgewachsene schlanke Männergestalt in den Weg trat. Er hatte das Jackett abgelegt und stand im weißen Hemd und grauen Hosen unten an der Treppe. Die schwache Beleuchtung betonte die Konturen seiner kantig geschnittenen Gesichtszüge, vertiefte die Falten um seine Mundwinkel. Eine verräterische Wärme durchflutete sie, als sie seinem Blick begegnete, in ihren Brüsten setzte ein Prickeln ein. Kein Mann hatte je vermocht, sie nur mit seinem Blick zu erregen.

Dieser Mann ist gefährlich, warnte sie sich, entsann sich der Geschichten, die sie über ihn gehört hatte, wie gnadenlos er feindliche Agenten zur Strecke gebracht hatte, nachdem er sich von seinen grässlichen Erlebnissen in Portugal erholt hatte. Russell hatte oft voller Stolz erzählt, wie er Heath aus der Gefangenschaft befreit und den Schwerverletzten in einem Ochsenkarren durchs Land geschleppt hatte, bis sie als Bauern verkleidet in einem Kloster Unterschlupf fanden. Wie viele Menschenleben hatte Heath gerettet, ohne damit zu prahlen?

„Ist etwas nicht in Ordnung?“, fragte er und holte sie aus ihren abschweifenden Grübeleien.

„Ja, Heath. Eine Staatskrise. Meine Katze kratzt an der Tür des

Schuppens. Zumindest nehme ich an, dass sie es war. Rufe die Palastwachen zusammen, ich hole den Premierminister."

Ein spöttisches Lächeln umspielte seine Mundwinkel. „Und wie wär's mit der leichten Kavallerie?"

Sie versuchte, an ihm vorbeizuhuschen. „Wir wollen es nicht übertreiben."

Ohne eine Bewegung wahrgenommen zu haben, fühlte sie plötzlich seine Hand an ihrem nackten Arm. Seine Finger umfingen ihr Handgelenk in einem unentrinnbaren, wenn auch behutsamen Griff. Der Atem stockte ihr. „Warte", sagte er. „Es regnet, und du hast nur ein dünnes Nachthemd an. Ich kümmere mich darum."

Sie sah auf. „Ein Diener ..."

„Ich habe alle zu Bett geschickt."

„Ehrlich, Heath, du kannst das Haus nicht jede Nacht bewachen. Ich habe ein schrecklich schlechtes Gewissen."

Er zog sie die letzte Stufe herunter neben sich. Sie erschrak. Im nächsten Moment war sie von Hitze eingehüllt. Die Luft, die ihre Haut anwehte, schien sie zu versengen.

„Nur so lange, bis ich eine bessere Lösung gefunden habe", sagte er. „Hast du wirklich etwas dagegen?"

Das Atmen fiel ihr schwer. Sie fühlte sich wie magnetisch zu ihm hingezogen, war unfähig, ihm ihre Hand zu entziehen, genoss seinen besitzergreifenden Griff. „Ich habe etwas dagegen, weil ich deine Zeit nicht in Anspruch nehmen will."

„Ist dir meine Anwesenheit unangenehm?", fragte er leichthin.

„Wie meinst du das?"

„Ich meine, wir sollten tun, was man von uns erwartet."

Sie lachte leise. „Als hätten wir uns je danach gerichtet. Was soll deine Familie davon halten? Und meine Dienerschaft?"

Der letzte Punkt war eine fadenscheinige Ausrede, das war auch ihm bewusst. Julia hatte sich nie streng an Konventionen gehalten, auch nicht in ihrer Ehe. Und ihr Hauspersonal stand seit Jahren in ihren Diensten, hatte sie auch nach Indien begleitet und kannte die Gepflogenheiten ihrer Herrin.

Sein verwegenes Lächeln machte sie stutzig. „Deine Diener

sind dir treu ergeben und wissen, dass dein Verlobter in einer gefährlichen Mission unterwegs ist. Im Übrigen haben wir uns bereits angefreundet. Gestern Nacht haben der Butler und ich mit deiner Haushälterin Karten gespielt."

„Wie bitte? Das glaube ich nicht", entgegnete sie aufgebracht. Was ging eigentlich in ihrem Haus vor?

„Doch. Ich habe ein Silbermesser gewonnen und eine Schürze aus irischem Leinen."

„Mit dem Personal", entrüstete sie sich, allerdings weniger überzeugend als beabsichtigt. „Karten gespielt. Meine Tante wäre entsetzt."

„Eigentlich nicht." Sein tiefes Lachen jagte ihr wohlige Schauer über den Rücken. „Sie zählte den Spielstand für uns."

„Wie konntest du nur? Ein Silbermesser und eine Schürze."

„Ich habe sie ehrlich verdient." Er neigte sich ihr zu und flüsterte verschwörerisch: „Und deine Tante war dadurch abgelenkt, sonst hätte sie Ärger gemacht. Sie wollte in Odhams Schlafzimmer einbrechen, weil sie davon überzeugt ist, dass er mit ihren Liebesbriefen unter dem Kopfkissen schläft."

Julia schluckte. Sie wünschte sich, Heath nur einmal aus der Ruhe zu bringen, so wie er sie ständig aus der Ruhe brachte. Sie wollte ... ihm in die Arme sinken und die beglückende Leidenschaft von früher wieder zum Leben erwecken. Wie hätte sie ahnen können, dass er ihr das Herz für den Rest ihres Lebens schwer machen würde? Sie holte tief Luft, bevor sie antwortete. „Da wir gerade von meiner Tante sprechen, wenn du morgen noch hier bist, erwartet dich eine Überraschung."

„Tatsächlich? Das klingt vielversprechend."

Sie senkte den Blick auf seinen schön geschwungenen Mund. Das Lächeln würde ihm vergehen, wenn er am Morgen feststellte, dass eine Schar beflissener Malschülerinnen das Haus besetzte.

„Tante Hermias Malclub trifft sich jeden Dienstag bei uns. Und die Damen sind auf der Suche nach geeigneten Modellen für ihren griechischen Götterzyklus."

Und was für ein Modell er abgeben würde! Er, der Inbegriff von Männlichkeit. Welche Frau mit künstlerischen Ambitionen wünschte sich nicht, dieses klassisch schöne Antlitz und den makellos gebauten Körper zu malen und der Nachwelt zu erhalten? Er würde eine Sensation auslösen, wenn Hermias Freundinnen ihm morgen begegneten. Der Gedanke machte sie schadenfroh. Geschah ihm nur recht, wieso sah er so umwerfend gut aus?

„Ein Malclub." Heath trat von einem Fuß auf den anderen. „Das klingt eigentlich harmlos."

„Findest du?" Sie dachte an die pikanten Gespräche der Freundinnen ihrer Tante. Harmlos oder unschuldig war gewiss keine von ihnen.

„Hast du schon als Aphrodite für dieses ehrenvolle Projekt posiert?", fragte er, ohne zu ahnen, welches Schicksal ihm blühte.

„Nein. Aber als Trojanerin stand ich schon einmal Modell."

Sein Blick wanderte anerkennend und mit einem schamlosen Funkeln in den Augen über ihre wilde Haarfülle und das Nachthemd, als könne er durch die dünne Seide ihre Nacktheit sehen. Ob er den Aufruhr spürte, der jedes Mal in ihr tobte, wenn er sie so ansah, diese unerfüllte Sehnsucht? Natürlich spürte er es, der erfahrene Schwerenöter und Frauenheld.

Sie entzog sich endlich seinem Griff. „Machst du nun die Schuppentür auf oder ich?"

Er straffte die Schultern. „Boscastle meldet sich zur Stelle."

„Sei vorsichtig da draußen."

„Ist die Katze gefährlich? Gütiger Himmel, Julia, du hast doch hoffentlich keinen Tiger aus Indien mitgebracht, wie?"

„So etwas würde ich nie tun. Es wäre grausam, ein wildes Tier aus seiner natürlichen Umgebung wegzuholen."

„Ich frage ja nur. Immerhin wurde ich heute schon von einem Affen angefallen."

Sie spitzte die Lippen. „Ich meinte nur, du sollst vorsichtig im Regen sein. Stolpere nicht über die Schubkarre oder über meine Gummistiefel. Und tu dem Kater nicht weh. Er ist alt und wehrlos."

„Bist du sicher, dass der Kater die Geräusche machte?"

Sie überlegte. „Na ja, nein. Eigentlich nicht. Willst du meine Pistole?"

„Nein, danke. Behalte sie ... solange du nicht auf mich schießt."

Heath stand eine Weile im Regen, um seine Augen an die Dunkelheit zu gewöhnen. Ein pelziger Schatten strich ihm um die Beine. Julias Kater rieb sich an seinen Hosenbeinen trocken.

„Na schön, mein Kätzchen. Dann bringen wir dich mal ins Trockene."

Er hob den Kater hoch und rannte mit hochgezogenen Schultern den Weg entlang. Der Geräteschuppen befand sich hinten im Garten, halb verborgen hinter dichtem Gestrüpp.

„Hier ist dein Heim, mein Junge, ein hübsches warmes Plätzchen …"

Der Kater hatte offenbar etwas dagegen, gerettet zu werden. Ohne Vorwarnung schlug er seine nadelspitzen Krallen in den Hals seines vermeintlichen Entführers, bäumte sich auf und sprang mit einem riesigen Satz in die Freiheit.

„Und diese Bestie nennt sie alt und wehrlos", knurrte Heath und rieb sich die brennende Wunde, bevor er sich auf die Katze stürzte, sie packte und den Holzverschlag aufstieß.

Ein feuchter modriger Geruch schlug ihm entgegen. Heath stand wie gelähmt. Die völlige Finsternis und der Gestank schleuderten ihn zurück in eine Zeit, an die er sich nur schemenhaft erinnerte, ohne sie vergessen zu können. Die grausamen Torturen, die unerträglichen, nicht enden wollenden Schmerzen.

Eine Welle des Entsetzens drohte ihn zu ersticken. Sein Verstand kämpfte gegen die Dunkelheit. Tief vergrabene Erinnerungen stürmten auf ihn ein. Finger in schwarzen Handschuhen krallten sich in sein Haar und tauchten seinen Kopf in einen Bottich fauligen Wassers, der Gestank nach Verwesung und Schimmel überwältigte ihn. Die Hand hielt ihn unter Wasser, bis seine Lungen brannten und schwarzes Grauen seinen Verstand auslöschte.

Seine Lungen füllten sich wieder mit Luft, und eine weiche, todbringende Stimme drang in sein Bewusstsein. Der Franzose unter einer schwarzen Kapuze drückte ihm einen rot glühenden Schürhaken an die empfindlichsten Stellen seines Körpers; er konnte das Zischen verbrannten Fleisches hören und riechen. Armand Auclairs Vater hatte während der Französischen Revolution, in Zeiten grausamer Tyrannei, den Beruf des Henkers ausgeübt, unter dessen Guillotine unzählige Aristokraten enthauptet worden waren. Ein Mann, der seine Leidenschaft für Grausamkeit und Blutvergießen seinem Sohn vererbt hatte.

Der Kater in Heaths Armen lag still, jeden Muskel angespannt. Seit Jahren hatte Heath nicht so lebhaft an seine Foltern gedacht und geglaubt, seine seelischen Wunden würden heilen. Die Narben würden immer bleiben, aber er hatte gehofft, dass die Dämonen eines Tages zum Schweigen gebracht wären. Er hatte nie darüber geredet und würde es nie tun. Allein die Erinnerung an diese schrecklichen Erlebnisse, die ihn beinahe zum Tier gemacht hatten, drohte ihn um den Verstand zu bringen.

Plötzlich hörte er Schritte hinter sich, fuhr herum und sah den Schatten einer beleibten Gestalt mit silbrigen Löckchen, die einen dunklen Gegenstand über ihren Kopf hob.

„Mein Gott, Lady Dalrymple“, entfuhr es ihm. „Stellen Sie den Blumentopf ab, sonst fügen Sie mir und den Geranien einen bleibenden Schaden zu.“

Hermia äugte hinter dem Blumentopf hervor. Der Kater befreite sich und verschwand im Schuppen.

„Um Himmels willen, Boscastle“, rief sie erschrocken und stellte ihre Waffe weg. „Ich hätte Sie beinahe erschlagen. Was tun Sie hier draußen im Regen?“

„Das sollte ich Sie fragen. Haben Sie jemanden im Garten herumschleichen gesehen?“

„Ja, Sie.“ Sie nickte mit ihrem beachtlich vorspringenden Kinn zum Schuppen. „Ich hörte Geräusche und wollte nachsehen. Das kann man den Dienern nicht zumuten. Die ängstigen sich vor ihrem eigenen Schatten. Unter uns gesagt, ich fürchte, die waren allesamt zu lange der indischen Sonne ausgesetzt.“

„Der Sonne?“

„Zu viel Sonne verbrennt das Gehirn.“

„Und zu lange im englischen Regen zu stehen weicht das Gehirn auf. Ich will den Schuppen noch mal genauer untersuchen. Warten Sie hier.“

Hermia machte ein erschrockenes Gesicht. „Denken Sie etwa, jemand beobachtet das Haus vom Schuppen her?“

Er wischte sich ein rotes Blütenblatt vom durchnässten Ärmel. „Das kann ich noch nicht sagen."

Er duckte sich unter dem niederen Türstock und entdeckte die leuchtenden Augen der Katze im hintersten Winkel. Der widerliche Gestank nach Verwesung und Moder, der seine Erinnerungen wachgerufen hatte, hatte sich abgeschwächt. Es roch eher nach feuchtem Moos und altem Holz. Trotz eingehender Untersuchung konnte er keine Spur eines Eindringlings finden. Etwaige Fußspuren vor dem Schuppen hatte der Regen bereits weggewaschen. Er hob den Blick zu einer schmalen Öffnung über einem Regal, in dem Blumenzwiebeln und kleine Gartengeräte aufbewahrt wurden. Seine Nackenhaare richteten sich auf, an seinen Armen bildete sich Gänsehaut, als er durch die Fensteröffnung direkt in Julias Schlafzimmer sehen konnte.

Sein Blick fiel auf einen schwarzen Gegenstand im Regal. Er griff danach. Unter einer Harke zog er einen Männerhandschuh hervor. Aus schwarzem Leder, alt und gebraucht, mehr ein Arbeitshandschuh, der ihm irgendwie vertraut vorkam.

„Nun? Haben Sie etwas entdeckt?"

Hermias besorgtes Gesicht, umrahmt von Silberlöckchen, spähte in den Schuppen.

„Ich weiß nicht." Er hielt ihr den Handschuh hin. „Haben Sie den schon mal gesehen?"

Sie schüttelte den Kopf. „Keine Ahnung. Hat der Eindringling ihn verloren?"

„Nein. Er lag auf dem Regal."

„Nun ja, bis vor ein paar Monaten hat ein älterer Herr das Haus bewohnt."

Heath spähte in den Garten. Der Regen hatte nachgelassen. Durch den grauen Nieselschleier konnte er Julia sehen, die am Fenster stand.

Jemand, der sich im Schuppen versteckte, hätte einen guten Blick in ihr Zimmer. Heath überlegte fieberhaft. Wurde sie heimlich beobachtet? Oder wollte jemand wissen, ob Russell bei ihr war? Auclair und seine Handlanger wussten aber mittlerweile bestimmt, dass Russell sich auf dem Weg nach Paris befand.

Alle Sinne warnten Heath, auf der Hut zu sein. Ein Feind durfte nie unterschätzt werden.

Hermia folgte seinem Blick und erschrak. „Glauben Sie tatsächlich, dass meine Nichte in Gefahr ist? Ich gestehe, gehofft zu haben, dass Russell wie üblich übertreibe."

„Das hoffte ich auch, Lady Dalrymple." Heath betrachtete den Handschuh, seine Lippen waren schmal geworden. Plötzlich war er froh, hier zu sein. „Wie es aussieht, ist es wohl klüger, ihm zu glauben."

Julia war in ihr Zimmer zurückgekehrt, in der festen Überzeugung, Heath an der Nase herumgeführt zu haben. Natürlich hatte sie die Katze gehört, nicht einen Einbrecher, der sich im Garten versteckte. Die wirkliche Gefahr bestand für Russell in Paris; in einer Stadt, wo englische Kriegshelden nicht gerade herzlich aufgenommen wurden, auch wenn Wellington dort als Botschafter residierte.

Wieso stand Heath mit Tante Hermia noch im Regen herum? Die beiden wurden bis auf die Haut nass. Sie lehnte die Stirn gegen die Fensterscheibe. Was hatte Russell dem armen Heath nur aufgebürdet? Sie hielt es für völlig absurd, ihn als Leibwächter zu missbrauchen. Unter anderen Umständen allerdings ... Sie verdrängte den Gedanken lieber, ehe er sich festsetzen konnte.

Es war gemein von ihr, Heath in den Regen hinauszuschicken, wo er sich so rührend um sie sorgte und ihr seine Zeit opferte. Sie wollte sich bei ihm entschuldigen. Und dann würde sie darauf bestehen, dass er seinen Dienst als Beschützer quittierte. Es war für beide das Beste.

Hinter ihr ging die Tür auf. Erschrocken drehte sie sich um. Da stand er, das schwarze Haar klebte ihm an der Stirn. Durch das nasse Hemd zeichnete sich sein muskulöser Brustkorb ab. Er sah nicht besonders heiter aus, kein Wunder. Julia schüttelte bedauernd den Kopf.

„Du bist ja völlig durchnässt." Sie trat auf ihn zu, legte ihm die Hände an die nasse Hemdbrust. In der Feuchtigkeit mischte sich der Duft seiner Rasierseife mit dem männlichen Moschusduft seiner Haut. „Ich sollte ..."

„Du sollst mich nicht so berühren“, fiel er ihr barsch ins Wort. „Julia, bitte, ich bin schließlich ein Mann.“

„Als könnte ich das je vergessen“, entgegnete sie unbedacht. „Es tut mir leid, dass dich bei diesem scheußlichen Wetter hinausgeschickt habe.“

Ihre Blicke trafen sich. Das Feuer in seinen blauen Augen nahm ihr den Atem. „Versuche dich zu erinnern“, sagte er, und sein Gesicht war eine starre Maske. „Was hast du im Garten gesehen oder gehört?“

„Ich hörte Geräusche, ein Kratzen, ein Klopfen und …“ Erst jetzt bemerkte sie das blutige Rinnsal an seinem Hals. Sie hob wieder die Hand. „Was ist denn da passiert? Jemand hat dich angegriffen.“

„Julia, bitte, lenk nicht ab.“ In den Tiefen seiner Augen blitzte ein humorvoller Funke. „Ich werde es überleben. Es gab Schlimmeres …“

„Ich will die Wunde reinigen.“

„Es ist nichts.“

„Du blutest“, widersprach sie besorgt. „Wieso blutest du?“

„‚Alt und wehrlos‘. Ich glaube, das waren deine Worte“, antwortete er mit einem müden Lächeln.

„Hat mein Kater dich gekratzt?“

„Er mochte mich wohl nicht so sehr wie die Affendame.“

„Zieh das Hemd aus.“

Gehorsam entledigte er sich des nassen Hemdes und feixte. „Noch etwas, wenn ich schon dabei bin? Stiefel? Strümpfe? Hose?“

„Wie kannst du scherzen, nachdem dir die Kehle fast durchschnitten wurde?“

Er senkte die Stimme. „Dein Kater hat mir nur einen lächerlichen Kratzer verpasst.“

Sie runzelte die Stirn. „Willst du, dass dieser lächerliche Kratzer sich entzündet?“

„Tut mir leid.“ Er griff in die Hosentasche und holte den alten schwarzen Handschuh hervor. „Kommt dir der bekannt vor?“

Sie schüttelte den Kopf. „Nein. Russell trägt so etwas nicht.

Und mir gehört er auch nicht." Sie sah zu ihm auf. „Wo hast du ihn gefunden?"

„Im Schuppen auf dem Regal. Hermia meinte, er könnte dem Vorbesitzer gehört haben."

„Schon möglich. Oder einem seiner Vorfahren. Bitte lass mich die Wunde reinigen."

Heath gab sich geschlagen und hob den Kopf, während sie ein sauberes Handtuch unter dem Waschtisch hervorholte. Er machte keinen Mucks, als sie die Wunde mit Alkohol betupfte, spürte den Kratzer nicht einmal, was er allerdings nicht von Julias Nähe behaupten konnte. Er spürte jede ihrer Bewegungen. Eine süße Spannung wuchs in ihm. Herrgott, lange ertrug er es nicht mehr, wenn er nicht bald Erlösung fand. Sein Verlangen nach ihr war unerträglich geworden, bereitete ihm körperliche und seelische Schmerzen.

Er versuchte vergeblich, das flüchtige Streifen ihrer Brüste an seinem Arm zu ignorieren. Sie musste seine Erregung bemerken, da sie so dicht an ihn gelehnt stand. Er biss die Zähne aufeinander und beobachtete sie unter halb verhangenen Lidern, konnte ihre rosigen Brustknospen unter dem dünnen Nachthemd erkennen. Die gefährliche Flamme der Leidenschaft züngelte erneut hoch, breitete sich in ihm aus.

„Halt still", murmelte sie.

„Ich halte still."

Sie lehnte sich an ihn, und plötzlich schmiegte sich seine pochende Männlichkeit an die weiche Rundung ihrer Hüfte. Er hielt den Atem an, spürte ihr unmerkliches Zögern. Nun musste sie wissen, dass er lichterloh brannte. Da standen sie, keine Handbreit voneinander entfernt, und er durfte sie nicht haben. Aber er brauchte sie. Er brauchte sie dringend.

Julia holte tief Atem. Er hielt sich am Frisiertisch hinter seinem Rücken fest, aber in Gedanken streifte er ihr das Nachthemd ab, küsste ihre schönen Brüste, saugte an ihren Brustknospen, bis ihr die Knie weich wurden. Er litt Folterqualen, ihrem verführerischen Körper so nah zu sein, der Duft ihres Haares betäubte seine Sinne, ihr Atem streichelte seine Wange.

Das Bett stand nur ein paar Schritte entfernt. Er könnte ihr in Sekundenschnelle das Hemd vom Leib reißen und sie auf die Matratze werfen. Er könnte sich von seinen Qualen erlösen und sie ganz besitzen, den Hunger endlich stillen, den er so lange unterdrückt hatte. Er wollte endlich in ihr sein, mit ihr verschmelzen.

„Woran, in aller Welt, denkst du?", fragte sie unvermutet in seine lüsternen Träume.

Sein sündiges Lächeln verriet ihr seine sündigen Gedanken.

„Du kannst dir die Antwort sparen", wehrte sie hastig ab. „Dieses Lächeln kenne ich nur zu gut. Ich brauche keine weitere Erklärung."

„Wie scharfsinnig du bist."

„Du hast recht", murmelte sie, ohne auf seine Bemerkung einzugehen. „Der Kratzer wird dich nicht umbringen."

„Da bin ich aber froh."

Sie rang sichtlich um Fassung. „Was tun wir eigentlich mitten in der Nacht in meinem Schlafzimmer?", fragte sie befangen. „Im Garten war doch niemand, oder?"

„Nur deine Tante", antwortete er und nahm ihr das Tuch aus der Hand. „Jedenfalls war niemand mehr zu sehen, als ich in den Garten kam."

„Was hatte sie eigentlich im Garten zu suchen?"

„Sie hätte mir beinahe den Schädel mit einem Blumentopf eingeschlagen."

„Mit einem Blumentopf?" Julia schüttelte missbilligend den Kopf, konnte sich aber ein Lachen nicht verkneifen. „Was für eine Nacht. Zuerst meine Katze, dann meine Tante. Es tut mir leid. Als mein Beschützer musst du ziemlich leiden."

Sie hatte ja keine Ahnung. Es brachte ihn beinahe um, sich so beherrschen zu müssen. Er beugte sich ein wenig vor, sein nackter Brustkorb streifte ihren Busen. „Dein schadenfrohes Gesicht straft dich Lügen. Es tut dir gar nicht leid."

„Brauchst du mein Mitleid?", fragte sie belustigt.

Grausames Weib, dachte er bitter. „Ein Funken Mitgefühl könnte nicht schaden."

„Seltsam“, meinte Julia sinnend. „Ich hielt dich stets für einen stoischen und gefassten Mann.“

„Dieser Meinung sind auch andere.“

Sie sah ihn neugierig an. „Bin ich denn wie andere?“

Er zögerte. „Du weißt genau, dass du das nicht bist.“

Ihre Augen verdunkelten sich. „Ich bin mir nicht sicher, ob du mir das hättest sagen dürfen.“

„Ich auch nicht“, entgegnete er. „Trotzdem ist es so.“

Sie schluckte, blieb aber dicht vor ihm stehen. Er wünschte, sie würde sich endlich entfernen. Denn er war im Begriff, sie in die Arme zu nehmen und etwas schockierend Ungehöriges mit ihr zu tun. Etwas Anstößiges und Sündiges. Gewiss konnte sie das spüren.

Ihre Stimme löste die Spannung, die zwischen ihnen knisterte. „Wir sollten uns um Russell Sorgen machen. Ich finde es merkwürdig, dass Auclair ihn so auffällig nach Frankreich locken wollte. Meinst du, es könnte eine Falle sein?“

Heath kniff die Augen zusammen. Geschickte Taktik. Es gab wohl kein geeigneteres Mittel, um die Erregung eines Mannes abklingen zu lassen, als von einem Rivalen zu sprechen. „Russell ist darauf vorbereitet. Ich denke, er schafft es, diesem bösen Spiel ein für alle Mal ein Ende zu bereiten.“

„Aber hoffentlich nicht seinem Leben.“

„Hast du Angst um ihn, Julia?“

„Natürlich mache ich mir Sorgen. Ich weiß, dass ihr Männer euch für unbesiegbar haltet. Mein Ehemann war genauso.“

Er strich ihr in einer unbedachten Geste eine Haarlocke von der Schulter. Wenn sie über ihre Gefühle sprach, wirkte sie schutzlos. Heath mahnte sich an seine Aufgabe. Aber das berauschende Verlangen, das ihm durch die Adern floss wie flüssige Lava, ließ ihn seine Beschützerrolle vergessen und machte ihn selbst zur größten Gefahr für Julia. Jede Faser in ihm spannte sich an. Ihre Küsse am Nachmittag hatten ihn trunken gemacht, und er verzehrte sich nach mehr. Sein Verlangen schien mit jeder Stunde zu wachsen. Wenn das so weiterging, würde er nach einer Woche den Verstand endgültig verloren haben.

Resolut legte er ihr die Hände auf die Schultern. „Geh zu Bett."

„Was ist mit dir?"

„Wenn ich noch eine Sekunde länger bleibe ..."

„Still", sagte sie und legte ihm einen Finger an den Mund. „Sag es nicht. Wenn du es aussprichst, will ich es auch. Und dann gnade uns Gott."

Seine Hände glitten langsam ihren Rücken entlang nach unten, umfingen ihre Hüften und zogen sie an die erhitzte Mitte seines Körpers. Er glaubte, sie würde Widerstand leisten, aber sie kam ihm entgegen, wie magnetisch angezogen. Er stöhnte vor Sehnsucht und barg sein Gesicht in ihrem Haar. Sie war mit keiner anderen Frau zu vergleichen. Das hatte er immer gewusst.

„Gott steh mir bei", raunte er.

„Geh nach Hause, Heath", flüsterte sie. „Heute Nacht passiert mir nichts."

10. KAPITEL

Er ging nicht nach Hause. Nicht um sich Julia zu widersetzen. Er blieb, weil er sich inzwischen sicher war, dass Russells Ängste um sie berechtigt waren. Was immer auch geschehen mochte, er würde niemals zulassen, dass Julia Armand Auclair in die Hände fiel, in die Hände des Mannes, der ihn halb zu Tode geschunden, seinen Willen gebrochen und gehofft hatte, auch seinen Geist zu brechen. Mehrmals in der Nacht machte er einen Rundgang durch den Garten, ohne eine Spur von einem Eindringling zu entdecken.

Den Rest der Nacht verbrachte er in der Bibliothek, wo er sich häuslich einzurichten gedachte, bis er eine bessere Lösung gefunden hatte. Zweifellos würde sein Aufenthalt in Julias Haus Anlass zu Gerüchten geben, und böse Zungen würden behaupten, er habe mit Julia eine heiße Affäre, was ihn nicht sonderlich störte. Und Russell konnte sich nicht beschweren, schließlich hatte er dieses Drama auf die Bühne gebracht.

Heath wäre kein Boscastle, wenn nicht auch er in einige Skandale verwickelt gewesen wäre, selbst wenn er sie nicht absichtlich heraufbeschworen hatte. Im Gegenteil, er war stets bemüht, sein Privatleben nicht in die Öffentlichkeit zu tragen. Und über Julia hatte man in der feinen Gesellschaft schon in ihren Jugendtagen gern gelästert. Klatsch war die geringste seiner Sorgen.

Was ihm zu schaffen machte, war vielmehr die Sorge, wie er sie beschützen sollte, ohne sie zu verführen, ein Dilemma, das ihm schwer auf der Seele lag und vermutlich die Erklärung dafür war, warum er beim Betreten des Salons nach dem Frühstück feststellen musste, dass er Julias Bemerkung völlig vergessen hatte, wonach ihn eine Überraschung erwartete.

Lady Dalrymples Malclub. Ein Blick genügte, um einzusehen, dass er einen schweren Fehler begangen hatte, Julias Warnung nicht ernst zu nehmen.

Das Zimmer hatte sich in ein Maleratelier verwandelt. Das Damastsofa und die zierlichen Mahagonimöbel waren an die Wand gerückt und mit weißen Tüchern abgedeckt worden, um Platz zu schaffen für Staffeleien und Zeichentische der plappernden Damen in weiten Malerkitteln, die auf Hockern im Halbkreis vor einem Podest saßen.

Heath blieb wie angewurzelt in der Tür stehen, als etwa ein Dutzend Frauengesichter sich nach ihm umdrehten. Auch Julia hob den Kopf von ihrem Zeichenblock, wies mit dem Zeichenstift in seine Richtung und erklärte mit lauter Stimme: „Oh, seht nur, Lord Boscastle. Er kommt gewiss, um Modell zu stehen für unseren Apoll. Wir wollen ihn ganz herzlich begrüßen."

Er machte auf dem Absatz kehrt und wollte fliehen. Aber Lady Dalrymple sprang auf, bekam ihn an den langen Schößen seines Frackes zu fassen und zog ihn gnadenlos ins Atelier zurück wie einen Fisch an der Angel.

„Seien Sie nicht so schüchtern, Boscastle."

„Schüchtern? Ich bin nicht schüchtern. Ich lasse mich nur nicht öffentlich zur Schau stellen."

Julia räusperte sich. „Es ist keine Schande, seinen Körper für künstlerische Zwecke zur Verfügung zu stellen."

„Ganz zu schweigen von den Waisenkindern, die davon profitieren", erklärte eine Matrone mit piepsender Stimme hinter einer riesigen Staffelei. „Würden Sie freundlicherweise Ihr Hemd ablegen? Für künstlerische Zwecke."

Heath blinzelte verständnislos. „Wie bitte?"

„Es wäre ja nicht das erste Mal", bemerkte eine der Schwestern Darlington zu seiner Rechten.

„Hoffentlich nicht vor einem allzu großen Publikum", murmelte eine vertraute Stimme.

Heath stöhnte innerlich. Die spöttische Stimme gehörte keiner anderen als seiner geistreichen Schwägerin Jane, der Marchioness of Sedgecroft, Gemahlin seines ältesten Bruders Grayson. Das hatte ihm grade noch gefehlt: ein Mitglied seiner Familie als Zeuge dieser überaus peinlichen Situation. Das Hohngelächter seiner Familie würde ihm jahrelang in den Ohren klingen.

Er warf Jane einen erbitterten Blick zu. „Das erste – und letzte – Mal, als ich Modell gestanden habe, war in deinem Haus. Und ich erinnere mich daran als höchst unliebsame Erfahrung."

Jane lächelte ein wenig schadenfroh. „Nur weil unsere Haushälterin dich mit der Künstlerin – Miss Summers, wenn ich mich recht entsinne – in einer verfänglichen Position ertappte."

„Das entspricht nicht der Wahrheit", verteidigte er sich und spürte Julias Blick. „Meine Toga war verrutscht, und Miss Summers hatte sich lediglich erboten, sie zu ordnen."

„Mein lieber Schwager", fuhr Jane honigsüß fort, „denke bitte an den hohen Erlös, den dein Konterfei bei unserem Wohltätigkeitsbasar erzielen wird. Ich hätte dich selbst als Modell vorgeschlagen."

Er bedachte sie mit einem grimmigen Blick. „Ich bin gerne bereit, eine hohe Summe zu spenden, Jane. Ich veranlasse meinen Sekretär umgehend, einen Scheck ..."

„Wenn du für Eloise Summers posierst", fiel Julia ihm ins Wort, „kannst du auch für uns Modell stehen. Sei kein Spielverderber, Heath."

„Und den Scheck können Sie auch später ausstellen lassen", fügte Lady Dalrymple hinzu.

Unvermittelt verloren die anwesenden Damen ihre Contenance. Aufgeregtes Stimmengewirr brach plötzlich über ihn herein wie ein Gewittersturm.

„Ich kann es kaum fassen: ein Boscastle in unserer Mitte."

„Haben Sie seine Augen gesehen? Diese verschiedenen Blautöne. Faszinierend. Hoffentlich gelingt es mir, diesen Blick einzufangen."

„Steht er uns tatsächlich Modell? Wie werde ich nur seiner Männlichkeit, seiner Vitalität gerecht? Meine Damen, ich fürchte, ich kann den Pinsel nicht ruhig halten, so sehr zittern mir die Finger."

Heath trat den Rückzug an. „Es tut mir leid. Ich habe völlig vergessen, dass Ihr Malclub sich heute trifft. Verzeihen Sie die Störung. Fahren Sie fort. Ohne mich."

„Störung?", kreischte eine der Amateurkünstlerinnen und fuchtelte mit einem Dachshaarpinsel in der Luft herum. „Heißt das etwa, er will nicht bleiben?"

„Natürlich bleibt er", beschwichtigte Lady Dalrymple die aufgebrachte Künstlerin und stellte sich ihm in den Weg. „Er hat es Julia gestern zugesagt."

Heath furchte die Stirn. War es möglich, eine Frau in Hermias Alter beiseitezustoßen, ohne ihr wehzutun? „Ich habe nichts dergleichen zugesagt. Julia, hast du mich etwa falsch verstanden?"

Sie strichelte mit dem Kohlestift auf ihrem Zeichenblock. „Ich verewige dich als griechische Gottheit. Du solltest dich geschmeichelt fühlen."

Es gelang ihm, sich an Hermia vorbeizudrängeln. „Nehmt den Butler."

„Den Butler haben wir bereits gemalt", stellte eine ältere Dame mit zu viel Rouge auf den Wangen fest. „Wir waren uns darin einig, ihn als Hermes einzusetzen."

Julia lächelte versonnen auf ihren Zeichenblock. „Weil er so flink auf den Beinen ist."

Heath erreichte rückwärtsgehend die Tür. Plötzlich stand der silbergraue Butler mit einem Tablett Erfrischungen hinter ihm und schüttelte mitfühlend den Kopf.

„Ich rate Ihnen, klein beizugeben, Mylord", sagte Payton teilnahmsvoll. „Die Damen lassen nicht locker. Glauben Sie mir, eine würdevolle Kapitulation ist angebracht."

„Bitte, Heath", flehte Julia einschmeichelnd.

Hinter ihrer zuckersüßen Stimme verbarg sich das Herz eines Satans.

„Ich posiere nicht", verkündete er entschlossen und straffte die Schultern. „Ich bin nicht in dieses Haus gekommen, um … um ausgebeutet zu werden. Das ist mein letztes Wort. Schluss damit!"

„Würde es Ihnen etwas ausmachen, das Hosenbein ein wenig hochzuziehen, mein Lieber?", bat Mrs Hemswell den hochgewachsenen Mann, der stocksteif in der Mitte des Raumes auf dem Podest stand und hochmütig in die Runde blickte.

„Ja, es macht mir etwas aus", entgegnete Heath schroff. „Ich komme mir ohnehin völlig lächerlich vor. Wie eine Weihnachtsgans auf dem Fleischmarkt."

„Du hast aber nicht die geringste Ähnlichkeit mit einer Weihnachtsgans", murmelte Julia und knabberte an ihrem Zeichenstift.

Heaths Schwägerin Jane stimmte ihr schmunzelnd zu. „Das finde ich auch."

Eine der Darlington-Schwestern hob den Kopf. „Mich erinnert er eher an den preisgekrönten Zuchthengst, den Onkel Charles kürzlich auf einer Auktion ersteigerte."

Heath riss sich das weiße Seidentuch herunter, das man ihm über die Schulter drapiert hatte. „Apoll hat die Nase voll und gute Lust, Vater Zeus zu bitten, ein paar Blitze auf euch herniederzuschleudern."

„Es geht um Wohltätigkeit und christliche Nächstenliebe, Boscastle", wies Lady Dalrymple ihn ungehalten zurecht.

„Ich wünschte, man würde mir etwas christliche Nächstenliebe entgegenbringen", knurrte er.

„Spannst du bitte den Bizeps deines rechten Armes für mich an?", fragte Julia und kniff die Augen zusammen. „Meine Linienführung stimmt noch nicht ganz."

„Präsentieren Sie uns Ihre Rückansicht", rief Lady Dalrymple.

„Was soll ich?", fragte Heath mit hochgezogenen Brauen.

„Ich möchte etwas Bewegung sehen, ein wenig mehr Schwung", sagte Jane und musterte ihre Zeichnung mit kritischem Blick.

„Das will ich auch", entgegnete Heath schneidend, „und werde mich schwungvoll aus diesem Zimmer bewegen."

Julias Augen blitzten vergnügt. „Meine Damen, ich finde, wir sollten unserem göttlichen Apoll eine kleine Entspannungspause gönnen. Er wirkt schon ganz steif vom langen Stehen."

„Ich komme mir vor wie eine Marionette", brummte Heath, zog sein Hemd über die entblößte Schulter und knöpfte es zu. Er hatte sich standhaft geweigert, es völlig abzulegen. „Sind wir fertig?"

Lady Dalrymple legte den Zeichenstift beiseite. „Wo denken Sie hin? Noch längst nicht. Nur gut, Sie in der Nähe zu wissen. Das Bildnis des Apoll ist eines der Hauptwerke in unserem Zyklus."

Heath stieg vom Podium. „Ich komme mir vor, als wäre ich im Hades gelandet, wenn Sie verstehen, was ich meine. Lassen Sie mich einen Blick auf Ihre Meisterwerke werfen."

Julia barg ihren Zeichenblock am Busen. „Mein Bild zeige ich erst, wenn es fertig ist.“

Er trat hinter ihren Stuhl und beugte sich über sie. „Das ist ungerecht. Einen kurzen Blick. Ich bestehe darauf!“

„Aber nur einen sehr kurzen Blick“, willigte sie ein und hielt den Zeichenblock hoch.

Heath bekam große Augen und starrte fassungslos auf die Skizze. „Grundgütiger. Ich bin …“

„Apoll, wie Zeus ihn schuf“, verkündete Julia stolz. „Habe ich deine Proportionen richtig getroffen? Immerhin war ich gezwungen, die bedeckten Körperteile nach der Fantasie zu zeichnen.“

Er betrachtete die Zeichnung mit blankem Entsetzen. „Meiner Meinung nach sollten die Feigenblätter größer sein, groß genug, um die gesamte Zeichnung zu verdecken.“

„Was halten Sie davon, Jane?“, fragte Julia die Marchioness, ohne sich von der Kritik ihres Modells stören zu lassen. „Stimmen Heaths Proportionen?“

„Ich bin mit Grayson verheiratet, Julia“, antwortete Jane amüsiert. „Mit Heaths Attributen bin ich nicht vertraut.“

„Aber die beiden sind doch Brüder“, wandte Julia ein und begegnete seinem finsteren Blick. „Sie gleichen sich doch in gewissen Merkmalen, nehme ich an.“

Heaths Blick durchbohrte sie. „Ich behalte meine Merkmale für mich, vielen Dank.“

Julia schmunzelte. „Vielleicht kann uns Miss Summers darüber aufklären.“

„Eifersüchtig, Julia?“, stichelte er.

Sie zögerte. „Natürlich nicht. Eloise hat keinerlei künstlerisches Talent.“

Er hob abwehrend die Hände. „Ich muss mir diese Zeichnung genauer ansehen, bevor ich meine Zustimmung gebe.“

Sie biss sich auf die Lippen und verschränkte die Arme über dem Zeichenblock. „Sie ist noch nicht fertig. Es fehlen noch einige Details. Das ist nur eine grobe Skizze.“

„Aha“, entgegnete er, ohne den Blick von ihr zu wenden.

„Dann gestatte mir einen Vorschlag. Hülle deine Zeichnung in ein griechisches Gewand."

„Ich werde Apoll mit einer Leier, vielleicht auch mit Pfeil und Bogen ausstatten", meinte sie sinnend und kratzte sich mit dem Zeichenstift am Kinn.

„Zieh ihm ein Gewand an!", befahl Heath streng. „Und setze ihm eine Maske auf, damit mich keiner erkennt."

„Sehen Sie sich meine Zeichnung an, Lord Boscastle", forderte eine der Darlington-Schwestern und hielt ihm ihr Blatt unter die Nase. „Was halten Sie davon?"

Heath betrachtete ihr Werk und musste an sich halten, um nicht loszulachen über die unbegabte Kritzelei. „Ich weiß nicht, ob Apoll im Olymp herumspazierte und mit Pfeil und Bogen auf die Götter zielte, noch dazu aus diesem Winkel."

Die junge Dame beäugte ihr Werk. „Oh, das ist kein Bogen. Das ist sein ..."

„Ich hoffe doch, dass keines dieser Werke öffentlich zur Schau gestellt wird, wie?" Heath warf drohende Blicke in die Runde der hoffnungsvollen Künstlerinnen.

„Aber selbstverständlich. Alle Kunstwerke des Clubs werden bei einer Wohltätigkeitsveranstaltung öffentlich versteigert", widersprach Julia entrüstet.

„Soll das heißen, dass mein nacktes Konterfei in irgendeinem Wohnzimmer hängen könnte?"

Lady Dalrymple strahlte ihn an. „Stellen Sie sich nur vor, Boscastle – vielleicht wird dem Duke of Wellington die Ehre zuteil, Ihr Bildnis über seinen Kamin hängen zu dürfen."

„Eine beängstigende Vorstellung", entgegnete er.

„Du kannst damit zum Stadtgespräch werden", ergänzte Julia belustigt.

„Das hätte mir grade noch gefehlt", schnaubte er wütend.

Julia schüttelte den Kopf, als könne sie nicht begreifen, weshalb er sich so entrüstete. Und Heath konnte nicht fassen, dass er das mit sich geschehen ließ. Er wusste nur eines. Julia war die einzige Person auf der Welt, die ihn ungestraft in diese peinliche Situation bringen durfte. Niemand sonst hätte so etwas gewagt –

und wenn, wäre er oder sie vermutlich nicht mit dem Leben davongekommen.

Es klopfte leise an der Tür. Julia, die im Kamin alte Briefe verbrannte, richtete sich mit dem Schürhaken in der Hand auf. Es war bereits nach Mitternacht, das Haus war still, alle Bewohner schliefen längst. Ihr Herz begann schneller zu klopfen.

Um diese Zeit würde kein Diener an ihre Tür klopfen, nur ein gewisser Schwerenöter. Was mochte er auf dem Herzen haben? Sie wagte nicht, dieser Frage nachzugehen, es gab zu viele verlockende Antworten.

Sie legte die Wange an die Türfüllung und fragte leise, aber streng: „Wer ist da?"

„Wer könnte es wohl sein?", fragte eine tiefe männliche Stimme zurück.

Sie schloss die Augen. Ihr Herz raste. „Wenn ich es wüsste, würde ich kaum fragen."

Sie stellte sich vor, wie er lächelte. „Wieso nicht?"

„Was willst du mitten in der Nacht?", flüsterte sie, die Hand bereits am Riegel.

„Öffne die Tür, Julia."

„Du klingst so … so heftig. Ich weiß nicht, ob ich dich hereinlassen soll."

„Mach die Tür auf."

Sie lehnte die Schulter gegen den Türrahmen. Ihr Lächeln vertiefte sich. „Warum eigentlich?"

„Ich kann den Riegel von außen öffnen, wenn dir das lieber ist."

„Warum tust du es nicht?"

„Weil ich verdammt noch mal höflich bin und dich nicht erschrecken will." Er zögerte. Seine Stimme klang noch tiefer als sonst. „Bist du angezogen?"

Sie blickte an ihrem elfenbeinfarbenen Seidennachthemd herab, das sie aus Indien mitgebracht hatte. „Wie man's nimmt. Jedenfalls nicht, um einen Ball zu besuchen, ich …"

Sie hörte ein Klicken im Schloss, und dann blickte sie in seine sündig blauen Augen, unfähig, zu atmen oder ein Wort hervorzubringen. Sie hätte wissen müssen, dass er sich nicht abwimmeln ließ.

„Na bitte“, sagte er. „Es war ganz einfach, nicht wahr?“

„Was … hast du vor?“, stammelte sie.

„Ich suche etwas.“

Er drängte sich an ihr vorbei, seine Augen waren zu Schlitzen verengt. Julia befiel eine dunkle Ahnung, während sie ihm auf den Fersen blieb. Er sah gefährlich aus, wild entschlossen. Heath Boscastle, der Meisterspion, der kriegserprobte Offizier. In ihrem Zimmer. Auf der Suche nach etwas. Ein Gefühl der Beklommenheit beschlich sie. Was ging hier vor? Sie hatte etwas völlig anderes erwartet. Wie peinlich, zu denken, er wolle sie verführen, während er nur seiner Pflicht nachging.

War er möglicherweise einem Eindringling auf der Spur und vermutete ihn in ihrem Zimmer? Sie festigte den Griff um den Schürhaken, während Heath in die Hocke ging und unter ihr Bett spähte.

„Was tust du da?“, fragte sie alarmiert.

„Ich suche ein Versteck.“

„Ein Versteck? In meinem Zimmer?“

Sie hielt den Atem an. Der Gedanke, ein Einbrecher befinde sich in ihrem Haus, in ihrem Zimmer, ließ ihr das Blut in den Adern gefrieren. Möglicherweise versteckte sich der Kerl schon eine ganze Weile unter ihrem Bett und hatte beobachtet, wie sie sich zur Nacht vorbereitete. Vielleicht war tatsächlich ein Fremder in ihrem Garten gewesen und hatte sie die ganze Zeit beobachtet. Sie hätte Russells Warnung ernst nehmen müssen.

Das Herz schlug ihr bis zum Hals, als Heath sich wieder aufrichtete mit grimmiger Miene, aber keineswegs angstvoll. „Da unten ist nichts.“

„Brauchst du meine Pistole?“, flüsterte sie mit trockener Kehle. „Du solltest eine Waffe tragen.“

„Eine Schere würde mir genügen. Sonst nehme ich meine bloßen Hände“, knurrte er.

„Deine bloßen Hände?“, entfuhr es ihr entsetzt. „Das wäre sehr grausam.“ Sie wich vor ihm zurück und tastete nach der Türklinke. „Ich hole Hilfe.“

Er fuhr herum. „Nein. Ich brauche keine Zeugen.“

Seine Kaltblütigkeit jagte ihr noch mehr Angst ein. Er steuerte auf ihren Schrank zu. „In meinem Schrank? Zwischen meinen Kleidern?“

Er warf ihr einen Blick über die Schulter zu. „Leg endlich den Schürhaken weg, bevor du dich verbrennst.“

Sie gehorchte und lehnte den Eisenhaken gegen die Kamineinfassung. „Ich wünschte, du würdest die Pistole nehmen“, sagte sie mit gedämpfter Stimme.

„Ist dein Schrank abgesperrt?“

„Nein … nein. Mach ihn nicht auf …“

Er lächelte zufrieden. „Ist es da drin?“

„Es?“ Die Pistole lag unter ihrem Kopfkissen. „Wäre es nicht sinnvoller, die Waffe zu benutzen?“

„Das wäre ein wenig übertrieben, findest du nicht?“

„Und was tust du, wenn er in meinem Schrank ist?“, fragte sie bang.

„Ich zerreiße das verdammte Ding in tausend Fetzen.“

„Das Ding?“ Sie zuckte zusammen, als er die Schranktür aufriss, ohne an seine Sicherheit zu denken, mit einem Wagemut, der an Tollkühnheit grenzte. „Du meinst den Kerl, nicht wahr?“

„Welchen Kerl?“

Er kroch beinahe in den Schrank zwischen ihre Umhänge, Kostüme und Ballkleider, die in keiner geregelten Ordnung auf Bügeln hingen. Julia tastete hinter sich nach der Pistole unter dem Kopfkissen.

„Der Spion. Russells Todfeind. Er ist nicht da drin, nicht wahr?“

Heath tauchte wieder aus dem Schrank auf. „Ich habe keine Ahnung, wovon du sprichst. Ich suche die Zeichnung, die du heute von mir gemacht hast. Ich werde verhindern, dass du sie öffentlich ausstellst. Wo hast du sie versteckt?“

Julia richtete sich völlig verblüfft auf. „Willst du mir etwa sagen, dass du mitten in der Nacht in mein Schlafzimmer eingedrungen bist, um mir meine Zeichnung wegzunehmen?“

Er näherte sich ihr drohend. „Was hast du denn geglaubt, wonach ich suche? Ich will diese Zeichnung, Julia.“

Sie fuhr herum und stürzte sich auf ihr Kopfkissen. „Ich will meine Pistole."

„Oh nein, die bekommst du nicht." Er warf sich mit einem Hechtsprung aufs Bett, streckte sich der Länge nach aus und verschränkte die Arme hinter dem Kopf. „Wo ist die Zeichnung?"

„Die hat Hermia."

Mit welcher Dreistigkeit er sich in meinem Bett breitmacht, schoss es Julia entrüstet durch den Sinn.

„Hermia?"

„Ja. Wieso dringst du nicht in ihr Schlafzimmer ein?"

Er lächelte aufreizend liebenswürdig. „Das würde mir entschieden weniger Vergnügen bereiten, offen gestanden."

„Vergnügen?", entrüstete sie sich, ebenso wütend auf ihn wie auf sich selbst. „Ich dachte, du wollest mich beschützen. Ich dachte, du seist drauf und dran, einen Einbrecher zu töten."

„Doch nicht mit bloßen Händen oder mit einer Schere bewaffnet." Sein Lächeln schwand, und der Ausdruck gefährlicher Intensität kehrte zurück. Sein glühender Blick wanderte über ihre Gestalt, kehrte langsam in ihr Gesicht zurück. Hitze wallte in ihr auf. „Siehst du immer so betörend aus, wenn du zu Bett gehst?"

„Nur wenn ich einen Schurken erwarte, der sich völlig ungeniert auf meinem Bett breitmacht." Sie schlang einen Arm um einen gedrechselten Bettpfosten, als suche sie Halt, um der Versuchung zu widerstehen. Er hatte es wieder einmal geschafft, sie mit einem einzigen Blick aus der Fassung zu bringen. „Steh auf."

„Ich habe es mir grade bequem gemacht."

„Zu bequem für meinen Geschmack." Und zu verlockend für ihren Seelenfrieden.

Sie wandte sich ab, als er sich aufrichtete und schwungvoll auf die Beine kam. Sie hob den Blick, sah sein Gesicht im Spiegel und entdeckte sein unverhohlenes Verlangen.

Ein Schauer der Verwirrung und des Glücks durchrieselte sie. Sie drehte sich langsam zu ihm um. Sein Gesicht war ohne jeden Ausdruck, und sie fragte sich, ob sie sich das nur eingebildet hatte und im Spiegel nur ihr eigenes Verlangen gesehen hatte.

„Ich will diese Zeichnung prüfen, bevor du sie den Blicken der ganzen Welt preisgibst“, knurrte er.

Sie lachte nervös, als er an ihr vorbei ans Fenster trat. „Dein göttergleicher Körper wird durch meine Kunst der Nachwelt erhalten bleiben, damit wirst du dich wohl abfinden müssen, fürchte ich.“

Er riss den Vorhang auf. „Ein beängstigender Gedanke.“

Ihre Heiterkeit schwand, als sie neben ihn trat und in den nächtlichen Garten schaute. Er wirkte sehr ernst. Offenbar ging es ihm nicht nur um die Zeichnung. „Du hast noch immer nichts Verdächtiges entdeckt, wie?“

„Nein. Der Regen hat sämtliche Fußspuren weggewaschen.“

„Vielleicht war niemand im Garten letzte Nacht.“

„Ich weiß es nicht.“ Er ließ den Vorhang wieder fallen. „Aber ich will kein Risiko eingehen.“ Er wollte an ihr vorbei, dann blieb er stehen und sah sie eindringlich an. Offenbar bedrückte ihn etwas. „Ist etwas?“, fragte sie und begegnete seinem Blick.

Er lächelte beinahe wehmütig. „Weißt du eigentlich“, begann er zögernd, „dass ich jahrelang der Meinung war, ich würde von dir geheilt werden, wenn ich dich nur noch einmal küssen könnte?“

„Geheilt?“

„Von meinem Verlangen nach dir. Ich glaube, ich werde es mein ganzes Leben bedauern, dass wir damals kein Liebespaar wurden. Nun ja, man könnte es auch die Verrücktheit eines jungen Mannes nennen, etwas zu begehren, was nicht für ihn bestimmt war.“

Julia wandte den Blick, ein ungewolltes Lächeln umspielte ihre Lippen. „Ein Liebespaar?“ Sie spielte die Erstaunte, als habe sie nicht unzählige Male den gleichen Gedanken gehabt. Aber aus seinem Mund zu hören, dass er ähnlich empfunden hatte, verwirrte sie zutiefst. Es war ausgesprochen gefährlich, diese Tür zu öffnen. Sie befand sich auf der Schwelle der Versuchung. „Das klingt sehr dramatisch“, sagte sie leise.

„Findest du?“

„Ich glaube dir kein Wort. Das sind doch genau die Schmeicheleien, die ein Herzensbrecher einer Frau sagt, die er in sein Bett locken will.“

„Nun ja, es war den Versuch wert.“

„Du bist schamlos“, entrüstete sie sich. „Du bist noch schlimmer geworden als damals.“

„Gut möglich. Immerhin konnte ich sechs Jahre Erfahrungen sammeln.“

„Genau wie ich“, entgegnete sie spitz. Wobei ihr dieser Erfahrungsschatz keine große Hilfe war. Sie begehrte ihn jetzt mit der Leidenschaft einer erwachsenen Frau, nicht mit dem Ungestüm eines jungen Mädchens. Ob sie heute noch zusammen wären, wenn sie damals ein Liebespaar geworden wären? Ein quälender Gedanke. Damals war er in den Krieg gezogen.

Er lächelte und ging zur Tür. Eine dumpfe Leere breitete sich in ihr aus. Bedauern, hatte er gesagt. War das die richtige Bezeichnung für die bittersüße Qual? „Lass heute Nacht nicht noch einen anderen Schurken in dein Zimmer, Julia“, sagte er über die Schulter.

„Ich glaube kaum, dass diese Gefahr besteht.“

Sein strenger Blick begegnete dem ihren, und die Leere in ihr begann zu schmerzen. Was hatte sie verloren? „Verriegle trotzdem deine Tür.“

11. KAPITEL

Drei ereignislose Tage verstrichen. Es gab keine Eindringlinge in Julias Garten, keinen weiteren Grund zur Annahme, dass Julia in unmittelbarer Gefahr schwebte. Und damit keine Gelegenheit für Heath, den Helden zu spielen, abgesehen von einem kleinen Drama gegen Ende der Woche, als Julia mit Lady Dalrymple in einen Straßentumult geriet. Dabei hatte alles ganz harmlos angefangen.

Heath hatte sich widerstrebend bereit erklärt, die Damen am Nachmittag nach East End zu begleiten zu einem Vortrag, der die Notlage heimgekehrter Kriegsveteranen beklagte und anprangerte.

Er schickte den Kutscher weg mit der Anweisung, in zwei Stunden wieder vorzufahren.

Nach Beendigung des Vortrags wurden die Zuhörer aufgefordert, sich an einer Diskussion zu beteiligen, die indes zu einem jähen Ende kam, als hinten im Saal ein Tumult losbrach. Empörte Zwischenrufe zur Frage, warum Kriegsveteranen Pensionsansprüche verweigert wurden, arteten rasch in Handgreiflichkeiten aus. Ein wütender junger Mann warf einen Feuerwerkskörper zwischen die Zuschauer, worauf die Menge in Panik geriet und kopflos in alle Richtungen zu fliehen begann.

„Rasch in die Kutsche", rief Hermia durch das lärmende Stimmengewirr der sich gegenseitig stoßenden und drängenden Menschen. „Heath, lassen Sie Julia nicht aus den Augen. Dieses Gewühl kann gefährlich werden."

Julias Stimme übertönte das allgemeine Geschrei. „Mir geht es gut. Jeder kämpft für sich allein."

Heath erblickte sie im Getümmel. Sie wirkte zwar ein wenig erhitzt und angestrengt inmitten der schiebenden und stoßenden Menge, schien aber Ruhe zu bewahren. Solange er sie nicht aus den Augen verlor, musste er sich keine großen Sorgen machen. Wieso waren sie eigentlich in diese absurde Situation geraten? Er befürwortete Sozialreformen, allerdings durch Beschlüsse im Parlament und nicht durch ungeordnetes Aufbegehren des Volkes.

Plötzlich flogen die Doppeltüren hinten im Saal auf, und eine Horde abgerissener Raufbolde verschaffte sich gewaltsam Zutritt. Heath erkannte die Gefahr, die Situation wurde brenzlig. Ein scharfer Luftzug von draußen löschte die Kerzen in den Wandhalterungen und tauchte die panischen Menschen in unheimliches Halbdunkel. In der wogenden Menge suchte er nach Julia.

Und konnte sie nicht finden. Ihm wurde eiskalt.

„Julia“, schrie er über die Köpfe hinweg und war sich kaum bewusst, wie lächerlich angstvoll er vermutlich klang, kümmerte sich auch nicht darum, dass ein älteres Ehepaar neben ihm erschrocken zusammenzuckte.

„Hier drüben!“ Ihre Hand ragte heftig winkend aus dem Meer wogender Köpfe. „Wir werden zum Hinterausgang geschoben ... Kümmere dich um Hermia.“

Er schüttelte gereizt den Kopf. „Hermia ist neben ...“ Er schaute sich suchend nach Lady Dalrymple um, die offenbar von der Menge verschluckt worden war. An der Stelle, wo sie noch vor einer Sekunde gestanden hatte, starrte er einem bebrillten fremden Mann ins Gesicht. „Wo ist sie nur?“, fuhr er den verdatterten Mann an. „Hermia, wo, zum Teufel, sind Sie?“

„Hier unten.“

Er bückte sich nach der halb erstickten Stimme zu seinen Füßen. „Guter Gott, was ist passiert?“, fragte er in heller Aufregung und half ihr auf. „Hat man Sie gestoßen?“

„Ich habe meinen Hut verloren, Boscastle. Kein Grund zur Panik.“

„Ich und Panik?“, knurrte er aufgebracht und hielt sie am Arm fest. „Sagen Sie das diesen Leuten, die kopflos wie eine Horde wild gewordener Elefanten losstürmen. Wieso habe ich Idiot mich nur zu diesem Blödsinn überreden lassen?“

Lady Dalrymple drückte mit gerötetem Gesicht ihren Hut an den Busen. „Wo ist Julia abgeblieben?“

„Hoffentlich schon durch den Hinterausgang entkommen, wenn sie einen Funken Vernunft hat.“ Er zog Tante Hermia unsanft mit sich. „Kommen Sie. Es ist höchste Zeit, dass wir hier rauskommen.“

„Verzeihung", sagte Julia, als ein schwerer Stiefel ihr schmerzhaft auf die Zehen trat. Sie war mit einer verängstigten Gruppe in einem finsteren, schmuddeligen Seitengang gelandet. „Würden Sie mir bitte nicht ständig auf die Füße treten?"

„Tut mir leid, Madam", antwortete eine körperlose Stimme aus der Dunkelheit. „Ich sehe nicht, wohin ich trete."

„Hier ist eine Tür in eine Seitengasse", rief eine Frauenstimme nach hinten. „Vorsicht auf den Stufen."

„Ich krieg keine Luft mehr", keuchte ein Mann. „Ich hatte schon als Kind Angst vor der Dunkelheit."

„Es gibt noch einen anderen Ausgang", flüsterte eine kultivierte Männerstimme an Julias Ohr. „Geben Sie mir Ihre Hand, ich führe Sie."

Julia zögerte. Sie hatte Hermia aus den Augen verloren, wusste sie aber in Heaths Obhut. Die höfliche Stimme klang jung und gebildet, und Julia schöpfte keinen Verdacht, der Mann könne andere Beweggründe haben, als sie unversehrt ins Freie zu bringen.

„Ich sehe die Hand vor Augen nicht", flüsterte sie.

Er umfing ihr Handgelenk mit behandschuhten Fingern. „Seien Sie unbesorgt. Ich bringe Sie in Sicherheit."

Sie spähte hilflos in die Dunkelheit. „Aber wie? Es ist stockfinster wie in einem Grab."

„Ich habe schon als Kind gerne Höhlen erforscht und hatte nie Angst im Dunkeln. Ich heiße übrigens Brentford. Raphael Brentford."

Heath hatte einen Arm um Hermias füllige Mitte gelegt, den anderen Arm erhoben, um sie gegen das Bombardement fauler Eier und Steine zu schützen, die eine randalierende Bande gegen die harmlosen Besucher der Veranstaltung schleuderte. Die Angreifer setzten sich hauptsächlich aus Radaubrüdern zusammen, denen es vorwiegend darum ging, Unruhe zu stiften und die eine oder andere Geldbörse zu ergattern.

„Renten für Soldaten wollt ihr also?", grölte ein feister ungewaschener Kerl mit hochrotem Gesicht und warf einen verfaulten Kohlkopf in Heaths Richtung. „Da hast du deine Rente!"

Heath duckte sich blitzschnell und schützte Hermia mit seinem Körper vor dem Geschoss. „Wo, zum Teufel, ist die Kutsche?“, knurrte er zähneknirschend und zerrte sie mit sich. „Und wo bleibt Julia?“

Hermia zog ihre rostrote Samtpelerine enger um die Schultern und äugte ängstlich über die Schulter. „Vielleicht hat sie die Kutsche gefunden und ist schon eingestiegen.“

Heath spähte die von Gaslaternen trüb erhellte Straße entlang. Wo war sie nur? Es war dumm von ihm gewesen, den Kutscher wegzuschicken. Die Demonstranten, die wirklich für ihre Rechte kämpften, hatten sich mittlerweile mit dem Straßengesindel angelegt. Bisher war noch niemand ernsthaft verletzt, aber die Stimmung der aufgebrachten Menge spitzte sich zu, die Situation wurde immer gefährlicher. Eine mit Stöcken bewaffnete Bande Schläger war im Begriff, eine leere Kutsche umzuwerfen.

Der Kutscher des Fahrzeugs hatte hinter einem Laternenpfosten Zuflucht gesucht und erschien erst wieder, als ein vierspänniger Mannschaftswagen der Polizei hufeklappernd um die Ecke bog. Die Raufbolde ließen von ihrem Zerstörungswerk ab, ergriffen die Flucht und verschwanden wie Ratten in den verwinkelten Gassen und Hinterhöfen, noch bevor die Polizisten mit Schlagstöcken aus dem Wagen gesprungen waren und die Verfolgung aufnahmen.

„Steigt ein! Macht schnell!“, übertönte eine vertraute Stimme den Lärm.

Eine elegante schwarze Karosse hielt neben Heath und Lady Dalrymple.

„Gottlob, Odham, er kommt wie gerufen“, rief Hermia erleichtert und versetzte Heath einen unsanften Stoß. „Endlich ist mein alter Feind doch noch zu etwas nutze. Vielleicht hat er Julia schon gefunden.“

„Das bezweifle ich“, entgegnete Heath und suchte die brodelnde Menge mit besorgten Blicken ab. „Sie müsste durch den Hinterausgang ins Freie gelangt sein. Vielleicht ist mein Kutscher früher eingetroffen und hat sie aufgelesen.“

„Das kann ich nur hoffen.“ Hermia zog fröstelnd die Schultern hoch.

Ein Ei segelte dicht über ihre Köpfe hinweg und zerplatzte auf dem Pflaster. „Gütiger Himmel!“, rief Odham entrüstet aus der Kutsche. „Das ist ja ein wahres Schlachtfeld. Steigt endlich ein!“

Der Wagenschlag wurde aufgerissen. Odhams livrierter Diener eilte herbei und half Hermia beim Einsteigen. Heath steckte den Kopf ins Innere der Kutsche. Wenn Julia etwas zugestoßen war, trug er einzig und allein die Schuld daran.

„Haben Sie Lady Whitby irgendwo gesehen, Odham?“, fragte er mit besorgter Stimme.

Der Earl beugte sich vor. „Nein. Sagen Sie bloß, Sie haben sie in diesem Aufruhr allein gelassen.“

Heath zog den Kopf zurück. „Bringen Sie Lady Dalrymple nach Hause“, befahl er schroff.

„Dieser Wagen bewegt sich nicht von der Stelle“, verkündete Hermia störrisch mit erhobener Stimme, „solange wir Julia nicht gefunden haben.“

„Machen Sie die Straße frei.“ Ein knorriger Polizist in einem langen groben Wollmantel baute sich hinter Heath auf. „Hol mich der Teufel – sind Sie es wirklich, Lord Boscastle?“

Heath nickte dem Wachtmeister grimmig zu, einem seiner Informanten aus Kriegstagen und eine gute Seele. „Ja, ich bin es, und fragen Sie mich bloß nicht, was ich hier zu suchen habe. Helfen Sie mir lieber, jemanden zu finden …“ Ehe er den Satz beendet hatte, schob er den Mann beiseite. „Da ist sie ja“, rief er erleichtert und stutzte im nächsten Moment.

Seine Augen wurden schmal, als er einen schwarz gekleideten Mann an Julias Seite entdeckte, der seinen Arm schützend um ihre Schultern gelegt hatte und sie mit seinem Körper gegen die Randalierer abschirmte. Julia wirkte nicht verängstigt, und die Nähe des Fremden schien ihr keineswegs lästig zu sein.

„Ihr ist doch hoffentlich nichts passiert, wie?“, meldete Hermia sich ungeduldig aus der Kutsche.

Heath verdrängte das lästige Gefühl, das ihm den Brustkorb verengte. Was war das? Angst um sie? Ein Anflug von verletztem

Stolz, das Gefühl, als Beschützer versagt zu haben? Oder war es etwa Eifersucht? Absurde Eifersucht, weil ein fremder Mann den Arm um sie gelegt hatte? Eine groteske Vorstellung, in Anbetracht der Tatsache, dass Julia in wenigen Wochen seinen Freund heiraten würde. Dennoch nagte der Groll an ihm.

„Julia scheint unversehrt zu sein“, hörte er sich sagen. „Sie ist in Begleitung eines Herren.“

„Ein Herr? Ein Fremder? Aber um Himmels willen“, entrüstete Hermia sich. „Stehen Sie nicht da wie angewachsen! Eilen Sie ihr zu Hilfe.“

Er lächelte krampfhaft. „Ich bin mir nicht sicher, ob meine Hilfe erwünscht ist.“ Aber er würde ihr zu Hilfe eilen, ob sie es wünschte oder nicht. Er war nicht vor Sorge um sie halb wahnsinnig geworden, um nun einen andern ihren Beschützer spielen zu lassen.

Julia streifte diskret den Arm ihres Retters ab. Ein höflicher junger Mann, wenn auch eine Spur zu gönnerhaft und betulich in seiner Fürsorge, als sei sie ein zerbrechliches Porzellanpüppchen. Eine zwar schmeichelhafte, wenn auch völlig falsche Einschätzung ihrer Person. Sie war gewiss kein zartes Geschöpf, eher ein widerstandsfähiges, zähes Gewächs, was sie bewiesen hatte, als sie ihre Schicksalsschläge mit Fassung getragen hatte.

Als sie Heath am Straßenrand entdeckte, seufzte sie erleichtert auf. Seltsam, dass sie sich von ihm bedroht und gleichzeitig bei ihm geborgen fühlte. Eine beklemmende Feststellung, wie wohl sie sich in seiner Gegenwart fühlte und wie einsam, wenn er nicht in ihrer Nähe war.

Zum zweiten Mal schüttelte sie den Arm ihres Retters ab, der sich unbemerkt wieder um ihre Schultern gelegt hatte.

„Ich muss nun gehen.“ Sie hob den Blick in die braunen Augen des Fremden. Er hatte einen hübschen schwarzen Lockenkopf und den weichen Mund eines Romantikers, dieser galante junge Mann, der ihr zu Hilfe geeilt war und nun wie eine Klette an ihr hing. „Haben Sie vielen Dank, dass Sie für mich den Schutzengel gespielt haben.“

Er blickte an ihr vorbei die Straße entlang. Heath wich einer fahrenden Kutsche aus und eilte mit langen Schritten auf die beiden zu. „Ihr Ehemann?", fragte ihr Begleiter mit einem tiefen Seufzer, wie einer, der daran gewöhnt war, in Liebesdingen zu verlieren.

Heath. Ihr Ehemann. Beinahe stolz betrachtete sie die breitschultrige Männergestalt, die im Laufschritt die Straße überquerte. Die bloße Vorstellung, ihm zu gehören, überflutete sie mit einer Welle schuldbewusster Glücksgefühle.

„Du liebe Güte, nein. Nicht mein Ehemann."

„Ihr Verlobter?"

Sie lachte nervös und setzte sich in Bewegung. Die Menschen rannten an ihnen vorbei. Ein zweiter Polizeiwagen hatte am Straßenrand gehalten.

„Nein. Er ist auch nicht mein Verlobter. Hören Sie, gleich wird man uns in Gewahrsam nehmen. Sie sollten sich in Sicherheit bringen."

Seine seidig bewimperten braunen Augen wurden groß, als er begriff. „Aha. Ihr Beschützer."

Julia presste die Lippen aufeinander, wusste nicht, was sie sagen sollte. Wie sollte sie einem Fremden ihre verwickelte Beziehung zu Heath erklären? „Wenn Sie so wollen ... man könnte ihn meinen Beschützer nennen."

Er nickte und musterte sie mit neuem, ein wenig respektlosem Interesse. „Schon gut. Ich wollte Sie nicht in Verlegenheit bringen. Ich bin ein Mann von Welt."

Julia versagte sich eine Zurechtweisung. Jetzt hielt dieser junge Schnösel sie für eine leichtfertige Frau mit zweifelhafter Moral. Das hatte ihr gerade noch gefehlt. „Das kann ich mir denken, mein Herr, und das unterscheidet uns voneinander."

„Bitte nennen Sie mich Raphael."

„Wie Sie wünschen", sagte sie pikiert. Das war wirklich eine ungeheuerliche Ungezogenheit. Sie begann, unruhig zu werden. Dann steuerten auch noch zwei Polizisten, mit Schlagstöcken bewaffnet, auf sie zu. Noch bedrohlicher aber war die Missbilligung in Heaths finsterer Miene, als er auf den Mann neben sie zusteuerte. Das gab ihr zu denken. Er verstand es doch sonst so gut, seine Gefühle zu verbergen.

Diesmal aber stand ihm der Zorn deutlich im Gesicht geschrieben.

Das war ihrem Begleiter offenbar gleichfalls aufgefallen, der Anstalten machte, in der Menge unterzutauchen. Doch plötzlich versteinerte er. Sein erschrockener Blick suchte den ihren. „Boscastle", stieß er hervor und klang keineswegs erfreut. „Sie stehen unter *Boscastles* Schutz?"

„In gewisser Weise …" Ehe sie es sich versah, hatte er die Flucht ergriffen. Und dann wurde sie unsanft gegen einen kraftvollen männlichen Körper gestoßen. Heaths Arm umfing ihre Mitte.

„Ich habe dich überall gesucht." Seine Stimme klang schneidend.

Die Besorgnis in seinem Blick versöhnte sie mit seiner zornigen Stimme. Sie hatte ihn nicht absichtlich in Sorge versetzt, immerhin hatte sie den Krawall nicht angezettelt. „Ein Fremder zeigte mir einen Hinterausgang."

„Das habe ich bemerkt", sagte er kalt. „Hat er sich vorgestellt?"

„Raphael irgendwie …" Heaths Arm lag immer noch um ihre Mitte. Eine besitzergreifende, vertrauliche Geste, verboten und beinahe anstößig wohltuend.

„Lord Brentford", stellte er geringschätzig fest. „Ich wusste, dass ich ihn schon mal gesehen habe. Auf dem Gartenfest starrte er dich unentwegt an. Er ist ein berüchtigter Schürzenjäger, Julia."

„Das dachte ich mir beinahe. Du kannst ihn wohl nicht leiden, wie?"

„Ich hasse ihn." Er richtete den Blick über ihre Schulter ins Leere. „Der geschmacklose Rüpel küsste meine Schwester Chloe im Park hinter einer Kutsche. Vor allen Leuten. In aller Öffentlichkeit."

„Grundgütiger. Was für ein Verbrechen."

„Chloe wurde jedenfalls in die Verbannung geschickt, und Brentford kam mit knapper Not mit dem Leben davon. Mein Bruder Grayson wollte seinen Kopf."

„Aber er hat ihn nicht bekommen. Seinen Kopf, meine ich."

„Gehen Sie bitte weiter, Mylord“, forderte ein Polizist ihn auf, der Heath anscheinend gleichfalls kannte. „Ich fürchte, die Lage spitzt sich zu. Wir wollen der jungen Dame doch den hässlichen Anblick von Gewaltausschreitungen ersparen.“

„Danke, Wachtmeister“, sagte Heath und führte Julia an dem Mannschaftswagen vorbei. „Um Brentford kümmere ich mich später.“

„Er hat nichts verbrochen und mich nur aus dem Saal ins Freie gebracht.“

„Sein Arm lag um deine Schulter.“

„Dein Arm liegt um meine Taille“, wandte sie in einem Anflug von Belustigung ein, während sie zur Kutsche des Earls eilten.

In Heaths Blick lag eine Mischung aus Tadel und Heiterkeit. „So ist es.“ Er schüttelte den Kopf, sein Humor kehrte zurück. „In mancher Beziehung bist du wie sie.“

Er half ihr die Klappstufen in die Kutsche hinauf. „Wie sie?“

„Wie meine Schwester. Du hast genau wie sie das Talent, dich in Schwierigkeiten zu bringen.“

„Ich habe mich noch nie in Schwierigkeiten gebracht, Boscastle“, entgegnete sie spitz. „Dummerweise scheinen die Schwierigkeiten sich mir in den Weg zu stellen.“

Heath lehnte sich in die Polster zurück, blickte aus dem Fenster auf die gepflasterte Straße und hoffte, dass sein Kutscher nicht mitten in die Ausschreitungen geraten war. Nun, da Julia in Sicherheit war, konnte er sachlich über die Situation nachdenken. Brentford, dieser infame Strolch, hatte sich schleunigst aus dem Staub gemacht, als er Heath erkannt hatte, obwohl sie einander nie offiziell vorgestellt worden waren. Der Kerl war offenbar nicht nur ein Schürzenjäger, sondern auch ein verdammter Feigling, was nicht sonderlich erstaunlich war.

Lord Brentford, der gut aussehende Stutzer, hatte Heaths jüngste Schwester schamlos kompromittiert und ihren Ruf beinahe für immer ruiniert. Wobei Chloe keineswegs ein Unschuldslamm war; sie hatte sich mit ihrem Leichtsinn großen Schaden zugefügt, mit jedem jungen Mann kokettiert und die eitlen Gockel dazu ermutigt, sich Freiheiten herauszunehmen. Wäre sie nicht doch noch in einer glücklichen Ehe mit Viscount Stratfield gelandet, hätten die Boscastle-Brüder Brentford zur Rechenschaft gezogen.

Der Earl of Odham klopfte mit dem Silberknauf seines Spazierstocks gegen das Dach, worauf die Kutsche anfuhr. Ihm gegenüber lehnte Hermia sich entrüstet in die Polster zurück.

„Was hattest du eigentlich hier zu suchen, Odham?", schnaubte sie gereizt, um nicht in die Verlegenheit zu geraten, sich bei ihm zu bedanken.

„Ich ahnte, dass ihr Hilfe braucht", verteidigte der Earl sich mit einem Kopfschütteln. „Es war doch zu erwarten, dass dieses heikle Thema für Unruhe sorgt. Ich habe dich davor gewarnt."

„Ich wünschte, Sie hätten mich gewarnt", brummte Heath und verschränkte die Arme vor der Brust. Er hatte sich noch nie zuvor in eine Situation oder an einen Ort begeben, wo der Volkszorn hochbrodelte. Die Morgenzeitungen würden gewiss voll davon sein.

„Es war unnötig, dich herzubemühen, Odham", behauptete Hermia, klang allerdings nicht sehr überzeugend. „Bei Boscastle waren wir in guten Händen. Mich beschützte er wie ein Ritter seine Königin."

„Sieh nur! An seinem Ärmel klebt ein faules Ei." Odham wies mit dem Stock auf den unappetitlichen Fleck. „Davor konnte er sich offenbar nicht schützen."

Aus den Augenwinkeln bemerkte Heath das Lächeln, das Julias Gesicht überflog. Das Irritierende dabei war, dass er sich selbst ein Lächeln verkneifen musste. Er räusperte sich. „Haben Sie etwas dagegen, Odham, wenn Ihr Fahrer mich bei mir absetzt, nachdem wir die Damen wohlbehalten nach Hause gebracht haben?"

„Aber wir können nicht auf Sie verzichten", rief Hermia entrüstet. „Wir haben vor, ins Theater zu gehen. Nicht wahr, Odham?"

„Ach ja, richtig", antwortete der Earl stirnrunzelnd. „Eine weitaus passendere Zerstreuung für zwei zartbesaitete Damen. Finden Sie nicht auch, Boscastle?"

Heath erschrak, als er unvermutet Julias warme Hand auf seinem Knie spürte. Noch nachdem sie sie wieder fortgezogen hatte, starrte er wie gebannt auf sein Bein. Hitze überzog ihn, und unwillkürlich drängte seine Männlichkeit gegen den Stoff seiner Hose. Er hob den Blick und hoffte, sein sündiges Verlangen vor ihr verbergen zu können.

Ihre Lippen öffneten sich, als er ihr auf den Mund starrte. Er sollte ihr eine Lehre erteilen, ihn so unverfroren anzufassen. Wusste sie nicht, was sie damit anrichtete? „Eigentlich wollte ich … nun ja, ich dachte an …"

„Ja?", fragte sie unschuldig, obwohl sie gewiss ahnte, was in ihm vorging. Schließlich hatte er ihr vergangene Nacht gestanden, wie sehr er sie begehrte. Sie blinzelte, schien plötzlich verwirrt und verlegen zu sein. Gut. Das war es doch, was er sich wünschte, oder?

„Wir brauchen deine Begleitung wirklich nicht, Heath", sagte sie leise. „Hermia und Odham passen auf mich auf."

12. KAPITEL

Heath hatte keineswegs die Absicht, Julia ohne seine Begleitung ins Theater gehen zu lassen. Allerdings war er sich in seinem tiefsten Herzen nicht sicher, ob es ihm darum ging, sie zu beschützen, oder ob er nicht vielmehr ihre Nähe suchte. Ihre Gesellschaft bereitete ihm schließlich mehr Vergnügen, als ihm lieb sein durfte. Da er sich aber nun mal auf dieses Spiel eingelassen hatte, würde er es bis zum Ende durchstehen. Das war er ihr schuldig, auch wenn er nicht genau wusste, ob er fähig war, sich an die Spielregeln zu halten.

Er stand lange in seinem dunklen Arbeitszimmer. Könnte er dem Alkohol etwas abgewinnen, würde er sich betrinken, seinen Dämonen freien Lauf lassen und in der Hölle dafür büßen.

So, wie die Dinge lagen, sah er sich genötigt, diese Dämonen zu bekämpfen und zu besiegen. Er musste sein heimliches Verlangen nach Julia bezwingen, koste es, was es wolle. In seinem eigenen Haus fand er wenigstens den Frieden, um sich auf den Kampf vorzubereiten und sich gegen die Versuchung zu rüsten.

Ein Frieden, der allerdings keine zehn Minuten vorhielt. Lautes Klopfen an der Eingangstür, gefolgt von lärmenden Männerstimmen, kündigte ihm den Besuch seiner Brüder Grayson und Drake an.

Bedauerlicherweise musste der Frieden verschoben werden. Die Familie hatte Vorrang.

Seine Brüder erstürmten den Salon, erfüllten das Haus mit ihrer Vitalität, ihrem unbeschwerten Lachen und ihren dröhnenden Stimmen. Grayson Boscastle, der Älteste und jetzige Marquess of Sedgecroft, hatte es sich in seiner lässigen Eleganz auf dem weißen Brokatsofa bequem gemacht. Der blonde, muskulöse Gesellschaftslöwe hatte vor Kurzem geheiratet und feierlich gelobt, seinem lockeren Lebenswandel abzuschwören.

Der jüngere Bruder, Leutnant Lord Drake Boscastle, glich Heath am meisten, sowohl im Aussehen als auch im Wesen. Auch er war hochgewachsen, schlank und sehnig mit kantigen Gesichtszügen, trug das Haar kurz geschnitten, hatte wie Heath die Begabung zum Geheimagenten und war wie er eher in sich gekehrt und verschlossen. Aber auch er fand Geschmack an Abenteuern und schönen Frauen.

Alle drei Brüder hatten faszinierend blaue Augen und ein leidenschaftliches Temperament, was sie für das andere Geschlecht so unwiderstehlich machte. Der jüngste Bruder Devon glänzte momentan durch Abwesenheit, war aber auf seine Weise gleichfalls ein Teufelskerl.

„Wem habe ich", wollte Heath wissen, der an der Anrichte lehnte, „die zweifelhafte Ehre eures unerwarteten Besuches zu verdanken?"

Drakes Mundwinkel umspielte ein dünnes Lächeln. „Gerüchten, die über dich im Umlauf sind, teurer Bruder. Die Frauen der Familie schicken uns, um Erkundigungen einzuziehen."

Bei den Frauen handelte es sich um Jane Boscastle, Graysons schöne, sprühende Gemahlin, sowie um die Schwestern Emma und Chloe, wobei der Letztgenannten hoffentlich endgültig die Flügel gestutzt waren durch ihre Ehe mit Viscount Stratfield.

Über Graysons markantes Gesicht flog ein pfiffiges Lächeln. „Man munkelt, dass ausgerechnet du, unser stets diskreter und verschlossener Bruder, beinahe in einen Straßenkrawall verwickelt wurdest."

Heath erwiderte nichts.

„Und", ergriff Drake das Wort, „dass eine Frau im Spiel sein soll."

Grayson feixte. „Sind Frauen nicht immer im Spiel?"

Drake seufzte. „Die Würze des Lebens."

Heath schob die Hände in die Hosentaschen. „Ihr hoffnungslosen Hohlköpfe seid wieder einmal zu nachlässig gewesen in euren Nachforschungen, sonst würdet ihr wissen, dass es sich um *zwei* Frauen handelte." Er legte eine Pause ein und setzte ein etwas angestrengtes Lächeln auf. „Und eine davon ist unsere alte Freundin Julia Hepworth."

Drakes Blick begegnete dem seinen, eine flüchtige Bestätigung, dass er im Bilde war, aber nichts ausgeplaudert hatte. Beide Brüder neigten dazu, ihre privaten Angelegenheiten für sich zu behalten. „Die entzückende rothaarige Julia, wenn ich mich recht entsinne."

Grayson ließ die Arme sinken. „Die Frau, die vor Jahren aus dem Sattel auf dich geschossen hat? Wiegelt sie dich neuerdings dazu auf, an Straßenkrawallen teilzunehmen?"

„Ich befürchte, so einfach ist die Sache nicht." Heath wandte sich an den jüngeren Bruder. „Tu mir den Gefallen, und besuche sie, Drake. Leiste ihr ein Stündchen oder zwei Gesellschaft, bis ich sie später abhole."

Drake zog die Ärmel seines tadellos sitzenden Fracks über die blütenweißen Manschetten. „Einverstanden. Wie könnte ich mir die Gelegenheit entgehen lassen, eine schöne Frau zu besuchen, selbst wenn ich nur als Ersatz diene."

„Der bin ich auch", stellte Heath trocken fest.

„Einverstanden?", fragte Grayson einigermaßen verwirrt. „Ganz ohne weitere Fragen und ohne ..." Dann hellte sein Gesicht sich auf. „Daran ist natürlich mehr. Und Drake weiß es. Wann werde ich es je lernen? Ihr zwei hattet schon immer Heimlichkeiten miteinander. Gütiger Himmel, sag bloß nicht, die Frau, die auf dich geschossen hat, ist eine Spionin."

Heath warf den Kopf in den Nacken und lachte. „Nein, das nun nicht. Ich spiele Julias Beschützer in Althornes Abwesenheit, und der ist tatsächlich ein Spion. Wahrscheinlich hätten wir den Krieg verloren, wenn Frauen wie Julia und deine Gattin gegen uns gearbeitet hätten."

„Dabei fällt mir ein", wechselte Grayson das Thema, ohne weiter in ihn zu dringen, obgleich ihm die Sache nicht ganz geheuer erschien. „Kommst du heute zum Dinner zu uns, Heath? Jane würde sich freuen."

„Können wir das verschieben? Ich bin mit Julia und ihrer Tante zu einem Theaterbesuch verabredet. Und mit dem Earl of Odham."

„Der gute alte Odham?", meinte Grayson erstaunt. „Gibt es den alten Schwerenöter immer noch?"

Heath nickte belustigt. „Von ihm könnten wir alle lernen, fürchte ich."

Drake erhob sich. „Vor wem beschützt du Julia eigentlich?“
„Was wissen wir über Baron Brentford?“
Drakes Miene verfinsterte sich. „Vermutlich nicht genug, wenn du den Schuft meinst, der Chloe kompromittiert hat. Höchste Zeit, dass wir seinen Hintergrund ein wenig beleuchten.“

Einige Minuten später bestieg Drake Boscastle eine Mietdroschke und ließ Heath und Grayson in der eleganten Stadtvilla allein.
„Was hat Brentford sich diesmal zuschulden kommen lassen?“, fragte Grayson mürrisch.
„Für meinen Geschmack war er heute Nachmittag Julia gegenüber zu aufdringlich.“
Grayson streckte seine langen Beine von sich. „Vor seinem plumpen Versuch, Chloe zu verführen, hatte er ein Auge auf Jane geworfen, die allerdings zu heftig an mir interessiert war, um sich mit ihm einzulassen. Und der Rest ist Geschichte.“
Heath lächelte. „Natürlich.“
„Nun erzähle deinem älteren und klügeren Bruder“, fuhr Grayson fort und verschränkte die Hände, „woher diese plötzliche Zuneigung zu einer Frau, die dir in deiner Maienblüte in die Schulter geschossen hat? Spuck es endlich aus.“
„Sprichst du von Julia?“
„Es sei denn, du wurdest ein zweites Mal von einer Frau angeschossen. Gestehe! Was bedeutet sie dir?“
Eine Obsession. Ein unstillbarer Hunger, tief in der Vergangenheit und in der Gegenwart verwurzelt.
„Ich fühle mich für sie verantwortlich.“
Grayson machte ein skeptisches Gesicht. „Die übliche Ausrede.“
„Nein, wirklich. Ich habe den Auftrag, sie zu beschützen.“
„Das musst du mir genauer erklären.“
Und das tat er auch und war froh, dass Grayson ihm zuhörte, ohne in wieherndes Gelächter auszubrechen oder hämische Bemerkungen einzuflechten. Außerdem war er froh, sich auf die Loyalität seiner Brüder verlassen zu können, nachdem er sein halbes Leben damit verbracht hatte, den leichtfertigen Nichts-

nutzen aus Schwierigkeiten zu helfen, in die sie sich mutwillig gebracht hatten.

Nun steckte *er* in Schwierigkeiten, und zwar von der übelsten Sorte, hoffnungslos verstrickt in eine Herzensangelegenheit, wie er es nie für möglich gehalten hätte.

„Kann ich dich um Rat fragen, Grayson?"

„Das wäre das erste Mal. Bisher war es umgekehrt. Du hast immer kühlen Kopf bewahrt, und wir alle suchten und fanden bei dir Rat."

„Ich fürchte, ich bin zu tief in die Sache verwickelt, um zu wissen, was zu tun ist."

„Heath Boscastle, der Meisterspion und Schwarm aller Frauen, sucht Rat bei einem der verruchtesten Lebemänner der Londoner Gesellschaft, der sich allerdings feierlich Besserung geschworen hat", meinte Grayson sinnend. „Nun ja, wer würde sich besser zum Ratgeber eignen?" Er setzte sich aufrecht hin und kam auf den Punkt. „Und du sagst, Julia ist mit dieser männlichen Hure verlobt?"

„Russell Althorne?", fragte Heath betroffen. Er war davon ausgegangen, Russells Seitensprünge seien ein wohlgehütetes Geheimnis. Er jedenfalls hatte mit keiner Menschenseele darüber gesprochen. „Grayson, sprechen wir eigentlich von ein und demselben Mann?"

Grayson schnaubte verächtlich. „Ich habe nie ein Wort darüber verloren und bezweifle, dass Althorne davon weiß. Aber ich bin zufällig der Eigentümer des Hauses, in dem er eine Wohnung gemietet hat. Es liegt mir auch nicht daran, dass jeder davon erfährt, wohl bemerkt. Mieteinnahmen zu kassieren klingt vulgär nach Gewinnsucht, auch wenn das Geld gar nicht in meine Hände gelangt."

„Aber wieso macht ihn das zur männlichen Hure?"

„Er suchte eine elegante Wohnung für seine Mätresse in der Nähe seines Clubs."

„In der Nähe seines Clubs?"

„Na ja, das klingt doch plausibel. Ein Sprung in den Club auf ein paar Brandys und dann über die Straße zum nächsten stimulierenden Vergnügen."

In Heaths Magen breitete sich ein unangenehmes Ekelgefühl aus. Er hätte wissen müssen, das Russells Versprechen, Julia in Zukunft treu zu bleiben, eine Lüge war. Er fühlte sich von seinem Freund betrogen, aber noch schlimmer war sein Verrat an Julia. Überdies war es nur eine Frage der Zeit, wann Julia hinter das falsche Spiel ihres Verlobten kommen würde. Wenn Grayson davon wusste, wer war dann noch alles im Bilde über Russells Treiben?

„Ich bin froh, dass dieses Lotterleben hinter mir liegt", fügte Grayson nachdenklich hinzu. „Du hingegen warst nie besonders lasterhaft. Deine Diskretion habe ich immer bewundert, damit hast du dir gewiss manche Scherereien erspart."

„Ich nehme an", bemerkte Heath trocken, „Lady Harrington hat dieses Liebesnest mit jedem erdenklichen Luxus ausstatten lassen."

„Lady Harrington?", fragte Grayson verdutzt. „Was hat sie damit zu tun?"

„Sie ist Russells Mätresse."

„Nein, ist sie nicht."

Heath furchte die Stirn. „Aber ja. Ich habe die beiden doch selbst ertappt in ... nun ja, in einer verfänglichen Situation."

„Auch wenn du die beiden ertappt hättest, wie sie es auf der Treppe miteinander trieben, Lucy Harrington ist jedenfalls nicht die Frau, die Russell in meinem Haus untergebracht hat. Die Frau, von der ich spreche, ist eine üppige Opernsängerin, die ganz offensichtlich schwanger ist. Nebenbei bemerkt hat sie enorm große Brüste – nicht, dass mich solche Attribute noch interessieren würden."

„Eine schwangere Opernsängerin." Heath ließ sich die Worte auf der Zunge zergehen. Er war es endgültig leid, Russell in Schutz zu nehmen. „Und du bist sicher, dass die Wohnung nicht eine Art Abfindung ist, quasi als Abschiedsgeschenk für erwiesene Liebesdienste?"

„Soweit ich unterrichtet bin, ist diese Affäre keineswegs beendet", entgegnete Grayson mit hochgezogener Braue. „Die füllige Sängerin unterrichtete meinen Hausverwalter davon, dass sie und Russell nach seiner Rückkehr aus Paris häufigen Gebrauch von ihrem Liebesnest machen werden."

Noch eine Mätresse. Noch eine Untreue. Noch eine Lüge. Und zu allem Überfluss ein Kind. Lady Harrington hatte also nicht gelogen; Russells Lebenswandel war an Geschmacklosigkeit kaum zu überbieten. Und Julia hatte von all dem Schmutz nicht die geringste Ahnung. Würde sie es wissen, hätte sie vermutlich Russell mitten ins Herz geschossen.

„Wieso hast du mir das nicht schon früher gesagt?", fragte er mit wachsender Entrüstung.

„Ich dachte, du interessierst dich nicht für Klatsch und Tratsch."

„Das tue ich auch nicht, aber ..."

In Graysons blauen Augen tanzte ein teuflischer Funke. „Aber du interessierst dich für Julia? Großer Gott, das kommt aber sehr plötzlich."

Heaths Kiefer mahlte. Sechs lange Jahren waren kaum plötzlich zu nennen, aber das konnte Grayson nicht wissen. „Seit einiger Zeit fühle ich mich zu ihr hingezogen", gestand er nach langem Zögern.

„Gib mir einen Moment, um mich von meinem Schock zu erholen. Tja ... Was nun?"

Heath erhob sich und begann, rastlos hin und her zu wandern. Es blieb ihm nicht viel Zeit vor dem Theater, um Erkundigungen über Brentford einzuziehen. „Was soll ich deiner Meinung nach tun?"

Grayson feixte wie ein Satyr. „Ich weiß genau, was du tun sollst. Das fällt nämlich in mein ehemaliges Fachgebiet."

„Und?"

„Ganz einfach: Verführe sie."

„In meiner Beziehung zu Julia ist nichts einfach."

„Wäre es aber, wenn du die Beziehung auf das Wesentliche reduziertest." Grayson lehnte sich mit einem wohligen Seufzer zurück. „Bei Jane und mir hat es wunderbar geklappt. Ich brachte diese wundervolle Frau mit meinen Verführungskünsten fast um den Verstand." Er legte eine Pause ein. „Wobei ihre Verführungskünste wesentlich subtiler und raffinierter waren. Ich bin mit jedem Tag mehr davon überzeugt, dass ich ohne sie nicht leben könnte."

Graysons Bemerkung über seine Frau und das aufreibende Spiel der Verführung vor ihrer Ehe machte Heath nachdenklich. Grayson und Jane waren füreinander bestimmt, das ideale Paar. Das wusste jeder. Und dennoch hatten sie einen beschwerlichen Weg zurücklegen müssen, bis sie ihre wahre Liebe zueinander entdeckten.

„Du begehrst Julia", stellte Grayson sachlich fest.

Heath nahm einen ungeöffneten Brief vom Schreibtisch. Ein dünnes Lächeln zog seine Mundwinkel hoch.

„Und sie begehrt dich", fuhr Grayson fort. „Du empfindest etwas für sie und sie für dich. Aber ihr macht euch gegenseitig das Leben schwer."

„Ich ..."

„Worauf wartest du? Zeige ihr, was Leidenschaft bedeutet. Du bist an der Reihe."

„Da wäre noch die Sache mit ihrem Verlobten. Er ist mein Freund und hat mir das Leben gerettet."

„Die männliche Hure?" Grayson schnippte mit den Fingern. „Soweit ich weiß, hat er dich danach als Gegenleistung ständig in Krisengebiete geschickt und die Lorbeeren für deine Erfolge eingeheimst. Im Übrigen läuft ein Boscastle außer Konkurrenz. Sei nicht so verdammt korrekt und ehrenhaft, sonst schnappt der Mistkerl sie dir vor der Nase weg."

Heath drehte den Briefumschlag zwischen den Fingern. „Ich will ihr aber nicht wehtun."

„Ihr wehtun? Mein Gott. Lass dir eine Strategie einfallen. Verführung ist ein spielerisches Vergnügen, kein Kampf auf Leben und Tod."

„Ein Spiel, genau. Ein Strategiespiel." Heath hatte nie daran gedacht, eine Liebesgeschichte strategisch zu planen. Aber irgendwie reizte ihn die Idee. Warum sollte er eigentlich nicht seine Intelligenz einsetzen, um die Frau zu gewinnen, die er so rasend begehrte?

„Ich helfe dir gern, Heath", meinte Grayson achselzuckend.

„Da ich nun nicht mehr an dem Spiel des Liebeswerbens teilnehme, kann ich dir wenigstens als Ratgeber zur Seite stehen und dir ein paar Anregungen geben. Und ich wünsche dir ebenso viel Erfolg und Glück, wie mir zuteilwurde.“

Das Spiel der Liebe. Das Spiel der Verführung. War dies nicht eine prickelnde Herausforderung? Sich an eine Frau zu verlieren, um als Sieger hervorzugehen? Russell hatte offenbar die Absicht, Julia auch in der Ehe zu betrügen. Er wollte beides, den braven Ehemann spielen und sich eine Geliebte halten. Die Spielregeln hatten sich geändert, bevor Heath sie wirklich begriffen hatte. Wie weit sollte er in seiner Rolle als Beschützer gehen? Sollte er sie auch vor Russells Treulosigkeit schützen?

Er wusste nicht mehr recht, wem seine Loyalität galt. Seinem Freund Russell? Julia? Seiner eigenen Person? Oder betrieb er mit dieser Gewissenserforschung lediglich eine Art Selbstbetrug? Suchte er damit nur nach einer Ausrede, sich zu nehmen, was er begehrte?

In seinen bisherigen Affären hatte er die Liebe der Frauen als Selbstverständlichkeit hingenommen. In seiner Überheblichkeit hatte er geglaubt, unempfänglich zu sein für das Gespinst aus Irreführungen und ungezügeltem Verlangen, das Existenzen zerstören konnte. In nachsichtiger Belustigung hatte er die Abenteuer seiner Brüder beobachtet, die ohne moralische Bedenken jede Frau erobert hatten, die ihnen gefiel. Und wie oft hatte er über Freunde gespottet, die ihr Liebesleid in Alkohol ertränkt und im Club über ihre Herzensnöte lamentiert hatten?

Immer war er ein einsamer Wolf gewesen, der es vorzog, keine feste Bindung einzugehen. Er hatte nicht einmal den Versuch gewagt, um Julias Hand anzuhalten, so hatte sie einen anderen geheiratet. Und schließlich hatte Russell die dornige Barriere von Freundschaft und Pflichterfüllung zwischen ihnen errichtet. Letztlich aber konnte Heath nur sich selbst den Vorwurf machen, die Gelegenheit vertan zu haben. Aber er würde den gleichen Fehler nicht wiederholen, nicht tatenlos zusehen, wie er sie ein zweites Mal verlor.

Russell hatte gegen ein wichtiges Moralprinzip verstoßen. Er hatte seinen Freund und seine Verlobte betrogen. Er hatte bedenkenlos Heath und Julia belogen und würde weiter lügen. Er würde seiner Ehefrau untreu sein, während er die Erfolgsleiter unbeirrt bis zur Spitze erklomm. Solches Verhalten war in gehobenen Kreisen zwar üblich, aber nicht für einen Boscastle. Ein Boscastle verstand sich zwar auf Eroberungen, aber Betrug und Verrat waren nicht seine Sache.

„Der Held von London", knurrte Heath halblaut. „Der Held auf dem Siegerpodest ... nein, besser gesagt, ein Schwindler auf dem Siegerpodest."

Schwere Schritte im Korridor, eine Bewegung an der Tür. Ein riesiger Schatten legte sich über den Orientteppich und dämpfte die Farben des Musters. „Verbringen Sie den Abend zu Hause, Mylord?", ließ sich eine tiefe Grabesstimme vernehmen.

Heath wandte sich der hünenhaften Gestalt zu, die den Türrahmen ausfüllte. Hamm war ein Soldat aus seinem Regiment, ein hervorragender Schütze und Fechter, ein treuer Freund, der mit ihm gekämpft hatte. Seite an Seite waren sie in die feindlichen Formationen geritten und hatten ungezählte französische Dragoner zu Fall gebracht. Mit seinem furchterregenden Aussehen verbreitete Hamm noch heute Angst und Schrecken unter den Hausmädchen, die er gern neckte und gleichzeitig in seiner polternden Art beschützte.

„Nein, Hamm, ich gehe ins Theater."

Der Hüne trat näher und musterte seinen Herrn von Kopf bis Fuß. Sein Blick blieb auf dem getrockneten Fleck des rohen Eies an seinem Ärmel haften. „Sie wollen sich gewiss umziehen, Mylord."

„Ja, und mich rasieren. Hat Sir Russell etwas aus Dover von sich hören lassen?"

„Nein. Das Kriegsministerium wird Ihnen gewiss umgehend Meldung machen, falls nötig."

Heath suchte den Blick des Mannes aus Yorkshire. Hamm war damals in Russells Begleitung gewesen, als er Heath zur Flucht verholfen und in dem kleinen Kloster in Portugal versteckt hatte, nach den grässlichen Folterqualen, an die er sich nur schemenhaft erinnerte. Hamm hatte zwei Brüder und den Vater im Krieg verloren. Er sprach nie darüber, aber Heath wusste, dass er auf seine stille Art immer noch um seine Familie trauerte.

„Ja, es ist wohl auch noch zu früh“, sagte Heath. „Vermutlich hat er wichtigere Dinge zu erledigen, als Briefe nach Hause zu schreiben.“

Hamm nickte, seine Miene blieb verschlossen. „Sir Russell kommt gut alleine zurecht,“, sagte er nach einer Pause. „Das war schon immer so.“

13. KAPITEL

Ohne anzuklopfen, rauschte Hermia in Julias Schlafzimmer. Ihre goldfarbene Abendrobe schimmerte im sanften Kerzenlicht. „Du meine Güte, Julia, leg endlich diesen Zeichenblock weg. Du bist noch nicht fertig angezogen, und in ein paar Minuten werden wir abgeholt."

„Hmmm?" Julia hob nicht einmal den Kopf und betrachtete stirnrunzelnd die Zeichnung auf ihren Knien.

„Es ist empörend", schnaubte Hermia und ließ ihr ausladendes Hinterteil neben Julia aufs Bett plumpsen.

Julia seufzte. „Dass ich noch nicht fertig bin oder dass du, ohne anzuklopfen, in mein Zimmer stürmst?"

Hermia reckte den Hals, um über Julias angezogenen Knien einen Blick auf die Zeichnung zu erhaschen. „Weder noch. Ich spreche von Odhams schamlosen Nachstellungen. Eine Frau in meinem Alter."

Julia versteckte die Zeichnung unter den Händen. „Ich finde ihn irgendwie rührend."

„Rührend? Der alte Schuft. Was zeichnest du da in aller Heimlichkeit? Zeig es mir. Einen nackten Mann?"

„Einen nackten Mann? Also, wirklich."

„Einen nackten Heath Boscastle?"

„Ehrlich, Hermia. Ich bin heilfroh, dass er mal eine Stunde nicht im Haus ist. Endlich kann ich Atem holen."

Hermia schürzte die Lippen, während Julia den Zeichenblock in der messingbeschlagenen Truhe am Fußende des Bettes verstaute. „Aus dieser Bemerkung könnte ich einige Schlüsse ziehen."

Julia nahm sich vor, später ein neues Versteck zu finden, da ihr Hermias Neigung, in anderer Leute Sachen zu schnüffeln, nicht geheuer war.

Sie glitt vom Bett und glättete die Falten ihres cremefarbenen Abendkleides. „Hast du mein Saphirarmband gesehen?"

„Versuch nicht, vom Thema abzulenken, meine Liebe. Ich fühle mich mit Heath im Haus wohler, Julia. Sicher und beschützt."

„Ich aber nicht." Sie zog einen Paisleyschal mit langen Fransen unter Hermias Hinterteil hervor. „Ich fühle mich in seiner Gegenwart eher bedroht, wenn du es wissen willst."

„Bedroht?" Hermia zog ungläubig die Brauen hoch. „Von Boscastle? Er würde jeden töten, der dir zu nahe kommt. Es sei denn, du sprichst von einer anderen Art der Bedrohung."

„Verflixt", murmelte Julia. „Wo ist bloß dieses Armband?"

„Auf dem Tisch direkt vor deiner Nase. Wieso fühlst du dich von Heath bedroht?"

Julia nestelte am Verschluss des Schmuckstücks. Dann griff sie nach den ellbogenlangen weißen Saffianhandschuhen. „Es ist doch eine unangenehme Situation für uns alle."

Hermias hellgrüne Augen blitzten. „Er scheint sich in deiner Nähe sichtlich wohlzufühlen."

Julia starrte auf den Handschuh, als wüsste sie nicht, wie sie ihn anziehen sollte. „Ich fürchte, Russell hat Heath genötigt, den Bewacher für mich zu spielen."

„Genötigt? Willst du etwa behaupten, Heath habe eine kriminelle Vergangenheit, die ihn erpressbar macht?"

„Aber nein, nichts dergleichen. Ich meine nur, dass Heath ehrenhafter ist, als ihm guttut." Und Russell hatte keine Ahnung, was er damit angerichtet hatte, sie beide wieder zusammenzubringen.

„Wie könnte ein Mann zu ehrenhaft sein?"

Julia bewegte die Finger, um sie in die enge Lederhülle zu zwängen. „Du würdest mir einen großen Gefallen tun, wenn du ihn davon überzeugen könntest, dass er nicht hierbleiben muss."

„Ich denke nicht daran", entgegnete Hermia entrüstet. „Ich genieße seine Anwesenheit, genau wie du, Julia. Ich sehe in ihm mittlerweile unseren persönlichen Apoll. Zugegeben, er sieht zwar beinahe teuflisch gut aus, aber welche Frau wollte sich darüber beschweren."

Hermia stand auf und ging zur Tür.

Julia schüttelte verständnislos den Kopf. „Pah! Unser persönlicher Apoll."

„Du wirst doch aber nicht leugnen, dass er umwerfend gut aussieht."

Julia ließ ihrer Tante den Vortritt beim Verlassen des Zimmers. „Darum geht es nicht." Wenn sie allerdings ehrlich war, musste sie feststellen, dass Heaths Äußeres sehr wohl Teil des Problems war. Sobald sie ihn nur sah, begann ihr Herz zu rasen.

Hermia blieb an der Treppe stehen, ihr Busen wogte unter der fünfreihigen Kette aus kostbaren Barockperlen. „Ein Gott in der Hand ist besser als zwei Götter im Olymp. Ich wäre untröstlich, wenn du unseren Beschützer entlassen würdest."

An der untersten Stufe angekommen, entdeckte Julia im Halbdunkel einen hochgewachsenen, dunkel gekleideten Mann, der aufmerksam ein Bild an der Wand betrachtete und sich bei ihrem Erscheinen umdrehte. Ihre Finger legten sich um den Mahagoniknauf des Treppengeländers, sie verharrte und begegnete stumm seinem Blick.

Ihre anfängliche Freude wich einem Anflug von Enttäuschung. Auf den ersten Blick hatte sie ihn in der dämmrigen Diele mit Heath verwechselt. Er hatte dunkles, lockiges Haar, die gleiche lässig elegante Haltung, die gleiche Ausstrahlung männlicher Abenteuerlust.

„Guten Abend", grüßte Drake in herzlicher Vertraulichkeit, die dennoch nicht aufdringlich wirkte. „Ich bin Heaths Bruder Drake. Erinnern Sie sich an mich?"

„Natürlich." Wie konnte man ihn vergessen. „Freut mich, Sie nach so langer Zeit wiederzusehen. Sie sehen … gut aus." Sie geriet ins Stottern. Es wäre unangebracht, ihm zu sagen, dass er ebenso attraktiv aussah wie sein Bruder. „Ja, sehr gut."

Drakes Blick wanderte schmeichelhaft anerkennend über ihre schlanke, in Seide gehüllte Gestalt. „Dieses Kompliment kann ich nur erwidern. Sie sehen fabelhaft aus."

Julia lachte. Seine Augen strahlten einen atemberaubend sinnlichen Charme aus. Er hatte große Ähnlichkeit mit seinem älteren Bruder, wobei seine Gesichtszüge ein wenig markanter und grober wirkten. Drake war eindeutig in die Kategorie verwegener und begehrenswerter Schwerenöter einzuordnen.

„Spielen Sie heute Abend meinen Gefängniswärter?", fragte sie.

„Sehen Sie das wirklich so?" Er lächelte ihr zu. „Und ich hoffte, Sie akzeptieren mich als Begleiter."

Julia seufzte. Ihr Gefühl sagte ihr, dass sie Drake vertrauen konnte. „Ihr Bruder lässt mich keine Sekunde aus den Augen, er bewacht mich wie ein Schießhund. Ihm entgeht nichts. Ich habe das Gefühl, er hat sogar Augen im Hinterkopf und kann durch Wände sehen."

Drake lachte. „Eine treffende Beschreibung. Wir nennen Heath gern ‚den Fuchs'. Er ist der geborene Geheimagent. In ganz England findet man keinen listigeren Spion als ihn."

„Ja, den Eindruck habe ich auch", bestätigte sie und wandte den Blick ab.

„Wenn er Ihnen zu sehr auf die Nerven geht, könnten Sie ja wieder mal auf ihn schießen", scherzte Drake.

„Diesen Makel werde ich wohl nie los."

Er lächelte verschwörerisch und nahm ihren Arm. „Stört Sie das?", schmunzelte er. „Sie können stolz auf sich sein. Wir Geschwister hatten alle schon mal den Wunsch, auf ihn zu schießen, um ihm einen Denkzettel zu verpassen."

14. KAPITEL

Heath drückte sich in den Schatten der Theaterloge, um nicht gesehen zu werden und seine Augen langsam an die Dunkelheit zu gewöhnen. Die Luft war stickig, geschwängert mit Parfumdüften und dem Geruch nach Kerzenwachs.

Er hatte es noch rechtzeitig zum Ende der Vorstellung geschafft. Die neue irische Schauspielerin Miss O'Neill erntete tosenden Applaus, bald würde sich der rote Samtvorhang senken.

In den angrenzenden Logen unterhielt man sich leise flüsternd, Damen flirteten hinter vorgehaltenen Fächern, Herren raunten ihren Begleiterinnen Komplimente ins Ohr.

Die vor ihm Sitzenden hatten seine Anwesenheit noch nicht bemerkt. Der Earl of Odham war in ein Gespräch mit Hermia vertieft. Julias Hochfrisur schimmerte rötlich im Kerzenschein. Mehr konnte er von ihr nicht sehen, da ein Herr sich für Heaths Geschmack eine Spur zu vertraulich über sie beugte.

Wer ist der lästige Mensch, überlegte er stirnrunzelnd.

Jedenfalls nicht sein Bruder Drake, der das Opernglas auf eine Seitenloge gerichtet hielt. Vermutlich galt sein Interesse einer hübschen jungen Dame. Heath trat einen Schritt vor, um sich Julias Verehrer näher anzusehen. Der Herr bemerkte ihn und drehte den Kopf. Heaths Augen verdunkelten sich, als er ihn erkannte.

Es handelte sich um denselben jungen Mann, der ihr am Nachmittag in der aufgebrachten Menge nach dem Vortrag beigestanden hatte. Lord Brentford. Der Kerl, der Chloe kompromittiert hatte.

Zufall oder nicht?

Heath war nicht leicht aus der Ruhe zu bringen und neigte auch nicht dazu, voreilige Schlüsse zu ziehen. Es war auch nichts Ungewöhnliches, im Theater zufällig einen Bekannten zu treffen. Offenbar hatte Julia ihm während der flüchtigen Begegnung im Vortragssaal nichts von ihrer Verlobung mit Russell gesagt.

Vielleicht aber hatte sie erwähnt, dass sie noch am gleichen Abend einen Theaterbesuch vorhatte.

Heaths flüchtige Erkundigungen über Brentford im Club hatten keine brauchbaren Informationen gebracht. Brentford war ein Bruder Leichtfuß, ein Nichtsnutz und Spieler, der sein Vermögen bald verschleudert haben würde, wenn er weiterhin so hohe Summen am Spieltisch setzte und verlor. Er stammte aus vornehmer Familie, die sich allerdings nie besonders hervorgetan hatte.

Heath nahm eine flirrende Bewegung wahr. Julias spitzenbesetzter Elfenbeinfächer sauste durch die Luft und landete auf Brentfords Hand. Zufallsbegegnung hin oder her, diese Geste ließ zwei Schlussfolgerungen zu. Eine Dame, die ihren Fächer spielerisch auf den Arm eines Herrn schlug, wies ihn entweder wegen unerwünschter Avancen in seine Schranken – oder sie flirtete mit ihm. Wie dem auch sei, Heath wollte diesem Tun ein Ende bereiten.

„Guten Abend allerseits", grüßte er mit aufgesetzter Munterkeit und streifte Brentford mit einem feindseligen Blick, bevor er sich an Julia wandte.

Sie schaute auf, schien erstaunt und sogar erfreut zu sein, ihn zu sehen. Ein Anflug von Genugtuung dämpfte seinen Unmut. Er wandte sich an Drake. „Tu mir den Gefallen, und begleite die Herrschaften zum Wagen. Ich möchte noch ein paar Worte mit Julias Freund unter vier Augen wechseln."

Odham, der die Situation erfasste, nickte vielsagend und half Hermia, sich aus ihrem Sitz zu erheben. Drake bot Julia seinen Arm. Im Aufstehen raunte sie Heath tadelnd zu: „Sei nicht zu streng mit ihm. Er ist völlig harmlos."

„Tatsächlich?", entgegnete Heath mit einem starren Lächeln.

Brentford stand hilflos da, als habe er sein Todesurteil vernommen. Der Blick seiner seelenvollen braunen Augen folgte Julia. „Darf ich Sie wiedersehen?", rief er ihr nach, ohne offenbar zu begreifen, dass er seine Grenzen bereits überschritten hatte. „Darf ich hoffen ..."

Heath räusperte sich. „Ich weiß Ihre galante Hilfe von heute Nachmittag zu schätzen, Brentford, aber nun ist sie nicht mehr nötig. Wie Sie sehen, ist die Dame vergeben."

„Ich ... ich wollte nur fragen, ob ich sie wiedersehen darf."

„Sie ist vergeben und wird bald heiraten", erklärte Heath zähneknirschend.

Brentford starrte ihn entgeistert an. „Heiraten? *Sie* etwa?"

„Nein, meinen Freund."

„Gott sei Dank." Brentford schloss die Augen und seufzte erleichtert auf.

„Sie sind erbärmlich, Brentford", sagte Heath verächtlich. „Ich hätte Sie damals ins Jenseits befördern sollen, als Sie meine Schwester im Park küssten. Hätte ich nicht den Verdacht gehabt, dass Chloe an diesem peinlichen Vorfall nicht ganz unschuldig war, würden Sie heute nicht hier stehen."

Brentford hob verteidigend die Hände. „Ich hätte Ihre Schwester geheiratet. Aber Sedgecroft ließ mich nicht in ihre Nähe. Er verbot mir, bei ihr vorzusprechen, ich durfte mich nicht einmal in die Nähe ihres Hauses wagen."

Heath bedachte ihn mit einem kalten, ablehnenden Blick. Er konnte Brentford nicht leiden, aber an seinen Worten war gewiss ein Körnchen Wahrheit. Dennoch, er war ein einfältiger Narr, der sich in jede hübsche junge Dame verliebte, die seinen Weg kreuzte. Der Dummkopf verdiente einen Dämpfer. Und er hatte sich gefälligst von Julia fernzuhalten. Das wollte Heath ihm ein für alle Mal klarmachen.

„Ihr Antrag käme ohnehin zu spät", sagte er. „Chloe ist glücklich verheiratet mit einem Mann, der jeden kaltblütig tötet, der ihr dreiste Blicke zuwirft."

Brentford nickte niedergeschlagen. „Dominic Breckland. Ja, ich weiß. Der Glückspilz."

„Und er ist gefährlich, genau wie Julias Verlobter Sir Russell Althorne. Ich nehme an, Sie haben von ihm gehört?"

Brentford zog die Schultern hoch wie ein verängstigter Schuljunge. „Natürlich habe ich von ihm gehört. Ihr seid alle gefährlich, nicht wahr?"

Heath würdigte ihn keiner Antwort, war mit seinen Gedanken bereits woanders. Drake und Julia hatten sich vermutlich noch nicht durch das Gedränge der Theaterbesucher im Foyer gebahnt. Plötzlich konnte er es kaum erwarten, mit ihr allein zu sein. Seine

Unterhaltung mit Grayson vorhin hatte ihm die Augen geöffnet, und sie mit Brentford sprechen zu sehen hatte seinen Entschluss gefestigt. Er wollte handeln.

Nachdem er sich der Wahrheit endlich gestellt hatte, gab es kein Zurück mehr. Wenn er jetzt nicht handelte, würde sie Russell heiraten, und sie wäre für ihn verloren. Jahrelang hatte er sich nicht eingestanden, was sie ihm bedeutete. Damit war jetzt Schluss.

„Ich bin untröstlich", sagte Brentford und ließ seinen bekümmerten Blick über die leere Loge schweifen. „Vielleicht bitte ich meinen Fechtlehrer morgen beim Unterricht, mir das Florett ins Herz zu stoßen, dann muss ich wenigstens nicht mehr leiden."

Heath schüttelte angewidert den Kopf, er hatte genug von Brentfords Selbstmitleid. Der Kerl ging ihm gehörig auf die Nerven. „Wenn Sie nicht aufhören, Lady Whitby mit ihren amourösen Nachstellungen zu belästigen, brauchen Sie den Tod nicht zu suchen. Er wartet bei nächster Gelegenheit auf Sie, darauf gebe ich Ihnen mein Wort."

Er wusste im Grunde genommen nicht, wieso er Brentford ungeschoren davonkommen ließ. Der Trottel verdiente eine gehörige Abreibung. Offenbar ahnte er nicht einmal, welches Glück er gehabt hatte, der Vergeltung der Boscastle-Familie entkommen zu sein, nicht nur einmal, sondern schon zum zweiten Mal. Aber Heath war kein Hitzkopf. Wenn er diesen Idioten zur Rechenschaft zöge, würde er ihm bestimmt nicht in einer Theaterloge die Nase blutig schlagen, sondern ihn stilvoll im Morgengrauen auf einer Waldlichtung zum Duell fordern. Doch im Augenblick war der Gedanke an Verführung weitaus verlockender als ein Duell mit einem verweichlichten Drückeberger.

Er bahnte sich einen Weg durch das Gedränge im Foyer, wimmelte höflich, aber bestimmt grüßende Bekannte ab und einige Damen, die ihm hoffnungsvoll zulächelten. Er hatte keine Zeit und kein Interesse an Einladungen zu Abendgesellschaften oder politischen Gesprächen.

Er hatte nur ein Ziel, einen Wunsch.

Er entdeckte sie in der Nähe des Ausgangs. Drake zu ihrer

Linken, Odham und Hermia wie zwei Wächter zu ihrer Rechten. Julia drehte unvermutet den Kopf über die Schulter und lächelte ihm zu. Ihre halb nackten Schultern schimmerten golden im Kerzenschein. Sie war so schön, dass er den Blick nicht abwenden konnte.

Ihre grauen Augen strahlten warm und offen, eine Frau, die keinen Grund hatte, die Unnahbare zu spielen und ihre Gefühle zu verbergen. Und auch er war alt genug, um nicht länger zu warten. Er war entschlossen, sich zu nehmen, was er sich wünschte. Sein Blut geriet in Wallung, jede Faser in ihm prickelte in erregender Spannung. Und diesmal ließ er dieses Gefühl zu, versuchte nicht, es zu unterdrücken.

Er erwiderte ihr Lächeln und wich einer kleinen Gruppe Theaterbesucher aus. Und dann verharrte er, ein leises Unbehagen beschlich ihn. Er fühlte sich heimlich beobachtet. Sein Blick schweifte in die Runde, versuchte in der Menge anonymer, träge wogender Köpfe ein bestimmtes Gesicht zu erkennen, um den Grund seiner vagen Unruhe aufzuspüren. Aber es war unmöglich, unter den festlich gekleideten Theaterbesuchern das Augenpaar ausfindig zu machen, das ihn beobachtet hatte.

Dann spürte er eine zaghafte Berührung am Arm.

Er fuhr herum. Seine Stimme war scharf. „Wer …"

„Was ist los, Heath?", fragte Julia besorgt. „Hast du ein Gespenst gesehen?"

Er nahm sie bei der Hand und blickte ihr über die Schulter, ohne etwas Ungewöhnliches zu entdecken, keinen drohenden Schatten, keine Erklärung für seine plötzliche Ahnung drohenden Unheils.

Aber es drängte ihn, Julia schleunigst wohlbehalten nach Hause zu bringen.

Er nahm Julias Arm und führte sie eilig ins Freie, wo Odham und Hermia bereits auf dem Gehsteig warteten.

Als die Kutsche vorfuhr, wandte sie sich fragend an ihn. „Wieso hast du es so eilig?", fragte sie leise. „Dafür gibt es doch gewiss einen Grund."

Er ließ eine Hand an ihrem Rücken nach unten gleiten. Die unheimliche Beklemmung in ihm war gewichen, und er wandte sich wieder angenehmeren Dingen zu. Sie ließ ihn gewähren, als er seine Hand um ihre Hüfte wölbte und sie an sich zog. Was für ein Genuss, ihre Rundungen zu spüren! Wie betörend der Duft ihrer Haare war! Kurzzeitig gab Heath sich der erregenden Vorstellung hin, wie sie sich in seinen Armen winden würde. Er musste tief atmen, um seinen Herzschlag wieder zu beruhigen.

Sie hob langsam den Blick. In ihrem lächelnden Gesicht lag eine stumme Frage, aber kein Tadel.

„Du berührst mich", murmelte sie.

Er zog sie noch enger an sich. „Ja."

Eindeutig überschritt er die Grenzen seiner Beschützerrolle in der Öffentlichkeit. Er streichelte spielerisch über ihre schmale Taille und registrierte mit Genugtuung, dass sie sich ihm nicht entzog.

Sie musste nicht erfahren, dass Russel ein gemeiner Betrüger war und er selbst entschlossen, sie nun mit allen Mitteln für sich zu gewinnen. Das wäre voreilig und außerdem unnötig. Sollte sie getrost denken, sein heißblütiges Boscastle-Temperament geriete allmählich zum Sieden. Er wollte sie besitzen, wobei die Regeln, die er sich bisher auferlegt hatte, nicht mehr gültig waren.

Eine aufregende und spannende Eroberung, wie er sie bisher nie gemacht hatte. Ein Spiel, das jeden Einsatz lohnte.

Hermia hüstelte vernehmlich hinter ihnen. Heath nahm widerstrebend seine Hand von Julia.

„Ist alles in Ordnung?", fragte Julia in kaum verhohlener Neugier. „Hast du mit Brentford gestritten?"

„Er wird dich nicht wieder belästigen, das habe ich ihm klargemacht." Er half ihr beim Einsteigen und nahm ihr gegenüber neben Odham Platz, konnte den Blick nicht von ihr wenden, allein sie anzusehen, ihre Stimme zu hören erregte ihn.

Julia nestelte an den winzigen Knöpfen ihres Handschuhs. „Es ist wirklich nicht nötig, dass du wie eine besorgte Amme hinter mir herläufst. Am liebsten würdest du mich wohl übers Knie legen, wenn ich nicht artig bin."

Er strich sich nachdenklich über die dünne Narbe an seiner Oberlippe. „Führe mich nicht in Versuchung."

Sie beugte sich vor, um Hermias wachsamen Augen zu entgehen. „Untersteh dich", sagte sie leise drohend.

„Manchmal hättest du es allerdings verdient."

„Vielleicht", gestand sie mit blitzenden Augen.

„Hat dein Ehemann dich gezüchtigt?", fragte er herausfordernd.

„Das hätte er niemals gewagt."

„Nicht nachdem er dir die Waffe gegeben hatte."

„*Ihn* habe ich nie mit der Pistole bedroht."

„Wusste er, welches Glück er hatte?" Und das meinte er in mehr als einer Hinsicht.

„Ich glaube, er war ziemlich glücklich", antwortete sie nach einer Pause.

Daraus zog Heath den Schluss, dass Julia vermutlich die Oberhand in ihrer Ehe gehabt hatte. Wie sehr hatte sie ihren Ehemann geliebt? Was war er für ein Mensch gewesen, der ihr Herz gewonnen hatte? Hatte Russell Ähnlichkeit mit ihm? Bevor Heath nachhaken konnte, tauchte Drake auf und steckte den Kopf in die Kutsche.

„Ich hoffe, ich habe euch nicht zu lange warten lassen", sagte er munter in die Runde. In seinem schwarzen Haar glitzerten Wassertropfen vom Regen, der eingesetzt hatte. „Ich habe einen Freund getroffen. Wir wollen noch einen Besuch machen, wenn meine Begleitung nicht mehr erforderlich sein sollte."

„Danke, nein", sagte Julia. „Ich brauche Ihre Dienste nicht mehr – so angenehm Ihre Gesellschaft auch war. Die ganze Sache ist lächerlich. Der einzige Mensch, der mich in den letzten Wochen ansprach, war Brentford, und er ist ein harmloser Narr. Mit ihm werde ich weiß Gott alleine fertig."

Heath bedachte Drake mit einem tadelnden Blick. „Ich bat dich, auf Julia aufzupassen."

Drakes Lächeln war kühl und selbstbewusst. „Brentford hätte sich keine Frechheiten herausgenommen, glaube mir. Ich hatte ihn ständig im Auge."

„Und außerdem ist er kein französischer Spion", stellte Odham fest.

Hermia schüttelte den Kopf. „Das kann man nie wissen. Wir können wohl nicht mehr mit Ihnen rechnen, um den Abend mit einem Plauderstündchen oder einer Kartenrunde abzuschließen, wie?“

Drake lächelte entschuldigend. „Vermutlich nicht, Madam. Das Stück hat mir übrigens ausgezeichnet gefallen.“

„Du wirst tropfnass“, meinte Heath. „Hier, nimm meinen Mantel.“

Der Regen war stärker geworden, und Heath reichte ihm seinen schwarzen Mantel durch die Tür. Drake bedankte sich und klappte den Wagenschlag zu. Hermia hob den Vorhang und blickte dem jungen Mann nach, als er in die Regennacht entschwand.

„Von wegen, das Stück hat ihm gefallen“, stellte sie amüsiert fest. „Er hat kaum etwas von der Vorstellung mitbekommen, weil er so sehr damit beschäftigt war, mit der Dame in der angrenzenden Loge zu schäkern.“

Julia zog den Schal enger um die Schultern. Es war kühl geworden. „Das Schäkern scheint in der Familie zu liegen.“

„Er sieht fabelhaft aus“, murmelte Hermia und richtete ihren listigen Blick auf Heath. „Ob Sie ihn wohl dazu überreden könnten, uns beim nächsten Treffen unseres Malclubs Modell zu stehen? Wir brauchen noch dringend einen Hades.“

Heath schüttelte seufzend den Kopf.

Während der kurzen Heimfahrt war Julia sich Heaths Gegenwart deutlich bewusst. Die Art, wie er sie auf der Straße vor dem Theater berührt hatte, *wo* er sie berührt hatte, versetzte ihre Sinne in süßen Aufruhr. Sie mied seinen Blick und wagte nicht, ihre Gefühle zu erforschen.

Der Regen hatte nicht nachgelassen, als sie eilig durch den Vorgarten zum Haus hasteten. Hermia bestand darauf, dass die beiden Herren im Haus warteten, bis es aufgehört hatte zu regnen, was in Heaths Fall ohnehin nicht nötig gewesen wäre.

Er verkündete, er habe nicht die Absicht, in nächster Zeit die Nächte in seinem Haus zu verbringen. Julias Einwände konnten nichts daran ändern, er war störrisch und unbeirrbar wie immer.

Es ging eine spürbare Spannung von ihm aus, die Julia befangen machte. Auch die Art, wie er sie ansah, hatte sich verändert. Er wirkte düsterer als sonst, beinahe beängstigend. Aber gerade das zog sie noch stärker in seinen Bann.

Sie schenkte Odham und Hermia ein Glas Brandy ein, als man sich im Salon niedergelassen hatte. Heath saß im Lehnstuhl neben dem Fenster und suchte die regennasse Straße mit Blicken ab. Im Kamin prasselte ein Feuer.

Dennoch fröstelte Julia.

Bis Heath sich ihr zuwandte und sie beobachtete.

Sein Blick drang ihr bis ins Herz, erhitzte sie, bis sie kaum einen klaren Gedanken fassen konnte, nur noch spürte, wie seine Fantasie durch ihre Kleider drang.

Die Knie wurden ihr weich. Sie goss sich einen großzügigen Schluck Brandy ein und setzte sich aufs Sofa. Odham und Hermia unterhielten sich über die sensationelle schauspielerische Leistung von Miss O'Neill, Julia aber war nicht fähig, dem Gespräch zu folgen. Es bereitete ihr bereits Mühe, das Glas ruhig in der Hand zu halten und wenigstens so zu tun, als würde sie zuhören.

Heaths dunkler Blick nahm all ihr Denken in Anspruch. Hätte sie es nicht besser gewusst, sie hätte schwören können, dass ihr Beschützer sich unvermutet in einen Verführer verwandelt hatte. Mit wenigen Blicken, einer Berührung hatte er sie aus der Fassung gebracht. Aber sie durfte sich nicht eingestehen, was sie für ihn empfand. Wenn sie das zuließ, würde sich die Hölle öffnen und sie verschlingen. Sie wäre nicht länger fähig, die Rolle der Gleichgültigen zu spielen. Sie richtete den Blick auf ihre Hände.

Sie hatte das Glas ausgetrunken, ohne einen Tropfen davon geschmeckt zu haben. Heaths fragender Blick wanderte von ihrem Gesicht zum leeren Glas und wieder zu ihren Augen.

„Ich bin müde und gehe zu Bett", verkündete sie plötzlich und gab vor, ein Gähnen zu unterdrücken. „Gute Nacht und süße Träume wünsche ich allseits."

Dabei war sie hellwach und würde vermutlich die halbe Nacht lesen. Sie griff nach ihren Abendhandschuhen und erschrak. „Mein Armband ist weg", entfuhr es ihr mit einem spitzen Laut.

Heath trat zu ihr. „Du hast es schon in der Kutsche nicht ge-

tragen. Wahrscheinlich hast du es irgendwo im Theater verloren."
Sie furchte die Stirn. „Vielleicht. Es war ein großes Gedränge. Hermia, hast du es im Theater noch gesehen?"

Hermia schüttelte nachdenklich den Kopf. „Ich erinnere mich nicht. Ich weiß nur, dass du es getragen hast, als wir das Haus verließen."

„Ich kümmere mich morgen darum", versicherte Heath und folgte Julia zur Tür. „Ich bringe dich nach oben."

„Denkst du, auf der Treppe lauert eine tödliche Gefahr?", fragte sie schnippisch.

Er studierte ihr fein geschnittenes Profil. „Man kann nie wissen. Vielleicht auch eine angenehme Überraschung. Möglicherweise finden wir dein Armband."

Ihr Herz schlug schneller, als er dicht hinter sie trat. Sie stand still, war sich seines starken Körpers bewusst, der sie durch die Seide ihres Abendkleides beinahe berührte. Würde sie sich umdrehen, wäre sie an ihn gepresst. Er ließ ihr kaum Platz zum Atmen. „Du bist ein Schurke, Heath Boscastle", sagte sie und schloss für einen kurzen Moment die Augen. „Wenn man bedenkt, dass du als Muster an Ehrbarkeit giltst."

Seine Wange streifte ihren Nacken in einer flüchtigen Liebkosung. Ein prickelnder Schauer durchrieselte sie. „Sieht Hermia, was du tust?", fragte sie mit belegter Stimme.

„Das bezweifle ich", raunte er ohne eine Spur von Scham. „Lass uns gehen, nur für den Fall."

Odham war aufgestanden und näherte sich, während Hermia unbeirrt weiterplauderte. „Ich bringe Julia auf ihr Zimmer, Boscastle", sagte er.

Heath war zu wohlerzogen, um dem Earl die Bitte abzuschlagen. Julia hätte am liebsten schadenfroh gelacht über Heaths betretenes Gesicht. Er hatte gewiss etwas Anstößiges im Sinn gehabt, das ihm nun vereitelt wurde.

An Odhams Seite durchquerte sie die Diele, ohne zu ahnen, was ihn zu dieser plötzlichen Ritterlichkeit veranlasst hatte. Er wirkte irgendwie bedrückt, beinahe traurig. Dann nahm er ganz unerwartet ihre Hand. Was war über ihn gekommen? Sie spürte, dass ihn etwas bekümmerte, und schaute beklommen auf die knorrigen Finger, die ihre Hand umfingen.

„Falls Hermia Sie wieder einmal aus ihrem Leben verbannt hat, werde ich mich diesmal nicht einmischen", sagte sie streng. „Ihr zwei benehmt euch wie die Kinder."

Er räusperte sich. „Ich weiß, wie nachtragend Frauen sind, Julia. Frauen verzeihen nie, wenn sie einmal gekränkt wurden."

„Worum geht es eigentlich, Odham?", fragte sie leise. „Sie wissen genau, dass Hermia sich von mir nichts sagen lässt. Geben Sie ihr doch endlich diese Briefe zurück, und hören Sie auf, sie ständig zu bedrohen."

„Arme Julia." Er drückte ihr die Finger schmerzhaft zusammen. „Es geht nicht um Hermia. Es geht um Gerüchte über Russell, die ich heute im Club gehört habe."

Sie lächelte starr, horchte auf das gleichmäßige Plätschern des Regens auf der Straße und das unregelmäßige Klopfen ihres Herzens. „Gerüchte? Welche Gerüchte? Ist ihm etwas zugestoßen?"

„Nichts dergleichen." Sein bekümmertes Gesicht wirkte geradezu mitleiderregend. „Treulosigkeit ist weit verbreitet, und ich bin gewiss nicht einer, der den ersten Stein wirft. Aber es ist etwas anderes, wenn Kinder davon betroffen sind … Kurzum: Eine andere Frau erwartet ein Kind von ihm. Dieses Gerücht macht jedenfalls die Runde. Verzeihen Sie, wenn ich mit der Tür ins Haus falle."

Sie hätte schockiert sein müssen, verstört … irgendwie betroffen. Stattdessen breitete sich eine wohlige Betäubung in ihr aus, während sie auf die seltsam wohltuende Gewalt des Sturms draußen horchte und auf das tröstliche Geräusch von Hermias und Heaths gedämpften Stimmen im Salon. Sie hörte Heaths tiefes Lachen. Was für eine schöne, melodische Stimme. Wie war es möglich, dass Russell so gütig und zuvorkommend zu ihr war und sie gleichzeitig betrog? Wie konnte er ihr sein Herz schenken, wenn eine andere Frau ein Kind von ihm erwartete?

„Weiß Hermia davon? Oder Heath?"

„Grundgütiger, nein. Ich habe kein Wort darüber verlauten lassen. Aber vielleicht ist es auch nur ein böses Gerücht, an dem nichts dran ist", sagte Odham. „Wenn Sie wünschen, stelle ich Nachforschungen an."

„Ich glaube, das ist nicht nötig." Julia entzog ihm sanft ihre Hand. „Aber ich danke Ihnen für Ihre Aufrichtigkeit."

„Wir wissen nicht, ob an der Geschichte etwas Wahres ist."

Julia schluckte. Odham schien nicht daran zu zweifeln, sonst hätte er nicht mit ihr darüber gesprochen. „Sie haben recht. Es wäre falsch, voreilige Schlüsse zu ziehen."

Er seufzte erleichtert auf. „Ich bin froh, dass ich es los bin. Wenigstens sind Sie darauf vorbereitet, falls es stimmt. Wie fühlen Sie sich, Julia?"

Ihr Blick wanderte zur angelehnten Tür, und ihre Gedanken flogen zu dem unwiderstehlichen Mann dahinter. Ihr Beschützer. Plötzlich sehnte sie sich nach ihm. „Mir fehlt nichts, Odham. Vielen Dank. Es war couragiert von Ihnen, mir das zu sagen."

Sie legte die Bürste auf den Frisiertisch und fuhr auf dem Hocker herum. Das Klopfen an ihrer Schlafzimmertür war zwar leise, aber auch zu beharrlich, um es überhören zu können. Zu verlockend, wenn sie ehrlich war. Nicht Hermias flüchtiges Klopfen, wenn sie sich überhaupt die Mühe machte anzuklopfen. Das konnte nur Heath sein. War sie bereit, ihm zu begegnen? Sie fühlte sich ein wenig schwach und verwirrt.

Der Keim, den Odham in sie gepflanzt hatte, begann bereits Wurzeln zu schlagen. Ekelhafte, kriechende Wurzeln, die ihr Vertrauen erstickten und sich in ihr Herz bohrten. Der Gedanke an Russells Untreue war schmerzhaft genug, aber Odham hatte von einem Kind gesprochen. Eine andere Frau erwartete ein Kind von ihm.

Es klopfte wieder. Sie wartete noch einen unschlüssigen Moment. „Wer ist da?"

„Ich bin es, Heath. Geht es dir gut?"

Sie erhob sich und öffnete die Tür. Seine dunkle, elegante Erscheinung, sein spöttisches Lächeln drängten ihre Sorgen in den Hintergrund. Er sah umwerfend aus in seiner schwarzen Seidenweste über dem weißen Hemd und den schmal geschnittenen schwarzen Hosen. Eine gekränkte Frau und ein umwerfend gut aussehender Schwerenöter. Wahrlich, eine gefährliche Mischung.

„Wieso sollte es mir nicht gut gehen?“, fragte sie, als er ungebeten eintrat.

„Ich wollte nur noch mal nach dem Rechten sehen, bevor du dich zu Bett begibst. Schließlich waren wir die halbe Nacht unterwegs.“

„Ich habe das Zimmer überprüft“, sagte sie und beobachtete ihn argwöhnisch.

„Dann sehe ich eben nach, ob deine Fenster geschlossen sind. Es regnet.“

„Es regnet schon seit Stunden.“

„Umso schlimmer.“ Er streifte durchs Zimmer, schaute hinter jeden Stuhl, hinter jedes Möbelstück. „Hast du vergessen, was kürzlich nachts passiert ist? Da hat es auch geregnet.“

Er war ans Fenster getreten und spähte in den dunklen verwilderten Garten. Julia stellte sich mit besorgter Miene neben ihn. „Du glaubst doch nicht, es verstecke sich schon wieder jemand im Schuppen?“

Er wandte sich ihr kopfschüttelnd zu, wobei er ihre Schulter streifte, und Julia verspürte den Drang, sich an ihn zu schmiegen und an nichts mehr zu denken.

„Julia“, sagte er leise und blickte ihr in die Augen.

„Wenn du die Zeichnung suchst, hast du Pech gehabt. Ich habe sie an einem sicheren Platz im Haus versteckt.“

„Es geht mir nicht um die Zeichnung. Nun ja, auch, aber deswegen bin ich nicht gekommen.“

Sie strich mit dem Finger über die beschlagene Fensterscheibe. Sie hätte zwar gerne gewusst, weshalb er hier war, scheute sich aber zu fragen und zog es vor, das Thema zu wechseln. „Schade, dass du das Theaterstück nicht gesehen hast, es war sehr unterhaltsam.“

„Sieh mich an.“

Sein Befehlston machte sie befangen, sie wagte nicht, ihn anzusehen, da sie fürchtete, dahinzuschmelzen wie eine Schneeflocke auf einem heißen Stein.

„Miss O’Neill war eine Sensation“, murmelte sie.

„Denkst du, das interessiert mich?“, fragte er sanft und zog sie an sich.

Sie ließ es geschehen, barg ihre Wange an seiner Brust, spürte seinen Herzschlag und atmete den würzigen Duft seiner Rasierseife. Fest schlang er die Arme um sie, und als seine Hand an ihrem Arm entlang nach unten glitt, entspannte sie sich, unwiderstehlich von seiner männlichen Kraft angezogen.

Heath Boscastle. Der kühle, zurückhaltende Dämon ihrer verlorenen Träume. Ein Mann, den nichts und niemand aus der Ruhe bringen konnte. Ein stilles Wasser, unergründlich tief, in dem sie zu ertrinken drohte. Der vollkommene Gentleman.

Der Gentleman, der ihr nun ohne Hast das Nachthemd von den Schultern bis zu den Hüften schob, sie leidenschaftlich küsste und sanft zwang, rückwärts zum Bett zu gehen. Das geschah innerhalb weniger Augenblicke. Sie fühlte sich schwindelig. Ihre Brüste drängten sich an ihn.

„Es ist wohl unnötig zu fragen, was dich interessiert“, flüsterte sie an seinem Mund, konnte kaum atmen. „Ich … ist dir eigentlich klar, was du tust?“

Gemeinsam sanken sie auf den blauen Seidenüberwurf. „Ich weiß genau, was ich tue.“ Er streckte sich neben ihr aus und begann, ihre Brüste zärtlich und zugleich besitzergreifend zu streicheln. Julia bog den Rücken durch. „Mir ist nämlich mittlerweile eine ganze Menge klar geworden.“

Ein Wonneschauer durchlief sie. „Danach frage ich dich besser nicht.“ Nein, sie wollte, dass er es ihr zeigte. Sie wollte ihn spüren, den Hunger auskosten, den sie in seinen Augen las, wollte nicht an Russells Betrug denken. Wenn sie ehrlich war, hatte Odhams Bericht sie im Grunde nicht tief verletzt. Sie wusste, warum … Ihr Herz sehnte sich nach einem anderen.

Heath wusste die Gelegenheit zu nutzen. Er nahm ihren Mund mit einem tiefen Kuss in Besitz, bevor sie widersprechen konnte. Aber was auch immer sie gesagt hätte, es hätte ihn nicht aufgehalten. Denn ihr Körper gab ihm die Erlaubnis, die er brauchte. Er lag nun über ihr, und sie war unter ihm gefangen. Ihre schmalen zarten Hände lagen an seiner Brust.

Nicht um ihn von sich zu stoßen, sondern um ihn zu erkunden, zu liebkosen, um zu lernen, was ihm gefiel. Und er fieberte danach, ihr wenigstens eine Ahnung davon zu geben, welche Freuden sie miteinander genießen würden, wenn auch nicht heute Nacht. Er hatte gelernt, sich zurückzuhalten. Wichtig war zunächst nur, dass sie ihn so verzweifelt begehrte, dass es kein Zurück mehr für sie gab.

Während er ihre Brustspitzen mit der Zunge liebkoste, wühlte sie in seinen dichten dunklen Haaren. „Wenn ich es mir überlege, sollte ich dich doch fragen."

Er barg sein Gesicht zwischen ihren Brüsten. „Was denn?" Er war zu sehr damit beschäftigt, sie in Besitz zu nehmen, um sich daran zu erinnern, wie das Gespräch begonnen hatte.

„Was machst du in meinem Bett?", flüsterte sie, ihre Hände massierten nun seinen Rücken.

Er richtete sich auf, umfing ihre zarten Handgelenke mit einer Hand und hielt sie über ihrem Kopf gefangen. „Was immer du vorschlägst", raunte er mit einem teuflischen Lächeln.

„Ich schlage gar nichts vor." Aber ihre willige Hingabe strafte ihre Worte Lügen.

Er hob ihr Bein über seine Hüfte und schob ihr das Nachthemd nach oben. Sein verträumter Blick glitt über ihre Nacktheit, als wolle er sich jedes Detail einprägen. „In diesem Fall muss ich wohl die Initiative ergreifen."

Sie versuchte, ihm ihre Hände zu entwinden. Er festigte den Griff.

„Nun warte mal ..."

„Ich habe lange genug gewartet."

„Nein, hast du nicht", widersprach sie mit einem hilflosen kleinen Lachen. „Heath, du darfst nicht hier sein."

„Ich habe den Auftrag, dein Leibwächter zu sein." Er presste seine Lenden an ihren flachen Bauch. Sie war halb nackt, und er war vollständig angezogen. „Stimmt das?"

Sie senkte die Lider halb und lächelte schwach.

„Ja, aber ..."

„Ich beschütze dich."

Sie lachte leise. „Nein, das tust du nicht.“

„Niemand kann dir etwas tun, wenn ich auf dir liege, das garantiere ich dir.“

Sie setzte wieder zum Sprechen an, vergaß, was sie sagen wollte, überflutet von ihren Empfindungen. Sie fühlte sich entblößt, verwirrt von der Macht ihres Verlangens.

Vor Jahren hatte er ihr sein Zeichen eingebrannt. Ihr Herz, ihr Körper erinnerten sich genau an ihn, jede Faser in ihr sehnte sich nach Erfüllung. Sie wollte ihn in sich aufnehmen, ein Teil von ihm sein. Ihre und seine unerfüllten Sehnsüchte stillen. Als er sein Gewicht verlagerte, sich zwischen ihre Schenkel drängte, gegen ihre empfindsamste Stelle, spürte sie, wie sehr er sie brauchte, und alles in ihr drängte danach, ihm diese Erfüllung zu geben.

Sie bäumte sich auf, hob sich ihm entgegen. Ihr drohten die Sinne zu schwinden, als sein Mund sich um eine Brustspitze schloss und er zärtlich daran zu saugen begann. Er schob seine Hand unter das gebauschte Nachthemd, seine Finger fanden ihren Schoß, streichelten sie und tauchten in ihr Innerstes.

Sie spannte sich an, hörte sein tiefes Atemholen. Quälend langsam ließ er seine Finger in sie gleiten, zog sich zurück, wiederholte das sündige Spiel, bis sie seufzend zu zucken begann. Sie wand sich unter der Liebesfolter, aber er hielt sie gnadenlos unter seinem Schenkel gefangen.

„Ich fasse es nicht …“, stammelte sie, die Worte blieben ihr in der Kehle stecken, verwandelten sich in ein lustvolles Stöhnen. „Ich kann nicht glauben, dass wir den gleichen Fehler noch einmal machen.“

„Der einzige Fehler war“, raunte er mit belegter Stimme, „dass ich dich damals habe fortlaufen lassen.“

„Ich wusste nicht …“

„Seither sehne ich mich danach, dich so zu berühren“, sagte er leise.

Tränen quollen unter ihren Lidern hervor, als er sie wieder küsste, ein Kuss, der nach Verlangen schmeckte, nach zu lange bezähmter männlicher Eroberungslust. Wie oft hatte sie sich nach diesem Augenblick gesehnt? Wie hatte sie eigentlich ohne ihn leben können?

Aber sie sollte Russell heiraten. Sein Gesicht schwamm wie eine zerfließende Wolke vor ihrem inneren Auge. Sie versuchte, sich zu erinnern, was sie bei seinen Küssen empfunden hatte. Sie durfte nicht vergessen, wie aufmerksam er sich um sie bemüht hatte, als ihr Vater krank gewesen war. Hatte Russell sie wirklich betrogen? Ja, sie wusste es. Und keiner konnte küssen wie Heath Boscastle. Sein Mund versengte sie wie eine Feuersbrunst. Seine Küsse berauschten sie, steigerten ihre Sehnsucht nach Erfüllung ins Unermessliche.

Kehlige Laute entrangen sich ihr, die beseligenden Wonnen schwollen zu einer mächtigen Flutwelle. Sie versuchte, sich zurückzuhalten, wollte die Beherrschung nicht völlig verlieren. Heath trug sie in Gefilde, von denen sie nicht einmal geträumt hatte. Als sie den Gipfel ihrer Leidenschaft erklomm, glaubte sie in der Flut ihrer Verzückung zu ertrinken.

Als ihre Gefühle allmählich abflauten, umfasste er ihre Hüfte und lächelte, ein wissendes Lächeln des Glücks und des Triumphs.

Wie mühelos er sie verführen konnte. Wie oft hatte diese Fantasie, zumindest eine harmlosere Variante davon, ihr Bewusstsein beherrscht, wenn ihr Ehemann zu ihr ins Bett gekommen war, ehe er wieder zu seiner geliebten Armee enteilte. Sie seufzte tief, als ihr Puls sich allmählich wieder beruhigte.

„Schon im Theater fiel mir auf, dass du anders bist als sonst“, flüsterte sie, schlang einen Arm um seinen Hals und grub die Finger in sein dichtes Nackenhaar. Er schloss die Augen. „Und als du mich an der Kutsche umarmtest, wie du mich angesehen hast. Was ist über dich gekommen?“

„Vielleicht bin ich nur zur Vernunft gekommen.“

Er verlagerte das Gewicht, zog sie mit sich. Einen gefährlichen Moment lang begann sie, sich mit ihm zu bewegen, an ihm zu reiben, ohne zu wissen, was sie tat, wusste nur, dass ihre Gefühle für ihn zu überwältigend waren, um sie leugnen zu können. Ihr Nachthemd war um ihre Hüften geschlungen, sie war seinen Blicken schutzlos ausgeliefert. Durch den Stoff seiner Hose spürte sie seine Männlichkeit, und eine tiefe Sehnsucht wurde in ihr wach. Er drängte sich gegen ihren Schoß. Die Tatsache, dass er bekleidet und sie nackt war, erhöhte den Zauber des Augenblicks.

„Armer Heath", sagte sie gedehnt, den Blick in seine Augen geheftet. „Du hast keine Erfüllung gefunden."

„Du würdest staunen, wie sehr ich gelernt habe, mich zu beherrschen."

„An dir erstaunt mich nichts mehr", entgegnete sie zärtlich.

Und hätte er nicht die Willenskraft aufgebracht, dem Spiel Einhalt zu gebieten, Julia hätte für nichts garantieren können.

Für Heath war es wichtiger, an ihr Wohl zu denken, als seine Wolllust zu stillen. Zwar lechzte sein Körper in quälendem Verlangen nach ihr, das ihn die halbe Nacht wach halten würde, aber er war bereits zu weit gegangen. Wenn er sie ganz besitzen wollte, und das nicht nur körperlich, wenn er ihr Herz für sich gewinnen wollte, durfte er die Dinge nicht überstürzen.

Er löste sich von ihr, ließ einen letzten Blick über ihre Rundungen gleiten, über ihre Brüste mit den geröteten Knospen, von seinen Küssen erhärtet, ihre feuchten, geschwollenen Lippen. Sie würde ihm gehören, aber zuvor musste er Gewissheit haben, ehe er seine Trümpfe ausspielte. Sie sollte ihm ihre geheimsten Wünsche gestehen.

In ihren warmen grauen Augen las er das unverhohlene Verlangen, bevor Verwirrung und Bedenken sich einschlichen. Sie setzte sich auf und bemühte sich, ihre Blößen zu bedecken. Dann lachte sie verlegen. „Ich mache mir Sorgen um dich …"

Beide fuhren herum, als im Erdgeschoss eine Tür schlug. Aufgeregte Stimmen drangen herauf. Julia hatte bereits ihr Hauskleid übergeworfen, strich den Bettüberwurf glatt, Heath hatte seine Kleider geordnet, als es an der Tür klopfte.

Julia zog eine Grimasse. „Wahrscheinlich hatten Odham und Hermia wieder einmal Streit."

Heath schüttelte den Kopf. „Das glaube ich nicht."

Er hatte recht.

Hermia stand kreidebleich auf der Schwelle. Sie stellte keine Fragen, wieso Heath und ihre Nichte nachts alleine in Julias Schlafzimmer waren. Heath war nicht einmal sicher, ob sie es überhaupt zur Kenntnis nahm.

„Kommt nach unten“, sagte sie und winkte aufgeregt. „Drake wurde auf der Straße niedergestochen. Odham holt bereits meinen Arzt.“

Drake lag halb auf dem Sofa mit einer Miene nachsichtiger Resignation. Julia erbleichte, als sie das blutdurchtränkte Tuch bemerkte, das um seine linke Hand geschlungen war. Und plötzlich schoss ihr der Gedanke durch den Kopf, wie leicht er mit Heath zu verwechseln war.

Das gleiche edle Profil mit der kühnen Adlernase, die volle schwarze Lockenmähne. Und der schwarze Umhang – er trug Heaths Mantel.

„Er sieht aus wie du“, sagte sie an Heath gerichtet, der sie nicht hörte und schon bei Drake war, bevor sie zu einer Bewegung fähig war.

„Wer?“, hörte sie ihn fragen, beherrscht, aber eindeutig erschrocken. „Wo? Und warum?“

Achselzuckend griff Drake nach dem Glas Brandy, das Odham ihm reichte. „Irgendein Straßenräuber … er war auf jeden Fall kein Engländer der Kleidung nach. Devon verfolgte ihn in die dunklen Seitengassen.“

Heaths Gesicht verhärtete sich, als er die Wunde am Handgelenk seines Bruders untersuchte. Kein tiefer Schnitt, aber was mochte der Angreifer damit bezweckt haben? „Wo hast du Devon getroffen?“

Drake zögerte. „Offenbar waren wir beide von derselben Dame eingeladen worden. Zu einer Abendgesellschaft im kleinen Kreis.“

Heaths Mundwinkel verzogen sich zu einem spöttischen Lächeln. „Die Dame scheint nicht sonderlich anspruchsvoll in der Wahl ihrer Gäste zu sein, wie?“

Drake zog eine Braue hoch. „Eine völlig überflüssige Bemerkung. Und hör auf, ein Drama daraus zu machen. Es ist nur ein Kratzer. Ich bin eigentlich gekommen, um mich zu entschuldigen, weil ich euch so unhöflich stehen ließ.“

Heath richtete sich wieder auf. „Du wirst es überleben. Ja, es war unhöflich, aber ich verzeihe dir. Hat der Kerl dich ausgeraubt?"

„Nein. Ich muss ihn wohl erschreckt haben. Jedenfalls machte er ein verdutztes Gesicht, als ich mich umdrehte und ihm einen Faustschlag auf die Nase gab." Drake untersuchte seine Hand. „Er wird noch mehr staunen, denke ich, wenn er feststellt, dass ihm zwei Vorderzähne fehlen."

Der Arzt, ein Schotte mit einem gewaltigen Backenbart, stürmte herein und verkündete mit dröhnender Stimme, dass er zufällig zwei Häuser weiter eingeladen war und deshalb so schnell hier sein konnte. In der plötzlich einsetzenden Hektik konnte Julia nur ein paar knappe Sätze des Gesprächs zwischen Heath und Drake aufschnappen.

„Ist der Kerl dir vom Theater gefolgt?", fragte Heath.

„Keine Ahnung", antwortete Drake. „Ich habe nicht darauf geachtet. Wir hielten kurz am Grosvenor Square an, weil Devon sich umziehen wollte. Er könnte uns von dort gefolgt sein."

„War er Franzose?"

„Glaube ich nicht. Ein heruntergekommener Kerl. Deutscher oder Holländer, nehme ich an."

„Wieso hast du ihn entwischen lassen?" Heath seufzte tief. „Sag lieber nichts. Es war wieder eine Frau im Spiel. Ich hoffe, sie ist es wert."

„Ehrlich gestanden, nein", sagte Drake mit Nachdruck und verzog das Gesicht, als der Arzt die Wunde mit Alkohol betupfte. „Sie hatte bereits anderen Herrenbesuch und ließ uns gar nicht ins Haus. Ein reicher Gönner, behauptete sie."

Heath war beiseitegetreten, um Platz für den Arzt zu machen, und wandte sich nun an Julia. Sie nahm seine Hand.

„Sieh ihn dir an, Heath."

„Das habe ich bereits getan. Er wird es überstehen, aber nichts daraus lernen, wie ich ihn kenne."

Sie senkte die Stimme. „Das meine ich nicht. Sieh dir Drake an."

„Ja und?"

Er begriff offenbar nicht, was sie ihm zu verstehen geben wollte. „In dem Mantel sieht er dir zum Verwechseln ähnlich.

Hast du keinen Verdacht, der Angreifer könne den Falschen überfallen haben?"

Er lächelte flüchtig und wandte sich zur Tür. „Unsinn. Bleibe ein paar Minuten bei ihm, aber sei nicht allzu freundlich mit ihm. Nicht nur äußerlich gleicht mein Bruder mir. Es wird nicht lange dauern; ich will mich nur ein wenig im Haus umsehen."

„Wozu?", fragte sie.

„Nur um sicherzugehen, Julia."

Heath inspizierte den Dienstbotentrakt, durchsuchte den Weinkeller und die Vorratskammer, dann verließ er das Haus durch den Hinterausgang. Julias Kater huschte an ihm vorbei und suchte Zuflucht im trockenen Haus. Zwar hatte der Regen nachgelassen, trotzdem waren die Wege aufgeweicht, und die Luft war nasskalt. Heath steuerte auf den Geräteschuppen zu.

Auf dem Weg an den Rhododendronsträuchern vorbei hörte er das Quietschen einer Tür und hoffte inständig, dass Hermia nicht wieder auf die Idee gekommen war, ihm zu folgen. Er erwartete zwar nicht, etwas Verdächtiges im Schuppen zu finden, trotzdem konnte es nicht schaden, sich zu vergewissern.

Er stieß den Holzverschlag auf und spähte in die Finsternis. Blumentöpfe, eine Schubkarre, Gartengeräte, der Geruch nach Erde und feuchtem Holz. Keine Gespenster aus der Vergangenheit. Was hatte er erwartet? Er sollte erleichtert sein, statt eine unbestimmte Unrast in sich zu spüren.

Plötzlich wünschte er, sich seinen vagen Ängsten stellen zu können und die dunklen Schatten zu vertreiben, die ihn verfolgten. Gerne wäre er jetzt an Russels Stelle gewesen, um Auclair endlich das Handwerk legen zu können. Wahrscheinlich würde er seinen Seelenfrieden erst finden, wenn er seinen einstigen Peiniger persönlich zur Strecke gebracht hatte.

Er glaubte, leise zögernde Schritte auf dem Kiesweg hinter sich zu hören. Er verließ den Schuppen und hoffte, dass Hermia ihm nicht wieder mit einem Blumentopf auflauerte. Als er sich umdrehte, sah er den Schatten von Julias Butler Payton, der sich hinter den Sträuchern duckte. Der alte Diener wollte gewiss nur helfen, und Heath schmunzelte in sich hinein, als er den Riegel am Holzverschlag vorschob. Er sagte nichts, wollte Payton nicht erschrecken …

„Keine Bewegung!“

Heath fuhr herum, in Erwartung, dass der Butler ihn erkannte und eine Entschuldigung stammelte – auf gar keinen Fall erwartete er den harten Schlag auf den Kopf und die Finsternis, die ihn einhüllte.

15. KAPITEL

Murmelnde Stimmen holten Heath ins Bewusstsein zurück. Mühsam öffnete er die Augen und blickte halb betäubt in das Gesicht der Frau, die sich über ihn beugte. Ihr schönes ovales Antlitz war bleich vor Sorge, ihre grauen Augen ließen ihn an den englischen Nebel denken. Und dann pochte ein höllischer Schmerz unter seiner Schädeldecke.

Er versuchte sich aufzusetzen und stellte gereizt fest, dass er sich unter Bergen parfümierter Seidenbettwäsche und einem rosafarbenen Überwurf kaum bewegen konnte. Sein Bruder Drake, dessen linke Hand verbunden war, grinste belustigt auf ihn herab.

Julias offenes Haar fiel wie ein schimmernder Vorhang über ihn, als sie sich vorbeugte, um ihm ein Kissen in den Rücken zu schieben. „Hast du wieder auf mich geschossen?", fragte er schläfrig. „Wieso liege ich in einem fremden Bett?"

„Mache keine Witze, Heath. Ich bin fast gestorben, als ich dich sah. Niemand hat auf dich geschossen."

Brummend schaute er an sich herunter und sah, dass er kein Hemd anhatte. „Man hat mich ausgezogen. Hoffentlich warst du das."

Julia hielt den Atem an und warf Drake einen flüchtigen Blick zu, der mit einem Achselzucken vom Hocker glitt. „Ich lasse euch kurz allein, um Grayson zu sagen, dass unser Patient sich auf dem Weg der Besserung befindet."

Heath fluchte leise und bewegte vorsichtig Schultern und Arme. „Was ist eigentlich passiert, Julia? Ich war im Garten, und dann sah ich deinen Butler …"

„Payton hat dir eine Gartenschaufel über den Kopf geschlagen", erklärte sie und benagte ihre Unterlippe. „Er hielt dich für einen Einbrecher. Offenbar hast du ihm gesagt, er solle wachsam sein."

„Verdammter Mist."

„Er hat nur seine Pflicht getan. Wieso hast du den Dienern nicht gesagt, dass du durch den Garten schleichst … Payton fühlt sich miserabel."

„Er fühlt sich miserabel?“ Heath rieb sich den Nacken. „Was soll ich denn sagen? Und wieso liege ich im Bett?“

„Du bist gegen einen Holzbalken des Schuppens gefallen und hast dir dabei zu allem Überfluss den Kopf noch mal angeschlagen. Du hast eine ziemlich große Beule am Hinterkopf.“

Er tastete vorsichtig nach der geschwollenen Stelle und blickte sich mürrisch im Zimmer um. „Wo bin ich eigentlich?“

Sie legte ihm ein feuchtes Tuch auf die Stirn. „In Hermias Bett.“

„In Hermias Bett? War das nötig?“

Julias Augen blitzten belustigt im warmen Kerzenschein. „Es war Drakes Idee. Ihr Zimmer lag am nächsten. Du meine Güte, wahrscheinlich wird mir deine ganze Sippe bittere Vorwürfe machen. Zwei verletzte Boscastles in einer Nacht.“

„Denkst du, der Überfall auf Drake war kein Zufall?“

„Nein“, antwortete sie gedehnt. „Er sah dir in deinem Mantel wirklich zum Verwechseln ähnlich.“

„Ich weiß nicht, ob ich deinen Verdacht teile.“

„Wie auch immer“, sagte sie und steckte ihm ein kleines Kissen hinter den Kopf. „Jetzt muss ich wohl meinen Leibwächter beschützen, wie?“

„Nur vor deiner Tante und deinem Butler.“

Er lehnte sich nachdenklich zurück. Julia zog die Bettdecke hoch, die heruntergerutscht war und seinen nackten Oberkörper entblößte. Als sie einen spitzen Schrei ausstieß, wusste er zunächst nicht, was geschehen war. Und dann sah er das Entsetzen in ihren Augen.

„Deine Brust“, hauchte sie. „Ach Heath. Ich sah die Narben eben zum ersten Mal, als Drake dir das Hemd auszog.“

„Ich hätte dich warnen müssen.“

Sie kämpfte mit den Tränen. „Es geht doch nicht um mich. Du musst furchtbar gelitten haben.“

„Das ist lange her, Julia.“

Sie nickte zögernd, wusste, dass er zu stolz war, um sich von ihr bemitleiden zu lassen. Sein ganzer Brustkorb war mit Narben bedeckt, ausgefranste Wülste, rötlich verfärbt. Julia legte die Finger sanft auf jede einzelne Narbe. Ihr Magen krampfte sich zusammen. Es war ein Wunder, dass er diese Torturen überlebt hatte.

Er wurde in Portugal gefoltert, hatte Russell ihr berichtet, als er ihr eröffnete, er habe Heath zu ihrem Bewacher ernannt. *Aber das ist nichts für die Ohren einer zartbesaiteten Frau. Er hat es überstanden. Wir alle sind damals durch die Hölle gegangen, wir wollen nicht mehr darüber sprechen. Gottlob hat er überlebt.* Ein paar knappe, sachliche Worte, keine Einzelheiten. Heath musste unerträgliche Schmerzen ausgestanden haben.

„Julia", begann er leicht gereizt, „bitte, behandle mich nicht wie einen Invaliden, und lass mich allein, damit ich mich anziehen kann."

„Natürlich", murmelte sie.

Er nahm sie bei der Hand, als sie sich zum Gehen wandte. „Klinge ich undankbar?"

Beim Anblick seiner nun halb nackten muskulösen Brust krampfte sich ihr Herz zusammen. Die grauenvollen Narben, die seinen starken Körper entstellten, mahnten sie daran, wie verletzlich auch der kraftvollste Mann war. Ihr Ehemann Adam hatte das dreißigste Lebensjahr nicht erlebt, weil er sich für unbesiegbar gehalten hatte. Sie kämpfte gegen die Angst an, die in ihr hochstieg, Angst um Heath und um Russell. Beide versuchten sie zu beschützen. Und wer beschützte diese Männer?

„Wenigstens hast du diesmal nicht auf mich geschossen", sagte er mit dem schwachen Versuch eines Lächelns.

„Gott sei Dank."

Seine Stimme wurde sehr tief. „Ich würde mich gerne noch einmal von dir niederschießen lassen, wenn ich damit die Möglichkeit hätte, das ungeschehen zu machen, was nach unserem Zusammensein damals passierte."

Hitze durchströmte sie, als seine Hand sich um die ihre festigte.

„Ich wünschte … sei's drum. Wir können es nicht ändern", sagte sie nach einer Weile.

„Ich erinnere mich an jede Einzelheit, Julia."

„Aber …"

„Genau wie du. Warum hast du mich verlassen?" Seine Augen erforschten ihr Gesicht. Er konnte und wollte seine Empfindungen für sie nicht länger verbergen. „Warum bist du weggelaufen, um einen anderen zu heiraten, nachdem wir einander gefunden hatten?“

Julia blickte ihn verdutzt an, konnte nicht glauben, was sie hörte. „Weggelaufen?“ Sie schüttelte verwirrt den Kopf. „Ich bin nicht weggelaufen. *Du* hast *mich* verlassen.“

„Du hast mir verboten, je wieder mit dir zu sprechen. Ich dachte, du würdest dich schämen …“

„Ja, ich habe mich geschämt.“

„Ich dachte, du bräuchtest vielleicht Zeit, um zu erkennen, was wir einander bedeuten.“

Julia konnte nicht aufhören, den Kopf zu schütteln. Kein einziges Mal in all den Jahren hatte sie versucht, das, was zwischen ihnen vorgefallen war, aus seinem Blickwinkel zu sehen. Er war immerhin ein berüchtigter Schwerenöter und Herzensbrecher, damit war für sie alles erklärt gewesen. „Ich dachte, du hättest mich für unbesonnen und leichtfertig gehalten. Ich …“

„Du warst wundervoll. Ich konnte mein Glück nicht fassen, genauso wie später mein Unglück. Ich konnte kaum glauben, dass ich eine Frau wie dich kennengelernt habe, so kurz bevor ich in den Krieg zog.“

„Du fandest mich wundervoll?“

„Ja.“ Der Blick seiner dunklen Augen durchbohrte sie. „Aber du hast mich weggeschickt, hast mich einen Teufel mit blauen Augen genannt.“

„Nach all den Jahren“, sagte sie verwundert, „erinnerst du dich an meine Worte.“

„Ich erinnere mich, dass du gesagt hast, du wolltest mich nie wiedersehen.“

„Ja, aber …“ Sie hob die Hand ans Herz. „Das habe ich nicht so gemeint.“

„Woher sollte der blauäugige Teufel das wissen?“

„Ich wollte nicht eine von vielen Eroberungen des Heath Boscastle sein“, verteidigte sie sich.

Heath stutzte. „Wovon redest du eigentlich? Welche vielen Eroberungen denn?“

„All die jungen Mädchen bei diesem Jagdwochenende warfen dir schmachtende Blicke zu.“

Seine Miene verfinsterte sich. „Das heißt noch lange nicht, dass mich ein einziges interessiert hätte.“

Julia erforschte bang sein schönes Gesicht, sein Geständnis brachte sie völlig aus der Fassung. Zum ersten Mal gab er etwas von seinem Innersten preis, und sie wusste, dass er die Wahrheit sprach, es gab keinen Grund, sie zu belügen. Und sie hatte ihn für herzlos gehalten. „Aber Russell sagte, du habest in all den Jahren nie von mir gesprochen oder dich nach mir erkundigt.“

Ein Anflug von Zorn rötete seine kantigen Wangenknochen. „Herrgott, Julia. Natürlich habe ich nie mit ihm über dich geredet. Ich habe dir versprochen, dass das, was zwischen uns geschehen ist, unser Geheimnis bleibt. Hätte ich mit ihm über dich gesprochen, hätte er Verdacht geschöpft und meine Gefühle für dich erraten.“

„Deine Gefühle für mich“, wiederholte sie dumpf. „Wer hätte das gedacht? Ich kann dir verzeihen, Heath, weil ich dir vertraue. Nach so langer Zeit gäbe es keinen Grund, mich zu belügen. Aber … du bist nur schwer zu begreifen. Geheimnisvoll wie die ägyptischen Hieroglyphen, die du so gern studierst.“

Er bedachte sie mit einem warnenden Blick, als die Tür hinter ihr sich öffnete und Drake und der Hausarzt ihr Zwiegespräch störten. Julia musste nachdenken. Es war so viel Zeit vergangen. War sein verspätetes Geständnis überhaupt noch von Belang?

„Ist alles in Ordnung?“ Drake blickte von seinem Bruder zu Julia, als spüre er die seltsame Spannung zwischen den beiden. „Heath? Willst du etwas gegen die Schmerzen einnehmen?“

„Welche Schmerzen?“, murmelte Heath.

Und Julia lächelte. Sie konnte nicht anders. Das Gespräch hatte sie aufgewühlt, aber tief in ihrem Inneren wuchs ein Gefühl der Freude. Vielleicht sogar der Hoffnung.

Ich habe dich nicht verlassen. Du hast mich verlassen. Hatte sie das wirklich gesagt? Hatte eine falsch verstandene Auffassung von Sitte und Anstand die Aussicht auf ein gemeinsames Glück verhindert?

Verblüfft besah sie sich diesen rätselhaften Mann, der so gar nicht in das seidene, mit Rüschen besetzte Bett ihrer Tante passte.

„Ich sehe später noch mal nach dir", sagte sie, als er Drake und den Arzt mit finsteren Blicken maß. „Halte dich bitte an die Anweisungen des Doktors, und bleib im Bett, Heath."

Das tat er natürlich nicht. Er blieb nicht im Bett und schickte Drake und den Arzt aus dem Zimmer. Er hatte viel zu tun. Im Übrigen war es unter der Würde eines britischen Offiziers, von einem gebrechlichen alten Butler niedergeschlagen zu werden. Ganz zu schweigen von der demütigenden Tatsache, dass dieser Offizier vor Jahren von der Herrin besagten Butlers niedergeschossen worden war und sich von diesem Vorfall nie erholt hatte. Denn sie hatte nicht nur seine Schulter getroffen; der Schuss war mitten ins Herz gegangen.

Er warf die seidenen Decken zurück und suchte sein Hemd. Nun hatte Julia die Narben auf seiner Brust gesehen, Narben, von denen Frauen normalerweise entweder fasziniert oder zu Tode erschrocken und abgestoßen waren. Auf sie schien weder das eine noch das andere zuzutreffen.

Er streifte das Hemd über, bemerkte die Schmutzflecken und zog es wieder aus. Weste und Frack hingen ordentlich über einer Stuhllehne. Er schlüpfte hinein und studierte sein Aussehen im Spiegel. Ein seltsames Bild, ein Herr ohne Hemd in Weste und Abendanzug.

„Jedenfalls bin ich nicht Beau Brummel, dieser eitle Snob", erklärte er seinem Spiegelbild. „Und da ich bereits Selbstgespräche führe, habe ich mir wohl auch eine Hirnverletzung zugezogen."

Wenigstens blieb sein Spiegelbild ihm eine Antwort schuldig, was er als Zeichen nahm, dass er den Verstand nicht völlig verloren hatte.

Wahrscheinlich stand er unter Schock.

Julia war also der Meinung, er habe sie damals nach ihrem romantischen Treffen verlassen.

„Verdammter Mist", knurrt er. „Hölle und Verdammnis."

An jenem Nachmittag vor langer Zeit hatte er nicht nur begonnen, sie zu verführen, er hatte einen wichtigen Teil seines Selbst an sie verloren. In seinen Jugendjahren war er weniger beherrscht gewesen als heute und war von Julia in der ersten Sekunde ihrer Begegnung hingerissen gewesen. Er hatte sich sehnlichst gewünscht, sie nach ihren ersten erotischen Spielereien zu umwerben und ihr den Hof zu machen. Aber sie hatte ihm keine Gelegenheit dazu gegeben, nie wieder mit ihm gesprochen und hätte ihn wahrscheinlich tatsächlich erschossen, wenn er sich an ihren Vater gewandt hätte.

Natürlich hatte er damals nicht sofort an Heirat gedacht. Aber sie hatte ihn unterschätzt, besser gesagt, falsch eingeschätzt und ihn für einen verantwortungslosen Frauenhelden gehalten, womit sie vielleicht nicht völlig unrecht hatte, was aber nicht bedeutete, dass er nicht bereit gewesen wäre, sich zu ändern.

Aber ehe ihm klar geworden war, wie sehr er sie begehrte, und sich Gedanken darüber machen konnte, wie er sie gewinnen konnte, war sie nach Indien abgereist, um einen anderen zu heiraten, ohne zu ahnen, wie viel sie Heath bedeutete.

Da er nun endlich die Vergangenheit aus Julias Blickwinkel sehen konnte, ergab alles, was geschehen war, einen Sinn. Julia war der Überzeugung gewesen, ihre „sündige“ Hingabe habe sie in seinen Augen herabgesetzt. Sie hatte Gewissensbisse, seine Verführung so unbesonnen und leidenschaftlich erwidert zu haben, und war der Ansicht, er würde jede Frau verführen, die sich dazu bereit erklärte.

Aber so war es nicht. Damals nicht und heute nicht. Er hatte sich von seiner Leidenschaft hinreißen lassen und jeden erotischen Moment mit ihr im Gedächtnis bewahrt. Nein, es war nicht seine Art, unschuldige Mädchen zu verführen.

Er hatte damals den Fehler begangen zu glauben, dass Julia sich über jede Kritik an ihrem Verhalten hinwegsetzte. Aber auch ein Freigeist wie sie beugte sich gewissen gesellschaftlichen Gepflogenheiten.

Diese späten Erkenntnisse änderten alles und gleichzeitig gar nichts. Er war immer noch an sein Wort gebunden, sie zu beschützen. Sie war immer noch mit Russell verlobt, ein Missstand, den er beheben wollte. Eines stand jedenfalls fest, die Glut zwischen ihm und Julia war nie erkaltet, hatte jahrelang unter der Asche der Verdrängung geschwelt. Und Heath war fest entschlossen, die Glut wieder zu entfachen, bis Julia in Flammen stand, bevor sie ihm wieder entgleiten konnte.

Sie hatte unterstellt, Heath sei ein unverbesserlicher Herzensbrecher wie seine Brüder. Offenbar war die Zeit gekommen, sich diesem Ruf entsprechend zu verhalten. Wenn ein Herzensbrecher nötig war, um sie zu gewinnen, würde er diese Rolle spielen.

Im Grunde genommen musste er nur seinen Gefühlen folgen.

Und vielleicht ein frisches Hemd anziehen.

Heath schien am folgenden Tag wieder so weit hergestellt, um mit Julia eine Ausfahrt in den Hyde Park zu unternehmen. Er versicherte, er habe keine Kopfschmerzen mehr, was sie ihm allerdings nicht recht glaubte.

Also bestand sie darauf, den Zweispänner zu lenken, wozu er zu ihrem Erstaunen einwilligte. Das bestätigte ihren Verdacht, dass er sich nicht ganz so wohl fühlte, wie er vorgab. Vielleicht aber wollte er auch nur ein wachsames Auge auf die Umgebung haben. Was immer ihn bewogen hatte, neben ihr Platz zu nehmen, sonderlich gesprächig war er jedenfalls nicht.

Nach den gegenseitigen Geständnissen war es auch klüger, zurückhaltend zu bleiben, bevor noch weitere Geheimnisse ans Tageslicht kamen. Julia hatte sich ihm gegenüber in eine höchst angreifbare Position gebracht. Wenn sie an ihre ungezügelte Leidenschaft in ihrem Schlafzimmer dachte, überlief sie eine leichte Röte. Eine sechs Jahre ungestillte Leidenschaft war plötzlich aufgebrochen. Sie hatte sich schamlos seinem Liebesspiel hingegeben in enthemmter Lüsternheit, was ihn offenbar nicht gestört hatte.

Sie wusste, dass sie ihm vertrauen konnte, auch darüber Schweigen zu bewahren wie in den vergangenen sechs Jahren. Aber sie fragte sich, warum er nicht um sie kämpfte. Erst jetzt wurde ihr bewusst, dass sie sich insgeheim ein leidenschaftliches Bekenntnis zu ihr gewünscht hatte. Diese Wahrheit dämmerte ihr erst auf der gemächlichen Kutschfahrt durch den Park in der warmen Nachmittagssonne. Seine tiefe Stimme bekräftigte lediglich ihren Wunsch.

„Ich kann es dir nicht verdenken, dass du mich damals gehasst hast“, sagte er und klang, als habe auch er über die Vergangenheit nachgedacht. „Du warst so jung. Wir waren beide jung, und ich konnte dir nicht widerstehen. Aber natürlich ist das keine Entschuldigung. Ich habe die Situation ausgenutzt.“ Er fuhr sich verlegen mit gespreizten Fingern durch seine Haarmähne.

Julia zog die Zügel an, ohne ihn anzusehen. Jeder Blick von ihm würde sie nur noch mehr verwirren. „Ich habe dich nie gehasst.“

„Gott sei Dank. Aber verdient hätte ich es.“

Sie hätte beinahe gelacht. „Wenn uns jemand hören könnte, wie unartig wir reden.“ Beide waren sie gleichermaßen schuldig oder unschuldig, je nachdem, wie man die Situation betrachtete. „Es gibt nur einen Grund, warum ich dir nie verzeihen kann.“

Sie spürte, wie er sich ihr halb zuwandte. Seine Schultern streiften sie, eine flüchtige Berührung, die sie dennoch versengte. In ihrer Magengegend setzte ein nervöses Flattern ein. Sie wagte nicht, ihn anzusehen.

„Was?“, fragte er. „Was denn?“

Sie winkte einem jungen Paar zu, das ihnen entgegenkam. „Was ist was?“

„Antworte mir, Julia.“

Sie verlangsamte das Tempo noch mehr, wusste nicht, wohin diese Unterhaltung führen würde. Es war angebracht, die Dinge zu bereinigen, aber was würde hinterher bleiben?

Er nahm ihr die Zügel aus der Hand. Seine Augen erforschten ihr Gesicht. Hinter seiner verschlossenen Miene verbarg sich ein eiserner Wille, sein Blick bohrte sich in ihre Seele. „Gestern Nacht haben wir uns Dinge gestanden, zu denen wir uns längst hätten bekennen müssen“, begann er. „Es hat keinen Sinn, uns noch länger etwas vorzumachen. Wir sind beide alt genug, um der Wahrheit ins Gesicht zu sehen.“

Sie benagte ihre Unterlippe. „Ich hatte irgendwie gehofft, dass wir dieses Gespräch vergessen. Es hat mich ziemlich aufgewühlt, wenn ich ehrlich bin.“

Er ließ nicht locker. Diese Boscastles waren gnadenlos, wenn es darum ging, ihren Willen durchzusetzen. „Was hast du mir nicht verziehen?"

Hatte sie tatsächlich geglaubt, er würde höflich darüber hinweggehen, als habe sie ihm ihr Herz nicht geöffnet? Nein. Und sie wollte ja selbst, dass er alles erfuhr. Dieser Vorwurf hatte sie so viele Jahre belastet, war ihr wie ein Dorn im Fleisch gewesen. Sollte er ihn getrost herausziehen, auch auf die Gefahr hin, dass ihr das Herz blutete. An so etwas war er vermutlich gewöhnt, immerhin waren die Boscastles jahrhundertelang für ihre Blutrünstigkeit berüchtigt gewesen.

Der Zweispänner hielt mitten auf dem breiten Kiesweg. Ein Hindernis für die nachfolgenden offenen Wagen. Einige Reiter drehten neugierig die Köpfe. Julia senkte verlegen den Blick, nicht daran gewöhnt, Aufmerksamkeit auf sich zu lenken.

„Nun gut, Königliche Arroganz", sagte sie schließlich. „Dann sollst du es hören. Und hinterher wirst du nie wieder mit mir sprechen wollen."

Er zog eine Braue hoch. „Das bezweifle ich."

Sie streifte einen Handschuh ab, nur um etwas zu tun. „Willst du es *wirklich* hören?"

Er neigte sich ihr zu. „Julia, wir bleiben hier so lange stehen, bis ich es endlich weiß."

Es war ihm ernst damit. Julia gingen Fantasiebilder durch den Sinn, wie sie beide im Wechsel der Jahreszeiten im offenen Wagen saßen, störrisch und stumm, während ihnen von Dienern Mahlzeiten gebracht wurden, Kohlebecken und warme Decken im Winter und Plumpudding zur Weihnachtszeit.

„Nun gut." Die Kehle war ihr eng geworden. „Ich verzeihe dir nicht, dass du nicht um mich gekämpft hast. Dass du mich nicht gebeten hast, dich zu heiraten, nach allem, was wir miteinander getan hatten."

„Dass ich nicht um dich gekämpft habe?" Seine blauen Augen blitzten zornig.

„Ja!"

Seine Lippen wurden zu einem schmalen Strich. „Du sagtest,

du würdest mich nie wiedersehen wollen. Du hast mich einen Teufel genannt, einen Wüstling, einen Frauenhelden, einen ... Ich musste dir schwören, dass ich dich zufrieden lasse." Er schüttelte fassungslos den Kopf. „Du hast mich beim Grab meiner Mutter schwören lassen, dass ich vergesse, was zwischen uns geschehen ist. Und falls wir uns je wiedersehen sollten, müsse ich so tun, als seien wir einander fremd, höchstens flüchtige Bekannte ..."

„Das habe ich nicht so *gemeint*", sagte sie leise. „Ich hatte mir gewünscht, dass du mir den Hof machst, aber ich fürchtete, du hieltest mich für leichtfertig. Ich dachte ..."

Er lachte trocken. „Das kann nicht dein Ernst sein."

„Ich fürchte doch."

„Hättest du mir das nicht früher sagen können? Beispielsweise vor sechs Jahren? Als es noch von Bedeutung gewesen wäre?"

Julia erschrak. Meinte er tatsächlich, dass es nun nichts mehr bedeutete? Warum aber hatten sie letzte Nacht Zärtlichkeiten ausgetauscht? „Ich hätte es dir nicht sagen dürfen."

„Hättest du mich geheiratet, wenn ich bei deinem Vater um deine Hand angehalten hätte?"

„Ich weiß nicht", antwortete sie mit einem tiefen Seufzer. „Ja, ich hätte dich geheiratet. Natürlich hätte ich dich geheiratet. Ich wäre mit dir bis nach China durchgebrannt, wenn du mich darum gebeten hättest."

Er schüttelte wieder verwirrt den Kopf. „Auch nachdem ich dich um ein Wiedersehen gebeten hatte, was du mir verweigert hast?"

„Das habe ich nur getan, weil ich glaubte, dass du mich nur aus Höflichkeit wiedersehen wolltest."

Er stieß den Atem hörbar aus und ließ die Zügel schnalzen, worauf die Pferde wieder antrabten. Julia studierte sein Profil aus den Augenwinkeln. Es fiel beiden nicht leicht, über die Vergangenheit zu sprechen.

„Julia", sagte er nach einer Weile sehr leise. „Ich habe seither einige Erfahrungen mit Frauen gesammelt und kann deine Logik nachvollziehen. Beziehungsweise deine *Unlogik*."

Julia lachte spitz. „Wahrscheinlich bin ich für dich nun nicht nur ein leichtfertiges Ding, sondern auch noch eine Närrin, eine dumme Gans ohne Moral mit einem losen Mundwerk. Eine …"

„Warum hast du geheiratet?", fiel er ihr ins Wort, und sein Unmut brodelte wieder hoch in Erinnerung an seinen maßlosen Zorn, als er drauf und dran gewesen war, sich nach Indien einzuschiffen, nachdem er von ihrer bevorstehenden Heirat erfahren hatte. Er war bereits auf halbem Weg nach Dover, als er wieder klar denken konnte und sich ausrechnete, dass Julia längst verheiratet wäre, wenn er Indien erreichte. Und dass sie ihm strikt verboten hatte, je wieder mit ihr zu sprechen.

„Ich habe geheiratet, weil Adam mich darum bat und du nicht."

„Ich bat dich, mit mir durchzubrennen", knurrte er finster.

„Ich dachte, das sei nicht dein Ernst gewesen", sagte sie leise. „Hast du es ernst gemeint?"

„Vermutlich."

Sie zog eine Braue hoch. „Vermutlich? Das klingt nicht sehr überzeugend, wie?"

„Ich glaubte, du würdest nach einem Jahr zurückkommen", sagte er und blickte sie finster an.

„Das hatten wir ursprünglich vor", entgegnete sie und begegnete seinem finsteren Blick ebenso finster. „Ich dachte, *du* wolltest in Indien mit deinem Bruder Brandon kämpfen."

„Das war mein ursprünglicher Plan, aber …" Sein Gesicht verfärbte sich dunkel, als stehe er kurz vor einem Wutausbruch. „Aber Russell überredete mich, mit ihm nach Portugal zu gehen."

„Russell?"

Heaths Augen funkelten vor Zorn. „Er überzeugte mich davon, dass wir beide als Helden gefeiert werden würden."

„Ihr seid Helden", wandte sie schwach ein. „Er hatte doch recht."

„Er plante eine glänzende Militärkarriere für uns beide", sagte er zähneknirschend.

„Er schmiedet gerne Pläne, darauf versteht er sich ausgezeichnet."

Heaths Augen verengten sich. „Ein Meister im Pläneschmieden. Dafür hat man ihm viele Orden verliehen."

Die Pferde begannen unruhig zu werden, als spürten sie die düstere Stimmung ihres Lenkers. Kein Wunder, dass Heath seine Gemütsbewegungen normalerweise so stark unter Kontrolle hielt. Es war beinahe beängstigend zu sehen, wie sein Zorn schwoll. Ein empfindsamer Mensch hatte gewiss nicht den Wunsch, sich in seiner Nähe aufzuhalten, wenn seine Wut überkochte.

Was sollte sie tun? Sollte sie versuchen, ihn zu beruhigen?

„Das trifft auf euch beide zu", sagte sie mit einem strahlenden Lächeln.

„Was trifft auf uns beide zu?", brummte er. „Meister im Pläneschmieden? Das sei dahingestellt. Jedenfalls scheine ich mein Leben nicht meisterhaft geplant zu haben. Was hat das überhaupt mit dem Thema zu tun?"

„Ich will damit nur sagen, dass ihr beide glänzende Karrieren vor euch habt."

Er schnaubte verächtlich. „Vielleicht ahnte Russell schon damals, was ich für dich empfand."

Julia blieb nun der Mund offen stehen. „Meinst du das im Ernst?"

Er brachte das Gespann in einen schnelleren Trab. „Natürlich nicht. Es tut nur gut, einem anderen die Schuld zuzuschieben." Und dann fluchte er.

Julia hätte ihn gerne gefragt, was er jetzt für sie empfand, aber diese Frage sollte eine Frau nicht dem Freund ihres Verlobten stellen, schon gar nicht mitten im Hyde Park. Im Übrigen hörte er nicht auf, leise zu fluchen. Er sah so wütend aus und angespannt und ... unwiderstehlich.

Sie räusperte sich. „Woran denkst du?"

Er hatte aufgehört zu fluchen und warf ihr einen rätselhaften Blick zu. Gottlob schien auch sein Zorn abzuflauen. „Ich weiß nicht, was ich denken soll. Woran denkst *du* denn?"

Sie dachte, es wäre ihr lieber, wenn er seine Gefühle nicht wieder meisterhaft verbergen würde. „Ich denke ..." Ihr entsetzter Blick flog an ihm vorbei auf die schmale Fahrbahn. „Ich denke, wir krachen gleich mit einem entgegenkommenden Wagen zusammen."

Dazu kam es nicht. Im letzten Moment wich Heath aus und vermied einen Zusammenstoß mit einem sportlichen Einspänner. Der junge Fahrer sprang vom Kutschbock und eilte herbei.

„Das ist Brentford", sagte Julia.

Heath lächelte spöttisch. „Erstaunt dich das?"

Brentfords schwarzer Frack flatterte im Wind. Er machte ein übertrieben zerknirschtes Gesicht, in seinen braunen Augen lag ein flehender Ausdruck. „Verzeihung. Ich wollte Sie nicht erschrecken."

„Warum haben Sie es dann getan?", fuhr Heath ihn grob an. „Dies ist ein öffentlicher Park, Brentford, keine Rennbahn. Was wollten Sie damit beweisen?"

„Ähm ... ich ..." Er warf einen verwirrten Blick über die Schulter. „Ich wollte einem Freund etwas zeigen. Genauer gesagt, meinem Fechtlehrer. Er wollte meine Geschwindigkeit messen, aber ich sehe ihn nicht. Er ist plötzlich verschwunden."

Heath seufzte verdrießlich. „Warum suchen Sie ihn nicht?"

Brentford errötete und warf Julia einen reumütigen Blick zu. „Gute Idee. Ja, ich suche ihn. Hoffentlich finde ich ihn." Er machte auf dem Absatz kehrt und rannte in die falsche Richtung.

„Nehmen Sie doch Ihren Wagen, Brentford", rief Heath ihm nach. „Vielleicht brauchen Sie ihn noch."

Julia schüttelte mitfühlend den Kopf. „Armer Brentford. Du hast ihn so eingeschüchtert, dass er nicht mehr weiß, wo ihm der Kopf steht."

„Hauptsache, er verschwindet." Er sah sie an und lachte trocken. „Er muss dir nicht leidtun, Julia. Es war kein Zufall, dass er uns beinahe überfahren hat."

Brentford, der wieder bei seinem Wagen war, hörte ihre Stimmen, drehte sich um und stieß mit dem Rücken gegen sein Pferd.

Heath seufzte wieder. „Vielleicht doch. Wieso fährt dieser Trottel so schnell? Er hätte jemanden umbringen können."

„Übertreibst du nicht ein bisschen?", fragte Julia scherzend.

„Keineswegs. Ich hätte ihn auf der Stelle umbringen können."

„Weil er so schnell gefahren ist?"

Heath zögerte. „Nein, weil er dich so unverschämt anstarrte."

Sein Blick hielt sie gefangen, sein Lächeln verzauberte sie. „Nur weil er mich ansah?", fragte sie zaghaft.

„Das ist doch meine Aufgabe, wie?"

„Nun ja ..."

„Willst du, dass ich um dich kämpfe, oder nicht? Ich finde, es ist höchste Zeit, damit anzufangen, nachdem wir bereits sechs Jahre verloren haben."

Julia konnte nicht an sich halten. Sie lachte befreit auf. Was für eine Wohltat, offen mit ihm geredet zu haben. Und als Heath das Gefährt durch die verschnörkelten Parktore lenkte, bemerkte sie die grauen Wolken, die sich unheilvoll am Himmel zusammenbrauten. Sie warf einen Blick über die Schulter, in Gedanken an Brentford, der gewiss vom Regen überrascht wurde.

Als sie den Blick wieder nach vorne wandte, jagte ihr ein Frösteln über den Rücken. Sie hatte einen Mann bemerkt, der seinen schwarzen Zylinder vor ihr lüftete, in einer seltsam anmaßenden und spöttischen Geste, als habe er den Wortwechsel mit Brentford beobachtet. Der Mann stand an einen Baum gelehnt, einen Spazierstock unter dem Arm. Bevor sie sein Gesicht sehen konnte, war er in einer Schar fein gekleideter Spaziergänger untergetaucht, die eilig den Park verließen, um dem bevorstehenden Regenguss zu entfliehen.

„Was ist?", fragte Heath. „Fährt Brentford in Schlangenlinien hinter uns her?"

„Nein, es ist nur ..." Sein Arm streifte den ihren, und sie wollte, dass alles genau so blieb, wie es jetzt war.

„Brentford wird wohl vom Regen überrascht werden", murmelte sie.

„Geschieht ihm recht!", entgegnete Heath und überholte eine langsame Kutsche. „Hoffentlich wird er bis auf die Haut nass."

16. KAPITEL

Heath lud Julia am gleichen Abend ins Haus seines Bruders Grayson in der Park Lane zum Dinner ein. Nach ihrem offenen Gespräch im Park wusste sie nicht recht, wie sie sich verhalten sollte. Keiner von ihnen hatte die Absicht gehabt, so offen zu sprechen. Zugegeben, sie hatte den Mut aufgebracht, ihre Gefühle offenzulegen. Andererseits war Ehrlichkeit nicht immer hilfreich, wühlte oftmals Konflikte eher auf, als sie zu bereinigen.

Hatte sie ihn schockiert? Nein. Nicht Heath, obwohl er merkwürdig auf ihr Geständnis reagiert hatte.

Unwillkürlich fragte sie sich, wie ihr Leben verlaufen wäre, wenn sie damals mehr Mut aufgebracht hätte. Vielleicht wäre es besser gewesen, nicht kopflos zu fliehen.

Sie nahm die Einladung an. Hermia hatte sich widerwillig bereit erklärt, mit Odham in die Oper zu gehen, und Julia bangte davor, nach diesem aufwühlenden Gespräch den Abend ohne sie mit Heath zu verbringen. Aber glücklicherweise würden ja Grayson und seine Gemahlin anwesend sein, sodass sich die Spannung zwischen Heath und ihr etwas lösen konnte.

Ein großer Irrtum, wie sich herausstellen sollte. Die Boscastle-Brüder unterstützten einander offenbar nicht nur in Not und Krankheit, sondern auch in Herzensangelegenheiten. Grayson war nur zu gerne bereit, das Feuer zwischen Julia und Heath zu schüren.

Das Herrenhaus des Marquess of Sedgecroft hatte die Größe eines Palastes. Elegante griechische Fresken zierten die Wände, hohe, bis zur Stuckdecke reichende Spiegel verstärkten den Eindruck von Weite, Licht und Luxus. Diener tauchten wie durch Zauberhand aus dem Nichts auf, um Julia die grüne Seidenstola abzunehmen und einen Sessel zurechtzurücken, und verschwanden lautlos, wenn sie nicht gebraucht wurden. Das Haus strahlte bei aller erlesenen Eleganz eine Atmosphäre der Selbstverständlichkeit aus, ohne aufdringlich protzig zu wirken.

Ihre Abendschuhe versanken in weichen Perserteppichen, die

auf glänzend poliertem Eichenparkett lagen. Im Esszimmer nahm man an einer langen Mahagonitafel Platz, Julia zwischen Heath und seinem Bruder Grayson, einem stattlichen Mann mit goldblonder Löwenmähne. Sie konnte sich des Eindrucks nicht erwehren, zwischen den Brüdern herrsche eine Art konspiratives Einverständnis, und kam sich beinahe vor wie eine Bauernfigur auf einem Schachbrett. Eigentlich war ihr das nicht unangenehm, zumal Heaths grübelnder Blick immer wieder auf ihr verweilte. Die Gegenwart zweier dominanter Boscastle-Männer vermittelte ihr das Gefühl, beschützt zu sein ... und in Besitz genommen zu werden. Sich dagegen zu wehren wäre sinnlos gewesen, also versuchte sie es erst gar nicht.

Das Dinner verlief ohne Zwischenfälle. Nach dem Dessert entschuldigten sich die Herren und zogen sich ins Arbeitszimmer des Marquess zurück, um eine Zigarre zu rauchen.

Jane, die honigblonde Marchioness, lächelte Julia gütig zu. Während des Essens war sie auffallend schweigsam gewesen und hatte ihre Gäste beobachtet. „Ich kann Ihnen nur einen Rat geben, meine Liebe. Seien Sie auf der Hut."

Julia blickte mit gespielter Bestürzung auf den Käsekuchen auf ihrem Teller. „Gift?"

„Gefährlicher als Gift." Jane senkte die Stimme, ihre grünen Augen blitzten im Licht des Silberleuchters. „Verführung."

Julia legte die Kuchengabel weg. „Verführung?"

„Im klassischen Boscastle-Stil." Jane lehnte sich seufzend zurück. „Mehr ist mir nicht gestattet preiszugeben, da ich in diese teuflische Familie eingeheiratet habe." Sie verschränkte ihre eleganten Finger über ihrem leicht gewölbten Leib. „Und bald den nächsten Satansbraten zur Welt bringe."

„Aber ... auf der Hut sein?"

„Oder Sie genießen es. Das liegt ganz bei Ihnen. Heath ist ein sehr attraktiver Mann, und Sie waren schon einmal verheiratet. Ich könnte mir denken, Sie wissen, wie Sie damit umzugehen haben."

„Verführung?", wiederholte Julia, als sei sie überrascht, obwohl Heaths Avancen nicht zu übersehen waren. Aber auch für seine Familie? Was konnte das bedeuten? „Sind Sie sicher?"

„Vertrauen Sie einer Frau, die von einem Boscastle verführt wurde, Julia."

„Und was soll ich tun?"

Jane führte ihre Gabel zum Mund. „Probieren Sie nur. Genießen Sie. Es ist köstlich."

Julia lachte. „Nein, ich meine, was soll ich tun, wenn er versucht, mich zu verführen?"

„Das sagte ich doch eben." Janes fein geschnittenes Gesicht strahlte vergnügt. „Genießen Sie es. Es ist köstlich."

Grayson schenkte sich einen großzügigen Schluck Brandy ein und streckte die langen Beine bequem auf dem Sofa aus. „Ich gebe dir noch einen Rat, da es sich offenbar um eine ernste Sache handelt. Überstürze nichts mit ihr. Lasse dir Zeit."

Heath lächelte dünn. „Sechs Jahre Warten würde ich nicht Überstürzen nennen."

„Ja, du hast lange auf sie gewartet." Grayson schwenkte die goldfarbene Flüssigkeit im bauchigen Glas. „Entflamme sie für dich. Mache sie süchtig nach dir."

Heath setzte sich in den Lehnstuhl. „Ich stehe bereits in Flammen und bin süchtig nach ihr, ist dir das eigentlich klar?"

Grayson lachte leise. „Natürlich. Deshalb gibst du dir ja auch solche Mühe. Du willst ihre Leidenschaft mit jedem Kuss, mit jeder Liebkosung steigern. Lass sie getrost ein wenig schmoren." Ernsthaft fügte er hinzu: „Aber das weißt du alles selbst."

Heath nickte vage. „Es war mir bisher nur nie wichtig."

„Guter Gott", meinte Grayson. „Dann bist du rettungslos verloren."

„Wie bitte?"

„Du zeigst die typischen Symptome. Glaube mir, ich bin selbst ein Opfer."

Heath holte eine Zigarre aus seiner Westentasche und zündete sie an. „Ich begreife nicht recht, was du redest."

Grayson lachte. „Wer begreift schon die Liebe?"

„Liebe?", fragte Heath und ließ langsam die Zigarre sinken. „Symptome?"

„Ich nenne dir sechs tödliche Symptome eines verliebten Mannes. Erstens: die Unfähigkeit, klar zu denken."

„Nun ja, mir schwirrt so manches im Kopf herum." Heath lächelte zögernd. „Julia ist eine ziemliche Herausforderung für einen Mann, ja."

„Du lächelst."

„Ja, und?"

„Üblicherweise machst du ein finsteres Gesicht. Das zweite Symptom ist nämlich eine erschreckende Neigung, ständig zu lächeln – bei jeder passenden und unpassenden Gelegenheit."

„Ist dies etwa eine unpassende Gelegenheit?", verteidigte sich Heath.

Grayson zog eine Braue hoch. „Symptom Nummer drei: ständige Gedanken an das Objekt der Begierde."

„Du meine Güte, Grayson."

„Ist sie etwa nicht das Objekt deiner Begierde? Denkst du nicht ständig an sie?"

Heath schaute sinnend den Rauchwölkchen seiner Zigarre nach. Sein Schweigen war eine beredte Antwort.

„Viertens: völliges Desinteresse an anderen Frauen."

Heath schwieg weiterhin.

„Fünftens", fuhr Grayson unerbittlich fort, „ein erstaunliches Wohlwollen für die Welt im Allgemeinen."

Heath hob den Kopf. „Also das trifft nun wirklich nicht auf mich zu. Ich hasse die Welt im Allgemeinen."

„Und sechstens", kam Grayson mit seiner Aufzählung zum Ende, „ein permanenter Zustand körperlicher Erregung."

„Bist du endlich fertig?"

„Nein. Ich komme gerade erst in Fahrt über eines meiner Lieblingsthemen."

„Das macht dir wohl einen Riesenspaß."

„Zwing sie in die Knie." Grayson lächelte hinterhältig. „Im übertragenen Sinne wohlbemerkt. Oder auch im wörtlichen Sinne, wenn es dir Spaß macht. Weiß sie denn von Russells Betrügereien?"

„Nein."

„Bist du sicher, dass du keine Hilfe brauchst in dieser Hinsicht?"

„Nein. Auf keinen Fall. Ich will ihr nicht wehtun. Und ich will mir durch Russells Betrug keinen Vorteil bei ihr verschaffen, dabei käme ich mir schäbig vor."

„Dir bleibt allerdings nicht ewig Zeit. Wann kommt Russell zurück?"

„Keine Ahnung. Ich hörte noch nichts von ihm."

Grayson zögerte. „Besteht die Möglichkeit, dass er nicht mehr lebt?"

Heath erhob sich. „Unwahrscheinlich. Ich vermute, dass er alles daransetzt, sich bei Wellington beliebt zu machen. Dabei wird ihm eine hübsche Pariserin wohl die Zeit vertreiben, nehme ich an."

„Der Teufel soll ihn holen." Grayson hob das Glas und prostete seinem Bruder zu. „Denk an meinen Rat. Entflamme sie, und mache sie süchtig nach dir."

Julia spürte den Moment, als Heath das Esszimmer wieder betrat, ein Hauch von Leidenschaft wehte sie an durch seine bloße Gegenwart. Jane und sie unterhielten sich gerade darüber, wie gerne sie den Louvre besuchen würden, um all die von Napoleon geplünderten Kunstschätze zu bewundern, als die Herren an die Tafel traten. Heaths Blick suchte Julia und verweilte auf ihr. Sie gab vor, nichts davon zu bemerken, und spielte die Gleichgültige.

Verführung. Das hatte Jane ihr versichert, und sie wusste, wovon sie sprach. Als er sich setzte, sah sie auf und begegnete seinem unverwandten Blick. Sein Lächeln ließ ihren Puls schneller schlagen.

Auch Grayson nahm seinen Platz wieder ein. „Wir müssen Heath und Julia nächste Woche nach Kent einladen, Jane, zu unserem kleinen Familientreffen."

Jane betupfte sich den Mund mit der Damastserviette. „Unser was? Ach ja, unser Familientreffen. Das hätte ich beinahe vergessen."

„Du musst dich dafür nicht entschuldigen, Liebste", sagte

Grayson zärtlich. „Werdende Mütter neigen eben gelegentlich zu Vergesslichkeit."

„Tatsächlich?", fragte Jane erstaunt. „Ich wusste gar nicht, dass du auf dem Gebiet so bewandert bist. Erzähl uns doch mehr darüber."

Heath warf Julia einen vielsagenden Blick zu. Sie fühlte sich entspannter, obgleich sie überzeugt davon war, dass die Brüder etwas ausgeheckt hatten, was sie betraf.

Grayson lehnte sich gelassen zurück. „Kein Wunder, meine Mutter hat schließlich sechs Kinder zur Welt gebracht."

„Und was für ungezogene Rangen", fügte Heath mit einem komischen Blick zu Grayson hinzu. „Danke für die Einladung. Julia und ich kommen gerne. Du liebst das Land doch, nicht wahr, Julia?"

Sie suchte Janes Blick, die ihr mit einem leichten Achselzucken zu verstehen gab, dass sie nichts damit zu tun hatte. „Aber Hermia …"

„Der Vorschlag kam doch von Hermia", sagte Heath seidenweich und setzte eine besorgte Miene auf. „Sie findet, dass du seit dem nächtlichen Vorfall im Garten ziemlich angespannt bist."

„Und seit dem Straßenkrawall", fügte Grayson hinzu. „Das muss ein schreckliches Erlebnis gewesen sein. Scheußliche Vorstellung, mitten in einen aufgebrachten Mob zu geraten."

Julia lächelte verkrampft und spürte deutlich, dass sie immer tiefer in die Verschwörung der Brüder geriet. „Ja, es war entsetzlich. Heath wurde von einem rohen Ei getroffen. Ehrlich gestanden, habe ich bis heute Albträume davon. Ekelhaft, überall klebriges Eiweiß an seinem Ärmel und seiner Hand."

Grayson blinzelte. „Tatsächlich? Ja, fliegende Eier können gefährlich sein, ganz besonders faule Eier."

„Oh ja. Beinahe so furchterregend wie damals in Indien, als ich im Morgengrauen von einem Tiger in unserem Garten bedroht wurde." Nach einer kurzen Pause fügte sie an: „Beinahe, aber nicht ganz so schrecklich."

„Hermia macht sich wirklich Sorgen um dich", sagte Heath ernsthaft.

„Es ist ungemein tröstlich, dass alle so sehr um mich besorgt sind", seufzte Julia. „Ich bin nämlich so zerbrechlich, dass ich ohne fremde Hilfe keinen Schritt machen kann."

Es entstand ein langes Schweigen. Heath saß in seiner stoischen Ruhe da wie eine Sphinx, während Grayson seine Serviette mit großer Sorgfalt zu einem Boot faltete, und dann räusperte er sich.

„Heath, hast du Julia eigentlich schon unsere neue italienische Galerie gezeigt?" Er schenkte Julia ein liebenswürdiges Lächeln. „Jane hat sie entworfen als Kopie der Galerie in ihrem Elternhaus."

Heath rutschte unruhig auf seinem Stuhl hin und her. „Nein, noch nicht."

„Eine fabelhafte Idee. Julia begeistert sich doch so sehr für die schönen Künste." Grayson rieb sich freudig die Hände. „Du kennst den Weg?"

17. KAPITEL

Die perfekte Bühne für eine klassische Verführungsszene, dachte Julia beklommen beim Betreten der Galerie, die von Kerzen in vergoldeten Wandleuchtern erhellt war. In einer Ecke lud eine Chaiselongue mit weichen Daunenpolstern zum Verweilen ein, auf einem niedrigen chinesischen Tisch mit Löwenpranken an den Beinen verströmte ein riesiger Strauß weißer Lilien in einer Kristallvase einen betörenden Duft.

Die reich verzierte Stuckdecke war mit Fresken bemalt, pausbäckige Putten tollten in himmlischem Gewölk herum. In halbrunden, vertieften Alkoven standen lebensgroße Marmorstatuen, Kopien antiker römischer Gottheiten.

Julia war ein wenig angespannt und aufgeregt, vielleicht auch etwas verwirrt über Janes Worte, aber keineswegs verängstigt, vor allem aber war sie neugierig. Ein Hauch von Sünde wehte sie an in Heath Boscastles Gegenwart. Allein mit ihm zu sein war bereits gefährlich. Wo war ihre Entschlossenheit geblieben, ihm zu widerstehen? Und was hatte er eigentlich vor?

Ihre Neugier und Faszination waren zu mächtig, um Heath Einhalt zu gebieten, ehe er den ersten Schritt machte. Im Übrigen hatte sie Abenteuergeist und Lebenslust von ihrem Vater geerbt, der ihr beispielhaft vorgelebt hatte, dass es sich lohnte, hin und wieder Risiken einzugehen.

Vielleicht gab es ja doch noch irgendeinen Weg, der sie zu Heath führte. Möglicherweise musste sie Russel nicht heiraten. Nein, was auch immer geschah, sie musste ihr Eheversprechen halten. Aber es schien unmöglich, Heath zu widerstehen.

Während sie von einer Statue zur nächsten schlenderte, eine jungfräuliche Vestalin bewunderte, die ein Füllhorn mit Früchten ausgoss, trat Heath hinter sie, und sie geriet in einen Strudel der Verwirrung. Die Wärme seines Körpers jagte ihr prickelnde Schauer bis in die Fingerspitzen. Sein raues Kinn streifte ihren Nacken. Beinahe überwältigend war der Drang, ihm in die Arme zu sinken und an nichts mehr zu denken.

„Wie findest du meinen Bruder?“, fragte er amüsiert. „Einfühlsam, nicht wahr?“

„Er ist charmant.“

„Ein charmanter Schwerenöter.“

Sie drehte sich überraschend um, wollte ihn aus der Fassung bringen. Er wich nicht zurück, und sie stand dicht vor ihm, berührte ihn beinahe. Seine verbotene Nähe und das geheimnisvolle Lächeln, das seine Mundwinkel umspielte, zogen sie unwiderstehlich in ihren Bann.

„Ihr seid beide Schwerenöter, würde ich meinen“, murmelte sie.

„Ich?“ Er legte die Hand ans Herz. „Ein Gentleman vom Scheitel bis zur Sohle?“

„Nun gut, dann eben ein Gentleman und Schwerenöter. Du bist etwas feinfühliger und deshalb auch gefährlicher für das weibliche Herz.“

Er lachte. „Dein Urteil ist ungerecht.“

„Ich erlaube mir kein Urteil über dich.“

„Vielleicht solltest du das“, entgegnete er mit hochgezogener Braue.

Julia ahnte, dass er auf etwas hinauswollte. Ihre Neugier war angestachelt.

„Was meinst du damit?“

„Mir ist es lieber, falsch beurteilt als ignoriert zu werden.“

Nun lachte sie. „Als könne man einen Boscastle ignorieren.“

Er nahm sie sanft beim Ellbogen. „Setzen wir uns. Jane spielt im Salon Klavier wie jeden Abend, in der Hoffnung, dadurch ein ausgeglichenes und zufriedenes Kind zur Welt zu bringen. Hör zu.“

„Denkst du, Musik kann das bewirken?“, fragte Julia und ließ sich durch den lang gestreckten Raum führen, der Versuchung entgegen.

Die Klänge des Pianos drangen gedämpft zu ihnen herauf, eine süße, schwere Melodie. Sie blieb stehen.

Heath strich mit dem Zeigefinger die Konturen ihres Wangenbeins entlang. Sie hielt gebannt den Atem an, während er die Liebkosung fortsetzte bis zur Wölbung ihres Busens. Ihre Brustspitzen begannen sich prickelnd aufzurichten. Hitze strömte in verbotene Regionen ihres Körpers.

„Ich glaube, du hast mich vorhin etwas gefragt", sagte er leise und näherte seinen Mund dem ihren. „Ich kann mich nicht erinnern, was es war."

„Es war ..." Sie zauderte, als seine Lippen ihren Mund streiften. Seine Zunge neckte spielerisch ihren Mundwinkel. Seine Verführungskünste hätten wahrscheinlich auch eine Marmorstatue zum Leben erweckt.

„Es war ...?", fragte er leise belustigt.

„Ich weiß es nicht mehr." Gott steh mir bei, ging es ihr durch den Kopf, sie konnte nicht klar denken.

„Vielleicht schwirren dir andere Gedanken im Kopf herum."

Wenn er nicht bald aufhörte, sie zu necken, und sie nicht endlich küsste, würde sie vergehen. Eine innere Stimme warnte sie, dass sich etwas zwischen ihnen verändert hatte. Das ohnehin gefährdete Gleichgewicht wankte und drohte umzukippen. Aber zu wessen Gunsten? Das hing wohl davon ab, was sie sich von ihrer Beziehung mit Heath erhoffte.

Sie lehnte sich an ihn, wie magnetisch von seiner männlichen Kraft angezogen. Die Kerzen in den vergoldeten Wandhaltern tauchten die Galerie in einen milden rosigen Schein, und Janes melancholisches Klavierspiel im Hintergrund schwächte Julias Abwehr vollends.

„Es gibt noch etwas, das wir beide offenbar vergessen haben", sagte sie nach einer langen Pause.

Sein Mund strich erneut zart über ihre Lippen. „Was könnte das sein?"

„Ich bin mit Russell verlobt."

„Aha." Er begegnete ihrem Blick, seine Augen waren vor Verlangen dunkel geworden. „Das dürfte kein Problem sein."

Ihr Herzschlag geriet ins Stolpern. „Wieso nicht?"

„Er ist nicht hier, oder?"

„Er bleibt aber nicht für immer fort."

„Ich kümmere mich um ihn."

„Du ... kümmerst dich um ihn?", stammelte sie. Wieder eine

Seite, die sie an Heath nicht kannte. Er zwang sie sanft, aber unbeirrbar, bis zur Chaiselongue weiterzugehen. „Um ihn kümmern?“, wiederholte sie. „Damit willst du hoffentlich nicht sagen, dass du dich mit ihm duellieren wirst oder etwas ähnlich Unzivilisiertes vorhast?“

Der Schatten eines triumphierenden Lächelns flog über Heaths Gesicht. „Wenn es dazu kommen sollte, warum nicht? Du bist eine Frau, für die es sich zu kämpfen lohnt, findest du nicht?“

Ihre Schenkel stießen gegen die gepolsterte Armlehne des Sofas. Ihre Knie wurden weich, ein flaues Gefühl breitete sich in ihrer Magengegend aus. „So etwas passt einfach nicht zu dir, Heath.“

„Du irrst.“ Er legte seine Hand auf ihre Hüfte. Ein wohliger Schauer der Sehnsucht rieselte ihr über den Rücken. „Du kennst mich nur noch nicht.“

Sein Griff festigte sich, und sein Blick verweilte so lange auf ihrem Mund, bis ihre Lippen sich einladend teilten. Bevor sie Atem holen konnte, küsste er sie. Er küsste sie, als wären sie allein auf der Welt, als gäbe es nur diesen einen Augenblick. Ihr schwanden beinahe die Sinne, sie verlor den Halt, sank geschwächt nach hinten in seine Armbeuge und ließ sich wehrlos von ihm in die weichen Polster drücken. Eine Welle der Erregung durchströmte sie.

Er stöhnte in ihren Mund. „Oh, Julia.“ Seine Zärtlichkeiten hatten alles Spielerische, Neckende verloren. Er küsste sie wie ein Besessener, sein Hunger schien unstillbar zu sein. Als sie den Kopf in den Nacken legte und ihm tief in die Augen sah, las sie darin die süße Verheißung auf bevorstehende Genüsse.

Seine tiefe Stimme jagte ihr neue Wonneschauer über den Rücken. „Da wären wir nun.“

„Endlich“, wisperte sie atemlos. Plötzlich erschien es ihr ganz natürlich, mit ihm zusammen zu sein. Es fühlte sich richtig an wie nie zuvor mit ihrem Ehemann oder gar mit Russell.

Heaths Lächeln vertiefte sich. Sein Blick verschlang sie. „Diesmal lasse ich dich nicht mehr entwischen.“

„Das hoffe ich“, hauchte sie.

Sein Knie drückte sie tiefer in die Polster. Seide raschelte, als sie nach hinten sank, bereit und willig, ihm zu geben, was er forderte. Sie hatte alle Hemmungen verloren, fieberte nach seiner Berührung.

„Verstehen wir einander richtig?", fragte er mit tiefer Stimme. „Ich lasse dich nicht wieder gehen, egal, was Russell sagt oder tut."

„Ich habe dich richtig verstanden. Aber ich bin mir nicht sicher, ob er es akzeptieren wird."

„Das spielt keine Rolle. Vertraue mir, ich werde mich um ihn kümmern."

„Ist es uns bestimmt, vergangene Fehler zu wiederholen?"

„Ich habe die Absicht, unsere Fehler wiedergutzumachen."

„Das klingt verlockend", flüsterte sie.

„Nicht wahr?"

Julia glaubte zu träumen. Nie hatte sie ernsthaft zu hoffen gewagt, doch noch mit Heath zusammen sein zu können. Eine schwindelerregende Leichtigkeit breitete sich in ihr aus. Er beugte sich über sie, hauchte zarte Küsse an ihren Hals, ihre Schulter, ließ seine Lippen tiefer zu ihrem Busen wandern. Als die Wärme seines Atems durch die dünne Seide ihres Kleides drang, überliefen sie heiße Schauer. Seine Zunge umkreiste ihre Brustspitzen, und mit der freien Hand strich er sanft und zärtlich ihren Körper entlang, modellierte wie ein Bildhauer jede Linie, jede Rundung, jede Mulde.

Und sie ließ es geschehen, machte kein Geheimnis daraus, wie sehr sie seine Liebkosungen genoss. Er erforschte sie, entflammte sie mit dem Geschick eines erfahrenen Liebhabers. Dabei hatte er sie noch nicht einmal entkleidet. Die Vorstellung, wie sehr er sie erst ohne Kleidung erregen würde, welche Wonnen sie einander bereiten würden, berauschte sie.

„Endlich bist du ganz bei mir, Julia", raunte er. „Wenn Russell nicht riskieren wollte, dich zu verlieren, hätte er mich nicht an seine Stelle setzen dürfen."

Entflamme sie. Mach sie süchtig nach dir.

Heath verdrängte die Stimme seines Bruders, die in seinem Kopf widerhallte. Graysons Rat schien indes den falschen Weg eingeschlagen zu haben, denn es war Heath, der in Flammen stand, die ihn zu versengen drohten. Aber er war ein geduldiger Mann, der letztlich immer das erreichte, was er sich vornahm.

Und die Frau, nach der er sich verzehrte, lag verführerisch unter ihm, mit vor Verlangen halb verschleierten Augen. Lächelnd schob er ihr Mieder nach unten. Sie fröstelte, als ein kühler Hauch ihre Nacktheit streifte, und bot einen bezaubernd lustvollen Anblick mit ihren hell schimmernden Brüsten, die aus dem Mieder herausdrängten, und den rosigen Brustspitzen, die sich ihm begehrlich entgegenreckten. Er spürte, wie ihm seine Hose unangenehm eng wurde.

„Heath“, hauchte sie atemlos. „Es ist ein wenig kühl hier drin.“

Er neigte sich über sie und saugte eine steife Knospe tief in seinen Mund. Das Blut rauschte erhitzt in seinen Adern. „Ist es jetzt besser?“

Sanft zog er die harte Perle zwischen die Zähne, bis sie stöhnend die Augen schloss und das Gesicht an seiner Schulter barg.

Er ließ langsam die Hand unter ihren seidenen Rock gleiten und streichelte mit unvergleichlichem Genuss die weichen Innenseiten ihrer Schenkel. „Frierst du noch?“, raunte er. „Vielleicht kann ich dem Problem Abhilfe schaffen.“

„Das Problem bist *du*, Teufel“, hauchte sie. „Ich zittere deinetwegen.“

„Hier fühlst du dich wunderbar warm an, Liebste.“

„Du hast uns alle hinters Licht geführt“, flüsterte sie. „Du *bist* sündig, ein durch und durch verdorbener Mensch.“

Mit einem kehligen Lachen teilte er ihre Schenkel und ließ die Finger in ihren Schoß gleiten. „Wäre es weniger sündig, wenn ich dich höflich darum bäte?“

„Keineswegs.“

„Bitte, Julia, bitte … darf ich das tun, wonach ich mich seit Jahren sehne?“

„Wenn du mich so fragst, klingt es noch verruchter, das weißt du sehr wohl.“

„Kennst du den Leitspruch der Boscastles?“ Er verlagerte das Gewicht und spreizte ihr mit dem Knie die Schenkel noch weiter, zwang sie in eine schamlose Pose. Ihr Kleid war bis zu den Hüften hochgeschoben.

„Nein, und vielleicht will ich ihn gar nicht hören.“ Das Blut rauschte ihr in den Ohren.

„,Es gibt Zeiten der Vernunft und Zeiten der Verruchtheit.‘“ Sein glatt rasiertes Kinn rieb sanft über ihre rosigen Brüste. „Meine Familie hält sich allerdings vorwiegend an Letzteres.“

„Und alle Welt glaubt, du seist anders als deine Brüder.“

„Und wie steht es mit dir?“, fragte er neckend.

„Ich denke *gar* nicht. Das ist das Problem.“ Ein Schauer durchflog sie. Stöhnend hob sie ihm die Hüften entgegen. „Was tust du nur mit mir?“

Er begann, ihre Weiblichkeit zu streicheln, umkreiste sie, fasste sie behutsam an wie Seide, ganz zart, und flüsterte dabei einschmeichelnd an ihren Brüsten: „Ich tue alles mit dir, was du mir gestattest. Alles.“ Es war ihm unbegreiflich, dass Russell ihr leidenschaftliches Naturell nicht ausgekostet hatte. Und die Frage schoss ihm durch den Sinn, ob nur er ihre Leidenschaft so sehr entflammen konnte. Diese Vorstellung verschaffte ihm eine gewisse Genugtuung, obgleich sein Körper förmlich nach Erlösung schrie. *Er* wollte der Einzige sein, der sie bis zur Verzückung entfesseln konnte, genauso wie sie ihn um den Verstand brachte. Immerhin verschaffte ihm seine Erfahrung einen leichten Vorteil. Es sei denn … wie erfahren war sie eigentlich?

Er drückte sie tiefer in die Daunenkissen, dürstete nach ihr, brauchte sie wie die Luft zum Atmen, und gleichzeitig bereitete es ihm ein unbeschreibliches Entzücken, ihr die Beherrschung zu rauben. Sie mochte eine starke Frau sein, aber auf diesem Gebiet war er ihr überlegen. Er hielt sie unter seinem starken Körper gefangen, erstickte ihre wilden kleinen Schreie mit seinem Mund, liebkoste ihre empfindsamste Stelle, jede Sehne angespannt, um die Beherrschung nicht zu verlieren.

In kleinen Schritten wollte er sie verführen, langsam und bedächtig, selbst wenn er darüber halb wahnsinnig wurde. Er befand sich gefährlich nah an einem Abgrund. Hatte er jemals zuvor ein ähnlich berauschendes Verlangen verspürt?

„Heath“, keuchte sie und krallte die Finger in seinen Arm. „Wir sind im Haus deines Bruders. Sollten wir nicht aufhören?“

„Noch nicht."

Und dann erfasste sie ein machtvoller Sog und trug sie in schwindelerregenden Spiralen in himmlische Gefilde. In seinen gespannten Gesichtszügen las sie dabei sein wildes Verlangen, die unverhohlene Lust in seinen Augen, als sie endlich – endlich! – Erlösung fand. Sie bog sich ihm entgegen, grub die Finger hilflos in das Revers seines Fracks, bis ihre Knöchel weiß schimmerten, klammerte sich wie eine Ertrinkende an ihn, berauscht von Leidenschaft.

Langsam kehrte sie in die Gegenwart zurück, und mit diesem Erwachen wurde sie von Bedauern durchspült, dass sie so viel Zeit verloren hatten ... eine tiefe Sehnsucht, das Wiederaufleben verdrängter Empfindungen. Sie wagte nicht, ihn anzusehen, wusste, dass sein eigenes Verlangen ungestillt geblieben war. Langsam kehrte ihre Vernunft wieder und damit ihr Schamgefühl. Aber ihr Verlangen nach ihm war nur noch stärker geworden, sie sehnte sich danach, ihm ähnliche Wonnen zu bereiten, wollte wissen, was ihn in Glückstaumel versetzte. Sie hätte beinahe geweint, so schmerzhaft traf sie der Stich der Verlassenheit, als er sich von ihr löste, so sehr vermisste sie die Wärme seiner Nähe. Es war nicht genug gewesen. Gewiss nicht für ihn. Und auch nicht für sie.

Er hatte jedes Bedenken in ihr ausgelöscht. Sie begegnete seinem dunklen Blick, und ein verbotenes Glücksgefühl durchströmte sie. In seinen glutvollen Augen las sie, dass dies nicht das Ende war, sondern nur noch größere Freuden verhieß.

„Und was geschieht jetzt?", fragte sie – eigentlich nicht an ihn gerichtet; sie sprach nur einen Gedanken laut aus.

„Es ist alles gut, Julia." Sie spürte, wie er seine Finger mit den ihren verschränkte. „Ich werde mit allem fertig, was sich uns in den Weg stellt."

„Ich fürchte, das wird schwieriger, als du mich glauben lassen willst." Russell würde eine Auflösung der Verlobung nicht hinnehmen, auch wenn er sie betrogen hatte. Aber sie konnte ihn nicht heiraten. Sie wollte Heath. Würde er ihr eine gemeinsame Zukunft anbieten? Oder nur eine vorübergehende Affäre? Wollte er sie als Ehefrau oder als Geliebte? Sie wollte ihm beides sein. Sie hätte ihm von Anfang an gehören müssen.

Diesem sündigen, wunderbaren Mann voller Geheimnisse und erotischer Macht. Die dunkle Glut in seinen Augen ließ ihr Herz wieder schneller schlagen.

Und dennoch wirkte er beherrscht, hinreißend attraktiv in seiner lässigen Eleganz, während sie gerade in tausend Splitter zerborsten war.

„Die Musik hat aufgehört", entfuhr es ihr mit einem kleinen Schrei. „Vielleicht haben Jane und Grayson sich auf die Suche nach uns gemacht?"

Heath lächelte milde. Seine Gelassenheit gab ihr ein tröstliches Gefühl von Frieden und Reinheit. Nach allem, was gerade zwischen ihnen geschehen war, hatte sie nicht das Gefühl, sich für ihre Zügellosigkeit schämen zu müssen. Hätte sie mit Russell je diese Harmonie empfunden? Und hätte er ihr je gestanden, dass er ein Kind mit einer anderen Frau hatte?

„Mach dir um die beiden keine Sorgen", sagte Heath. „Dieses Haus ist zwar erschreckend groß, aber ich denke nicht, dass sie glauben, wir hätten uns verirrt."

„Aber wenn sie nach uns sehen wollen?"

„Das tun sie nicht", entgegnete er seelenruhig.

„Ich wage nicht, Jane und Grayson in die Augen zu schauen."

„Denkst du etwa, die beiden haben keine Erfahrung in der Kunst der Verführung?" Er zog sie auf die Füße. „Ich bin dein Beschützer, Julia. Ich hätte dich niemals berührt, wenn ich nicht bereit wäre, dir zur Seite zu stehen."

Was immer das bedeuten mag, dachte Julia bang, als sie ihm wie eine Schlafwandlerin zur Treppe folgte. Sie fürchtete sich davor, diesen Gedanken weiterzuverfolgen. Aber Heath war kein Mann, der falsche Versprechungen machte oder leere Drohungen aussprach. Er war genauso zuverlässig wie die ganze Boscastle-Familie, die ihm Rückhalt gab. Und damit nun auch ihr. Grayson und Jane hatten sie heute Abend mit großer Herzlichkeit empfangen, und auch Drake war ihr mit Wohlwollen begegnet.

Sie warf einen letzten Blick zurück in die Galerie. Im goldenen

Schein der Kerzen wirkten die Augen der jungfräulichen Vestalin größer als vorhin. Julia lächelte verschämt. Hätte sie noch länger mit Heath auf dieser Chaiselongue gelegen, die Jungfrau aus Marmor hätte wohl guten Grund gehabt, ihr Füllhorn fallen zu lassen.

18. KAPITEL

Ein paar Stunden später saß Julia an ihrem Schreibtisch und versuchte, das Klopfen an ihrer Tür zu überhören. Sie arbeitete wieder an ihrer geheimen Zeichnung. Jedenfalls saß sie sinnend davor und hatte keine Lust, dass Hermia sie dabei ertappte, wie sie einen männlichen Akt bewunderte.

Nicht irgendeinen Männerakt, wobei Julia daran zweifelte, ob sie ihm mit ihrem amateurhaften Talent gerecht geworden war. Sie hatte Heaths breite vernarbte Brust gesehen und seinen muskulösen Rücken, hatte seine sehnigen Wölbungen mit den Händen berührt. Seine anderen, zweifellos ausgeprägt männlichen Körperteile waren ihr immer noch ein köstliches Geheimnis.

Ein Geheimnis, dem sie auf die Spur kommen wollte. Nach diesem Abend war Julias Neugier unwiderruflich geweckt. Noch immer spürte sie das Gewicht seines Körpers auf sich. Ihre Lippen waren geschwollen von seinen Küssen, ihre Brüste prickelten von seinen Liebkosungen und Liebesbissen.

Sie hatte ein neues Blatt zur Hand genommen und begonnen, ihren Apoll noch einmal zu zeichnen in all seiner Pracht und Herrlichkeit, und dabei seine stattlichen Attribute bis zur Karikatur übertrieben. Eine schamlos freizügige, ja anstößige Zeichnung, die niemals ein Fremder sehen durfte. Eines Tages, wenn alles sich zum Guten gewendet hatte, würde sie Heath das unzüchtige Blatt vielleicht zeigen …

Hastig warf sie ihre Stola über die Zeichnung und erhob sich, als die Tür aufflog. Hermia, im fliederfarbenen Hausgewand und mit bekümmerter Miene, betrachtete sie besorgt.

„Ich wollte nur nachsehen, ob alles in Ordnung ist. Ich habe gar nicht gehört, wie du nach Hause gekommen bist. Wie war das Dinner bei Sedgecroft? War es angenehm?“

Ein wenig *zu* angenehm, dachte Julia bei sich, sagte aber: „Wunderbar. Ausgezeichnet. Das Essen war köstlich. Die Marchioness ist eine schöne Frau und ausgesprochen liebenswürdig.“

„Ausgesprochen liebenswürdig“, murmelte Hermia nachdenklich. „Dann ist ja alles in bester Ordnung.“

„Ja, in bester Ordnung."

Hermia machte einen zögernden Schritt ins Zimmer. Julia griff hinter sich und nestelte an der Stola, um die Zeichnung zu verbergen. Hermia wäre entsetzt bei ihrem Anblick. „Hast du einen netten Abend mit Odham verbracht?"

„Der alte Schuft. Ich spreche nie wieder mit ihm. Ständig versuchte er mich zu küssen – vor der Dienerschaft. Stelle dir nur vor! Übrigens lässt Madame Tournier fragen, ob du Ende der Woche Zeit hast."

Julia studierte das Teppichmuster und dachte dabei an Heaths Mund, an seine Küsse, an die winzige Narbe an seiner Oberlippe, an das Gewicht seiner Männlichkeit an ihren Schenkeln. Sie wusste, wovon sie heute Nacht träumen würde.

„Hast du Zeit?", fragte Hermia leicht gereizt.

„Zeit wofür?"

„Für die Schneiderin. Die Anprobe für dein Hochzeitskleid, Julia. Oder hast du vergessen, dass du Russell nach seiner Rückkehr heiratest?"

Julia hob schuldbewusst den Kopf. Noch hatte sie sich nicht überlegt, wie sie die Verlobung mit Russell lösen sollte. Heaths heiße Küsse hatten sie an nichts anderes denken lassen. Sie hatte eine gefährliche Grenze überschritten und sollte ein schlechtes Gewissen haben, was aber nicht der Fall war. „Das habe ich natürlich nicht vergessen, aber ich bin …"

Hermia seufzte tief. „Du zweifelst an deiner Entscheidung? Das habe ich beinahe vermutet. Du warst in Trauer um deinen Ehemann und deinen Vater, als Russell dir den Antrag machte."

Julia lehnte sich mit dem Rücken gegen den Tisch, als die Stola zu rutschen begann. „Ich weiß nicht genau, was du meinst. Wollen wir von etwas anderem reden? Vermutlich lag Odham dir wieder einmal mit seinem Antrag in den Ohren, hab ich recht?"

„Das ist nicht von Belang", entgegnete Hermia unwirsch.

Die Zeichnung flatterte vom Tisch.

Hermia bückte sich danach, hielt aber bei Julias Aufschrei erschrocken inne. „Nein. Lass nur! Bemüh dich nicht. Du verrenkst dir nur den Rücken."

„Ich habe keine Probleme mit meinem Rücken."

„Aber du könntest ihn dir verrenken, wenn du dich bückst." Julia hob eilig das Blatt auf, aber Hermia hatte bereits genug gesehen.

Es war alles vorhanden, in Abstufungen von Schwarz, Grau und Weiß. Jedes Detail von Heaths Körper in seiner ganzen Pracht. Zumindest die Einzelheiten, an die Julia sich erinnerte, und auch die, die sie sich in ihrer Fantasie ausmalte. Und alles übertrieben vergrößert und zur Karikatur verzerrt. Sündig und unzüchtig. Ein Anblick, der jeder Frau die Schamesröte ins Gesicht trieb.

Einen Moment lang fürchtete sie, Hermia sinke in Ohnmacht. Julia hatte ihr in Andeutungen gestanden, dass sie sich in Heath verliebt hatte. Das war allerdings keine Entschuldigung dafür, dass sie unzüchtige Bilder von ihm zeichnete. Im Gesicht der älteren Dame spiegelten sich vielerlei Gefühle, wovon sie gottlob keines in Worte zu fassen vermochte. Schließlich räusperte sie sich vernehmlich.

„Ich rate dir, die Zeichnung sorgfältig zu verstecken, Julia", sagte sie mit schmalen Lippen. „Sie wird ein Vermögen bei unserer Versteigerung erzielen."

Heath stand lange im Regen vor Julias Haus, nachdem er sich von ihr verabschiedet hatte. Widerstrebend versuchte er sich aus dem sinnlichen Bann der letzten Stunden zu lösen.

Am Fuß der Treppe hatte er sich tausend Gründe einfallen lassen, um ihr nach oben zu folgen. Waren ihre Fenster geschlossen und verriegelt? War das Schloss an ihrer Tür sicher? Er jedenfalls war mühelos in ihr Zimmer gelangt, hatte er zu bedenken gegeben. Sollte er nicht in ihrem Ankleidezimmer nachsehen, ob sich ein Einbrecher darin versteckte?

„Ich glaube, das ist nicht nötig", hatte sie entgegnet, und ihre klaren grauen Augen hatten belustigt gefunkelt. Er war sich vorgekommen wie ein Vater, der um sein Kind besorgt war, wobei an seinem mühsam gezähmten Verlangen nichts Väterliches war. Sein Hunger nach ihr glich einem gefangenen Raubtier, das brüllend forderte, freigelassen zu werden.

Mach sie süchtig nach dir.

Dabei war er süchtig nach ihr. Er stand in Flammen und verzehrte sich nach ihr.

Zurückhaltung war seine Stärke. War es nicht so? Oder hatte er bisher die wahre Bedeutung von Verlangen und Leidenschaft gar nicht begriffen?

Erbittert richtete er den Blick auf die kleine Kutsche, die in der nächtlichen Straße auf ihn wartete. Er wollte sich zu Hause umziehen und ein paar Bücher holen, um sich in der bevorstehenden schlaflosen Nacht abzulenken. Während seiner kurzen Abwesenheit würde Julia gewiss nichts zustoßen.

Und er würde bestimmt nicht lange genug von ihr getrennt sein, um zu ernüchtern. Immer wieder kehrten seine Gedanken zu ihren leidenschaftlichen Liebkosungen zurück. Er quälte sich mit der Erinnerung an ihre Hingabe. Sie war wie flüssiges Feuer unter seinen Händen gewesen, glühender als jede andere Frau in seinem Leben. Sie war die Frau, über die er alles wissen wollte, die er genau kennenlernen wollte, alles an ihr, jeden Gedanken, jede Gemütsbewegung.

Mit hochgezogenen Schultern eilte er auf die Straße. Was würde er tun, falls Russell nach London zurückkehrte, ehe er Julia ganz für sich gewonnen hatte? Diesen wichtigen Punkt hatte er in seinem Gespräch mit Grayson völlig vernachlässigt.

Grayson hätte gewiss keine Bedenken, jedes Mittel einzusetzen, um sein Ziel zu erreichen. Und Heath hatte den Verdacht, dass auch die dunkle Seite seines Wesens zum Vorschein kam, wenn es um Julia ging. Sie gehörte ihm. Russell hatte sie betrogen. Sein Pech, aber mit Herzensangelegenheiten spielte man nicht. Nach dem heutigen Abend war auch der letzte Zweifel ausgeräumt, dass Heath um sie kämpfen und siegen würde.

An der Kutsche angekommen, sah er, wie der Vorhang am Fenster sich leicht bewegte. Sein Blick flog zum Kutscher, der, den Hut gegen den Regen tief ins Gesicht gezogen, ihm zunickte und zu verstehen gab, dass keine Gefahr drohte.

Heath stieg in den Wagen.

„Guten Abend, Boscastle“, grüßte eine raue Stimme. „Herrliches Wetter für einen Wasservogel, wie?“

Heath entspannte sich. Er hatte Colonel Hartwell seit einer Ewigkeit nicht gesehen, seit damals nicht, als er sich in den Anfängen seiner Geheimdiensttätigkeit den Kopf zermartert hatte, um feindliche Geheimcodes zu entziffern. Hartwell war ein häufiger Gast in Wellingtons Hauptquartier gewesen. Es ging das Gerücht, dass er immer noch Verbindungen zum Kriegsministerium unterhielt, in welcher Funktion, wusste Heath allerdings nicht.

Hartwell war älter geworden, sein Haar ergraut, aber seine braunen Augen blitzten scharf und wachsam wie eh und je. „Sie sehen wesentlich besser aus als bei unserer letzten Begegnung", sagte er nach einer Weile.

Er bezog sich mit seiner Feststellung auf den halb toten, geschundenen Zustand, in dem Heath gefunden worden war, nachdem Russell und seine Männer Auclairs Hauptquartier gestürmt hatten.

Heath setzte sich Hartwell gegenüber. „Ich fühle mich auch besser, vielen Dank. Wohin fahren wir?"

„Nur bis zu Ihrem Haus. Ich will mich ein wenig mit Ihnen unterhalten und Neuigkeiten austauschen."

Heath wurde von einer unheilvollen Ahnung beschlichen. Eine harmlose Unterhaltung könnte ebenso gut im Club bei einem Glas Brandy stattfinden. Er rieb sich das Kinn. „Ist Russell tot?"

„Nein. Aber der Idiot befindet sich auf dem Weg in die Bretagne und verfolgt eine falsche Spur."

Heath richtete den Blick aus dem Fenster, wo Julias Haus hinter einem Regenschleier verschwand. War sie schon zu Bett gegangen? Hatte sie ihre Tür verriegelt und einen Stuhl unter die Türklinke geschoben, wie er es ihr geraten hatte? Dachte sie an die Zärtlichkeiten mit ihm?

„Auclair ist nicht in Frankreich", fuhr Hartwell fort. „Er war nie dort."

Heaths Kopf fuhr herum. Panik stieg in ihm hoch. Er hatte Julia allein gelassen. „Er ist hier. Auclair ist *hier*?"

„Ja."

„Es war eine List, von Anfang an." Julias Ahnung war beängstigend richtig gewesen. In seinem Eifer, wieder einmal den Helden zu spielen, hatte Russell seinem Feind direkt in die Hände gespielt. Heath bezähmte nur mühsam seinen Drang, die Kutsche anhalten zu lassen und zurück zu Julias Haus zu laufen. Er biss die Zähne aufeinander, sein Herz schlug wie ein Hammer.

„Was hat er vor?“

„Wir wissen es nicht ganz genau.“ Hartwell musterte sein Gegenüber besorgt. „Wir wissen, dass Fouché Kontakt mit Napoleon auf Elba aufgenommen hat. Aber es scheint keine Verbindung zu Auclair zu geben. Neuerdings handelt er wohl auf eigene Faust.“

„Aber Auclair ... in London. Ich habe gehört, er verdiene sich seinen Lebensunterhalt als professioneller Duellant.“

„Offenbar bereitet es ihm Vergnügen, Menschen zu töten. Wir haben ein paar Männer auf ihn angesetzt.“

Heath nickte. „Werden meine Dienste gebraucht?“

„Im Augenblick tun Sie uns den größten Gefallen, wenn Sie am Leben bleiben. Napoleons Stab hatte genügend Zeit, einen neuen Geheimcode auszuarbeiten, und wir brauchen möglicherweise Ihre Kenntnisse in der Dechiffrierung, falls es in Zukunft zu Konflikten kommen sollte.“

„Aber was geschieht mit Auclair?“

„Ich kann Ihnen nur raten, alles zu Ihrem persönlichen Schutz zu tun, falls Sie ihm begegnen, bevor wir ihn geschnappt haben. Seien Sie um Gottes willen vorsichtig!“

Der Wagen hielt vor Heaths Haus. „Kommen Sie noch herein?“

„Nein. Meine Frau sorgt sich, wenn ich spät nachts noch unterwegs bin. Wenn Sie nichts dagegen haben, kann Ihr Kutscher mich an meinem Haus absetzen.“

Heath gab Hamm Anweisungen, frische Wäsche bereitzulegen, und begab sich direkt in sein Arbeitszimmer, um ein paar Bücher zu holen. Beim Betreten des dunklen Zimmers sträubten sich seine Nackenhaare.

Er stand lange vor dem kalten Kamin und horchte auf das Ticken der Standuhr. Das Bild an der Wand, eine mittelalterliche Jagdszene, hing eine Winzigkeit schief. Seine Fachbücher über

Ägyptologie standen nicht in der richtigen Reihenfolge im Bücherschrank. Man könnte es Pedanterie nennen, aber Heath stachen selbst winzige Veränderungen in seiner Umgebung ins Auge. Er wusste, dass ein Fremder in seinem Arbeitszimmer gewesen war. Die Veränderungen rührten gewiss nicht von den Dienstboten, die genau wussten, dass sie ohne seine Einwilligung nichts verändern durften.

Ein Fremder, ein Einbrecher, hatte sich hier zu schaffen gemacht. Möglicherweise hätte Heath ohne Hartwells Warnung die winzigen Veränderungen gar nicht bemerkt.

Er drehte den Kopf und musterte die Umrisse der Möbel scharf, den Schreibtisch, die Lehnstühle. Wer immer hier gewesen sein mochte, er war verschwunden. Was hatte er gesucht?

Heath holte einen kleinen Messingschlüssel aus dem Futter seines Stiefelschafts und sperrte die mittlere Schreibtischlade auf. Seine Unterlagen waren unberührt, nichts fehlte. Wobei keine schriftlichen Unterlagen über seine geheimen Regierungsaufträge existierten – er hatte auch nie Namen früherer Operationen oder internationale Kontaktadressen notiert, mit denen er noch heute Verbindungen unterhielt.

All diese Informationen sowie seine Kenntnisse über das Entschlüsseln von Geheimcodes waren in seinem Gedächtnis eingebrannt.

Und dann bemerkte er ein seltsames Glitzern auf dem Teppich. Er trat näher und entdeckte das Saphirarmband, das Julia verloren hatte.

Er bückte sich danach. Die goldgefassten Saphire lagen auf einem schwarzen Kissen, nein auf der Innenseite eines abgetragenen schwarzen Handschuhs. Das Gegenstück zu dem Handschuh, den er im Schuppen gefunden hatte, um genau zu sein. Heath schloss die Finger um die kühlen Edelsteine und kämpfte gegen eine glühende Wut an, eine unheilvolle Ahnung bereitete ihm Übelkeit. Kannte er den Eindringling?

Armand Auclair hatte seine Opfer stets mit einer schwarzen Maske vor dem Gesicht gefoltert, und er hatte dabei die Handschuhe seines Vaters getragen, des Henkers, der ungezählte französische Aristokraten unter der Guillotine enthauptet hatte. War es möglich, dass Auclair diesen Handschuh und den in Julias Schuppen als Visitenkarten hinterlassen hatte? Bedeutete das Armband, dass sie in unmittelbarer Gefahr schwebte? Aber warum? Warum trieb Auclair dieses böse Spiel?

Hartwell hatte recht. Russell war auf eine falsche Spur gelockt worden, um Auclair freie Bahn zu geben.

Ein riesiger Schatten füllte den Türrahmen. Heath stieß den angehaltenen Atem zischend durch die Zähne aus. „Ihre frische Wäsche liegt bereit, Mylord“, sagte Hamm.

„Eine Änderung des Plans, Hamm.“

„Wollen Sie nicht in Lady Whitbys Haus zurück?“, fragte er verdutzt.

„Oh doch, das will ich.“ Heath richtete sich auf, die Faust um das Armband geschlossen. „Wir beide fahren zurück. Ich habe Arbeit für Sie.“

Hamms grobschlächtiges Gesicht hellte sich auf, seine mächtigen Schultern wurden noch breiter. „Richtige Arbeit, Mylord? Etwas, wo ich nicht nur hinten auf dem Trittbrett der Kutsche stehen muss wie ein abgerichteter Affe?“

Heath lächelte dünn, aber in ihm waren nur eine dunkle dumpfe Leere und der Drang, an Julias Seite zu eilen, um sie vor einem Mann zu beschützen, dem das Töten zur Kunstform geworden war. Niemand würde Julia ein Haar krümmen, solange noch ein Atemzug in ihm war.

„Kommen Sie, Hamm, ich erkläre Ihnen alles unterwegs. Ihre Sachen können Sie später holen und das Personal davon unterrichten, was geschehen ist.“

19. KAPITEL

In Julias Zimmer brannte kein Licht. Heath schob den verschlafenen Diener beiseite, der ihn, mittlerweile an das seltsame Benehmen von Lady Whitbys Freund gewöhnt, ins Haus gelassen hatte. Heath lieferte mit seinen nächtlichen Besuchen der vornehmen Gesellschaft genügend Stoff, um einen größeren Skandal auszulösen. Sollten die Lästermäuler getrost tratschen. Er hatte Wichtigeres zu tun. Er musste Julia finden. Sie war nicht in ihrem Schlafzimmer.

Im Salon war sie auch nicht.

Eine Eingebung führte ihn in die Küche im hinteren Teil des Hauses, wo im Herd noch die Glut schwelte. Julia stand an der Tür zum Garten und ließ die Katze hinaus. Zunächst war er so erleichtert, sie zu sehen, dass er kein Wort herausbrachte. Er starrte sie lediglich an. Ihr offenes Haar leuchtete flammend rot im Widerschein der Glut.

Sie drehte sich jäh um, ihre Hand flog an ihre Kehle. „Du meine Güte, Heath! Du hast mich erschreckt. Was ist los?"

Er wollte sie nicht jetzt mit der Wahrheit beunruhigen, das hatte Zeit bis morgen. Aber er musste ihr begreiflich machen, dass sie vorsichtig sein musste. Im Moment war er nur erleichtert, dass ihr nichts zugestoßen war, er sie in die Arme nehmen und in ihrer Nähe sein konnte.

Sie senkte den Blick auf die funkelnden Edelsteine in seiner ausgestreckten Hand. „Wie schön, du hast mein Armband gefunden. Wo habe ich es verloren?"

„Auf dem Teppich." Mehr sagte er nicht. Auch das würde er ihr morgen erklären.

„Bist du nur gekommen, um es mir zu bringen?"

Sie sah bezaubernd aus im fahlen Licht des Mondes, der hoch am Himmel stand, nachdem die Regenwolken sich verzogen hatten. Sie lächelte warm, ihrem Haar entströmte ein Hauch von Lavendelduft. Ihr Hausmantel war vorne offen, ihre Brustknospen zeichneten sich rosig unter dem cremefarbenen Spitzennachthemd ab. Heaths Mund war ausgetrocknet. Sein ungestilltes Verlangen beherrschte noch immer seine Sinne.

„Hat der Anblick der Katze dir die Sprache verschlagen, Heath?“, scherzte sie. „Du bist so einsilbig.“

Als er sie in die Arme zog, leistete sie keinen Widerstand und schmiegte sich an ihn. Er stieß die Tür mit dem Fuß zu und verriegelte sie. „Steh nicht mitten in der Nacht in der offenen Tür.“

„Was ist denn los?“

„Am liebsten würde ich dich einsperren, damit ich dich in Sicherheit weiß.“

Sie wich ein wenig zurück und sah zu ihm auf. „Ein sündhafter Wunsch, unpraktisch, aber nicht ohne Reiz.“

„Nein?“ Er spürte ein Ziehen in den Lenden.

„Nein.“

Er lehnte sie mit dem Rücken gegen die Tür zum Garten. Sie schlang die Arme um seinen Nacken. „Es tut mir leid, Julia“, krächzte er heiser.

Sie lächelte verträumt. „Was denn?“

Er schluckte. „Dass ich nicht um dich gekämpft habe.“

„Ach so.“ Sie senkte den Blick. „Das hätte ich wohl nicht sagen dürfen.“

„Ich bin froh, dass ich es weiß.“

„Du weißt schon zu viel über mich.“

„Ich will aber noch viel mehr über dich wissen.“

„Das klingt sehr unartig“, raunte sie. „Sag mir eins. Hast du das, was im Haus deines Bruders zwischen uns geschah, geplant?“

„Wie kommst du denn darauf?“, fragte er unschuldig und drängte seine Hüften an sie.

Sie lachte leise. „Du hast es geplant.“

„Was wäre, wenn?“

Er spürte ihr Zittern. „Ich muss wohl in Zukunft vorsichtiger sein – um dir zu widerstehen, meine ich.“

„Jetzt bist du aber nicht vorsichtig.“

Er blickte ihr in die Augen. „Ich denke, wenn ich mir ein wenig Mühe gebe, bringe ich dich dazu, alle Bedenken zu vergessen.“

Sie fuhr sich mit der Zunge über die Lippen. „Ziemlich anmaßend, wie?“

„In gewisser Hinsicht, ja."

Er legte die freie Hand an ihren Hinterkopf und zog ihr Gesicht zu sich. Seine Zunge streifte die Konturen ihrer vollen Lippen entlang. Sie schmeckten nach Pfefferminztee. Er presste seinen sehnigen Körper an ihre weichen Rundungen unter dem fließenden Nachthemd. Dunkles Verlangen erhitzte sein Blut, als sie sich ihm entgegenbog. Er wollte sich tief in ihren Schoß versenken, sie hier in der dunklen Küche gegen die Tür gelehnt nehmen und jeden Zweifel ausräumen, dass sie ihm gehörte. Sie hätte von Anfang an ihm gehören müssen. So, wie sie sich seinen Liebkosungen in der Galerie vor ein paar Stunden hingegeben hatte, konnte er sich ausmalen, wie wunderbar es wäre, Tage und Nächte mit ihr im Bett zu verbringen. Aber dies war nicht der richtige Ort und nicht der richtige Zeitpunkt.

Er ließ seine Hand zärtlich ihren Rücken nach unten gleiten bis zur Rundung ihrer Hüfte und grub die Finger in die Hügel ihrer Hinterbacken.

Er wollte sie verführen bis zur völligen Verzückung. Vielleicht hatte das lange Warten doch sein Gutes, er hatte genügend Erfahrung gesammelt, um das Feuer ihrer Leidenschaft wirklich auskosten zu können.

Julias Atem beschleunigte sich. Sie reagierte bei jeder Begegnung empfindsamer auf ihn. Ihre Fingernägel kratzten federleicht seinen Rücken entlang. „Heißt das etwa, du bist heute Nacht zurückgekommen, weil du mich begehrst, und nicht, weil du irgendeine grässliche Pflicht erfüllen musst?"

„Du bist die begehrenswerteste ..." Er stockte, ließ jäh von ihr ab und drehte ihr den Rücken zu. Ganz in ihrer Nähe tappten leise Schritte über die Steinfliesen.

„Wer da?", stieß Hermia hervor, die plötzlich neben dem Küchentisch stand. „Zeigt euch! Wer immer ihr seid."

Julia seufzte erleichtert auf. „Wir sind es nur, Tante Hermia. Wir wollten nur ... ähm ... die Katze in den Garten lassen."

„Verstehe." Hermias Blick durchbohrte Heath. „Lässt du auch Boscastle in den Garten? Oder verbringt er die Nacht hier?"

Julia lächelte belustigt. „Bleibst du über Nacht, Boscastle?"

„Ja, er bleibt", antwortete er schmunzelnd. „Ich bleibe, Hermia. Und mit Ihrer Erlaubnis, meine Damen, habe ich Verstärkung mitgebracht. Einen meiner Diener." Schuldbewusst erinnerte er sich, dass Hamm geduldig draußen in der Kutsche wartete und Ausschau nach unerwünschten Besuchern hielt.

„Ein Übernachtungsgast?" Hermia zog die Brauen hoch. „Übermorgen trifft sich unser Malclub wieder. Und ihr beide solltet jetzt endlich zu Bett gehen."

„Der Malclub?", knurrte Heath verdrießlich.

Julia begann zu lachen. „Vielleicht kann dein Diener uns Modell stehen."

Heath überhörte geflissentlich ihre Bemerkung. Ihn erwartete keine geruhsame Nacht mit Hamm als Zimmergenossen, der gefürchtet war für sein unerträgliches Schnarchen. Aber wenigstens war Julia in Sicherheit, und das war im Augenblick wichtiger als alles andere.

Julia hatte bereits eine Tasse Tee getrunken, als Heath am nächsten Morgen den Frühstücksraum betrat. Sie lächelte ihm entgegen. Sie hatte gestern Nacht geahnt, dass ihn etwas bedrückte, und er bestätigte ihren Verdacht, als sie ihm eine Tasse einschenkte und er ein Stück Brot mit Butter bestrich.

„Auclair ist also in London", sagte sie nachdenklich, nachdem er ihr berichtet hatte, was er von Hartwell erfahren hatte. „Ein beängstigender Gedanke, dass er die ganze Zeit in England war, ohne dass ein Mensch davon wusste."

Er nahm einen Schluck Tee. „Deine Eingebung war von Anfang an richtig."

„Und Russell weiß nichts davon?", fragte sie besorgt. Sie hatte zwar nicht mehr die Absicht, ihn zu heiraten, aber in Gefahr wollte sie ihn nicht wissen.

„Mittlerweile hat er vermutlich davon erfahren."

„Dann kommt er bald zurück", sagte sie gedehnt.

Heath betrachtete sie im grauen Licht des verregneten Morgens, und Julia spürte die Hitze seines eindringlichen Blicks. Seltsam, Heath war ein Mann, der auf seiner Jagd nach Verbrechern in Kleidern schlief und am nächsten Morgen frisch und gepflegt aussah wie aus dem Ei gepellt.

„Er wird dich mir nicht wegnehmen", sagte er.

„Wie fühlst du dich nach dieser kurzen Nacht?", fragte sie beiläufig.

Er stellte die Tasse ab. „Ausgezeichnet. Ist dir die Bedeutung dessen klar, was ich grade gesagt habe?"

Sie nickte bedächtig. „Ich glaube, ja." Wenn sie in seine unergründlichen Augen blickte, könnte sie glauben, sie habe nur geträumt, was gestern Nacht zwischen ihnen gewesen war. „Jedenfalls habe ich begriffen, dass die Gefahr nicht zu unterschätzen ist."

„Gut", bestätigte er mit rauer Stimme.

Es gab mehrere Gefahren. Die Gefahr, die von Auclair ausging, die Gefahr einer Affäre zwischen Heath und ihr und nicht zuletzt die Gefahr der Folgen dieser Affäre.

Heath aber war der einzige Mann in ihrem Leben, der sich wirklich bemüht hatte, sie zu verführen, und darauf verstand er sich meisterhaft. Ihr Ehemann Adam hatte die Kunst der Verführung nicht nötig und vermutlich auch keine Ahnung davon gehabt. Sie war eine unerfahrene, störrische junge Frau gewesen, die überstürzt geheiratet und gelernt hatte, sich mit ihrer unbesonnenen Wahl abzufinden. Adam hatte sie vernachlässigt, aber er war gewiss nicht kaltherzig und grausam gewesen. Seine Leidenschaft galt seiner Offizierskarriere, für die er schließlich sein Leben gegeben hatte.

Russell hatte sich erst gar nicht mit dem Gedanken an Verführung abgegeben. Sie zu umwerben und erobern, ja. Ihn interessierte lediglich das Jagdfieber. Aber Julia hatte nie den Eindruck gehabt, er begehre sie um ihretwillen. Die Erbschaft ihres Vaters war gewiss ein großer Anreiz für ihn. Russell hatte sie stets zuvorkommend behandelt und empfand zumindest Zuneigung für sie. Aber unterdessen war ihr klar geworden, dass ihn mit seiner Geliebten eine weit größere Leidenschaft verband. Er hatte Julia nie das Gefühl gegeben, reizvoll und begehrenswert zu sein, machte sich vermutlich keine Gedanken darüber, ob sie zueinander passten oder nicht. Nein, dieses Leben wollte sie nicht führen; sie wünschte sich mehr von einer Ehe, als er ihr bieten konnte.

„Gefahr“, meinte sie nachdenklich und stand auf, um Heaths Tasse nachzufüllen. „Ich bin eigentlich an Gefahren gewöhnt, nachdem ich ein paar Jahre in Indien gelebt habe, in einem Land, in dem überall Gefahren lauern.“ Sie beugte sich über seine Schulter. Ein Dufthauch seiner Rasierseife wehte sie an. Sie sehnte sich plötzlich danach, ihn zu streicheln, seine Wärme zu spüren.

Und dann erschrak sie unter der Heftigkeit seiner grollenden Stimme. „Du hast keine Ahnung, wie gefährlich dieser Auclair ist. Begreife das endlich!“

„Ich mache mir mehr Sorgen um dich, Heath. Bevor ich deine Narben gesehen habe, war mir nicht klar, was für ein Monster dieser Mensch ist.“

Er blickte ihr sinnend nach, als sie an die Anrichte trat. „Ich habe Drake und Devon um Unterstützung gebeten. Ein dritter Mann bewacht das Haus, wenn ich dich alleine lassen muss.“

Julia verzog das Gesicht. „Noch einer?“

„Mein Diener. Hamm.“

Sie trat ans Fenster und schob die schweren Samtportieren ein wenig zur Seite. Beim Anblick des breitschultrigen Hünen entfuhr ihr ein spitzer Schrei. „Ich sehe keinen Diener, Heath. Ich sehe einen Riesen mit Bärenpranken, der mir finstere Blicke zuwirft.“

Heath biss in sein Brot. „Das dürfte Hamm sein.“

„Wo hast du ihn aufgegabelt? In einem russischen Zirkus?“

„Nicht schlecht geraten. Ich habe ihn in Preußen entdeckt an der Militärakademie. Ursprünglich stammt er aus Yorkshire. Er hat in Portugal mit mir gedient.“ Er betupfte sich die Mundwinkel mit der Serviette und lächelte ein wenig bekümmert. „Eigentlich wollte ich ihn als Butler.“

„Aber er erwies sich als untauglich?“

„Na ja, die Entscheidung beruhte auf gegenseitigem Einvernehmen. Meine Wirtschafterin drohte damit, ihn mit bloßen Händen zu erwürgen, wenn er noch eine einzige Porzellanschüssel zerbricht.“

Julia wandte sich vom Fenster ab. „Ich wette, mein Gesellschaftsleben wird durch ihn erheblich eingeschränkt."

Heath legte den Arm über die Stuhllehne. „Damit magst du recht haben. Und das ist der Punkt."

„Ich weiß nicht, was ich sagen soll. Er wirkt so bedrohlich."

„Warte, bis du ihn kennenlernst."

Bevor sie einen Einwand erheben konnte, war er aufgesprungen und ließ seinen Diener rufen. Hamm nickte steif, als Heath ihn Julia vorstellte.

„Er ist sehr hilfsbereit", flüsterte Heath ihr zu.

„Er ist ein Felsbrocken", flüsterte sie zurück.

Hamm stand stocksteif da, dann sagte er mit dröhnender Stimme: „Soll ich mich ums Feuer kümmern, Mylady? Man müsste Holz nachlegen."

„Ja …" Julia reckte den Hals, als hinter ihm die Tür aufging.

Hermia blieb wie angewurzelt stehen. Ihr üppiger Busen wogte auf und ab. „Gott im Himmel! Wer ist das denn?"

„Hamm", murmelte Julia und hatte Mühe, ihre Heiterkeit zu verbergen.

„Wieso räusperst du dich so affektiert?", fragte Hermia und drückte sich an dem Fleischberg vorbei. „Ich möchte doch lediglich erfahren, wer der Herr hier ist."

„Hamm", sagte Heath vom Fenster her. „Er ist Hamm."

„Wer?" Hermia ließ den Riesen nicht aus den Augen, der nun vor dem Kamin kauerte und die Glut aufstocherte. „Ham wie der Schinken?"

„Ja, Hamm." Julia runzelte die Stirn. „Sein Name ist Hamm. Ein ehemaliger Soldat, der nun in Heaths Diensten steht und uns zusätzlich beschützen soll."

Hermia musterte Hamm in nachdenklichem Schweigen.

Nun räusperte Julia sich tatsächlich. „Beeindruckend, wie?"

Hermia fuhr hoch. „Was sagst du, meine Liebe?"

Heath verschränkte die Arme und schmunzelte über Julias verzweifelten Augenaufschlag.

„Findest du es nicht auch unsinnig, Hamm von seiner normalen Arbeit wegzuholen, Tante Hermia?", fragte sie leicht gereizt.

„Hamm." Hermia schüttelte den Kopf. „Ich meine, *ähem*. Ein Diener, der kräftig zupackt, kann nicht schaden. Und er wirkt sehr einschüchternd. Wie aufmerksam von Boscastle. Ich werde mich gut behütet fühlen mit zwei so stattlichen Männern im Haus."

Julia nahm resigniert wieder Platz. Sie hatte nichts gegen Hamms Anwesenheit einzuwenden, fürchtete indes, Heath könnte sich in den Kopf gesetzt haben, selbst Jagd auf Auclair zu machen. Der Verbrecher, den Russell in Paris zur Strecke bringen wollte, hielt sich in London auf, und das bedeutete große Gefahr für Heath. Plötzlich wurde ihr in aller Deutlichkeit klar, was wirklich auf dem Spiel stand.

Heath stand an der Tür. „Meine Damen, ich habe eine wichtige Angelegenheit zu erledigen. In meiner Abwesenheit wird Hamm Ihnen nicht von der Seite weichen. Kann ich mich auf Sie verlassen, Hamm?"

Hamm stellte den Schürhaken laut klirrend in den Messingständer neben dem Kamin. „Ich lasse die Damen nicht aus den Augen, Mylord."

Julia klopfte das Herz bis zum Hals, als Heath sich verabschiedete. In einer bittersüßen Erkenntnis wurde ihr klar, dass sie um Russel bei seiner Abreise nicht annähernd so besorgt gewesen war. Am liebsten wäre sie Heath nachgelaufen und hätte ihn angefleht, ihn begleiten zu dürfen. Wohin wollte er? Sie hatte Mühe, ihre Haltung zu wahren. Eigentlich sollte sie sich mehr Sorgen darum machen, was passierte, wenn Russell demnächst hier auftauchte.

Ihr Verlobter. Der Mann, der sie betrogen hatte. Der große Kriegsheld. Der Gedanke, neben ihm vor dem Altar zu stehen und das Ehegelöbnis zu sprechen, jagte ihr ein Frösteln über den Rücken. Ein verschwommenes Bild, das sich rasch in Nebel auflöste. Es war nicht richtig. Aber an der lebhaften Erinnerung, wie sie halb nackt in Heaths Armen lag, war nichts falsch. Sie hatte es bislang nicht über sich gebracht, ihn zu fragen, ob er etwas von Russells Treulosigkeit wusste. Es war nicht wichtig. Heath war der einzige Mann, den sie je begehrt hatte, und Russells Treuebruch gab ihr lediglich Gelegenheit, sich der Wahrheit zu stellen.

Julia gab sich einen Ruck. „Tee, Tante Hermia?“

Hermia nickte und nahm Platz. „Vielleicht sollte unser neuer Diener den Tee eingießen“, raunte sie verschwörerisch. „Aber er wirkt etwas unbeholfen.“

„Unbeholfen?“ Julia kicherte ganz leise. „Ich vermute, er reißt einen Baum mit der linken Hand aus. Die Porzellankanne zerbricht womöglich in tausend kleine Scherben, wenn er sie nur anfasst.“

„Wie werden wir ihn wieder los?“, flüsterte Hermia, ohne den Blick von dem Riesen zu wenden.

„Heath hat ihm befohlen, mir auf Schritt und Tritt zu folgen.“

„Grundgütiger.“

„Wollen wir ihn auf die Probe stellen?“

Hermia nickte eifrig.

Als Hamm sich wieder am Kamin zu schaffen machte, huschte Julia lautlos zur Tür. Bevor sie die Klinke drücken konnte, war Hamm bei ihr und öffnete ihr die Tür.

„Fahren wir aus?“, fragte er mit seiner brummigen Bärenstimme. „Soll ich die Kutsche vorfahren lassen?“

Julia warf Hermia einen ratlosen Blick zu. „Fahren wir aus, Tante Hermia?“

Hermia nickte eifrig. „Aber ja. Audrey Watson hat dir eine Einladung zum Tee geschickt. Und ich brauche dringend einen neuen Turban, den ich den Damen morgen vorführen will beim Treffen unseres Malclubs.“

Ein Einkaufsbummel. Mit Hermia und Hamm. Eine Einladung zum Tee im Haus einer stadtbekannten Kurtisane. Julia schwirrte der Kopf. Nicht auszudenken, was Russell davon halten würde, wobei sie dieser Gedanke tatsächlich amüsierte. Er verdiente nichts anderes, als mit einer skandalumwitterten Witwe verlobt zu sein. Geschah ihm grade recht, er hätte Schlimmeres verdient. „Ja, Hamm. Lassen Sie die Kutsche in zwanzig Minuten vorfahren.“ Julia war plötzlich sehr daran interessiert zu erfahren, warum Audrey Watson sie zum Tee eingeladen hatte.

20. KAPITEL

Julia nannte dem Kutscher Audrey Watsons Adresse, die in einem eleganten Haus in der Bruton Street, Ecke Berkeley Square wohnte. Während der Fahrt fragte sie sich immer noch, wieso die gefeierte Kurtisane sie zum Tee gebeten hatte, von deren ausschweifenden Festen die vornehme Gesellschaft hinter vorgehaltener Hand tuschelte. Hermia und Hamm warteten in einem eleganten Vorzimmer, während Julia in den privaten Salon der Hausherrin geführt wurde.

Audrey hatte einen strammen Kosaken zu Gast. Als Julias Besuch angekündigt wurde, gab sie ihrem enttäuschten Liebhaber einen sanften Schubs zur Tür und wies ihn an, einen ausgedehnten Spaziergang zu machen.

Julia blieb auf der Schwelle stehen und stutzte beim Anblick halb gepackter Koffer, Truhen und Reisetaschen auf dem Teppich. Ein wuscheliger weißer Pudel bellte sie vom Samtsofa her an. Der Offizier eilte mit einem knappen Nicken an ihr vorbei, die Mütze in der Hand.

Audrey, in einem wallenden malvenfarbenen Hauskleid, eilte ihr mit offenen Armen entgegen. „Wie schön, Sie zu sehen, Lady Whitby“, strahlte sie. „Ich war mir nicht sicher, ob Sie meine Einladung annehmen würden.“

Julia wartete, bis Audreys bildschöner junger Diener die Tür hinter sich zugezogen hatte. Dem Vernehmen nach ließen sich nicht wenige früh verwitwete Damen der Gesellschaft von Audrey anwerben, um in ihrem Haus ältere Herren kennenzulernen. Die Geliebte eines wohlhabenden Gönners zu sein stellte für Frauen, die durch den Tod ihres Ehemanns in Not geraten waren, ein erstrebenswertes Ziel dar. Audrey Watson, einst eine bejubelte Schauspielerin, berühmt für ihre einzigartigen Empfänge, war außerdem eine spendable Förderin der schönen Künste ... und der Künstler.

Audrey war überdies in nahezu sämtliche Geheimnisse der Londoner Gesellschaft eingeweiht. In ihrem Haus verkehrten Poeten und Politiker, Maler und Mätressen, die sie für die hohen Ansprüche mächtiger Männer ausbildete.

„Mir sind pikante Gerüchte zu Ohren gekommen", sagte Audrey und legte einen Finger an ihre kirschroten Lippen. „Es soll eine höchst freizügige Zeichnung von Heath Boscastle in seiner ganzen nackten Pracht existieren, die bei einem Wohltätigkeitsbasar zur Versteigerung kommt. Ich werde jeden Interessenten überbieten, um das Kunstwerk zu erwerben und in meinem Salon zu präsentieren."

Julia nahm neben Audrey Platz und hoffte inständig, die Hitze, die in ihr aufgestiegen war, möge ihre Wangen nicht erreichen. Klatsch verbreitete sich schneller als ein Lauffeuer. „Ich muss Sie enttäuschen. Diese mysteriöse Skizze wird *niemals* in der Öffentlichkeit zur Schau gestellt werden …"

„Ich bin untröstlich", rief Audrey enttäuscht.

„Falls sie überhaupt existiert", fügte Julia vorsichtshalber hinzu.

Audrey musterte sie argwöhnisch. „Haben *Sie* das Blatt zufällig gesehen?"

„Miss Watson, ich muss schon bitten."

„Ich sammle nämlich nackte Männer."

„Tatsächlich?" Julia schaute sich belustigt um. „Und wo verstecken Sie die Herren? Die armen Kerle müssen doch frieren."

Audrey lachte. „*Bilder* von nackten Männern. Aktzeichnungen und Gemälde. Ach, Sie müssen mit mir nach Paris reisen."

„Nach Paris?" Julias Blick flog über die Gepäckstücke auf dem Teppich. Paris war ein beliebtes Reiseziel der feinen Londoner Gesellschaft, um den Frieden zu feiern … und natürlich andere Vergnügungen zu genießen, die diese Metropole zu bieten hatte, auf die man während des Krieges hatte verzichten müssen. Elegante Moden, erlesene Delikatessen, schöne Frauen. Sie seufzte. Russell ließ sich gewiss keine dieser Köstlichkeiten und Vergnügungen entgehen, während er seine Verlobte in London von Heath bewachen ließ. „Reisen Sie allein?", fragte sie.

„Nein. In Begleitung des russischen Kosaken, den Sie vorhin gesehen haben. Mein derzeitiger Geliebter ist Abgeordneter im Oberhaus, ein älterer Herr, der sich nicht mehr viel aus Reisen macht." Audrey setzte sich den Pudel auf den Schoß. „Sie fragen sich vermutlich, wieso ich Sie heute eingeladen habe …“

„Ja, richtig.“

Audrey blickte ihr offen ins Gesicht. „Nur wenige Damen der Gesellschaft sprechen mit mir in der Öffentlichkeit. Männer sind da weniger zurückhaltend. Die Damen brennen zwar darauf, etwas über meinen Lebenswandel zu erfahren, sind aber sehr reserviert.“

„Ich kümmere mich schon längst nicht mehr darum, was die feine Gesellschaft über mich denkt.“

Audrey kraulte den Pudel. „Ihr Verlobter betrügt Sie, Lady Whitby. Er hat eine Wohnung für seine Geliebte gemietet. Sie erwartet ein Kind von ihm. Russell überhäuft sie mit Geschenken und Juwelen und brüstet sich auf Empfängen damit, dass er sie vergöttert.“

Julia schüttelte den Kopf. Das war also der Grund. Audrey meinte es gut mit ihr. Und plötzlich war sie froh, dass Odham sie auf dieses Gespräch vorbereitet hatte. „Ich weiß Ihre Aufrichtigkeit zu schätzen, Miss Watson, aber ich wusste es bereits.“

„Und Sie verzeihen ihm?“, fragte Audrey neugierig.

„Natürlich nicht.“ Julia wusste, dass er sie niemals so lieben würde, wie sie es sich wünschte. Russell hatte gewiss seine guten Seiten. Die meisten Frauen hielten ihn für eine fabelhafte Partie, und er vertrat vermutlich die Ansicht, es sei für einen Mann in seiner Position vollkommen in Ordnung, eine Mätresse zu haben. Aber Julia hatte seinen Heiratsantrag aus falschen Gründen angenommen, und sie war alt genug, nicht nur, um eine eigene Meinung zu haben, sondern auch, um sie zu ändern.

„Russell hat sie in der Half Moon Street untergebracht, natürlich nicht unter seinem Namen, um den Schein der Schicklichkeit zu wahren“, fügte Audrey nach einer Weile hinzu.

„Ist er nicht rührend in seiner Fürsorge?“

„Dieser Mann denkt vorwiegend an sich selbst“, entgegnete Audrey, die empörter wirkte, als Julia es war. „Soll mein Kosake ihm in Ihrem Namen einen Denkzettel verpassen?“

Julia zögerte. „Das klingt verlockend. Aber ich möchte vorher darüber nachdenken.“

„Hätten Sie Lust, für mich zu arbeiten?“, fragte Audrey halb scherzend.

„Das klingt weniger verlockend.“

„Zumal Heath Boscastle Ihr Beschützer ist.“

„Das ist nur eine vorübergehende Lösung, Miss Watson.“

„Wer weiß.“

„Was wollen Sie damit sagen?“

„Er ist Ihnen auf dem Ball auf Schritt und Tritt gefolgt. Ich habe einen Blick für diese Dinge, Lady Whitby. Da steckt mehr dahinter als nur der Wunsch, Sie zu beschützen.“

Julia schmunzelte. Russells Untreue hatte es ihr leicht gemacht, ihrem Herzen zu folgen, und sie gewissermaßen gezwungen, sich ihre wahren Wünsche einzugestehen. Als Ehefrau eines betrügerischen Mannes mit politischen Ambitionen würde sie nicht glücklich werden. Allerdings konnte sie sich gut vorstellen, mit einem Schwerenöter glücklich verheiratet zu sein.

„Nehmen Sie ihn“, sagte Audrey mit solchem Nachdruck, dass Julia und der Pudel erschraken.

„Wohin denn?“, fragte Julia verdutzt.

„Wenn Sie mich so fragen, brauchen Sie den Rat einer Expertin.“

„Nein danke, Miss Watson. Das schaffe ich auch ohne Ihre Hilfe.“ Sie erhob sich und drückte ihr besticktes Ridikül an sich. „Sie waren sehr freundlich zu mir.“

„Ihre Zeichnung wäre ein hübscher Vergeltungsschlag.“ Auch Audrey erhob sich in einer Wolke malvenfarbener Seide und küsste Julia auf die Wange. „Die Boscastle-Brüder sind prachtvolle Exemplare, jeder Einzelne von ihnen. Aber Heath ist wohl der Faszinierendste. Ich fürchte, es fällt schwer, ihm zu widerstehen.“

„Ja, das fürchte ich auch“, entgegnete Julia mit einem geheimnisvollen Lächeln.

„Sind Sie sicher, dass Sie nicht doch ein paar Geheimtipps von mir hören wollen? Sie könnten damit zumindest Russell eine Lektion erteilen und dem Mistkerl den Mund wässrig machen. Das wäre doch eine wunderbare Rache.“

Julia war unschlüssig. Die Versuchung war größer, als sie zeigen wollte. Allerdings würde sie derlei Kenntnisse nicht an Russell verschwenden, sondern an Boscastle ausprobieren. „Solche Geheimnisse kann man doch niemandem beibringen, oder?“

„Ach Kindchen, Sie müssen noch eine Menge lernen. Setzen Sie sich.“

Nach diesem Besuch betrachtete Julia die geschlechtliche Liebe aus einem völlig anderen Blickwinkel. Audreys Anleitungen waren einfach und schockierend deutlich. Zwar hatte Julia ein gewisses Grundwissen vorzuweisen, aber … sie hätte nie gedacht, dass man lernen konnte, einem Mann im Bett Vergnügen zu bereiten, ähnlich wie man eine Fremdsprache oder Handarbeiten lernen konnte.

„Ich war immer der Meinung“, hatte Julia nach einer anschaulichen Beschreibung eines gewissen Aktes gesagt, „dass eine Frau das tun sollte, was ihr natürlich erscheint.“

Audreys helles Lachen hatte den Salon erfüllt. „Aber die Natur kann Nachhilfe gebrauchen. Man setzt ja auch keine Gurkensamen in ein Erdbeerbeet.“

Julia betrachtete eine Abbildung in dem Buch, das Audrey ihr in die Hand gedrückt hatte. „Interessante Positionen. Mir wird plötzlich ganz warm.“

„Wir können nicht jede Stellung an einem einzigen Tag durchgehen“, sagte Audrey.

„Ich glaube, das würde mein Herz nicht vertragen.“

„Sie haben ein natürliches Verständnis dafür, was einem Mann gefällt“, meinte Audrey nachdenklich. „Das ist die beste Voraussetzung im Bett.“

„Ich bin mir nicht sicher, ob andere diese Ansicht teilen.“

Audrey lächelte träge. „Boscastle wird sie teilen.“

Julia spürte, wie ihr die Schamesröte in die Wangen stieg. „Das wird sich erweisen.“

„*Sie* werden es beweisen. Sehen Sie in mir nur eine Frau, die Ihnen die Fackel der Leidenschaft weiterreicht, meine Liebe.“

Nachdem sie sich verabschiedet hatte, den Kopf voll verwirrend erotischer Bilder, hielt Julia ihr Versprechen und begleitete Hermia auf ihrem Einkaufsbummel. Eine Parfümerie in der South Audley Street, danach ein Buchladen und schließlich ein Hutsalon in der Stafford Street.

Hermia setzte jede Kopfbedeckung auf, die das Geschäft zu bieten hatte. „Was hältst du davon?", fragte sie Julia vor dem Spiegel wohl zum hundertsten Mal.

„Das ist auch ein hübscher Hut", antwortete Julia zerstreut.

„Ich habe gar keinen auf", entrüstete Hermia sich. „Ich wusste, dass du mit deinen Gedanken ganz woanders bist. Worüber hast du mit Miss Watson gesprochen, um so zerstreut zu sein?"

Julia schien sich sehr für ein paar giftgrüne Lederhandschuhe zu interessieren. „Über Gurkensamen."

„Samen?"

„Ja." Etwa Samen in Beete zu setzen, wo sie nicht hingehörten, was ihr treuloser, ehemaliger Verlobter offenbar getan hatte.

Ein Kind. Ein Kind veränderte alles, bedeutete Familie, Verpflichtung, eine dauerhafte Beziehung, nicht nur Lustbefriedigung. Ein Teil von Russells Gurke, besser gesagt von seinem Samen, gehörte nun für immer einer anderen Frau. Julia wünschte allen dreien viel Glück. Ohne sie.

Audrey hatte es gewusst. Anscheinend redete Russell völlig ungeniert in der Öffentlichkeit über seine Liebschaft. Und Heath? Was wusste er, der Undurchschaubare, darüber? Hätte er sie nicht warnen müssen? Oder wollte er nur abwarten, bis sie es selbst herausfand?

Sie legte die giftgrünen Handschuhe beiseite und folgte Hermia aus dem Hutsalon.

Russells Mätresse lebte in London, und es war anzunehmen, dass er sie besucht hatte, nachdem er sich von Julia verabschiedet hatte. Wenn Odham von der Affäre im Club erfahren hatte, wusste auch Heath davon. Kein Wunder, dass der schlaue Fuchs keine Bedenken gehabt hatte, sie zu verführen.

„Du hinterhältiger, verlogener Mistkerl", sagte sie halblaut vor sich hin. Hamm zuckte erschrocken zusammen und rempelte einen Passanten an. „Nicht Sie, Hamm", entschuldigte sie sich mit einem verschämten Lächeln. „Sie habe ich richtig gern." Und mehr noch seinen Herrn.

Ein Windstoß fuhr in die Straße, zerrte an Julias Haar, und als sie es feststecken wollte, glitt ihr das Buch, das sie für Heath gekauft hatte, aus der Armbeuge und fiel auf die Straße.

„Verflixt."

„Bitte, gestatten Sie."

Sie nickte, als ein hochgewachsener Herr im schwarzen Umhang und Zylinder, einen Spazierstock mit goldenem Knauf unter dem Arm, sich danach bückte und es ihr reichte. Bevor sie sich bedanken konnte, war der Fremde in der Menge der Passanten untergetaucht.

„Ist alles in Ordnung?", fragte Hamm und schielte seitlich an dem Turm aufgestapelter Kartons vorbei, den er auf beiden Armen trug.

„Ja, ja." Ihr Blick flog über die aufgereihten Pferdedroschken, die sich in der Straße stauten. „Mir fiel nur das Buch runter. Ein höflicher Herr hat es für mich aufgehoben."

Sie drehte sich um. Eine breite, muskulöse Männerbrust versperrte ihr den Weg. Ein starker Arm umfing sie, gab ihr Halt, und ein vertrautes Prickeln durchrieselte sie. Heath. Sie hatte sich eine Stunde in die Grundbegriffe einweisen lassen, wie eine Frau einem Mann Vergnügen im Bett bereitet, und fragte sich nun schuldbewusst, was er darüber denken würde, wenn er davon wüsste.

„Hast du nichts Besseres zu tun, als dich von Fremden ansprechen zu lassen?", fragte er mit einem angestrengten Lächeln. „Komm mit. Meine Kutsche steht näher als eure."

„Was ist mit meiner Tante?"

„Hamm kümmert sich um sie."

„Ja, aber …"

Er nahm sie beim Ellbogen. Seine Augen wirkten eher grau als blau – eine Spiegelung des Himmels oder seiner finsteren Stimmung? Sein Lächeln erinnerte sie daran, wie nah sie gestern Nacht daran gewesen waren, sich einander hinzugeben. Er hatte mit ihr gespielt wie auf einem Instrument, hatte all ihre Sinne in Aufruhr gebracht. Eines Tages würde sie in gleicher Weise mit ihm spielen.

Die bloße Vorstellung ließ ihr Herz schneller schlagen und zauberte ein Lächeln auf ihre Lippen. Heaths Griff um ihren Arm festigte sich, als habe er ihre Gedanken gelesen. Wortlos steuerte er sie auf seine wartende Kutsche zu. Während der Heimfahrt spürte sie seine Anspannung immer noch. Hatte er weitere Informationen über Auclair erhalten? Er war wie immer untadelig gekleidet, im perfekt sitzenden dunkelblauen Frack, einem blütenweißen Leinenhemd und spiegelblank polierten schwarzen Schaftstiefeln.

„Hattest du einen angenehmen Nachmittag?“, fragte er schließlich, als die Kutsche vor dem Haus anhielt.

Bevor er ihr beim Aussteigen half, spähte er die Straße entlang. „Nun ja“, antwortete sie ein wenig atemlos. „Es war eine nette Zerstreuung.“

„Und wie findest du Audrey Watson?“, fragte er, als der Butler die Haustür öffnete.

Das Buch entglitt ihrer Hand. „Du bist mir gefolgt?“

„Nur bis zur Bruton Street.“

„Und warum?“

„Ich wollte prüfen, ob du verfolgt wirst.“

„Und?“

„Es war niemand zu sehen. Aber es ist bemerkenswert, wen du aufsuchst, wenn du dich unbeobachtet fühlst.“ Sein Blick heftete sich unverwandt auf sie. „Ich gestehe, das hat mich ein wenig erstaunt.“

Julia biss sich auf die Zunge. Es war ihr unangenehm, dass er wusste, wo sie gewesen war. Andererseits fühlte sie sich geschmeichelt, dass er sich so viel Mühe gab, sie zu bewachen. Aber, du liebe Güte, hoffentlich ahnte er nicht, worüber sie mit Audrey gesprochen hatte … über die Geheimnisse, einen Mann zu beglücken. Vor allem *diesen* Mann in allen anstößigen und anschaulichen Einzelheiten. Audreys Stimme hallte in ihrem Kopf.

Das männliche Geschlechtsorgan will verwöhnt werden, Julia.

Verwöhnt?

Sehen Sie sich diese Bilder an.

Grundgütiger. Die Darstellungen sind gewiss nicht maßstabs-

getreu. Das sieht ja aus wie … eine Kanone …

Meine Gute, Sie waren doch einige Jahre verheiratet und mit dem Körper Ihres Mannes vertraut.

Das schon, aber bei diesem Format hätte ich ihm vielleicht größere Aufmerksamkeit geschenkt.

„Julia?“ Heath sah sie fragend an. „Du wirkst abwesend. Woran denkst du?“

„Woran ich denke?“

Er verschränkte die Arme. „Ich gestehe, *ich* weiß nicht, was ich denken soll.“

„Das ist eine Erleichterung, nicht wahr?“

„Was denn?“

„Dass mir niemand gefolgt ist. Nur du. War das die wichtige Erledigung, von der du gesprochen hast?“

„Audrey Watson ist eine berühmte Kurtisane, eine gebildete Frau und eine Freundin der Familie. Sie hat sich außerdem einen gewissen Ruf darin erworben, erotische Erfahrungen an Frauen weiterzugeben, die daran interessiert sind, ihre Freuden im Schlafzimmer zu erhöhen.“

Julia stieß gegen den runden Tisch in der Diele. Das Silbertablett mit den Visitenkarten fiel scheppernd zu Boden. „Ach ja? Wer hätte das gedacht?“

„Ganz London weiß das, würde ich meinen.“

„Vergiss nicht, ich war lange in Indien.“

Heath verengte die Augen. „Manches Wissen ist universal.“

„Tatsächlich?“

„Das Wissen, das Audrey vermittelt, ist jedenfalls universal.“

„Du scheinst ziemlich viel über sie zu wissen“, entgegnete Julia spitz.

„Du hast sie in ihrem Haus besucht. Und bist ziemlich lange geblieben.“

„Hast du sie etwa nie besucht?“

Die gedämpften Stimmen von Hermia und Hamm vor der Haustür waren Julias Rettung. Vermutlich wäre sie mit allem herausgeplatzt, wenn er dieses Verhör fortgesetzt hätte.

„Welche Erleichterung“, sagte er belustigt.

Julia verschränkte die Hände. „Es ist spät geworden. Zeit für ein Tässchen Tee."

Er zog sie an den Enden ihres Schals an sich. „Vergiss nicht, Julia, wenn du in Zukunft Rat suchst, kannst du dich jederzeit an mich wenden."

„Welchen Rat?", fragte sie verdutzt.

„Aus männlicher Sicht."

„Worüber …" Der Rest der Frage blieb ihr im Hals stecken. Sie las die sündige Herausforderung in seinem Blick.

„Über die Kunst der Liebe."

Hermia stürmte in die Diele, gefolgt von Hamm, die Arme voll beladen mit Kartons und Tüten. „Wir sind wieder da."

Heath ließ die Enden von Julias Schal los. Plötzlich fiel ihr das Atmen schwer. Und sie konnte an nichts anderes denken als daran, ihr neu erworbenes, theoretisches Wissen in der Praxis an ihm auszuprobieren. Er blickte ihr tief in die Augen und entzündete eine Flamme in ihr, die bis in ihren Schoß züngelte.

„Julia?", fragte er mit dunkler Stimme. „Was hast du heute Nachmittag angestellt?"

„Ich …" Ihr Blick fiel auf den Teppich und das Buch. „Ach ja, ich habe dir ein Buch gekauft."

21. KAPITEL

Heath hatte es sich in einer Ecke des Salons bequem gemacht, um sich mit dem Buch über ägyptische Hieroglyphen zu beschäftigen, das Julia ihm mitgebracht hatte. Hermia und Odham saßen vor dem Kamin und spielten Karten, während Julia als Friedensrichter das ständige Gezänk zwischen ihnen schlichtete.

Aber Heath konnte sich nicht konzentrieren, zwei Dämonen machten ihm zu schaffen, zum einen die Macht seiner Wollust und zweitens eine wachsende dunkle Ahnung bevorstehender Gefahr. Es gab zu viele Ungereimtheiten, die ihm Sorgen bereiteten. Er richtete den Blick aus dem Fenster auf die dunkle Straße, um nicht ständig Julia anzustarren und sie mit Blicken zu entkleiden. Jedes Mal, wenn er sie ansah, wurde ihm der Mund trocken.

Ihre fiebernde Hingabe in der vergangenen Nacht hatte ihn in Aufruhr versetzt. Er hungerte nach ihr, lechzte so sehr nach Erlösung, dass er am liebsten in die Nacht hinausgerannt wäre. Seine Strategie der langsamen Verführung würde ihn noch um den Verstand bringen. Nie zuvor war er gezwungen gewesen, sein Verlangen so sehr zu unterdrücken. Alles an ihr erregte ihn, forderte den Eroberer in ihm heraus.

„Haben Sie Lust, eine Runde mitzuspielen, Boscastle?", fragte Odham. „Hermia schwindelt schon wieder."

„Nein", murmelte er zerstreut.

Er wollte mit Julia spielen, wollte ihr die nackten Schenkel spreizen und sich in ihren feuchten Schoß drängen, wollte sie so lange nehmen, bis sie zu schwach wäre, sich auf den Beinen zu halten.

Sein Verlangen nach ihr machte es ihm unendlich schwer, seinem Plan zu folgen. Wenn er sie ein zweites Mal verlor, würde er nie wieder eine Frau wie sie finden. Julias sprühende Lebensfreude erhellte sein dunkles Leben. Sie war die einzige Frau, die ihn mit einem kleinen Lächeln, einem einzigen Blick in Flammen setzte. Ihre üppigen Formen verlockten ihn, ihr Lachen besänftigte ihn.

Der Gedanke, dass sie mit einer Kurtisane Umgang pflegte,

hatte seine Neugier geweckt. Er wollte genau wissen, was sie mit Audrey besprochen hatte. Als er sie danach fragte, hatte sie ungewöhnlich verwirrt reagiert. Hatte ihre Verlegenheit etwas mit dem zu tun, was gestern Nacht zwischen ihnen vorgefallen war? Suchte Julia Rat in der Kunst des Liebesspiels? Er konnte ihr alles beibringen, was sie wissen wollte, ihr jeden Wunsch erfüllen. Es gab keinen besseren Lehrer auf diesem Gebiet als ihn.

„Heath?"

Alles in ihm spannte sich an, als ihre Hand unversehens seinen Arm berührte. Gestern Nacht waren ihre Zärtlichkeiten von einer sinnlichen Verheißung gewesen, die ihm beinahe den letzten Rest seiner Selbstbeherrschung geraubt hätte. Aber wenn er sein Ziel bei ihr erst erreicht hatte, würde sie ihn anflehen, sie endlich zu nehmen – es sei denn, er wäre derjenige, der sie anflehte.

„Gefällt dir das Buch?"

Sein Blick wanderte bedächtig über ihr Gesicht und ihre Gestalt – mit einer Lüsternheit, die ihr den Atem nahm. „Ich habe es noch gar nicht angefangen. Meine Gedanken sind mit anderen Dingen beschäftigt."

„Ich frage besser nicht, welche Dinge das sind", sagte sie leise.

Er lächelte träge. „Du weißt es ohnehin."

Das unverhüllte Verlangen in seinen Augen wirkte wie ein Bann auf sie. Den ganzen Abend hatte sie seine Blicke auf sich gespürt, als stehe sie nackt vor ihm, als lauere er nur darauf, über sie herzufallen. Sie fühlte sich magisch zu ihm hingezogen, das Band zwischen ihnen wurde mit jeder Stunde stärker. Hoffentlich kam Russell bald nach Hause, damit sie die Verlobung offiziell lösen konnte. Sie hatte sich vorgenommen, aufrichtig mit ihm zu sprechen, obwohl er ihr mit seiner Untreue keinerlei Respekt erwiesen hatte.

Er wusste nichts von ihrer früheren Episode mit Heath. Oder irrte sie? Damals war auch Russell Gast bei dieser Jagdgesellschaft in Cornwall gewesen. Erst später hatte er begonnen, ihr den Hof zu machen. Hatte er geahnt, was zwischen ihr und Heath vorgefallen war? Hatte er ihr vielleicht sogar nur den Hof gemacht, weil er auf Heath eifersüchtig war und ihn ausstechen wollte?

Ihre Gedanken an Russell verblassten und kehrten zu Heath zurück. Er wirkte ungewöhnlich angespannt, saß zwar scheinbar bequem im Lehnstuhl, aber Julia spürte, dass er auf jedes Geräusch horchte, auf jedes Hufeklappern, jedes Knirschen von Rädern einer vorbeifahrenden Droschke, jedes Türschlagen, das Klimpern des Schlüsselbundes der Haushälterin im Wirtschaftstrakt.

Seine Finger trommelten auf dem Buchrücken. „Danke für das Geschenk. Ich werde das Buch in Kent lesen. Ich habe beschlossen, Graysons Einladung anzunehmen und mit Julia aufs Land zu fahren."

„Aufs Land?" Hermia und Odham hoben gleichzeitig die Köpfe. Nach Kent. Auf den Stammsitz der Boscastles. Wo es keine Flucht für Julia gab, außer in Heaths Arme. Stille Abende im Kreis der Familie. Beschauliche Nachmittage in der Bibliothek. Das würde ihr Gelegenheit geben, ihn besser kennenzulernen. Vielleicht wäre Heath in Kent gelöster, weniger angespannt.

„Um mich besser bewachen zu können?"

Er lachte leise. „Nur zu deinem eigenen Schutz."

„Du hättest zumindest mit mir darüber reden können."

„Das tue ich doch gerade", meinte er achselzuckend.

„Habe ich ein Mitspracherecht?", fragte sie spitz.

„Offensichtlich nicht."

„Arroganter Schuft", murmelte sie.

Seine Augen blitzten belustigt, aber es lag noch etwas darin, was sie beunruhigte. „In Kent haben wir Muse, zu lesen und anderen geistigen Zerstreuungen nachzugehen." Sein Blick verriet ihr allerdings, dass ihm weniger an geistigen Zerstreuungen lag. „Vielleicht solltest du packen."

„Aber … ich habe in dieser Woche Anprobe für ein paar neue Kleider." Eines davon sollte ihr Hochzeitskleid sein … eine Hochzeit, die nicht stattfinden würde.

Er drehte ihr das Profil zu und lächelte. Plötzlich hatte sie den Wunsch, ihn im Kerzenlicht zu zeichnen. Noch mehr wünschte sie sich, ihn nackt auszuziehen und ihre Hände über seinen prachtvollen Körper gleiten zu lassen. „Deine Garderobe muss leider warten."

„Wie du meinst. Dann wirst du deiner Familie erklären müssen, warum ich in alten Fetzen bei Tisch erscheine."

Er lehnte den Kopf zurück, und sie bewunderte sein kühn geschnittenes Profil. „Mit dem größten Vergnügen. Und du kannst deine alten Fetzen für unseren Aufenthalt in Kent packen."

„Ich müsste ein paar Freunden Bescheid sagen, dass ..."

„Nein. Auf keinen Fall."

„Das klingt ja nach Entführung."

„Darauf läuft es hinaus, falls du morgen nicht gepackt hast."

Sie unterdrückte ein Lächeln. Irgendwie gefiel ihr seine Bestimmtheit, und letztlich hatte er recht. Auf Graysons Landsitz wären sie beide in Sicherheit, denn um Heath machte sie sich größere Sorgen als um ihre eigene Person. Im Übrigen wäre weiterer Widerspruch sinnlos; er hatte seine Entscheidung getroffen und würde sich nicht davon abbringen lassen.

Das Schlimme daran war eigentlich, dass sie gegen die Reise nach Kent gar nichts einzuwenden hatte. Miss Watson hatte heute behauptet, in jeder Frau schlummere eine Kurtisane. Julia hatte den Verdacht, dass sie demnächst herausfinden würde, ob diese Theorie stimmte.

Sobald die Damen sich nun zurückgezogen hatten, überließ Heath dem verlässlichen Hamm die Bewachung des Hauses und begab sich eilends zu Audreys Haus in der Bruton Street. Sie gab eine kleine Abendgesellschaft im Freundeskreis. Ein paar Politiker und ein Maler waren anwesend, dazu zwei junge hübsche Schauspielerinnen, offenbar ihre Schülerinnen. Audrey, die einstige Schauspielerin, pflegte häufig zu sagen, das Rollenspiel sei eine wichtige Zutat in der Kunst der Verführung.

Die beiden jungen Elevinnen musterten Heath mit begehrlichen Blicken wie einen Festtagsbraten in Zeiten des Hungers. Audrey eilte rasch zu seiner Rettung herbei und führte ihn in ihr privates Boudoir. In ihrer kunstvollen Hochfrisur funkelten Diamanten, und ihr Hals schmückte ein kostbares Collier. Die Röcke ihres kupferfarbenen Taftkleides raschelten, als sie sich setzte.

Heath trat ans Erkerfenster und blickte die Straße entlang. Niemand war ihm gefolgt.

„Eine reizende Überraschung, Boscastle. Geschäftlich oder privat?"

Er setzte sich neben sie. „Weder noch."

„Gibt es andere Gründe?"

„Ich will wissen, warum Julia dich heute besuchte."

Audreys Lippen wurden schmal. „Das sage ich nicht."

Er lehnte sich bequem zurück. „Dann bleibe ich so lange hier sitzen, bis du gestehst."

Sie nestelte fahrig an ihrem Brillantcollier und ließ ihren trägen Blick über seine breiten Schultern nach unten wandern. „Das nehme ich nicht als Drohung. Willst du mich foltern?"

„Dafür ist die Zeit zu kurz."

Sie seufzte. „Wie schade."

„Audrey", drängte er leise. „Ich muss es wissen."

„Warum?", fragte sie neugierig.

„Warum kam Julia zu dir?"

„Frag sie."

„Ich frage dich."

Sie begann, unter seinem bohrenden Blick unruhig zu werden. „Meine Lippen sind versiegelt."

Er nahm ihre Hand und küsste jeden Finger einzeln. „Audrey, meine schöne Verführerin, wie lange bist du mit meiner Familie befreundet?"

Ein wohliger Schauer durchrieselte sie. „Zu lange, du Satan. Ach verflixt. Wenn ich es dir sage, musst du mir versprechen, dass Julia nichts davon erfährt."

„Mein Wort als Gentleman."

„Und als Schwerenöter?"

Er lachte. „Auch das."

Am nächsten Tag hatte Julia ihre Koffer für einen unbefristeten Aufenthalt auf dem Lande gepackt. Hermia versicherte ihr, dies sei das Vernünftigste, was sie tun könne, und Julia war ihr im

Stillen dankbar für den Rückhalt, auch wenn sie sich über ihre Besorgnis lustig machte. Denn mit Vernunft hatte ihre Einwilligung weit weniger zu tun als mit der Macht ihrer Gefühle. Sie folgte damit lediglich ihrem Herzen.

Sie schloss ihre Schlafzimmertür und eilte die Treppe hinunter ins Musikzimmer, wo sie ihre Zeichnungen versteckt hatte, ohne die sie nicht reisen wollte. Nicht auszudenken, welche Ausreden sie erfinden müsste, wenn sie einem der Dienstboten in die Hände fiel.

„Was kramst du noch hier herum, Julia?“, fragte ihre Tante von der Tür her. „Boscastles Wagen muss jede Minute vorfahren.“

Julia starrte entgeistert auf die leere Stelle hinter der Harfe, einem Erbstück ihres irischen Großvaters. Die Zeichnung war verschwunden. Das Musikzimmer wurde seit Jahren nicht benutzt, es gab kein geeigneteres Versteck im ganzen Haus.

„Oh nein“, stieß sie tonlos hervor und wandte sich an ihre Tante. „Warst du kürzlich in diesem Zimmer?“

„Ja. Erst gestern“, antwortete Hermia. „Das war ja eine wahre Rumpelkammer. Ich habe mir gestattet, es von zwei Handlangern entrümpeln zu lassen.“

Julia entfuhr ein spitzer Schrei. „Das hast du nicht getan!“

„Sagte ich doch grade. Du meine Güte, Julia. Der Raum war voller Unrat, man konnte sich kaum noch bewegen. Überall alte Zeitungen und verstaubte Kartons. Oder wolltest du damit ein Feuer machen?“

„Was haben die Männer mit den alten Zeitungen getan?“

„Weggeworfen, nehme ich an“, antwortete Hermia achselzuckend. „Da war doch nichts Wertvolles dabei, oder?“

„Wie man’s nimmt“, grollte Julia und versuchte, ihre aufsteigende Panik zu beherrschen. „Ich wünschte, du hättest mich vorher gefragt, Hermia.“

22. KAPITEL

Der Landsitz des Marquess of Sedgecroft lag in einer sanften Talmulde, begrenzt von bewaldeten Hügeln in der Nähe eines idyllischen Dorfes mit Fachwerkhäusern und einer Kirche aus dem Mittelalter. Im sechzehnten Jahrhundert erbaut, war das stattliche Herrenhaus im Lauf der Jahrhunderte durch Anbauten erweitert worden, um den Bedürfnissen der jeweiligen Besitzer gerecht zu werden. Der gegenwärtige gesellige Hausherr und seine Gemahlin luden gerne Freunde übers Wochenende ein, zur Jagd und zu anderen Vergnügungen, die das Landleben bot.

Allerdings waren Grayson und Jane noch nicht eingetroffen, da sie sich entschlossen hatten, einen Abstecher ans Meer zu machen, um Verwandte von Jane zu besuchen. Heath und Julia hatten das riesige Haus praktisch für sich, wenn man Tante Hermia, Hamm und die zahlreiche Dienerschaft nicht zählte. Jedenfalls boten die weitläufigen Seitenflügel reichlich Gelegenheit für Privatsphäre und Ungestörtheit.

Am Abend ihrer Ankunft zogen die Gäste sich nach einem leichten Imbiss in ihre jeweiligen Zimmer zurück, um ihre Koffer auszupacken. Ein Diener führte Julia eine gewundene Steintreppe in den zweiten Stock hinauf und einen endlos langen, von Wandfackeln erhellten Flur entlang bis zu einem Rundbogen und einer schweren Eichentür.

„Ein Turmzimmer!“, rief sie und drehte sich nach Heath um, der ihnen folgte. „Was hat das zu bedeuten?“

Er lächelte amüsiert. „Es ist nur zu deinem Schutz.“

„Schutz? Ich komme mir vor wie eine Gefangene.“

„Unsinn.“ Er nickte dem Diener zu. „Danke, Collins. Und morgen früh stellen Sie Wasser und Brot vor die Tür der Dame.“

„Sehr witzig“, murrte Julia, als er die quietschende Tür öffnete. Sie blickte in ein überraschend behagliches Zimmer, von zahlreichen Kerzen erleuchtet. Die Einrichtung bestand aus einem goldgefassten zierlichen Frisiertisch, einem Damensekretär und einem breiten Baldachinbett aus Mahagoni, behangen mit weinrotem Samtdraperien. Im rosa geäderten Marmorkamin prasselte ein Feuer. „Wie … wie hübsch. Das hübscheste Gefängnis, das ich je gesehen habe."

Er lachte trocken. „Hier haben meine Vorfahren ihre geraubten Prinzessinnen untergebracht."

Julia bewunderte ein Gemälde über dem Kamin, eine beschauliche Schäferszene aus dem Rokoko, bis sie bei näherem Hinsehen erkannte, womit das bukolische Paar im Heu beschäftigt war. Eine ausgesprochen freizügige Szene erotischer Freuden. „Es erübrigt sich wohl zu fragen, wozu dieses Zimmer deinen Vorfahren sonst noch diente", sagte sie und drehte sich langsam um.

Und stieß beinahe gegen Heath, der dicht hinter ihr stand und sie mit unmissverständlicher Wollust im Blick musterte. Ihre Hand nestelte am Verschluss ihres grauen Reisemantels. Plötzlich war ihr warm geworden. Wann würde sie lernen, dass ein Boscastle keine halben Sachen machte? An etwas Ähnliches musste Jane wohl gedacht haben bei ihrer Warnung, auf der Hut zu sein.

„Warum so nervös, Julia?", fragte er scherzend. Er umkreiste sie, legte die Hände auf ihre Schultern und zog sie an seine breite Brust.

„Nervös? Wirke ich nervös?" Schwach und benommen, ja.

Sie drehte sich wieder um und sah den Widerschein der Flammen in seinen Augen. Hätte sie gewagt, ihn länger anzusehen, hätte sie wahrscheinlich auch den Dämon der Leidenschaft in seinen Augen entdeckt, zumindest aber die Spiegelung ihres eigenen Verlangens. Ihre Brüste fühlten sich schwer an, sie hatte Mühe zu atmen. Hitze durchströmte sie.

„Julia", sagte er und zog tadelnd eine dunkle Braue hoch.

Da. Einen Moment erhaschte sie einen flüchtigen Blick auf den Satan in seinen Augen. „Ich bin es nur", sagte er mit einem seltsamen Unterton. Er schob ihre Hand weg und machte sich am Verschluss ihres Mantels zu schaffen.

„Genau."

Mit einem geschickten Griff öffnete er die Haken. „Es ist warm hier drin, nicht wahr?"

„Brütend heiß.“
„Vielleicht hast du zu viel an.“
„Ich bin sehr wohl in der Lage, meinen Mantel alleine auszuziehen. Das habe ich im zarten Alter von drei Jahren gelernt.“
„Man kann immer eine hilfreiche Hand gebrauchen.“
„Ich schaffe es alleine.“
Seine Hand wanderte zärtlich ihren Rücken hinab. „Ich bin geschickt mit meinen Händen.“
„Gab es daran je Zweifel?“
Ihr Mantel glitt auf den weichen gemusterten Teppich. Sie war sich nicht sicher, vermutete aber, das Muster sei eine lüsterne Darstellung ineinander verschlungener, nackter Körper. Wobei ein Boscastle gewiss keine derartigen Anregungen nötig hatte, um die Sinne einer Frau zu betören.
Ebenso wenig wie sie. Sie war so sehr entbrannt, dass sie ihre Gefühle kaum bezähmen konnte, hatte so lange auf ihr Glück gewartet, dass jede weitere Sekunde der Entsagung eine Vergeudung schien.
„Wo ist Hermia untergebracht?“, fragte sie atemlos, als seine Hände sich um ihre Schultern legten.
Seine Augen blitzten belustigt. „Ihr Zimmer liegt im Westflügel.“
„Im Westflügel!“
„Hamm ist im angrenzenden Zimmer untergebracht. Schließlich kann ich euch beide nicht gleichzeitig bewachen.“
Sie senkte den Blick auf den Teppich, um sich von ihrem Verlangen abzulenken, das ihr Blut zum Sieden brachte. Das Teppichmuster stellte tatsächlich eine erotische Szene einer dionysischen Orgie dar. „Interessanter Teppich. Dekadent, aber interessant.“
Er hob ihr Kinn an. Ein Wonneschauer durchrieselte sie bei seinem lüsternen Blick. „Unsere Zimmer sind miteinander verbunden.“
Sie warf einen Blick über seine Schulter zur Tür. „Durch den Korridor?“
Er strich mit dem Daumen über ihre Unterlippe. Das sinn-

liche Prickeln ließ ihr die Knie schwach werden. Sie schluckte. Er sprach mit leiser Stimme. Ein Jäger, der seine Beute zu besänftigen suchte. „Die Garderobe verbindet unsere Zimmer. Ich bin immer in Rufweite."

„Ich sehe kein Schloss. Es ist wohl auf deiner Seite der Verbindungstür."

Er schüttelte den Kopf, sein Lächeln hielt sie gnadenlos gefangen. „Kein Schloss."

Sie stand wie gelähmt, als er sich dem Ankleidezimmer näherte. „Fühlst du dich nicht sicherer im Wissen, dass ich im Nebenzimmer bin?"

„Das würde ich vielleicht, wenn die Tür mit Eisenstangen verriegelt wäre", sagte sie mit einem leichten Stirnrunzeln.

Sie beobachtete ihn im geschliffenen Kristallspiegel. „Weil du *mir* nicht traust oder dir?"

Julia hatte sich zu Bett begeben, ohne Schlaf zu finden. Ruhelos wälzte sie sich in den weichen Kissen und Decken. Das Zimmer war mit allem Komfort ausgestattet, dazu angetan, den Rest der Welt auszuschließen und die Bewohnerin von nichts abzulenken und sich nur auf eine Sache zu konzentrieren.

„Verführung", sagte sie halblaut und fuhr kerzengerade auf. Das Buch, in dem sie versucht hatte zu lesen, glitt von der seidenen Decke auf den Teppich. Sie beugte sich aus dem Bett, um es aufzuheben.

Als sie sich wieder aufrichtete, bemerkte sie die Silhouette eines Mannes an ihrem Bett. Ein gefährlich aussehender Mann in Hemd und schwarzen Hosen, die seine kraftvollen Schenkel eng umschlossen.

Sie wollte schreien.

Er erstickte ihren Schrei mit einem Kuss.

„Barmherziger Gott", hauchte sie, als sie wieder sprechen konnte und in die nach Lavendel duftenden Kissen sank, gefangen unter dem Gewicht seines Körpers.

„Kein Grund, mir zu danken", raunte er heiser dicht an ihrem Ohr. „Ich bin hier, um dich zu beschützen."

Sie richtete den Blick über seine Schulter in das dunkle Zimmer. „Wovor?"

„Ich habe ein Geräusch gehört."

„Du scheinst Ohren zu haben wie ein Luchs, Heath Boscastle. Mir ist nur das Buch vom Bett gerutscht."

„Und ich dachte an einen Eindringling. Ich wollte nachsehen."

„Es *ist* ein Eindringling", entgegnete sie.

Er verengte die Augen in gespielter Besorgnis. „Kannst du ihn beschreiben?"

„Sehr genau sogar. Er ist schön wie ein Gott, sündig wie der Teufel, und … und er ist durch und durch schlecht. Wie alle Eindringlinge."

Sein glutvoller Blick versengte sie. „Ich sollte bleiben, falls er noch einmal auftaucht", sagte er, während seine Hand ihren Arm entlangtastete und sie näher zog. „Es sei denn, du willst, dass ich gehe."

Sie schloss die Augen und flüsterte: „Nein."

„Das dachte ich mir beinahe."

„Und was denkst du jetzt?"

„Dass ich zu lange auf dich gewartet habe", raunte er. „Ich warne dich, nach dieser Nacht lasse ich dich nie wieder gehen."

Ihr Herz flatterte. „Ich will nicht fort von dir." Sie wollte bei ihm bleiben, egal, was geschah, selbst wenn Russell einen Skandal aus der gelösten Verlobung machen würde. Denn sie wollte Heath für immer gehören.

Sie kniete vor ihm, knöpfte ihm das Hemd auf und zerrte es ihm hastig von den Schultern bis zu den Hüften. Zwischen fiebernden Küssen schob er ihr das Nachthemd von den Schultern. Sie rieb ihre schwellenden Brüste an seiner harten, vernarbten Brust. Mit ihrer Liebe wollte sie seine Wunden heilen, wollte ihm helfen, alles Leid zu vergessen. Als sie sich an ihn schmiegte, öffnete er seine Schenkel, um ihr Halt zu geben. Julia war bereit, sich ihm hinzugeben. Ihr Herz gehörte ihm bereits, nun wollte sie ihm endlich auch ihren Körper schenken. In ihr stieg ein atemberaubendes Glücksgefühl auf, sie wollte alle Hemmungen ablegen und ihm heute ihre Liebe beweisen.

„Oh mein Gott, Julia." Heath spürte die Tiefe ihrer Leidenschaft. Sie war wild und bezaubernd süß in ihrer Hingabe. Er hauchte zarte Küsse an ihre Kehle, ihren Hals hinunter bis zu ihren Brüsten, sein heißer Mund schloss sich um eine dunkle Knospe. Rhythmisch saugte er an der harten Perle. Julia drängte sich an ihn, hungerte nach seinen Liebkosungen. Er wusste, sie wollte ihm zeigen, wie sehr sie ihn brauchte, dass sie seit jeher für ihn bestimmt war.

Er ließ die Hände besitzergreifend über sie gleiten, begrüßte jede Erhebung, jede Mulde, jedes Fleckchen Haut, grub die Finger in ihr Fleisch, zog sie an sich, drückte sie an seinen Schoß, um sie spüren zu lassen, wie verzweifelt er sie begehrte. Julia barg bebend das Gesicht an seiner Schulter. „Ich will …" Ihre Stimme klang erstickt.

Er ließ den Daumen über die Rundung ihrer Hüfte kreisen. „Ich weiß, was du willst."

„Meinst du nicht, dass es endlich Zeit ist, das zu tun, wonach ich mich sehne?", flüsterte sie an seinem sehnigen Hals.

„Du wirst mich hinterher nicht verlassen." Seine Hand glitt zwischen ihre Schenkel.

„Nein, ich bin …"

„Das war keine Frage", er legte sie sanft aufs Bett, hielt sie mit seinen Schenkeln gefangen. „Sondern eine Feststellung. Und ich werde dich niemals verlassen. Diesmal gibt es nichts, was dich mir wegnehmen kann."

Sie bäumte sich unter ihm auf. Er blickte lächelnd auf sie herab, wollte sie in den Genuss einer höchst erotischen Folter bringen. Und wenn er damit fertig war, würde sie seine glückliche Sklavin im Bett sein, so wie er ihr Sklave war. „Ich bin verrückt nach dir, Julia."

Sie blickte ihm in die Augen. „Ich begehre dich seit dem ersten Moment, als wir uns kennenlernten."

„Wir sind füreinander bestimmt, Julia. Wieso haben wir alles falsch gemacht?"

Sie legte ihre Hände an seine muskulöse Brust, streichelte ihn sanft. „Jetzt sind wir endlich vereint."

Sie liebkoste ihn, erkundete die Geheimnisse seines männlichen Körpers, ihre Finger glitten über seinen Bauch. Er lehnte sich zurück, um die Hosen abzustreifen. Sein Verlangen nach ihr befeuerte sein Blut, drang ihm bis in die Knochen. Es kostete ihn alle Willenskraft, sich zu bezähmen, er wollte jede Sekunde ihrer Vereinigung zur Kostbarkeit machen, die sie nie vergessen sollte, um die Jahre der Trennung auszulöschen. Bei ihrem ersten Zusammensein war er zu ungestüm und ungeduldig gewesen, nun aber wusste er mehr über sinnliche Wonnen, über Glück und das, was wirklich im Leben zählte.

„Ich will dir alles geben, was du dir wünschst, Julia."

„Ich will dich", entgegnete sie ohne Zögern.

„Und ..."

„*Dich* ..."

Ihre Hände tasteten tiefer, sie schloss die Finger um seine Männlichkeit. Unter ihrer erregenden Berührung steigerte sich sein Verlangen noch mehr, und die Flammen züngelten in seinen Lenden empor. Er stöhnte vor Lust, während sie ihn streichelte und ihm zeigte, dass sie ihm im Liebesspiel ebenbürtig war. Er trauerte um die verlorenen Jahre, erbebte unter den Genüssen des Augenblicks, des beseligenden Glücksgefühls der Liebe, das er endlich zuließ.

Sie war alles, was er sich wünschte, was er je begehrt hatte, was ihm in seinem Leben gefehlt hatte. Sie beugte sich über ihn und nahm ihn in den Mund. Er sah ihr dabei zu in berauschtem Verlangen, schwelgte in der köstlichen Hitze ihrer Lippen, der unerträglich süßen Liebkosung ihrer Zunge. Der Druck in seinen Lenden wuchs schier unerträglich. Er kämpfte um seine Beherrschung. Wenn sie noch länger mit dieser süßen Folter fortfuhr, würde er hilflos wie ein Schuljunge den Höhepunkt erreichen, dabei wollte er sie doch um den Verstand bringen vor Verzückung.

Zähneknirschend nahm er sie bei den Schultern und schob ein Knie zwischen ihre Beine. Sie sank ins Kissen zurück, bereit für ihn, unendlich verlockend. Er beugte sich über sie, um sie zu küssen. Sie schlang die Arme um seine Schultern. Langsam und mit unendlichem Genuss drang er in sie und machte sie zu der Seinen. Und sie nahm ihn auf, schloss sich um ihn in einem Augenblick reinen Friedens. Nach Jahren der Suche, des Wartens und Verlangens gehörte sie endlich ihm. Er schloss die Augen und gab sich seiner beseligenden Verzückung hin.

23. KAPITEL

„Ich muss dir etwas gestehen“, sagte sie später, als sie erschöpft nebeneinanderlagen. Keinem von beiden war nach Schlaf zumute, sie wollten jede Sekunde dieser köstlichen Nacht auskosten.

Heath reagierte zunächst nicht, immer noch gefangen in seiner Verzückung. So etwas hatte er noch nie erlebt; eine Explosion, die ihn bis tief ins Mark erschüttert hatte. Und er hatte noch längst nicht genug davon. Diese Frau berauschte ihn wie Opium. Was hatte sie gesagt? Sie wollte ihm etwas gestehen? Wollte sie ihm gestehen, dass sie sich bei Audrey Rat in der Kunst der Verführung geholt hatte? Er sah keine Veranlassung, ihr zuvorzukommen, zumal sie die Anleitungen der Kurtisane höchst erfolgreich umgesetzt hatte. Er wollte die beseligende Nacht nicht zerstören, indem er ihr gestand, dass er ihr sündiges Geheimnis aufgedeckt hatte.

Er lachte leise, bettete den Kopf auf seinen angewinkelten Arm und zog sie näher. „Was immer du mir gestehst, Liebste, ich verzeihe dir alles.“

Dabei gab es gar nichts zu verzeihen. Julias entfesselte Leidenschaft war der Traum eines jeden Mannes. Er lächelte nachsichtig, als sie sich ihm entzog, offenbar schämte sie sich ihrer Zügellosigkeit, während er es kaum erwarten konnte, dass sie ihr frisch erworbenes Wissen erneut an ihm ausprobierte.

Sie setzte sich auf und blickte ins Leere. Er ließ seine Finger über ihren Rücken nach unten gleiten bis zu ihrem entzückenden Po. „Heraus mit der Sprache. So schockierend kann es nicht sein.“

„Oh doch“, sagte sie leise.

Er richtete sich langsam auf. Mittlerweile ahnte er, dass sie mehr beichten wollte als ihr Studium der Liebeskünste. Was wohl? Offenbar etwas Ernsthafteres. Zum Teufel, hatte sie von Russells Betrügereien erfahren?

Eifersucht nagte an ihm bei der bloßen Vorstellung, sie könne nach diesem stürmischen Liebeserlebnis auch nur einen Gedanken an Russell verschwenden. „Was ist los, Julia?“, fragte er kühl.

Sie fröstelte ein wenig. „Vielleicht ist es besser, wenn ich es dir morgen sage."

„Du sagst es mir jetzt."

„Womöglich verderbe ich uns damit diese wunderbare Nacht."

„Hast du kein Vertrauen zu mir?"

„Darum geht es nicht."

Er legte ihr eine Hand auf die Schulter und drehte sie zu sich. Ihre ausdrucksvollen Augen weckten erneut ein heftiges Verlangen in ihm. In seinem ganzen Leben war er noch nie so tief befriedigt und zugleich so hungrig nach einer Frau gewesen.

„Worum geht es?", fragte er. „Um Russell?"

„Russell?"

„Russell. Mein ehemaliger Freund. *Dein* ehemaliger Verlobter."

Sie zog die Stirn in Falten. „Was, in aller Welt, hat Russell damit zu tun?"

„Das versuche ich herauszufinden", entgegnete Heath ungeduldig.

Julia sank in die Kissen zurück. „Versprich mir, nicht böse zu sein. Und denke bitte daran, dass ich es nicht absichtlich getan habe, um dich zu kränken."

Er beugte sich über sie, plötzlich beunruhigt. „Was hast du getan?"

„Es war keine Absicht."

Abwartend blickte er sie unverwandt an, redete sich im Stillen ein, dass sie nichts Unverzeihliches getan haben konnte.

„Erinnerst du dich an die Skizze, die ich von dir gezeichnet habe?" Sie zog das Laken bis zu den Schultern hoch. „Die Zeichnung für den Wohltätigkeitsbasar?"

Er richtete sich kerzengerade auf. „Sag bloß nicht, du hast sie *verkauft*?"

Sie bedachte ihn mit einem vorwurfsvollen Blick. „Natürlich habe ich sie nicht verkauft. Ich habe sie nur für mich gemacht. Denkst du etwa, ich will dein Bild in der Öffentlichkeit zur Schau stellen? Jedenfalls nicht *dieses* Bild. Ich spreche nicht von der Zeichnung, die ich beim Malclub gemacht habe; später habe ich sie nämlich noch etwas … erweitert."

„Was? Nun ja, solange sie keiner zu Gesicht bekommt." Er seufzte erleichtert auf. „Aber einen grässlichen Moment lang dachte ich, du …"

„Ich habe die Zeichnung verloren", fiel sie ihm ins Wort und zog die Decke übers Gesicht.

„Verloren? Du meinst, du hast sie irgendwo im Haus verlegt und weißt nicht mehr, wo du sie versteckt hast?" Er zog ihr die Decke vom Gesicht. Sie beäugte ihn ängstlich. „Sag mir, dass die Zeichnung irgendwo in deinem Haus verloren gegangen ist."

Sie schluckte schwer. „Ich wollte, es wäre so. Aber sie ist weg. Tante Hermia ließ das Musikzimmer von zwei Tagelöhnern entrümpeln. Wahrscheinlich ist jede Besorgnis unnötig. Wer könnte schon ein Interesse an einer Aktzeichnung von dir haben, abgesehen von mir und vielleicht tausend anderen Frauen?"

„Aktzeichnung?", fragte er fassungslos, in der Hoffnung, sie falsch verstanden zu haben. „Du hast die Figur nicht mit einem Tuch bedeckt? Oder wenigstens mit einem Feigenblatt?"

„Nun ja, ich überlegte, ob ich noch eine Lyra zeichne, um deine Blößen zu verdecken, aber dann war die Zeichnung plötzlich verschwunden. Wahrscheinlich ist sie längst im Abfall gelandet. Das könnte doch sein, meinst du nicht?"

„Ich bin entsetzt, Julia. Mir gefriert das Blut in den Adern, wenn ich daran denke, dass mein nacktes Konterfei herumgereicht wird." Eine peinliche Situation, aber gewiss nicht wert, die zauberhafte Stimmung zwischen ihnen zu verderben. Mit der verschwundenen Zeichnung wollte er sich morgen befassen, die Stunden bis dahin gehörten Julia.

Er wachte mitten in der Nacht auf, als ihre Hände sich an seinen empfindsamsten Regionen zu schaffen machten. Er streckte sich und spürte, wie er unter ihrer Berührung hart wurde. „Hast du mir verziehen?", flüsterte sie und schmiegte sich warm und verführerisch an ihn.

Er rollte stöhnend herum und hielt sie zwischen seinen Schenkeln gefangen. „Meinst du nicht, du solltest dir meine Verzeihung verdienen?"

Sie lächelte. „Ich kann es ja mal versuchen."

Sie drängte ihn sanft, sich auf den Rücken zu legen, und hauchte zarte Küsse auf seinen flachen Bauch, fuhr mit ihren Liebkosungen fort, bis sie ihn in den Mund nahm und sanft mit der Zunge liebkoste. Er grub die Finger in ihr Haar, die Spannung in ihm wuchs zur süßen Pein.

„Verzeihst du mir?", raunte die Stimme der Verführerin.

Ihre flinke Zunge umtanzte ihn gnadenlos, neckte ihn, bis ihm die Sinne zu schwinden drohten. „Alles. Ich verzeihe dir alles", krächzte er heiser.

Julia bereitete ihm Genüsse von unendlicher Süße, brachte ihn an die äußerste Grenze seiner Beherrschung, bis er ihr Einhalt gebieten musste, ehe er die Kontrolle verlor. Er schnellte hoch, warf sich über sie und hielt ihre beiden Hände über ihrem Kopf gefangen.

In atemloser Erwartung lag sie ganz still, als er eine heiße Spur hingehauchter Küsse über ihren warmen, weichen Leib zog. Sie öffnete die Schenkel und stöhnte kehlig, als er sein Gesicht zwischen ihre Schenkel grub und von ihr kostete. Sie begann, sich unter seiner Liebkosung zu winden, und er fragte sich, ob sie nie zuvor auf diese Weise beglückt worden war.

„Entspanne dich, Julia."

„Aber ich …"

Bedächtig fuhr er fort, ihre weiblichste Stelle zu küssen. Sie lag reglos, nur ihre Schenkel bebten. Dann plötzlich bäumte sie sich auf, kehlige Laute entrangen sich ihr, sie schluchzte beinah. Auch wenn sie mit einem anderen verheiratet gewesen war und mit einem zweiten verlobt, bevor diese Nacht zu Ende war, würde sie ihm gehören, ihm allein. Sie würde jeden anderen vergessen.

„Das fühlt … sich so sündig an", stammelte sie keuchend.

„Es ist himmlisch. Willst du, dass ich aufhöre?"

„Ich sterbe, wenn du aufhörst."

Er tauchte seine Zunge in sie, bis Julia von wilden Zuckungen geschüttelt wurde, den Kopf hin und her warf und dann das Gesicht im Kissen barg. Er beglückte sie mit seiner sinnlichen Folter, bis sie sich hilflos unter ihm wand, aber er wollte nicht von ihr lassen, bis alles in ihr schmolz und zerfloss.

Ekstatisch hielt sie die Augen geschlossen, sie war schweißgebadet und bereit für ihn, als er sich in ihren Schoß versenkte. Sie schlang die Beine um seine Hüften, hieß ihn willkommen.

„Heath", raunte sie und seufzte verzückt. „Hör jetzt nicht auf." Und auch er lechzte nach Erlösung, die nur sie ihm geben konnte. Er hob ihre Beine über seine Schultern und fuhr fort, sie in Besitz zu nehmen, bis ihr kleine Schreie entfuhren und er von einem mächtigen Strudel der Empfindungen fortgerissen wurde.

Und als die letzten Schreie verklungen waren, der größte Hunger gestillt war, blickte er benommen und überglücklich auf sie herab und berührte sanft ihre Wange.

Ihre Blicke senkten sich ineinander. „Mein Gott."

Sie seufzte.

Er streckte sich neben ihr aus und nahm sie in die Arme. „Ich glaube nicht, dass ich je genug von dir bekommen kann."

„Ich spüre deinen rasenden Herzschlag, Heath", raunte sie.

„Das tust du mir an." Seine Arme festigten sich zärtlich um sie. „Warst du mit deinem Ehemann auch so leidenschaftlich?"

Sie seufzte wieder. „Nein. Nie."

„Und mit Russell?", fragte er, plötzlich von Misstrauen und Eifersucht geplagt.

„Nein. Russell und ich waren nie zusammen, das habe ich dir schon einmal versichert."

„Sag bloß nicht, er hat es nie versucht", sagte Heath. Es war ihm unbegreiflich, wie ein Mann ihrer Sinnlichkeit widerstehen konnte.

„Das habe ich nicht gesagt."

„Mistkerl", knurrte er finster.

Sie lachte, legte den Kopf nach hinten, um sein Profil zu studieren. Er sah sie nicht an, fürchtete, seinen Groll gegen Russell nicht verbergen zu können, auch nicht seine Eifersucht, seinen Besitzanspruch.

„Heath?" In ihrer Stimme lag ein Anflug von Unsicherheit.

Er wandte sich ihr zögernd zu.

„Was ist?“ Er begegnete ihrem besorgten Blick.

„Ich weiß, was in dem Kopf eines Mannes vorgeht, Heath.“

„Du weißt auch ziemlich genau, was im Körper von Männern vorgeht.“

Sie lächelte. „Mrs Watsons Anleitungen klangen sehr akademisch. Ich könnte mir vorstellen, dass sie eines Tages eine Art Liebesschule gründet und großen Erfolg damit haben wird.“

Er lachte. „Solange du in ihrer Schule nicht als Lehrerin unterrichtest, soll es mir recht sein.“

Julia sah ihn wehmütig an. „Jeder Mann wünscht sich doch insgeheim, der erste Liebhaber einer Frau zu sein“, sagte sie leise. „Ich wünschte mir, du wärst der erste Mann in meinem Leben gewesen.“

„Das, meine geliebte Julia“, er küsste ihre weichen vollen Lippen, „ist ein großer Irrtum.“

Sie schmiegte sich in seine Arme, legte ein Bein über seine Schenkel und zog ihn näher. „Tatsächlich?“

„Ja.“ Er streichelte ihre geschmeidigen Rundungen. „Jeder Mann wünscht sich, der *letzte* Geliebte einer Frau zu sein. Und in unserem Fall bin ich der Glückliche.“

Eine Stunde später rekelte er sich in der tiefen Stille kurz vor Morgengrauen, verließ das Bett und zog behutsam die Decke über Julias nackte Schultern. Er stocherte die Glut im Kamin auf, legte ein paar Scheite nach, damit es im Zimmer wohlig warm war, wenn sie erwachte, und schlüpfte wieder zu ihr ins Bett. Still lag er neben ihr und horchte auf ihre Atemzüge, erfüllt von einem beseligenden Frieden, wie er ihn noch nie zuvor empfunden hatte.

Hier auf dem Land, im Haus seines Bruders, schienen alle Probleme und Gefahren weit entfernt, die Bedrohung durch Auclair, das bevorstehende Gespräch mit Russell, das alles hatte jede Bedeutung verloren. Außer Julia existierte nichts mehr. Er hatte alles darangesetzt, die verlorene Zeit wiedergutzumachen, wobei die bedauernswerte Julia nach dieser stürmischen Nacht vermutlich Muskelschmerzen am ganzen Körper haben würde.

Er wäre gern noch bei ihr im Bett geblieben, aber selbst ein Boscastle hatte die Pflicht, wenigstens den Schein von Sittsamkeit zu wahren. Es würde einen denkbar schlechten Eindruck machen, wenn Tante Hermia entdecken müsste, dass ihre Nichte eine heiße Liebesnacht mit dem Mann verbracht hatte, der sie beschützen sollte.

Heath begab sich ins angrenzende Zimmer, wusch und rasierte sich und zog frische Sachen an. Als er hörte, wie die Dienstboten sich im Haus zu schaffen machten, setzte er sich an seinen Schreibtisch und verfasste einen Brief nach London. Er hatte Julias verlorene Zeichnung keineswegs vergessen. Es war ratsam, das verdammte Ding ausfindig zu machen, bevor die anstößige Zeichnung ihm Scherereien machte.

Julia nahm schlaftrunken wahr, wie Heath das Bett verließ. Immer noch wohlig müde von seinen stürmischen Zärtlichkeiten, blieb sie liegen und stellte sich schlafend. In diesem Haus, in seinen Armen fühlte sie sich geborgen, und wenn es nach ihr ginge, würde sie die Welt ausschließen und sich von ihm als Liebessklavin für immer in dem Turmgemach gefangen halten lassen.

Allerdings hatte sie das beklemmende Gefühl, dass Russell sich nicht ohne Weiteres mit ihrer Zurückweisung abfinden würde, auch wenn er sie betrogen hatte. Hatte sie nicht den Wunsch geäußert, Heath möge um sie kämpfen? Aber das hatte sie beileibe nicht wörtlich gemeint. Weder Heath noch Russell sollten um sie kämpfen, um ihr Heldentum oder ihre Männlichkeit zu beweisen. Wie sollte sie mit Russell umgehen? Was würde Heath tun? Darüber hatte er nichts gesagt. Allerdings war er ein besonnener Mann, der sich nicht zu übereilten Schritten hinreißen ließ.

Im Moment konnte sie nur warten und hoffen, sich von Russell gütlich trennen zu können. Gemeinsam waren Heath und sie stark genug, um alle Hürden zu überwinden. Außerdem war es tröstlich zu wissen, dass sie mit der Unterstützung ihrer Tante rechnen konnte. Auch Heaths Familie schien ihr gewogen zu sein und hatte sie mit Wärme und Herzlichkeit aufgenommen. Der

Schutz der Menschen, die ihr nahestanden, gab ihr Zuversicht. Dank des gegenseitigen Rückhalts meisterten die Boscastles ihre Lebenskrisen. Dieses Einstehen füreinander bewunderte Julia, und es gab ihr die Hoffnung, dass Heath und sie diese Standhaftigkeit einst an ihre Kinder weitergeben würden.

24. KAPITEL

Der Brief seines Bruders erreichte Lord Drake Boscastle zu einem denkbar ungünstigen Zeitpunkt. Er hatte es sich vor einer Weile in Audreys Boudoir bequem gemacht, die ihn unter dem Vorwand einer Dichterlesung eingeladen hatte, wobei er bezweifelte, dass er den Nachmittag ausschließlich mit literarischen Ergüssen verbringen würde.

Die junge Schauspielerin in seinen Armen hätte vermutlich im Augenblick nicht einmal einen Kinderreim aufsagen können. Er hatte sich von Audrey überreden lassen, dass ihre neue Schülerin ihre frisch erworbenen Kenntnisse an ihm erprobte.

„Ich glaube", murmelte er an ihren warmen roten Lippen, „du bist ein vielversprechendes Talent."

Sie schlang die Arme um seinen Hals und lockerte seine Krawatte. „Meinst du wirklich?", gurrte sie.

„Nun ja, ich finde, wir sollten ..."

Als die Tür geöffnet wurde und ein Diener eintrat, hob Drake verdrießlich den Blick und war im Begriff, den unverschämten Kerl mit harschen Worten rauszuwerfen, als er die Livree seiner Familie erkannte. Mit sanftem Nachdruck setzte er die junge Frau auf seinem Schoß neben sich aufs Sofa.

„Tut mir leid, Boscastle", entschuldigte sich Audrey, die hinter dem Livrierten auftauchte. „Er sagt, es sei dringend." Offenbar war sie daran interessiert, den Grund der Dringlichkeit zu erfahren.

Der Diener reichte Drake das Schreiben, während er heimlich die Schauspielerin musterte, die versuchte, gleichzeitig ihr Kleid und ihr Haar zu ordnen. Drake brach das Siegel und überflog die Zeilen mit finsterer Miene.

Ich muss dich in einer äußerst dringenden Angelegenheit sprechen.
Der Ruf der Familie steht auf dem Spiel.
Heath

„Verdammter Mist", knurrte Drake und ließ das Papier in seiner Westentasche verschwinden. „Ausgerechnet jetzt."

Audrey musterte ihn mit leichter Besorgnis. „Gibt es Ärger, Drake?"

„Was wäre ein Boscastle ohne Ärger?", brummte er mürrisch.

Sie folgte ihm zur Tür, wo der Diener bereits mit Drakes Hut, Handschuhen und Mantel wartete. „Zu schade. Nachdem Grayson verheiratet ist und Heath nur noch Augen für Julia hat, bist du der einzige Boscastle, dem der Sinn nach den Freuden des Lebens steht", rief sie ihm nach, als er mit federnden Schritten den Flur entlangeilte.

Er drehte sich kurz um und warf ihr einen Handkuss zu. „Auf mich kannst du jedenfalls noch zählen."

Am nächsten Abend trafen Heath und Drake sich im Erkerzimmer des Landhauses ihres ältesten Bruders. Heath stand am Fenster, während Drake nach seinem halsbrecherischen Ritt aus London rastlos hin und her wanderte.

„Ich bin froh, dass du so schnell kommen konntest", sagte Heath dankbar und schenkte seinem Bruder ein Glas Brandy ein.

„Ich bin geritten wie der Teufel", antwortete Drake. „Geht es um Auclair? Oder schon wieder um Brentford?" Seine Augen wurden schmal. „Ich hätte dem Kerl die Nase blutig schlagen sollen."

„Von Auclair habe ich nichts gehört."

„Es wäre wahrscheinlich ein Irrtum zu hoffen, dass er für immer von der Bildfläche verschwunden ist."

„Vermutlich." Heath reichte Drake das Glas mit einem verkrampften Lächeln. „Es handelt sich um eine delikate Angelegenheit."

„Delikat? Deinetwegen ließ ich eine entzückende Blondine auf dem Sofa in Audreys Boudoir sitzen."

„Ich bin sicher, sie wartet auf dich."

Drake unterdrückte ein Gähnen und lümmelte sich in einen Lehnstuhl. „Also, wenn du willst, dass ich einen unliebsamen Kerl beseitige, sprich endlich. Hamm kann mir dabei helfen. Lass uns die Sache hinter uns bringen."

Heath horchte auf das gedämpfte Frauenlachen im Flur. „Es handelt sich nicht um einen Kerl. Nun ja, eigentlich schon. Es geht um mich. Besser gesagt, um eine Aktzeichnung von mir. Eine Nacktzeichnung, die Julia von mir angefertigt hat, ist verschwunden."

Drake verschluckte sich und hustete. Dann breitete sich ein hämisches Grinsen auf seinem Gesicht aus.

„Eine Nacktzeichnung ... von dir?"

„Wenn du anfängst zu lachen", entgegnete Heath kalt, „gibt es sehr bald etwas zu beseitigen, und zwar deine Leiche."

„Wieso ist sie verschwunden?"

„Hermia ließ Julias Musikzimmer von zwei Tagelöhnern entrümpeln, die sie auf der Straße aufgelesen hatte. Julia hatte die Zeichnung in dem Gerümpel versteckt. Aus Sicherheitsgründen."

„Du bist erledigt", stellte Drake trocken fest und knöpfte sich das Jackett auf. „Wer weiß, was diese Kerle mit dem verdammten Ding anstellen."

„Genau."

„Möglicherweise interessiert sich bereits der Louvre für das Kunstwerk", spöttelte Drake. „Du könntest deine Besitzansprüche bei Wellington anmelden."

„Du scheinst einen allzu hohen Anspruch an den künstlerischen Wert einer dilettantischen Zeichnung zu stellen", bemerkte Heath trocken. „Mir reicht die grauenvolle Vorstellung, dass mein nacktes Konterfei in den Gassen von St. Giles herumgereicht wird. Julia trifft zwar keine wirkliche Schuld daran, dennoch ist die Sache furchtbar peinlich."

„Auf dem Schwarzmarkt könnte das Ding ein Vermögen bringen", sagte Drake nachdenklich. „Stell dir nur vor, wie viele Frauen zu einem Mord fähig wären, um das Kunstwerk zu besitzen. Wie sieht es denn aus?"

„Na ja, wie ich ... nackt, nehme ich an."

„Was, in aller Welt, ist in Julia gefahren, dich nackt zu zeichnen?"

„Das kannst du sie bitte selber fragen."

Drake machte eine Pause. „Wie dem auch sei, ich kann es mir

denken. Die Frage ist: Weiß Russell Bescheid?"

Heath hob den Kopf, als die Tür sich öffnete und Hermia eintrat, gefolgt von Julia, der lüsternen Künstlerin, in einem fliederfarbenen Abendkleid. Sein dunkler Blick wanderte in sündigem Begehren über ihre schlanke Figur.

„Grundgütiger", entfuhr es ihr erschrocken, als sie hinter Hermias Rücken Schutz suchte. „Eine Familienbesprechung, und ich fürchte, den Anlass dafür zu kennen."

Hermia wandte sich an Drake. „Haben Sie das Ding schon gefunden?"

Er erhob sich höflich zu ihrer Begrüßung. „Nein, aber ich werde mich umgehend auf die Suche machen. Kann mir eine der Damen die Zeichnung beschreiben?"

Julia nestelte nervös an den Fransen ihres Schals. „Ähm … ich enthalte mich der Stimme."

„Dumme Frage. Eine Zeichnung von mir als Apoll", erklärte Heath zähneknirschend. „Das dürfte doch nicht so schwer zu erkennen sein."

„Nun ja", druckste Julia verlegen herum, „abgesehen von der Tatsache, dass ich dich ein wenig übertrieben dargestellt habe … sozusagen als Karikatur."

„Als Karikatur?", wiederholte er verdattert.

Julia starrte ins Feuer. Nie hätte sie sich träumen lassen, dass ihre Skizze in fremde Hände geraten könnte. Kein Wunder, dass sie in der vornehmen Welt als verruchte Lady Whitby verrufen war. Was für einen grässlichen Eindruck musste Heaths Familie von ihr bekommen, dabei hatte sie sich nur einen Spaß machen wollen. „Nun ja, ich habe gewisse Partien deiner Anatomie ein wenig verzerrt dargestellt … als Karikatur, wie sie gerne in den Zeitungen veröffentlicht werden."

Hermia entfuhr ein spitzer Schrei. „Doch nicht *diese* Zeichnung?"

„Finde das verfluchte Ding", knurrte Heath finster. Was für ein grauenvoller Gedanke, als nackte Karikatur Unsterblichkeit zu erlangen. „Sonst gibt es eine Katastrophe."

Drake nahm ein leichtes Abendessen mit Heath und Julia zu sich, bevor er sich frühzeitig zur Ruhe begab, da er im Morgengrauen aufbrechen wollte, um seine Suche zu beginnen. Später brachte Julia das Thema wieder zur Sprache, als sie mit Heath vor dem Kamin in ihrem Zimmer saß. „Diese Zeichnung hat dich sehr aufgebracht, dabei hat sie vermutlich kein Mensch zu Gesicht bekommen. Es tut mir schrecklich leid."

„Das hast du bereits gesagt." Er lächelte widerstrebend, konnte ihr einfach nicht böse sein. Er liebte sie viel zu sehr, als dass er sich wegen dieser Banalität mit ihr streiten wollte. Es gab ernsthaftere Probleme, denen sie sich stellen mussten. „Ich denke, ich werde es überleben, Julia. Kein Grund, dich um den Schlaf zu bringen."

Er war allerdings um den Schlaf gebracht. Er stellte sich die peinliche Situation vor, wie er seinen Club betrat und die ominöse Nacktzeichnung an der Wand hängen sah. Seine Freunde würden sich vor Lachen ausschütten, ihm den Spitznamen „Nackter Apoll" geben, der ihn bis zum Ende seiner Tage verfolgen würde. Diese Schmach könnte er nie wieder loswerden.

„Du hast die Zeichnung noch gar nicht gesehen", murmelte sie. Ihr schuldbewusster Unterton verriet, dass er ihr wohl kaum so nachsichtig verzeihen würde, wenn er sie gesehen hätte. „Es besteht ja die Möglichkeit, dass die Männer sie verbrannt haben."

„Geh zu Bett, Julia." Er stand auf, streckte ihr die Hände hin und zog sie in seine Arme.

Er küsste sie, bis sie die Hände um seinen Hals schlang, die Spannung von ihr wich und sie sich weich und warm an ihn schmiegte. Augenblicklich schoss ihm die Hitze in die Lenden.

„Wie konnte ich nur all die Jahre ohne dich leben?", raunte er mit geschlossenen Augen und presste sie an sich.

„Lebe nie wieder ohne mich", wisperte sie.

„Nie wieder." Bedächtig begann er, sie zu entkleiden, ging vor ihr auf die Knie und streifte Strumpfbänder und Seidenstrümpfe nach unten und schob eine Hand zwischen ihre Schenkel.

Sie klammerte sich an seinen Schultern fest, ihr offenes Haar leuchtete feuerrot im Schein der Flammen. „Sündiger Verführer", hauchte sie matt.

„Sündige Verführerin.“

„Nur mit dir.“

„Ich werde sehr gut sein müssen, um dich nicht zu enttäuschen.“ Seine Finger umfassten die seidenweichen Rundungen ihres Pos, er barg das Gesicht an ihrem Bauch. „Oder sehr verrucht. Was ist dir lieber?“

„Ich … glaube …“ Sie konnte nicht weitersprechen, stöhnte und hätte den Halt verloren, wenn seine starken Hände sie nicht gestützt hätten.

„Ich glaube, es gefällt dir besser, wenn ich verrucht bin“, murmelte er, während er die Finger über ihren Schenkel gleiten ließ.

Dann richtete er sich auf und schloss sie in die Arme. Julia zog ihn langsam aus, küsste jedes Fleckchen seiner Haut, bis er nackt und voller Verlangen vor ihr stand. Sie zwang ihn, rückwärts zu gehen, bis sie auf dem Bett landeten, streichelte und küsste ihn unermüdlich. Nachdem sie ihre Gefühle für ihn endlich zugelassen hatte, konnte sie nicht aufhören, ihn zu liebkosen. Nie wieder würde sie leugnen, was er ihr bedeutete und was sie sich von ihm wünschte. „Wie verrucht kannst du sein?“ Sie beugte sich über ihn und küsste seine Männlichkeit.

Er hielt sie mit angezogenen Knien zwischen den Schenkeln gefangen und schob sich ihr weiter entgegen. „Ich bin ein Boscastle. Für mich gibt es keine Grenzen.“

Um es ihr zu beweisen, umfing er ihre Mitte, hob sie hoch und setzte sie auf sich. Stöhnend vor Wonne versenkte er sich tief in sie. „Ein wunderbares Gefühl, nicht wahr?“

Sie bog den Kopf in den Nacken, drückte den Rücken durch in vollkommener Hingabe. Seine Hände strichen nach oben bis zu ihren Brüsten, umkreisten ihre dunklen Knospen. Julia seufzte tief auf.

„Du fühlst dich unglaublich gut an“, murmelte er.

„Du fühlst dich … unglaublich … groß an.“

Er bewegte die Hüften und lachte, als sie stöhnte. „Mein armer Liebling.“

„Das war keine Klage.“

Ohne aus ihr zu gleiten, rollte er sie auf den Rücken. Seufzend schlang sie die Beine um ihn. Nie zuvor hatte er eine Frau so sehr geliebt, mit seinem Herzen, seiner Seele, seinem ganzen Dasein. Nie hatte er diesen berauschenden Strudel tiefen Empfindens und lüsterner Begierde verspürt.

„Du gehörst mir."

„Ja, ich gehöre dir", keuchte sie und klammerte sich an seine Arme.

„Ich will dich nicht wieder verlieren." Er küsste zärtlich ihren Hals, während er sich weiter in ihr bewegte. „Das hätten wir schon vor Jahren tun sollen."

Sie bog sich ihm entgegen. „Davon habe ich oft geträumt." Ihre Finger fuhren über seinen Rücken. Er stöhnte und spürte, wie sie zu zittern begann, der Erlösung nahe, genoss ihre Hingabe, den dunklen Nebel der Wollust.

Sie war unbeschreiblich schön in ihrer Erregung, ihrer Schutzlosigkeit, ihrem Urvertrauen, als sie unter ihm den Gipfel der Lust erklomm. Er hielt sich mühsam zurück, um sie in ihrer glückseligen Hingabe zu beobachten. Dann überschritt auch er die Grenze, jagte in atemberaubende Höhen der Ekstase entgegen.

Schweißperlen hatten sich auf seinem Brustkorb gebildet, sein Herzschlag hatte sich beruhigt, doch das Blut rauschte immer noch erhitzt durch seine Adern, als er sie eng umschlungen hielt. Seine Frau. Seine Geliebte. Er atmete ihren Duft ein, genoss ihre Wärme. „Ich liebe dich, Heath Boscastle", flüsterte sie an seinem Hals.

Die Kehle wurde ihm eng. Auf diese Frau hatte er sein ganzes Leben lang gewartet. Um sie würde er kämpfen und für sie seine Ehre verpfänden. Sie war ein kostbares Juwel. Aber Russell würde ihm dieses Juwel nicht kampflos überlassen.

„Du Schuft." Julia rüttelte ihn an der Schulter. „Ich habe dir gestanden, dass ich dich liebe, und du schweigst dazu?"

Er lachte tief. „Vergiss nie, was du mir gestanden hast, Julia. Ich bin kein junger Mann mehr, dem du weglaufen kannst. Ich werde dich für nichts auf der Welt aufgeben. Ich liebe dich mit allem, was ich bin, selbst wenn ich Schande über uns beide bringen müsste."

„Etwas anderes habe ich von einem Boscastle-Schurken nicht erwartet", sagte sie zärtlich.

25. KAPITEL

Emma Boscastle, die verwitwete Viscountess Lyons, gab im Salon ihres jüngsten Bruders Devon Anstandsunterricht, wobei sie erheblichen Anstoß daran nahm, im Haus eines berüchtigten Herzensbrechers adeligen jungen Damen sittsames Benehmen beizubringen. Sie konnte sich aber ein wenig damit trösten, dass dieses Haus wenigstens in der vornehmen Curzon Street lag. Sie hatte die Hoffnung noch nicht aufgegeben, Devon und Drake irgendwann zur Einsicht zu bringen, sich endlich wie Gentlemen zu benehmen. Gottlob waren Grayson und Chloe mittlerweile verheiratet, und Heath wahrte seit jeher Diskretion über sein Privatleben. Emma war froh, dass wenigstens auf ihn Verlass war; er würde keine Skandale auslösen.

Sie klatschte in die Hände, um ihre geschwätzigen Schützlinge zur Ordnung zu rufen. Nie zuvor hatte sie eine so wilde, ausgelassene Schar unterrichtet, einmal abgesehen von den Mitgliedern ihrer eigenen Familie. Bei zwei ihrer schwierigsten Schülerinnen handelte es sich um Boscastle-Cousinen, eine hinlängliche Erklärung ihres Ungestüms.

„Nun ist aber Schluss mit Kichern und Tuscheln, meine Damen. Sie sind schließlich keine schnatternden Gänschen." Sie stellte sich auf Zehenspitzen, um einen Blick auf das Blatt Papier zu werfen, das ihre Schülerinnen in solche Unruhe versetzt hatte, die noch vor wenigen Minuten beinahe eingeschlafen wären. „Was seht ihr euch denn mit so großem Interesse an?"

„Nur ein Kunstwerk, Lady Lyons."

„Das Bildnis eines griechischen Gottes."

„Aha." Emma seufzte. „Darf ich hoffen, dass dies ein Zeichen Ihres neu erwachten Interesses an der Antike ist?"

„Auf mich wirkt er nicht antik", flüsterte ein Mädchen.

„Gütiger Himmel, seht euch nur die Größe dieses Pfeils an!"

Charlotte Boscastle gluckste. „Das ist kein Pfeil …"

Der Schalk in den blauen Augen des Mädchens ließ in Emmas Kopf Alarmglocken schrillen. Sie trat in die Mitte des Kreises ihrer Schülerinnen. „Händigt mir das Blatt aus – *sofort*."

Charlotte hob unschuldig den Blick. „Es ist nur eine Zeichnung von Apoll."

Emma entfuhr ein spitzer Schrei. „Es ist ein schmutziges Pamphlet", rief sie bestürzt. „Eine dieser unflätigen Karikaturen, die unsere Straßen beschmutzen! Und, oh mein Gott, noch dazu ein *nackter* Mann."

„Aber nicht irgendein nackter Mann, Lady Lyons", meldete ein blasses Mädchen mit Brille sich zu Wort. „Es ist Ihr Bruder."

„Wie? Mein ..." Emma starrte fassungslos auf die Zeichnung in ihren Händen. „Gütiger Himmel ... Gott steh mir bei ... mein Riechsalz ... einen Stuhl. Ich habe einen Schwächeanfall. Es ist Heath."

Charlotte schob Emma einen Stuhl unter. „Setz dich, Tante Emma, und atme tief durch."

Das schändliche Blatt flatterte zu Boden. Das Mädchen mit der Brille bückte sich und hob es schleunigst auf. „Ich wollte immer schon wissen, wie er aussieht. Gilt er nicht als der einzig solide und ehrbare Mann in der Familie, Lady Lyons?"

Charlotte äugte über ihre Schulter und schüttelte den Kopf. „Jetzt wohl nicht mehr."

Zwei Stunden später betrat Lord Devon Boscastle federnden Schrittes seinen Club an der St. James's Street und steuerte zielstrebig auf eine Gruppe junger Herren zu, die sich an einem der hohen Rundbogenfenster mit gedämpften Stimmen unterhielten und gelegentlich boshaft auflachten.

„Was führt ihr heute wieder im Schilde?", fragte er gelangweilt.

„Hast du es schon gesehen?", fragte einer seiner Freunde spöttisch, der in einem tiefen Ledersessel die langen Beine von sich streckte.

„Habe ich was gesehen?"

„Das Pamphlet, das in der ganzen Stadt verteilt wird", antwortete ein anderer feixend.

Devon wurde von einer unangenehmen Vorahnung beschlichen. In seiner Familie kursierte ein Sprichwort. Wo Rauch aufsteigt, ist meist ein Boscastle in der Nähe. Wo Rauch aufstieg *und* von einem Skandal die Rede war, war tatsächlich stets damit zu rechnen, dass ein Mitglied der Familie mittendrin steckte. „Ist es nicht etwas früh am Tag, um politische Streitschriften zu lesen?"

„Es handelt sich um deinen Bruder, mein Lieber", verkündete ein Dritter hämisch grinsend.

Devons erster Gedanke galt Drake. Grayson war verheiratet und für Skandale so gut wie gestorben. Devon selbst hatte seit annähernd drei Wochen keinen Ärger mehr gehabt. Und Heath, der Heimlichtuer, verhielt sich in allem, was er tat, ausgesprochen diskret.

„Was hat er denn getan?", fragte Devon und trat in den Halbkreis.

„Ich würde eher sagen, man hat *ihm* etwas angetan. Das ist doch Heath, oder irre ich mich?"

Jemand hielt ihm das Blatt vor die Nase. Devon bekam vor Verblüffung große Augen. Ja, das war unverkennbar Heath, so wie Gott ihn geschaffen hatte und wie ihn nur wenige, vorwiegend Vertreterinnen des schwachen Geschlechts, zu Gesicht bekommen hatten. Er stand breitbeinig in Siegerpose vor einer griechischen Tempelsäule in seiner ganzen nackten Pracht mit dem größten ..."

„Soll das ein Pfeil sein?", fragte Devon laut und verschluckte sich beinahe vor Lachen. „Wer, zum Teufel, tut ihm das an?"

„Wer wohl? Die verruchte Lady Whitby natürlich. Sieh nur, sie hat ihr Werk sogar signiert. Vermutlich hat sie nicht im Traum daran gedacht, es könne in falsche Hände gelangen. Wie rasch werden die Mächtigen unter uns doch zu Fall gebracht. Noch dazu von einer Frau. Ob Russell einen Herzanfall erleidet, wenn er Heath so sieht?"

Devon studierte die Karikatur mit einem schiefen Lächeln. „Heath bekommt jedenfalls einen Tobsuchtsanfall, wenn er das sieht."

In der nächsten Ausgabe des *Morning Chronicle* stand zu lesen, Lord Heath Boscastle sei mit der berüchtigten Witwe Lady Whitby, die in Indien einen britischen Soldaten angeschossen hatte, überstürzt nach Gretna Green abgereist, um Hals über Kopf die Ehe zu schließen. Der Artikel erwähnte nicht, dass sie vor Jahren auf besagten Lord Boscastle geschossen hatte. Aber es hieß weiterhin, sie erwarte ein Kind von ihm.

Ein Artikel in der *Times* behauptete, das skandalumwitterte Paar sei nach Frankreich geflohen. Der Korrespondent wusste weiterhin zu berichten, die berühmtesten Porträtmaler der Londoner Gesellschaft verzeichneten plötzlich eine starke Nachfrage ihrer Klientel, als griechische Gottheiten dargestellt zu werden.

Sir Russell Althorne las beide Artikel mit versteinerter Miene im Schlafzimmer seiner Mätresse. Er hielt sich seit einer knappen Stunde wieder in London auf. Kaum war er nach der stürmischen Begrüßung wieder zu Atem gekommen, als ihm seine Mätresse, die tatsächlich ein Kind erwartete, die Karikatur und die Zeitungsartikel präsentierte.

Russell sprang wutentbrannt aus dem Bett. Er war erschöpft von seiner enttäuschenden Mission in Frankreich und außer sich vor Entrüstung. „Wie *können* sie es wagen!“, donnerte er und fuchtelte mit der Zeichnung in der Faust in der Luft herum. „Mein *ehrenwerter* Freund. Der Freund, für den ich ein Auge geopfert habe. Die Frau, die ich vor Schande und Skandal bewahrt habe …“

„Bedeutet das etwa, du musst auf ihr Vermögen verzichten?“ Seine Mätresse ließ den Kuchenteller sinken.

„Wie, zum Teufel, soll ich wissen, was es bedeutet?“, brüllte er. „Jedenfalls wurde ich zum Narren gehalten.“

Sie wischte Kuchenkrümel von ihrem üppigen Busen. „Ich finde ihn gut getroffen, ehrlich gestanden.“

„Er ist nackt!“

„Ja, das habe ich bemerkt.“ Sie beäugte die Zeichnung. „Das ist ja kaum zu …“

„‚Hüte dich vor einem Skandal‘, habe ich sie gewarnt. Und was hat sie getan?“

Die Operndiva zögerte. „Einen Skandal ausgelöst?“

„Dein blitzender Verstand hat es wieder einmal erfasst, nicht wahr, Liebling?“

Sie lächelte zu ihm auf und legte ihre leicht geschwollenen Beine auf den Fußschemel. „Ich fürchte, es ist kein guter Zeitpunkt, dir zu sagen, dass Julia Audrey Watson aufgesucht hat."

„Audrey Watson?", wiederholte er tonlos. „Warum?"

„Keine Ahnung. Ich spielte selbst schon mit dem Gedanken, Audrey aufzusuchen."

„Julia ... zu Besuch bei einer Kurtisane?"

Sie beugte sich vor. „Die Boscastle-Männer stehen im Ruf, die sündigen Seiten einer Frau zum Vorschein zu bringen, habe ich mir sagen lassen."

„Heath Boscastle ist ein Gentleman."

„Immerhin entstammt er einer ruchlosen Familie." Sie blickte stirnrunzelnd in Russels wutverzerrtes Gesicht. Er fuhr in die Hose, streifte das Hemd über und stolperte beinahe über die eigenen Füße auf der Suche nach seinen Stiefeln. „Ich dachte immer, in dieser Hinsicht sei sie dir gleichgültig", fügte sie schnippisch hinzu.

Er blieb ihr die Antwort schuldig.

Sie nahm die Beine vom Schemel und stieß heimlich mit dem Fuß einen Stiefel unter ihren Sessel.

„Warum tut sie mir das an?", knurrte er. „Hat sie denn keinen Respekt vor der öffentlichen Meinung?"

Die Diva stellte den Kuchenteller auf ihren schwellenden Leib und musterte ihren Liebhaber finster wie eine unzufriedene Katze. „Hast du etwa vor, sie zu besuchen? Doch nicht am ersten Tag deiner Ankunft?"

Er steckte sich das Hemd in den Hosenbund und warf sich den blauen Militärmantel über die Schulter. „Ich bin mit dieser Frau verlobt. Denkst du, ich lasse mich durch ihr skandalöses Benehmen zur Zielscheibe des Spottes machen?"

„Du wirst doch nicht halb angezogen zu ihr laufen", entrüstete sie sich und stellte den Teller beiseite.

„Warum nicht? Ich komme grade von einer sinnlosen Verbrecherjagd quer durch Frankreich zurück. Ein Mörder läuft frei herum. Meine Verlobte lässt eine obszöne Zeichnung meines Freundes veröffentlichen, dem ich vertraut habe. Eine Nacktzeichnung, die sie auch noch signiert hat. Denkst du, ich lasse mir das bieten?"

Sie bückte sich nach dem Stiefel und eilte ihm dann in den Flur nach. „Heath Boscastle wird dich töten, wenn du ihm drohst."

Russell fuhr herum wie ein Irrer, die Zeichnung zwischen den gefletschten Zähnen, und riss ihr den Stiefel aus der Hand. „Nicht wenn ich ihn vorher umbringe."

„Alles ist wunderschön", sagte Julia, schmiegte sich in Heaths starke Arme und barg die Wange an seiner Brust. Seit ihrer Jugend im Hause ihres Vaters hatte sie sich nicht so liebevoll geborgen gefühlt, und sie wünschte, ihrem Vater sagen zu können, wie glücklich sie war.

Heath und sie waren durch die Wälder gestreift, als es anfing zu regnen. Er hatte ihr seinen schwarzen Wollmantel um die Schultern gelegt und sie unter dem tropfenden Blätterdach einer alten Eiche geküsst. Grelle Blitze durchzuckten den wolkenverhangenen Himmel. London schien in einer anderen Welt zu liegen, die staubige Luft, der Nebel und der Gesellschaftsklatsch waren vergessen.

Heath küsste eine heiße Spur auf ihren Hals nach unten, zärtlich biss er in ihre Brustspitzen durch den Stoff ihres Kleides. Sie schloss die Augen, gefangen zwischen der rauen Rinde des Baumstamms und Heaths Wärme. „Es wird wunderschön werden", raunte er und ließ seine Hand sanft über ihren Nacken gleiten, „wenn wir wieder zu Hause sind."

„Hast du etwa vor, mich hier auszuziehen?", fragte sie und lachte leise.

„Hast du etwas dagegen?" Er zog den Ausschnitt ihres Kleides bis über ihre Knospen nach unten.

„Ich ..."

Ein Frösteln durchrieselte sie, als die feuchte Luft ihre nackten Brüste traf, der die wohlige Wärme seines Mundes folgte. Sie klammerte sich Halt suchend an seine Arme, als ihr der Mantel und ihr Umhang von den Schultern glitten und die Flammen der Begierde in ihr hochzüngelten. Warum fühlte es sich so natürlich an, sich von ihm verführen zu lassen? Nichts daran war falsch.

„Du siehst sehr lüstern aus“, raunte er. „Ich möchte nicht, dass ein anderer dich je so sieht.“

Sie nestelte an den Knöpfen seiner Hose. „Wollen wir den Spielplatz wechseln?“

Seine Zähne nagten sanft an ihrer Brustknospe. „Ich habe eine bessere Idee.“

Ohne Vorwarnung griff er nach den Kleidungsstücken am Boden, nahm sie in seine Arme, hob sie hoch und marschierte los. Regentropfen perlten von seiner Stirn. Julia schlang die Arme um seinen Hals. „Das ist aber nicht die Richtung zum Haus, du Wüstling“, sagte sie und atmete den feuchten Duft seiner Haut ein.

„Nein? Stell dir das vor.“

„Du kannst doch nicht einfach eine hilflose Frau in einen finsteren Wald entführen, auch wenn du ein Boscastle bist.“

„Genau deshalb kann ich es tun. Es liegt mir im Blut.“

„Wohin bringst du mich?“

„Hierher.“ Er stellte sie an einem grünen Vorhang aus rankendem Efeu und Waldreben auf die Beine, der die Öffnung einer Sandsteinhöhle verdeckte. Er hob den grünen Vorhang, führte sie an der Hand ins Innere und breitete seinen Mantel über das welke Laub auf dem Lehmboden. Julia ließ den Blick durch die halbdunkle geheimnisvolle Höhle wandern, während er die Umgebung absuchte, um sicherzustellen, dass sie allein waren. Vor der nackten Felswand stand eine alte, messingbeschlagene Truhe mit offenem Deckel, aus der zerbrochene Holzschwerter ragten, silbern bemalte Holzgefäße, eine mit bunten Glassteinen beklebte Pappkrone und noch allerlei Kinderschätze. Ganz hinten in der Höhle grinste ein Totenkopf.

Heath streckte ihr die Hand entgegen. „Willkommen in der berüchtigten Boscastle-Höhle, meine süße Gefangene. Auf die Knie! Sofort.“

Sie zwang ihn, ein paar Schritte rückwärts zu gehen. „Und wenn ich mich weigere?“

„In alten Zeiten hätte ich dich für deinen Ungehorsam enthauptet.“

Sie ließ ihren grauen Umhang auf den Boden gleiten und umkreiste ihn gemessenen Schrittes wie eine stolze heidnische Königin, die von einem Bauern gefangen genommen worden war. „Und nun? Was hast du mit mir vor?“

Er hob das Kinn, als sie ihn flüchtig berührte. „Ich dachte, ich zwinge dich, um Gnade zu flehen.“

„Um mein Leben?“

Blitzschnell griff er ihr in die Kniekehlen, zog sie mit sich zu Boden und nahm ihren Mund in einem leidenschaftlichen Kuss in Besitz, wühlte die Finger in ihr Haar, schob seinen Schenkel über sie und zwang sie sanft, sich auf den Rücken zu legen. Während der Regen unablässig gegen den grünen Blättervorhang plätscherte, legte er sich über sie und küsste sie fiebernd. Wäre draußen die Welt untergegangen, Julia hätte sich nicht daran gestört.

„Ich nehme an, dieses Spiel hast du schon öfter gespielt, Boscastle.“

Er lächelte verträumt, sein hungriger Blick wanderte in sinnlicher Verheißung über ihre verlockenden Rundungen. „Nicht seit ich erwachsen bin.“

„Wie erhalte ich meine Freiheit wieder?“, fragte sie.

„Niemals.“

Außer ihnen gab es nichts und niemanden mehr auf der Welt. Julia erhaschte flüchtige Blicke auf die grellen Blitze durch das dichte Blattwerk. Sie hörte das Grollen des Donners in der Ferne, das einschläfernde Plätschern des Regens, und sie vernahm die lockenden Schmeicheleien, die Heath ihr ins Ohr flüsterte.

Letzte Zweifel loderten in ihr auf, kämpften gegen die verführerische Kraft seiner Zärtlichkeit. Sollte sie wirklich alles aufs Spiel setzen? War es nicht besser, den einmal eingeschlagenen Weg weiterzugehen, nicht ein zweites Mal ein gebrochenes Herz zu riskieren? Aber sie wusste, sie hatte sich bereits entschieden, ja konnte im Grunde nicht anders, als auf ihr Herz zu hören.

Jahrelang hatte sie Heath in ihrer Fantasie den Prozess gemacht, ihn angeklagt, weil er sie herzlos verlassen hatte. Aber die bittersten Vorwürfe hatte sie sich selbst gemacht wegen ihres leichtfertigen Wesens und weil sie ihn trotz allem begehrte.

Der wahre Heath Boscastle in seiner rätselhaft dunklen Verschlossenheit allerdings war wesentlich gefährlicher für ihr Herz als der abgefeimte Schürzenjäger, für den sie ihn gehalten hatte. Seine Zärtlichkeit, die er normalerweise meisterhaft zu verbergen wusste, war seine geheime Stärke, seine Beharrlichkeit eine Waffe, gegen die Julia nichts ausrichten konnte.

Er war ein einsamer Wolf, wild, unbeugsam und von eiserner Loyalität. Er hatte sie damals nicht verlassen, wie sie angenommen hatte, und er hatte später nicht geheiratet.

Warum nicht? Am liebsten wollte sie glauben, dass er auf sie gewartet hatte.

Sie blickte zu ihm auf und seufzte, als sie das sündige Versprechen in seinen Augen las. Seine Hände glitten unter ihre Hüften und drängten sie an seine Männlichkeit. Voller Leidenschaft erbebte sie unter ihm, genoss seine Berührungen, und es verging eine Weile, bevor ihr klar wurde, dass ihr Kleid bis zu den Hüften hochgeschoben war. Und dann spürte sie mit einem beseligenden Glücksgefühl, wie er in sie eindrang.

„Du bist herrlich“, hörte sie seine tiefe heisere Stimme. „Du bist wunderbar.“

Er hauchte Küsse auf ihre Stirn, ihre Schläfen und Wangen bis zur Schulter. Mit jedem Stoß versenkte er sich tiefer in sie, erfüllte sie ganz mit sich, bis ihr kehlige Lustschreie entfuhren. Sie schwelgte in den sinnlichen Wonnen seiner Besitznahme und hob sich ihm lüstern entgegen.

„Höre ich dich um Gnade flehen, Julia?“

Sie ließ ihre Finger über seinen Rücken gleiten. „Du bist schamlos.“

„Das habe ich schon öfter gehört.“

Kaum hatte er ausgesprochen, da erbebte sie. Er dämpfte ihren Lustschrei mit seinem Mund und stöhnte tief. Seine entfesselte Leidenschaft raubte Julia alle Sinne. Wenn sie an ihre erste lustvolle Begegnung dachte, fand sie es ganz natürlich, dass er sie in einer Höhle verführte … dass sie ihn dazu ermuntert hatte.

„Wie viele Frauen hast du hierhergebracht?“, keuchte sie atemlos.

„Weiß ich nicht.“

Ihre Augen wurden schmal.

„Keine einzige“, fügte er lachend hinzu. „Du bist meine erste Gefangene.“

Er küsste sie wieder und fuhr fort, sie zu erobern, schwelgte in genüsslicher Selbstbeherrschung. Dahinschmelzend schloss Julia die Augen. In den Tiefen ihres Leibes setzte ein Beben ein. Sie verlor die Kontrolle und gab sich dem unwiderstehlichen Sog ihrer Verzückung hin.

„Nur dich“, raunte er.

Seine Gesichtszüge spannten sich, er bäumte sich auf. Sie umklammerte seine Schultern, und als die Sturmflut sie überwältigte, stammelte sie: „Und ich will die letzte sein.“

26. KAPITEL

Julia bemerkte die Pistole mit dem Elfenbeingriff erst, als Heath sie wieder in den Hosenbund steckte. Bei dem Gedanken, dass während ihres hitzigen Liebesaktes eine geladene Pistole neben ihnen gelegen hatte, durchlief sie ein Frösteln. Ihr überirdisches Glück könnte platzen wie eine Seifenblase, wenn Heath gezwungen wäre, gegen einen Mann zu kämpfen, dem es Vergnügen bereitete, zu töten und zu foltern. Mit großen Augen beobachtete sie, wie die Pistole verschwand.

Sie suchte seinen Blick und erschauerte. „Ich bin froh, dass ich das Ding vorhin nicht gesehen habe."

„Ich auch." Er half ihr mit den Haken und Ösen ihres salbeigrünen Kleides. „Die Waffe hätte dich möglicherweise abgelenkt", fügte er anzüglich lächelnd hinzu. „Aber ich möchte, dass du deine Pistole trägst, solange Auclair nicht gefasst ist."

Julia band sich das Haar zu einem Nackenknoten, setzte ihren Hut auf und folgte ihm in den Regen hinaus. Sie fühlte sich grausam in die Wirklichkeit gestoßen. Es war beängstigend, mit welcher Gelassenheit Heath sich damit abzufinden schien, dass er selbst bei einem harmlosen Spaziergang eine Waffe bei sich tragen musste.

Vielleicht gehörte die Waffe aber auch zu einem Teil seines Lebens als Offizier, eine Vergangenheit, die er möglicherweise nie abschütteln konnte. Sie dachte an die grässlichen Narben auf seiner Brust. Er war grauenvoll gefoltert worden und hatte wie durch ein Wunder überlebt. Aber die erlittenen Qualen konnte er nicht vergessen haben. Die Erinnerung an diesen Gräuel, die er tief in sich verschlossen hielt, verfolgte ihn gewiss noch immer in seinen Albträumen.

Und der Mann, der ihm diese Foltern zugefügt hatte, hielt sich in England auf. Wozu? Warum hatte er Russell nach Frankreich gelockt? Kannte Heath den wahren Grund? Und Russell? Oder war dieser Armand Auclair ein Wahnsinniger, dem es nur ums Töten ging?

Sie zog die Kapuze ihres Umhangs tief ins Gesicht. „Vielleicht sollten wir in der Höhle abwarten, bis der Sturm sich gelegt hat."

„Nein. Ich will dich in Sicherheit im Haus wissen.“ Er warf einen beinahe wehmütigen Blick in die Höhle zurück, die wieder hinter rankendem Grün versteckt war. „Die Höhle war eines unserer Lieblingsverstecke in der Kindheit.“

„Deine Familie scheint ihren berüchtigten Ruf zu verdienen.“

Er nahm sie bei der Hand, seine Augen blitzten belustigt. „Für eine Gefangene bist zu ziemlich aufmüpfig. Wollen wir nach Hause laufen?“

Julia nickte.

Beide waren bis auf die Haut durchnässt, als sie eine halbe Stunde später durch das verschnörkelte Eisentor mit dem Boscastle-Wappen rannten und in die Halle stürmten. Hermia eilte ihnen entgegen, kreidebleich und tief besorgt. Ein paar Diener in schweren Stiefeln und Regenumhängen waren gleichfalls in der Halle versammelt.

„Da seid ihr ja endlich!“, rief Hermia händeringend. „Grade wollte ich Hamm mit einem Suchtrupp nach euch ausschicken.“

Julia schlug schuldbewusst die Augen nieder, wagte nicht, Heath anzusehen, und schob die Kapuze in den Nacken. In seiner Gegenwart verlor sie jeden Zeitbegriff. „Wir haben nur einen Spaziergang gemacht.“

Hermias durchdringender Blick heftete sich auf die falsch zugeknöpften Messingknöpfe an Heaths Mantel, ein Missgeschick, das Julia sich selbst zuschreiben musste. Sie hatte ihm den Mantel zugeknöpft. „Ihr seid beinahe drei Stunden fort gewesen, Julia“, sagte Tante Hermia tadelnd.

„Nun ja, wir wurden vom Gewitter überrascht“, erklärte Julia und gab Heath heimlich ein Zeichen, das Missgeschick zu beheben, wenn auch reichlich spät. „Wir wollten das schlimmste Unwetter abwarten.“

„In einer Höhle“, fügte Heath unnötigerweise hinzu. „In unserer Aladinhöhle.“

Julia nickte eifrig. „Da sieht es aus wie in einer Schatzkammer.“

Hermia bedachte die beiden Unschuldsengel mit einem strafenden Blick. „Eine dümmere Ausrede hätte euch wohl nicht einfallen können, wie? Im Übrigen irrt ihr euch.“

Heath wandte sich ihr mit höflich fragender Miene zu. Irgendwie war es ihm gelungen, die Knöpfe richtig zuzumachen. „Irren?“

„Ja, ihr irrt euch“, beharrte Hermia ungehalten. „Es hat erst vor Kurzem angefangen zu regnen. Meiner Meinung nach steht uns das schlimmste Unwetter noch bevor.“

Gegen Abend hörte es auf zu regnen. Julia, Heath und Hermia waren ziemlich einsilbig beim Abendessen, das aus kaltem Roastbeef, Käse und Apfelkuchen zum Dessert bestand, bevor man sich ins Wohnzimmer zurückzog. Hermia, immer noch gekränkt, entschuldigte sich, um sich umzuziehen.

Heath und Julia machten es sich vor dem Kamin bequem und gaben ein Bild häuslichen Friedens ab. In einem tiefen Ledersessel saß Heath mit dem Buch auf dem Schoß, das Julia ihm geschenkt hatte.

„Sie ist immer noch böse mit uns“, sagte Julia leise, als Hermias Schritte sich entfernt hatten.

„Sie hat sich Sorgen um uns gemacht“, antwortete er.

Julia seufzte. „Ich konnte ihr ja schlecht erklären, was wir wirklich getan haben.“

„Gott bewahre, sie wäre in Ohnmacht gefallen. Aber ihre Besorgnis war nicht ganz unberechtigt. Ich war ein wenig leichtfertig.“

Julia schnitt eine Grimasse. „Leichtfertig? Du hast mich gefangen gehalten ... in einer schaurigen Höhle.“

„Nun ja, immerhin bin ich der Familientradition verpflichtet. Du hast Glück, dass du deinen Kopf nicht verloren hast.“

„Aber mein Herz habe ich an dich verloren.“

Er drehte sich ihr langsam zu. „Stimmt das?“

„Wie kannst du daran zweifeln?“ Sie blickte ihm prüfend ins Gesicht.

„Keinerlei Gefühle für Russell?“

„Ich glaube, ich habe nie etwas anderes für ihn empfunden als Dankbarkeit und Freundschaft. Vielleicht hatte ich auch Angst, allein zu sein.“ Sie schaute ins Feuer. „Wie lange weißt du das eigentlich schon von ihm?“

„Was denn?“, fragte er gleichmütig.

„Dass er mich betrügt.“

Heath beugte sich vor. „Und wie lange weißt *du* davon?“

„Offensichtlich nicht so lange wie du.“ Sie weigerte sich, ihn anzusehen, bis er sie am Kinn fasste und ihr Gesicht zu sich drehte. Wie sie Heath einschätzte, hatte er gewiss lange mit seinem Gewissen gerungen, da er sie nicht verletzen wollte. Möglicherweise hatte er Russells Treulosigkeit auch nur für sich behalten, um ihr die Kränkung zu ersparen. Andererseits hätte alles viel schlimmer kommen können, wenn sie es nicht selbst herausgefunden hätte. „Warum hast du es mir verschwiegen? Wie konntest du zulassen, dass ich mir wie eine Närrin vorkomme?“

„Du bist keine Närrin, Julia“, widersprach er heftig. „Er ist der Narr, weil er dich betrügt.“

„Aber *du* hast davon gewusst.“

„Ich wollte kein Lückenbüßer sein.“

Ihr stolzer, ehrenhafter Beschützer wollte sie auf seine Weise gewinnen, nur um seiner selbst willen. War es das?

„Hättest du es mir je gesagt?“, fragte sie leise.

„Nur wenn ich dazu gezwungen gewesen wäre. Ich wollte keinen Trumpf gegen ihn ausspielen. Schließlich hat er mir das Leben gerettet, deshalb stehe ich noch heute in seiner Schuld. Aber eines weiß ich: Ich lasse dich nie wieder gehen.“ Er blickte ihr unverwandt in die Augen. „Aber ich hätte nie zugelassen, dass er dich mir wegnimmt. Wenn ich ehrlich bin, freue ich mich darauf, ihm endlich ins Gesicht zu sagen, dass du mir gehörst.“

„Mir graut davor, weil ich nicht glaube, dass er es hinnehmen wird.“ Sie runzelte die Stirn. „Seine Geliebte erwartet ein Kind von ihm. Ich nehme an, das weißt du auch.“

„Mittlerweile könntest du ein Kind von mir erwarten“, sagte er mit einem weichen Lächeln.

Der Gedanke erfüllte sie mit Sehnsucht. Ein Kind. Heaths Kind. Nichts wünschte sie sich sehnlicher. Es wäre die Erfüllung ihrer Liebe. Sie gönnte Russell Ruhm und Ehre und so viele Frauen, wie er sich nur wünschte. Denn sie sehnte sich nach einem beschaulichen Leben an Heaths Seite. Nun ja, vielleicht nicht ganz so beschaulich. Ihre verlorene Zeichnung würde vermutlich noch einigen Staub aufwirbeln und für Aufregung sorgen.

„Offenbar werde ich von Skandalen verfolgt“, sagte sie und lachte leise.

„Du heiratest in meine Familie ein, das ist sozusagen eine Garantie für Skandale. Ich fürchte, wir Boscastles haben eine Begabung dafür.“

„Und mein Ruf als skandalumwitterte Witwe macht es nicht besser“, seufzte Julia.

Die Tür wurde geöffnet, Hermia trat ein, warf einen kühlen Blick in die Richtung der beiden und setzte sich aufs Sofa, mit einem Stapel Briefe in der Hand. Heath und Julia fuhren auseinander wie zwei ertappte Kinder.

„Lasst euch nur nicht stören“, sagte Hermia nach einer bedeutungsvollen Pause. „Ich will mich keineswegs in eure Angelegenheiten mischen.“

„Bist du immer noch böse wegen heute Nachmittag, Tante Hermia?“, fragte Julia reumütig.

Hermia seufzte, ihre Gesichtszüge hellten sich auf. „Ich erhole mich allmählich von dem Schock, aber ich glaube … Tja, wer hätte gedacht, dass ich so etwas einmal sagen werde. Aber wenn ich euch beide so sehe, muss ich gestehen, obwohl es mir schwerfällt, dass Odham mir fehlt.“

„Odham?“, entfuhr es Heath und Julia im Chor.

„Nur ein bisschen“, erklärte sie schroff. „Bevor er mir meine Briefe nicht aushändigt, kann ich ihm nicht verzeihen.“

„Aber wenn er es tut, verzeihen Sie ihm?“, fragte Heath hinterlistig.

„Mag sein. Ich weiß es nicht.“ Hermia wandte den Blick, ihr Geständnis hatte sie sichtlich verwirrt. „Hört auf, mich anzustarren. Vor allem Sie, Boscastle. Ihre blauen Augen können eine Frau aus der Fassung bringen.“

„Ergeht es dir auch so?“, entfuhr es Julia.

„Beschäftigen Sie sich mit Ihrer Lektüre, Boscastle“, sagte Hermia im Befehlston. „Und du, Julia, reiß dich von diesem Schwerenöter los und lies mir die Post vor! Ich sehe nicht mehr so gut wie früher."

Julia erhob sich gehorsam und flüsterte Heath zu: „Sei ein braver Junge, und tu endlich, was man dir sagt."

Schmunzelnd schlug er das Buch auf, aber seine Gedanken waren mit anderen Dingen beschäftigt. Diese Momente heimlichen Glücks konnten nicht ewig andauern. Er würde erst wirklich glücklich sein, wenn Russell die Wahrheit erfahren hatte. Er hoffte, sich mit Russell darauf verständigen zu können, Auclair gemeinsam aufzuspüren, nachdem ihr persönliches Problem zur beiderseitigen Zufriedenheit gelöst war. Falls Russell nicht bereit war, ihm zu verzeihen, würde Heath nach einer offenen Aussprache mit ihm wenigstens mit reinem Gewissen in die Zukunft blicken.

Eine Zukunft mit Julia und einer glücklichen kleinen Familie.

Während Julia sich über die Briefe beugte, beobachtete er ihr Profil. Eine rote Haarlocke hing ihr über den Busen. Sie sah so reizvoll und verführerisch aus wie eine erblühte Rose. Üppig und begehrenswert.

Dieser Nachmittag in der Höhle ... nie zuvor hatte er so wild, so hemmungslos geliebt, und alles an dieser Vereinigung, alles an *ihr*, fühlte sich natürlich und richtig an. Er hatte sich immer in Julias Gegenwart wohlgefühlt. Und wenn er – falls er – seine tiefsten Gedanken jemals einem Menschen anvertrauen würde, dann nur Julia. Sie würde alles verstehen.

Sie blickte auf mit einem verlockenden und zugleich scherzhaften Lächeln, das sein Blut in gefährlichen Aufruhr brachte.

Er hoffte, sie würde dieses Lächeln nicht verlieren, nachdem er mit Russell gesprochen hatte, hatte aber das unbestimmte Gefühl, dass die Auseinandersetzung mit ihm nicht glimpflich enden würde.

Sie hatte von Russells Treulosigkeit gewusst. Heath hätte dieses Geheimnis lieber mit ins Grab genommen, um ihr Leid und Kränkung zu ersparen. Andererseits war er erleichtert, dass sie es endlich wusste. Hatte diese Erkenntnis ihre Entscheidung beeinflusst, sich ihm hinzugeben? Ihm ihr Herz zu schenken?

Diese Frage dürfte eigentlich keine Bedeutung haben. Auf seltsam verschlungenen Wegen hatte Russell sie einander wieder zugeführt. In gewisser Weise standen ja beide in seiner Schuld. Russell würde die Situation selbstverständlich nicht aus diesem Blickwinkel sehen. Er würde schäumen vor Wut und nicht bereit sein, Julia kampflos aufzugeben. Aber Heath würde keinen Fußbreit weichen.

Seine Heirat mit Julia würde zweifellos eine Flut übler Nachrede auslösen. Aber er hatte Schlimmeres durchgestanden.

Julia hatte sich in seinem Herzen eingenistet, noch ehe die Gräuel des Krieges ihn verhärtet hatten. Sie hatte Fragen in ihm aufgeworfen, auf die er bis heute keine Antwort wusste. Und sie war das Licht in der Finsternis in ihm, gegen die er allein bislang vergeblich angekämpft hatte.

Er senkte den Blick auf das Buch und hörte schmunzelnd zu, wie Julia ihrer Tante die Briefe vorlas.

Was hatte Julia gesagt, als sie durch den Wald spazierten?

Er war so erregt und befangen gewesen, dass er nicht richtig zugehört hatte.

Aber jetzt entsann er sich. Auch an ihren betörenden Duft, die Wärme ihres Körpers, als sie sich im strömenden Regen an ihn geschmiegt hatte.

Alles ist wunderschön.

Seine Finger umklammerten den Umschlag des Buches, das immer noch ungeöffnet auf seinem Schoß lag.

Julia warf ihm einen Blick zu und zog eine Braue hoch.

Er lächelte träge und sah, wie sie ihre Unterlippe zwischen die Zähne zog. Er hätte dieses Bild gerne für alle Zukunft festgehalten.

Hermia räusperte sich vernehmlich. Julia zuckte erschrocken zusammen und las hastig weiter. Sie wirkte so schuldbewusst, dass Heath beinahe laut aufgelacht hätte. Sie waren beide nicht mehr fähig, ihre Gefühle zu verbergen, nicht vor sich selbst und schon gar nicht vor anderen.

Der Skandal ihrer verbotenen Liebe würde die Gesellschaft erschüttern. Und für Heath waren die Zeiten seines Junggesellenlebens ein für alle Mal vorbei. Nun waren nur noch Drake und

Devon im Rennen. Julia war alles, was er begehrte, sein ganzer Lebensinhalt.

Alles ist wunderschön.

Ein Geräusch ließ ihn aufhorchen. Jemand schlug ungeduldig an das Eisentor und riss ihn aus seinen Grübeleien.

Julia hörte auf zu lesen, als Graysons Jagdhunde anschlugen. Ihr fragender, besorgter Blick suchte ihn. Sie ließ den Brief in ihrer Hand sinken.

Er trat ans Fenster und sah, wie Hamm und drei andere Diener den Kiesweg entlang zum Tor eilten. Heath fuhr herum und stürmte mit langen Schritten zur Tür.

„Geh mit Hermia ins Turmzimmer", befahl er Julia mit ruhiger, fester Stimme.

Hermia griff nach Julias Hand. „Was ist los, Heath?"

„Ich schicke Hamm zu euch hinauf. Nur eine Vorsichtsmaßnahme. Keine Sorge. Graysons Freunde klopfen zu den unmöglichsten Zeiten bei ihm an."

Er schob die Frauen in den Flur. „Es ist wahrscheinlich nichts", beschwichtigte er sie. „Vielleicht nur Drake oder Devon, die im angetrunkenen Zustand solchen Lärm machen."

Julia legte den Arm um Hermia. „Reichlich spät für einen Besuch, findest du nicht?"

„Könnte das Auclair sein?", flüsterte Hermia verängstigt.

Julia schüttelte den Kopf. „Ich glaube kaum, dass ein französischer Spion mitten in der Nacht an unseren Toren rüttelt und Einlass begehrt. Aber wer immer es auch sein mag, der Kerl scheint ziemlich hartnäckig zu sein."

Heath sah den beiden Frauen nach, bis sie oben an der Steintreppe verschwunden waren. Selbst wenn es nur ein später Gast war, bedeutete seine Ankunft, dass Heaths kostbare Zeit mit Julia bedroht war. Als er sich zum Gehen wandte, hörte er Hermias Stimme oben im ersten Stock.

„Denkst du, es könnte Russell sein? Grundgütiger, nicht auszudenken, wenn ihm etwas zu Ohren gekommen ist. Ach Julia, hoffentlich bringen die beiden Hitzköpfe sich nicht deinetwegen gegenseitig um."

Der ungebetene nächtliche Besucher war weder ein feindlicher Spion noch der wutentbrannte Russell. Es handelte sich um den Earl of Odham, der mit hochrotem Gesicht und zerzausten weißen Haaren ins Haus stürmte. Um sich zu beruhigen, trank er im Salon einen ordentlichen Schluck Brandy, während Julia und Hermia ihn mit einer Mischung aus Erleichterung und Neugier musterten.

„Was hat das zu bedeuten, Odham?", fragte Hermia verdrießlich, anscheinend hatte sie vergessen, dass sie sich noch vor einer Weile nach ihm gesehnt hatte.

Odham stieß einen tiefen Seufzer aus und warf Hermia, die ihm steif gegenübersaß, einen resignierten Blick zu. Heath und Julia hatten sich als neutrale Beobachter aufs Sofa zurückgezogen.

„Ich komme, um mich zu ergeben. Ich strecke die Waffen, Hermia", verkündete Odham mit Grabesstimme und lehnte sich schwer in den Lehnstuhl zurück.

Hermia musterte ihn argwöhnisch. „Du streckst die Waffen?"

„Ja. Du hast gewonnen."

Hermia machte ein verdutztes Gesicht. „Und was genau habe ich gewonnen?"

„Deine Freiheit. Deine Briefe an mich." Er holte ein Päckchen aus der Innentasche seines pelzgefütterten grauen Mantels. Die Liebesbriefe waren sorgfältig in einer roten Samtmappe aufbewahrt. Odhams Hand zitterte sichtbar, als er ihr das Friedensangebot hinstreckte. „Hier. Du sollst sie haben. Ich gehe gleich wieder. Mach dir keine Sorgen um mich. Mein Kutscher soll meine Leiche in einen Graben werfen, wenn ich unterwegs vor Gram sterbe. Für mich gibt es keinen Grund weiterzuleben, da ich dich verloren habe."

Hermias Gesicht verdüsterte sich. „Hör auf, mir zu drohen, du großmäuliger Narr."

Heath hüstelte vernehmlich. „Vielleicht ist es angebracht, wenn Julia und ich uns zurückziehen."

Hermia drehte nur schweigend die Samtmappe zwischen den Händen.

Odham warf Heath einen dankbaren Blick zu, in seinen Augen blitzte ein Funke.

Julia kicherte nervös, als Heath sie unsanft in den Flur bugsierte. „Wohin, wenn ich fragen darf, bringst du mich?"

„Das wirst du gleich sehen."

Seine starke Hand umfing die ihre. Ihr Herz begann schneller zu klopfen, als er sie einen Flur entlangführte, vorbei an einer Ahnengalerie mürrisch dreinschauender Herren und Damen. „Ein weiteres Boscastle-Versteck?", fragte sie belustigt.

„Kluges Mädchen. Wie hast du es erraten?"

Er schob sie sanft in einen dunklen, stickigen Raum, in dem es nach Staub roch. Im fahlen Mondlicht blitzten Schwertklingen und andere mittelalterliche Waffen, die an holzgetäfelten Wänden hingen. Julia stieß gegen eine eiserne Ritterrüstung mit Helm, wich mit einem spitzen Schrei zurück und taumelte gegen Heath.

„Eine Rüstkammer?"

Er verriegelte die Tür. „Schon wieder richtig geraten. Als Kinder war es uns streng verboten, hier zu spielen."

„Warum mussten wir Hermia und Odham allein lassen? Das Gespräch fing gerade an, interessant zu werden."

„Ich wollte ihre Privatsphäre nicht stören, und außerdem will ich mit dir allein sein." Sie betrachtete mit Interesse eine große, mit Nägeln gespickte Eisenkugel an einer schweren Kette. Eine furchtbare mittelalterliche Waffe. „Interessante Waffensammlung. Hast du vor, mich zum Duell zu fordern?"

Er lächelte. „Ich werde mich hüten ... bei deiner Schießkunst. Du könntest gewinnen."

Über dem mannshohen Steinkamin hingen Armbrüste, Streitäxte und mächtige Schwerter. „Daran zweifle ich."

Er hatte seine Jacke aufgeknöpft. „Ich würde dich niemals unterschätzen, Julia."

Sie bedachte ihn mit einem argwöhnischen Blick. „In diesem Spiel hast du jedenfalls die Oberhand."

Er näherte sich ihr mit glutvollen Augen. „Wie viele Gefangene hast du hierhergebracht?", fragte sie und bemühte sich, die Fassung zu wahren. Vergeblich.

„Ehrlich gestanden, noch keine."

Ein Schauer durchrieselte sie, als sein heißer Mund eine empfindsame Stelle an ihrem Hals fand. Das Atmen fiel ihr schwer. Gab es irgendeine Stelle ihres Körpers, die nicht unter seiner Berührung erbebte?

Und während seine Hand langsam an ihr nach oben glitt und über ihren Busen strich, fuhr er mit dunkler Stimme fort: „Ich war noch nie gezwungen, eine Frau zu unterwerfen, bevor ich sie verführt habe."

„Daran zweifle ich nicht."

„Wenn du willst, versuchen wir es mit Ketten."

„An mir oder an dir?", flüsterte sie. Der Mund war ihr plötzlich trocken geworden.

„Ich lasse einer Dame gerne den Vortritt."

Er schob nun die andere Hand unter ihren Rock, fand den Weg ihren nackten Schenkel nach oben bis zur Hitze ihrer Weiblichkeit. Julia wurden die Knie weich, als sein Finger behutsam in sie eintauchte, sie erkundete und Besitz von ihr nahm.

Mit einem spitzen Laut blickte sie an sich herab. „Du Teufel, du hast mein Kleid aufgeknöpft, ohne dass ich es bemerkt habe."

Er schlang den Arm um ihre festen Hinterbacken und zog sie auf den Teppich. „Wenn wir uns duellieren, können wir das auch nackt tun."

Sie hob den Kopf und betrachtete die Schwerter und Degen über dem Kamin. „Hast du mich hierhergelockt, um mir deinen Kavalleriesäbel zu zeigen?"

„Mein Säbel hängt nicht an der Wand."

„Nein?"

„Aber wenn du ihn sehen willst, könnte ich das arrangieren."

Sie blickte mit verdunkelten Augen in sein Gesicht. An ihrer Kehle pochte eine Ader, er streichelte mit dem Zeigefinger darüber. „Ist das nicht gefährlich?", flüsterte sie. „Ich habe gehört, der Säbel sei die gefährlichste aller Stichwaffen."

„Ja, das stimmt. Wer mit dem Säbel umzugehen weiß, erzielt damit eine große Wirkung."

Sie hauchte einen Seufzer. Ein warmes Beben breitete sich von ihren Knien bis in ihre Leibesmitte aus. „Und wie führst du deinen Säbel?", fragte sie.

„Ich benütze ihn vorwiegend als Stoßwaffe."

„Du … stößt damit zu?"

„Ja." Er bewegte sich kreisend an ihr, suchte ihren Mund. „Meine Klinge ist ein wenig gebogen."

„Und welchen Vorteil hat das?"

„Dadurch kann der Säbelt tiefer in den Körper seines Gegners eindringen."

„Faszinierend."

„Interessieren Sie sich für Waffenkunde, Lady Whitby?", fragte er, während sein Mund über ihren Hals zu ihren Brüsten wanderte.

„Ich muss gestehen, dass ich beginne, eine Leidenschaft dafür zu entwickeln", hauchte sie.

„Das freut mich", raunte er, und seine sündigen Lippen schlossen sich um ihre gereckte rosige Brustspitze und saugten sich daran fest. „Vielleicht sollte ich dir einen Beweis meiner Meisterschaft im Umgang mit dem Säbel geben."

„An diesem Ort?"

„Wo denn sonst?" Er entledigte sich seines Jacketts. „Das ist schließlich eine Waffenkammer."

Lange durften sie sich hier allerdings nicht aufhalten, sonst würde man sie wieder vermissen. Aber Julia lag so verlockend und bereit für ihn, dass er nicht widerstehen konnte.

„Du besiegst mich auch ohne Waffe", sagte er dunkel. „Ich bin dir hilflos ausgeliefert."

Julia seufzte wehmütig. „Wir dürfen uns zu keiner Unbesonnenheit hinreißen lassen. Ich würde vor Scham sterben, wenn man uns in dieser verfänglichen Situation ertappte."

„Du musst zuerst aufstehen."

Widerstrebend erhob sie sich und schlüpfte in die Ärmel ihres Kleides. Er wischte ihr eine Spinnwebe aus dem Haar. Und während er sich den Frack zuknöpfte, waren von draußen das Knirschen von Wagenrädern auf dem Kies und Hufeklappern zu hören.

„Schade“, sagte Julia enttäuscht. „Odham und meine Tante haben wohl wieder gestritten. Er fährt ab. Ich hatte gehofft, die beiden würden sich endlich versöhnen.“

„Das ist nicht Odhams Wagen“, sagte Heath und horchte auf die Geräusche. „Das klingt eher nach Graysons Kutsche. Grayson und Jane sind angekommen. Mach dich auf einen großen Empfang gefasst.“

27. KAPITEL

Die beschauliche Idylle im Herrenhaus nahm mit der Ankunft des Marquess of Sedgecroft ein jähes Ende. Im ganzen Haus gingen die Lichter an, als eine Prozession von Kutschen am Portal vorfuhr. Diener eilten die Steinstufen hinunter, um der schwangeren Marchioness aus dem Wagen zu helfen, andere schleppten Koffer, Truhen und Reisetaschen ins Haus.

Die Hunde stimmten ein vielstimmiges Freudengebell an; Laternen verbreiteten helles Licht über dem Rasen vor der Auffahrt. Julia hatte die Rüstkammer gerade noch rechtzeitig verlassen, um wenigstens eine respektable Fassade zu wahren, wobei Sedgecroft, der ehemals berüchtigte Frauenheld, sich davon nicht hinters Licht führen ließ. Er wusste, wie eine glücklich liebende und geliebte Frau aussah.

Heath blieb noch einen Moment, nachdem Julia in den Flur gehuscht war. In vieler Hinsicht kam ihm Graysons Ankunft ungelegen, nahm er doch mit seiner dominanten Persönlichkeit seine Mitmenschen völlig in Anspruch. Andererseits bedeutete seine Ankunft auch größeren Schutz für Julia. Grayson war zwar ein sprühender Gesellschaftslöwe, aber auch als Mitstreiter war Verlass auf ihn.

Vom Fenster der Waffenkammer aus beobachtete Heath die freudige Szene, mit der die Herrschaft vom Hauspersonal begrüßt wurde. Grayson sonnte sich sichtlich im Jubel des Empfangs, aus dem einstigen Bruder Leichtfuß war der respektable Patriarch der Boscastle-Familie geworden, und er genoss diese Rolle mit großem Wohlgefallen.

Heath hingegen hatte es immer vorgezogen, sich im Hintergrund zu halten und kein Aufsehen mit seinem Privatleben zu erregen. Mit dieser Privatsphäre war es nun vorbei. Nicht von ungefähr hatte er Julia im Turmgemach untergebracht, wo er sie wenigstens heimlich besuchen konnte, und überdies war Heimlichkeit bekanntermaßen ein pikantes Gewürz in einer Romanze.

Falls er Julia für kurze Zeit verlassen müsste, um Auclair aufzuspüren, gäbe es keinen besseren Beschützer als Grayson. Sie wäre nicht nur wohlbehütet, sie wäre auch bei seiner temperamentvollen Schwägerin Jane in besten Händen, die sich gewiss mit ihr anfreundete. Auf dem Weg zur Tür hob Heath den Blick noch einmal zur erlesenen Schwertersammlung an der Wand. Ein altrömisches Gladiatorenschwert hing neben einem spanischen Rapier, daneben das Breitschwert eines schottischen Kriegers, dessen Heft von einem Eisenkorb geschützt war.

Als Junge hatte er dieses Waffenarsenal geliebt und die Krieger und Ritter bewundert, die diese todbringenden Waffen einst getragen hatten.

Damals hatte er davon geträumt, als Erwachsener Duelle zu bestreiten, doch die Realität des Krieges hatte ihm diesen Traum ein für alle Mal ausgetrieben. Hatte Armand Auclair ähnliche Kindheitsträume gehabt?

Unvermutet schoss ihm eine Erkenntnis durch den Sinn, als entziffere er einen Geheimcode. Plötzlich begann er Verknüpfungen herzustellen, die ihm bisher entgangen waren. Er hatte Nachforschungen angestellt, um herauszufinden, ob es möglicherweise eine Verbindung zwischen Brentford und Auclair gab, aber Brentford war allem Anschein nach ein harmloser Einfaltspinsel.

Heath strich nachdenklich mit dem Finger über die kalte Klinge eines französischen Kavalleriesäbels.

Wieso hatte er nie in Erwägung gezogen, Brentford könne ein unwissender Köder in Auclairs bösem Spiel sein? Der arglose junge Mann würde vermutlich niemals Verdacht schöpfen, dass er eine Rolle in einem heimtückischen Racheplan spielen könnte.

Dabei hatte Brentford ihm im Theater, wenn auch unwissentlich, einen deutlichen Hinweis gegeben. Seine Worte hallten nun in Heaths Kopf nach. Er konnte Brentfords Stimme deutlich hören, wehleidig und absurd tragisch.

Vielleicht bitte ich meinen Fechtlehrer morgen beim Unterricht, mir das Florett ins Herz zu stoßen.

Und dann ein zweites Mal im Park. Brentford hatte den Mann

erwähnt, den er mit seinem sportlichen Wagen beeindrucken wollte.

Seinen Fechtlehrer.

Auclair war Mitglied des französischen Elitekorps der königlichen Garde, ein Meister der Fechtkunst, der sich neuerdings seinen Lebensunterhalt mit Duellen verdiente, ein Mann, der sich am Tod anderer bereicherte.

Wie lange versteckte er sich schon in London? War er Brentfords Fechtmeister?

Wo hielt er sich jetzt auf?

Heath starrte auf den Säbel.

In Angelos angesehener Fechtschule war Auclair jedenfalls nicht als Lehrer angestellt, das wusste Heath. Vielmehr lag die Vermutung nahe, dass er wohlhabenden jungen Aristokraten Privatunterricht erteilte. Über diese Kontakte war es ihm gewiss nicht schwergefallen, Erkundigungen über Heath und Russell einzuziehen.

Dieser Verbrecher musste gefunden und unschädlich gemacht werden, bevor er seinen Rachefeldzug fortsetzte.

Heath fragte sich bang, ob Julia in Gefahr schwebte, wenn er sie in Kent zurückließ, um Auclair zu verfolgen und zu vernichten.

Ein Gewirr sorgenvoller Gedanken wirbelte ihm durch den Kopf, das ihn die ganze Nacht wach halten würde. Seine Hauptsorge galt Julias Sicherheit, erst wenn dieser Punkt geklärt war, wollte er sich auf die Suche nach Auclair begeben. Und nach wie vor war ein wichtiger Teil dieses Codes nicht geknackt: Auclairs Motivation blieb ihm ein Rätsel.

Was hatte Auclair veranlasst, Paris zu verlassen? Unannehmlichkeiten mit der französischen Polizei? Hatte Heaths Flucht seinem Ansehen geschadet? Hatte er sich deshalb geschworen, an Heath Rache zu nehmen? Absurde Vorstellung. Wenn jeder Soldat nach Kriegsende seinen privaten Kleinkrieg weiterführte, gäbe es niemals Frieden in der Welt. Laut Auskunft des Kriegsministeriums und Hartwells Informationen war Auclair nach seiner Niederlage in Sagunt nicht aus dem Militärdienst entlassen worden. Im Gegenteil: Berichten zufolge, die Heath vor einiger Zeit gelesen hatte, war Auclair in Napoleons Gunst gestiegen, bevor er den Militärdienst aus freien Stücken quittiert hatte. Zum ersten Mal wünschte Heath sich ein Gespräch mit Russell, um diese bohrenden Fragen zu klären. Gemeinsam könnten sie einen Plan entwickeln, um Auclair endlich zur Strecke zu bringen.

„Heath? Bist du das, der sich da hinten im Schatten versteckt?"

Plötzlich tauchte die anmutige Gestalt seiner Schwägerin Jane auf. Sie stand am Fuß der Treppe in einem pelzgesäumten Reisemantel, die Hand an der Brüstung.

Er trat lächelnd auf sie zu. „Wie geht es unserer werdenden Mutter?"

„Ich fürchte, ich brüte ein Monster aus, wenn ich bedenke, welche absurden Gelüste nach den unmöglichsten Speisen mich befallen." Sie musterte sein Gesicht besorgt im flackernden Lampenschein. „Ach du liebe Güte. Deiner finsteren Miene entnehme ich, dass du die Neuigkeiten bereits kennst."

„Welche Neuigkeiten?"

Sie tätschelte beruhigend seinen Arm. „Ich brauche dir wohl nicht zu sagen, dass du stark sein musst. Als Boscastle bist du ja an Skandale gewöhnt."

„Wovon redest du eigentlich, Jane?"

Sie druckste ein wenig herum. „Ich bin sicher, Julia hat sich nichts Böses dabei gedacht. Es gibt gewiss eine harmlose Erklärung dafür."

Seine Augen verengten sich zu Schlitzen. „Wofür?"

„Irgendwann wird auch dieser Skandal vergessen sein", sagte sie ausweichend. „Davon kann ich schließlich ein Lied singen."

„Welcher Skandal?"

Sie machte kehrt und stieg ein paar Stufen hinauf, der Saum ihres Mantels fegte über die Treppe. „Betrachte es als Kunstwerk, Heath", rief sie ihm über die Schulter zu.

Hörte er etwa einen spöttischen Unterton in ihrer Stimme? „*Was* soll ich als Kunstwerk betrachten, Jane?"

Sie entschwand. Und ihre letzte Bemerkung konnte er kaum noch hören. „Nimm es einfach … als Kompliment."

Ein paar Minuten später wurde ihm klar, was Jane mit ihren rätselhaften Bemerkungen gemeint hatte. Grayson erwartete ihn im offiziellen Empfangszimmer. Ein feierlicher Raum, in dem die Familie sich zu Lebzeiten des Vaters zu versammeln gepflegt hatte, um mahnende Vorträge des Patriarchen über sich ergehen zu lassen. Ein Raum, in dem Verlobungen bekannt gegeben wurden und in dem man sich versammelte, wenn ein Todesfall zu beklagen war.

Der Marquess stand vor dem mannshohen Marmorkamin, immer noch in seinen lehmbespritzten Reitstiefeln, die Hände auf dem Rücken verschränkt.

Hermia und Odham saßen steif auf dem Damastsofa, Julia eingezwängt in ihrer Mitte.

Heath suchte Julias Blick, sie aber hielt die Augen züchtig auf ihre im Schoß gefalteten Hände gesenkt. Ein schlechtes Zeichen. Hatte Hermia oder Grayson Verdacht geschöpft, was er und Julia in der Rüstkammer getrieben hatten?

Unvermutet sah sie auf, ihre grauen Augen suchten die seinen.

Er versuchte zu lächeln, aber sie senkte wieder verlegen den Blick. Sein Lächeln vertiefte sich, er fand ihre Schamhaftigkeit rührend, nach allem, was zwischen ihnen geschehen war.

Seine Gedanken wurden von der lauten Stimme seines Bruders unterbrochen, der offenbar sehr aufgebracht war. Es war zwar nichts Ungewöhnliches, dass Grayson sich im Ton vergriff und laut wurde, aber wieso diesmal? Heath ließ den Blick verdutzt über die Runde schweifen.

„Schreist du etwa *mich* an, Gray?"

Grayson musterte ihn finster. „Siehst du noch einen meiner skandalösen Brüder in diesem Zimmer?"

Heath straffte die Schultern, sein Lächeln gefror.

Als Grayson ein Papier hinter seinem Rücken hervorholte und damit in der Luft herumwedelte, wusste Heath immer noch nicht, worum es eigentlich ging. Wieder wurde er abgelenkt von Julia, Hermia und Odham, die aufgestanden waren und klammheimlich der Tür zustrebten. Sie ergriffen die Flucht.

„Ist etwas nicht in Ordnung, Grayson?", fragte er ruhig.

Grayson näherte sich ihm. „Und dich hielt ich immer für den Verantwortungsbewussten in der Familie."

„Der bin ich auch", entgegnete Heath nicht ohne Stolz.

„Ach ja?", schnaubte Grayson verächtlich. „Ich war stets der Meinung, um dich müsse ich mir keine Sorgen machen, dass du einen Skandal heraufbeschwören könntest."

Heath schüttelte verständnislos den Kopf. „Was wirfst du mir vor? Ich kann mich nicht verteidigen, wenn ich nicht weiß, worum es eigentlich geht."

„Dich verteidigen? Wie willst du dich dagegen verteidigen?"

Grayson hielt ihm die Druckschrift unter die Nase. Im ersten Moment wusste Heath nichts damit anzufangen. Eine Karikatur. Eine dieser derben, boshaft satirischen Zeichnungen, mit denen die vornehme Gesellschaft verspottet wurde.

Die Zeichnung eines nackten Mannes, dessen Körper an gewissen Stellen in grotesker Größe dargestellt war. Er hielt das Blatt ans Licht und starrte auf sein eigenes Konterfei, zum ersten Mal in seinem Leben fassungslos bestürzt.

„Bist du das oder nicht?", schnaubte Grayson.

Heath zog eine Braue hoch. „So habe ich mich zwar noch nie gesehen, aber das bin unverkennbar ich." Völlig übertrieben. Irgendwie schmeichelhaft, wenn einem daran gelegen war, sich als Witzfigur dem öffentlichen Ergötzen preiszugeben. Sah Julia ihn tatsächlich so?

„Wie konntest du das zulassen?"

Heath blickte auf. Kein Wunder, dass Julia und Hermia sich aus dem Staub gemacht hatten. „Ich stand Modell für einen Wohltätigkeitsbasar."

„Wohltätigkeitsbasar?"

Heath drehte das Druckerzeugnis in den Händen. Aus welcher Perspektive man es auch betrachtete, es war obszön und schamlos.

„Für einen griechischen Götterzyklus."

„Du hast dich bereit erklärt, nackt zu posieren für wohltätige Zwecke?", rief Grayson mit hohntriefender Stimme. „Wäre es nicht einfacher gewesen, eine Spende zu machen?"

„Wie viele Exemplare wurden von dem Ding gedruckt?“, fragte Heath seelenruhig.

„Woher soll ich das wissen?“, entgegnete Grayson verdrießlich. „Solche Schundblätter werden oft zu Tausenden in den Straßen verteilt. Niemand weiß, wie hoch die Auflage ist.“

„Verstehe.“

„Ich leider nicht.“ Grayson ließ sich schwer aufs Sofa fallen. „Was soll ich nur tun? Du, das Muster guten Benehmens in der Familie. Dich habe ich Drake und Devon immer als leuchtendes Vorbild vor Augen gehalten. Nehmt euch bloß kein Beispiel an mir, sagte ich immer wieder. Strebt danach, so zu sein wie Heath. Diskret und zurückhaltend. Hütet euch davor, euren sündigen Lebenswandel in die Öffentlichkeit zu bringen. Was hast du zu deiner Verteidigung zu sagen?“

Als sein Bruder nicht antwortete, blickte Grayson sich suchend um.

„Heath?“

Der Salon war leer.

Grayson hatte seine Strafpredigt den vier Wolfshunden gehalten, die vor dem Kamin lagen, aufmerksam zu ihm aufblickten und freundlich mit den Schweifen wedelten. Sie liebten ihren Herrn abgöttisch.

„Und unsere Eltern hielten mich für den missratenen Sohn“, meinte er sinnend.

Heath betrat, ohne anzuklopfen, Julias Zimmer. Sie saß im Lehnstuhl und gab sich den Anschein, in ein Buch vertieft zu sein. Er räusperte sich. Sie blätterte eine Seite um. Er trat zu ihr und legte ihr das Pamphlet auf den Schoß.

„Siehst du mich wirklich so?“

Sie erbleichte und blickte starr auf die Zeichnung. „Es sollte ein Witz sein“, murmelte sie schuldbewusst. „Ich wollte es nie irgendwem zeigen.“

„Irgendwem zeigen?“ Er umrundete ihren Stuhl. „Das ist wohl eine Untertreibung. Mittlerweile flattert das verdammte Ding bereits durch ganz England.“

Sie legte den Kopf in den Nacken und blickt zu ihm auf. „Es tut mir leid, Heath."

„Wie stehe ich vor dem Kriegsministerium da?", fragte er und legte ihr die Hände auf die Schultern.

Sie schluckte und lächelte tapfer. „Entblößt?"

„Ja, so könnte man es nennen." Er beugte sich über sie und schnalzte missbilligend mit der Zunge. „Meine Proportionen sind grotesk verzerrt. Was haben Sie sich nur dabei gedacht, Lady Whitby, Sie sündhaftes Geschöpf?"

Julia holte tief Atem. Seine Hände strichen ihre Arme entlang. „Es könnte noch schlimmer kommen – Grayson sagte, für das Original würden bereits hohe Summen geboten."

Er nahm ihr das Buch aus den Händen. „Ich denke, wir sollten ein anderes Steckenpferd für dich finden."

„Das denke ich auch."

„Und wie", raunte er und küsste die empfindsame Stelle hinter ihrem Ohrläppchen, „wollen wir diese Peinlichkeit Russell erklären?"

Julia schloss die Augen. „Ich befürchte, sie bedarf keiner Erklärung."

„Dann kann ich mir die Mühe wohl sparen, was?"

„Ich habe dir nur Ärger gebracht", flüsterte sie erschauernd.

Er barg sein Gesicht an ihrem Hals. „Offenbar habe ich Geschmack daran gefunden, Julia. Du musst dich nicht entschuldigen."

28. KAPITEL

Nach einem ausgedehnten Frühstück am nächsten Morgen zogen Heath und Grayson sich zu einem Gespräch unter vier Augen zurück. Freunde aus der Nachbarschaft begannen bereits vorzufahren, um dem beliebten Marquess ihre Aufwartung zu machen, der die Familientradition weiterführte, gerne und häufig Gäste im großen Stil zu empfangen. Die Einladungen zu seinen Abendgesellschaften waren in Adelskreisen sehr beliebt.

Dennoch war Grayson ein zuverlässiger Verbündeter, ein aufrechter Mann, der stets Wort hielt, und Heath lag sehr daran, sich seine Unterstützung zu sichern, bevor das ländliche Gesellschaftsleben ihn zu sehr in Anspruch nahm.

„Das lässt nur einen Schluss zu: Auclair führt einen persönlichen Rachefeldzug gegen dich", sagte Grayson nach einem langen grübelnden Schweigen. „Aber warum, in Gottes Namen? Hast du eine Ahnung, warum?"

Heath schüttelte den Kopf. „Abgesehen von der Tatsache, dass ich ihm entkommen bin, nein. Aber … wer weiß, was ich alles vergessen habe? Ich erinnere mich nur schemenhaft und nur in Bruchstücken an dieses Grauen."

„Sei froh", sagte Grayson teilnahmsvoll. „Wenn ich an deine Narben denke, ist es ein Segen, dass du die schlimmsten Gräuel vergessen hast."

„Mir wäre es aber lieber, ich könnte mich an Einzelheiten erinnern. Hätte ich ein zusammenhängendes Bild, könnte ich vielleicht einen Weg finden, den Kerl zur Vernunft zu bringen."

„Besitzt du möglicherweise etwas, was er dir wegnehmen will?" Grayson beugte sich vor. „Will er dir Julia wegnehmen? Immerhin hinterließ er ihr Armband auf seinem Handschuh. Was könnte das sonst bedeuten?"

„Aber warum?" Heaths Gesicht verhärtete sich. Bislang hatte er sich nicht eingestehen wollen, dass dieser Verdacht auch an ihm nagte. „Er kennt sie nicht, und sie hat ihm nichts getan. Ich kann mir auch nicht vorstellen, dass ihr verstorbener Ehemann mit ihm zu tun hatte. Whitby leistete seinen Militärdienst in Indien. Außerdem war er kein Spion."

Grayson lehnte sich wieder zurück und blickte ins Leere. „Auclair will dich einschüchtern – offenbar hegt er einen tief verwurzelten Hass gegen dich, sonst würde er dieses böse Spiel nicht mit dir treiben. Das ergibt alles keinen Sinn. Würde es sich um einen politischen Anschlag handeln, wäre Althorne doch das geeignete Ziel."

Heath stand auf. Es bedrückte ihn in zunehmendem Maß, gegen einen tödlichen Feind kämpfen zu müssen, dessen Gesicht er nur von Zeichnungen kannte, die Colonel Hartwell ihm nach dem Krieg gezeigt hatte. „Ich will diese leidige Angelegenheit endlich hinter mich bringen."

„Du weißt, dass Julia uns willkommen ist, solange sie bleiben will", sagte Grayson herzlich.

„Ich hoffe, deine Gastfreundschaft nicht allzu lange in Anspruch zu nehmen. Aber ich werde einiges zu erledigen haben. Zunächst muss ich endlich mit Russell sprechen, wir sind möglicherweise gezwungen, in diesem Fall zusammenzuarbeiten."

Grayson blickte ihn besorgt an. „Uns allen fällt ein Stein vom Herzen, wenn du diesen Auclair endlich zur Strecke gebracht hast. Ich fürchte, deine Albträume hören erst auf, dich zu verfolgen, wenn dieser Mann tot ist."

Aus dem Garten klang helles Frauenlachen herein. Julia und Jane spielten mit Odham Kricket, während Hermia den Punktestand zählte. Grayson begab sich mit Heath zur Tür. „Was immer geschieht, du kannst dich auf die Familie verlassen."

„Danke."

„Übrigens", Grayson legte die Hand auf Heaths Schulter und dämpfte die Stimme, „wie ich sehe, hast du meinen Rat beherzigt."

„Tatsächlich?"

„Ja, aber diese Zeichnung, Heath." Er schüttelte bedenklich den Kopf. „Guter Gott, Julia steht auch ohne dein Zutun in Flammen, wie mir scheint."

„Kein Kommentar. Darüber rede ich nicht."

„Das ist auch nicht nötig“, feixte Grayson. „Die Zeichnung spricht Bände.“

Heath blieb stumm.

„Es hat mir einen gehörigen Schock versetzt“, fuhr Grayson fort, „dich auf diese Weise entblößt zu sehen. Und ich Narr glaubte, dich genau zu kennen.“

Heath brachte ein gequältes Lächeln zustande. „Die Öffentlichkeit hat mehr von mir gesehen, als ich je für möglich gehalten hätte.“

„Sie ist eine sehr unartige Frau“, murmelte Grayson.

„Nicht wahr?“

Grayson zog eine Braue hoch. „Willst du noch einen Rat von mir hören?“

„Nur zu.“

„Heirate sie so bald wie möglich“, sagte Grayson. „Einer Frau wie ihr begegnest du nicht alle Tage.“

Am Abend verkündete Grayson beim Dinner, er habe eine Truppe fahrender Schauspieler eingeladen, am Wochenende eine Privatvorstellung auf dem Anwesen zu geben.

Seit Heath denken konnte, wurden Schauspieler oder Zirkusleute einmal im Jahr eingeladen, um in der alten Fachwerkscheune hinter den Pferdeställen ihre Kunst zum Besten zu geben, zur Freude der Familie und der Dienstboten. Manchmal fanden diese Vorstellungen im Sommer statt, gelegentlich kam das fahrende Völkchen auch erst im Winter kurz vor Weihnachten nach Kent. Aber es war noch kein Jahr vergangen ohne eine vergnügliche Theatervorstellung.

Heath fand, Julia würde ein wenig Abwechslung guttun, und der Gedanke gefiel ihm, sie an einer Familientradition teilnehmen zu lassen. Ohne darüber nachzudenken, hatte er sie bereits in sein Leben einbezogen, mehr noch, er konnte sich ein Leben ohne sie gar nicht mehr vorstellen. Zum ersten Mal seit vielen Jahren freute er sich vor dem Einschlafen auf den kommenden Tag. Sein Leben war durch sie wieder lebenswert, und nichts machte ihm mehr Freude, als sie glücklich zu sehen.

Seine Bemerkung, sie könne ein Kind von ihm erwarten, hatte er nur halb im Scherz gemacht, denn möglicherweise hatte Julia empfangen, bevor das Paar aus Kent abreiste. Er wunderte sich lediglich darüber, wie sehr er sich darauf freute, eine Familie mit ihr zu gründen.

Es war höchste Zeit, mit ihr vor den Altar zu treten. Seine Gefühle für sie waren zu überwältigend geworden, um sie zu verbergen. Er, der stets großen Wert auf Geheimhaltung gelegt hatte, benahm sich völlig ungezwungen, suchte ständig ihre Nähe, berührte sie unter den fadenscheinigsten Vorwänden. Alle Hausbewohner, einschließlich sämtlicher Dienstboten, wussten mittlerweile, dass Heath Boscastle völlig vernarrt war in diese Witwe, die mit einem anderen verlobt war und eine Nacktzeichnung von ihm angefertigt hatte.

Seine Familie brachte ihm Verständnis entgegen, fällte kein Urteil über ihn, machte ihm keine Vorhaltungen, sondern gab ihm uneingeschränkten Rückhalt. Darauf konnte er sich verlassen. Mochten er und seine Brüder sich in ihrer Kindheit und Jugend auch hitzig gestritten und in den Haaren gelegen haben, aber wehe dem Außenseiter, der einen von ihnen bedrohte.

Die Situation Russell Althorne zu erklären war eine weit größere Herausforderung. Aber anders als Julia, die freimütig gestand, wie sehr ihr vor diesem Moment graute, sah Heath in der bevorstehenden Auseinandersetzung eine unvermeidliche Tatsache. Er hatte nicht die Absicht, seine Gefühle für Julia zu leugnen. Er begehrte und liebte sie und wollte, dass alle Welt davon erfuhr.

Allerdings hoffte er inständig, Russell würde die Größe besitzen, seine persönliche Kränkung zu bezwingen, um gemeinsam mit ihm gegen Auclair vorgehen zu können.

Heath freute sich an der beschwingten Stimmung der Harmonie und Zuneigung in der bereits beträchtlichen Tafelrunde, obwohl die Familie noch nicht vollzählig versammelt war. Die Schwestern fehlten. Emma unterrichtete in London kichernde Backfische in feiner Lebensart, Chloe lebte glücklich und zufrieden mit ihrem Gemahl Dominic, nachdem sie ihn darin unterstützt hatte, seinen hinterhältigen Feind zu besiegen.

Drake und Devon müssten dieser Tage eintreffen, falls ihre Pläne nicht von einer hübschen jungen Frau oder einem anderen Abenteuer durchkreuzt wurden. Heath hatte sich vorgenommen, die beiden jüngeren Brüder in seiner Suche nach Auclair einzuspannen.

Drake traf am nächsten Tag ein. Windzerzaust, laut und lebensfreudig brachte er einen Hauch von Unbekümmertheit und Übermut ins Haus. Und kaum eine Stunde nach seiner Ankunft fuhren einige junge Damen aus der Nachbarschaft in Begleitung ihrer Mütter vor, nur um auf einen Sprung vorbeizuschauen, und gaben sich höchst erstaunt, dass Drake vor Kurzem angekommen war.

Besonders das weibliche Hauspersonal vergötterte die beiden jüngsten Boscastle-Brüder, die nicht mit Komplimenten sparten und großzügig Trinkgelder verteilten. Die Diener betrachteten ihre „wackeren jungen Herren“ mit väterlichem Stolz und duldeten kein respektloses Wort im Dorf gegen sie – wobei alle Welt wusste, dass die beiden jungen Herren sich Streiche der übelsten Sorte erlaubt hatten, die jede Kritik rechtfertigten.

Nachdem Drake sich mit Heath in die Bibliothek zurückgezogen hatte, präsentierte er einen ganzen Stapel Exemplare des schändlichen Pamphlets.

„In London werden bereits Höchstpreise dafür bezahlt. Ich habe meine Freunde und die ganze Dienerschaft beauftragt, alle einzusammeln, die sie in die Finger kriegen. Julia hätte uns warnen müssen, dass du auf diese Weise Berühmtheit erlangst, göttlicher Apoll.“

Heath schüttelte verdrossen den Kopf. „Verdammt. Das dürfte meinen gesellschaftlichen Untergang bedeuten.“

Drake lachte. „Aber ein glänzendes Debüt in der weniger feinen Gesellschaft. Audrey bietet eine hohe Summe für das Original.“

„Das sieht ihr ähnlich.“

Drakes Lachen verstummte. „Allerdings hat Russell es nicht sehr gut aufgenommen, fürchte ich.“

Heath warf den Stapel Druckschriften ins Feuer und drehte

sich um. „Er ist wieder zurück? Dann wird er demnächst hier auftauchen."

„Noch nicht."

„Weiß er über mich und Julia Bescheid? Dass wir zueinanderfanden?"

„Oh ja, das weiß er natürlich", bestätigte Drake.

„Und er ist noch nicht unterwegs nach Kent?" Heath konnte es nicht fassen. „So kenne ich Russell gar nicht."

„Beruhige dich." Drake stocherte mit dem Schürhaken im Feuer. „Er wird früh genug hier sein."

„Wieso die Verzögerung?", knurrte Heath. „Kann er sich nicht von seiner Mätresse losreißen?"

„Verzögerung würde ich es nicht nennen", antwortete Drake mit einem boshaften Feixen. „Eher einen Umweg. Er kam wutentbrannt zu mir, als er dich in London nicht antraf. Ich äußerte den Verdacht, du könntest mit Julia durchgebrannt sein."

„Durchgebrannt?"

„Nun ja ... so direkt sagte ich es nicht. Ich erwähnte nur beiläufig, dass unsere Familie eine alte Burgruine in Roxbury besitzt. Und jeder Dummkopf weiß, dass Gretna Green auf dem Weg nach Roxbury liegt. Er muss nun also denken, ihr beide hättet dort im Kurzverfahren geheiratet."

Heath blickte in die Flammen, ein beifälliges Lächeln umspielte seine Lippen.

„Willst du dich denn nicht bei mir bedanken?", fragte Drake. „Jetzt kannst du in Ruhe planen oder mit Julia fliehen. Du kannst es dir aussuchen."

„Ich bin nicht der Typ, der wegläuft. Trotzdem vielen Dank."

„Stets zu Diensten." Drake stellte den Schürhaken weg.

„Ich nehme dich beim Wort."

Drake richtete sich auf. „Verlass dich drauf. Ohne dir die Laune verderben zu wollen, hast du von Auclair gehört?"

„Nein. Aber es wäre leichtfertig, ihn zu unterschätzen", sagte Heath. „Wenn ich nur wüsste, was er beabsichtigt und warum er mich mit seinem Hass verfolgt."

„Das ist doch völlig klar. Ihr seid zwei feindliche Spione gewesen. Du hast ihn überlistet, und das hat er dir nie verziehen."

„Das ist nicht alles", wandte Heath bedächtig ein. „Ich weiß nur nicht, was es ist."

„Devon wird bald hier sein", sagte Drake nach einer Weile und blickte seinem Bruder in die Augen. „Diesmal bist du nicht allein, was immer auf dich zukommt."

29. KAPITEL

Die fahrende Theatergruppe brachte Shakespeares Komödie *Was ihr wollt* am nächsten Abend in der Scheune zur Aufführung. Alter Familientradition zufolge saß die Dienerschaft im Sonntagsstaat in den hinteren Reihen und folgte gebannt der Vorstellung. Die Schauspieler waren erbärmlich schlecht, leierten ihre Texte herunter, verhaspelten sich und staksten steif und hölzern auf der Bühne herum.

Aber das Publikum lachte herzlich, auch Julia amüsierte sich über die schlechte Darbietung der Schauspieler, die der Vorstellung eine unfreiwillige Komik gab und zum Lachen reizte.

Heath genoss die Vorstellung auf seine Weise. Er saß neben Julia auf einem Strohballen in einem halbdunklen Winkel der von Laternen erleuchteten Scheune, durfte sie heimlich streicheln, ihren Hals küssen und schwelgte im Glück.

Er legte den Arm um ihre Mitte, sein Daumen strich über die Rundung ihrer Hüfte. „Es macht mich glücklich, dich lachen zu hören, Julia."

„Ist es nicht wahnsinnig komisch?", kicherte sie. „Die Schauspieler sind grauenvoll. Eine Schauspielerin wurde in letzter Minute krank. Die Rolle der Gräfin hat ein Mann übernommen. Ich fürchte, sie – er – hat vergessen, sich zu rasieren."

Heath warf einen schmunzelnden Blick zur Bühne, war aber weit mehr an der Frau neben ihm interessiert als an der laienhaften Darbietung. Julia sah entzückend aus in einem silbrig glänzenden Seidenkleid.

Es war noch früh am Abend, als das Stück endete. Hermia und Julia schlenderten Arm in Arm zum Haus und redeten kichernd über die Aufführung. Jane und Odham bewunderten den sternenübersäten Nachthimmel, die Hunde trotteten brav neben ihnen her.

Heath bildete hinter Drake und Grayson die Nachhut. Neben der Scheune standen die Wohnwagen der Schauspieler, von denen die meisten noch Kulissen in der Scheune abbauten, Kostüme und Requisiten einpackten.

„Ich will mit Hermia den Schauspielern noch einen Imbiss und Wein bringen“, rief Julia über die Schulter.

„Ich beobachte euch vom Fenster aus“, rief Heath ihr auf ihrem Weg zur Küche nach.

Grayson drehte sich lachend um. „Ja, der Weg zur Scheune ist voller tödlicher Gefahren, nicht wahr?“

Auch Drake lachte spöttisch. „Man kann nie wissen. Vielleicht springt sie ein Frosch aus dem Springbrunnen an.“

„Oder noch schlimmer“, fügte Grayson witzelnd hinzu, „sie ertrinkt in einer Regenpfütze.“

„Außerdem sind um diese Jahreszeit die Kletterrosen mörderisch gefährlich“, setzte Drake noch eins drauf.

„Dämliche Mistkerle“, knurrte Heath, doch dann musste auch er lachen.

Er zündete sich eine Zigarre an und schob einen Lehnstuhl zum Fenster der Bibliothek. Er hatte Julia versprochen, das Buch über ägyptische Hieroglyphen zu lesen, hatte wohl schon ein Dutzend Mal mit der Lektüre angefangen, ohne über die erste Seite hinauszukommen. Grayson und Drake hatten sich mit Hamm und Odham ins Spielzimmer zurückgezogen.

Heath wollte lieber alleine sein.

Er blätterte in dem Buch und betrachtete eine Skizze von bislang nicht entzifferten Inschriften, Schriftzeichen, von denen die Fachwelt sich erhoffte, Aufschluss über einige Mysterien der Frühgeschichte der Menschheit zu erhalten. Wissenschaftlern und Archäologen war es bisher nicht gelungen, das Rätsel dieser uralten Schriftzeichen zu lösen. Ein Fachgebiet, von dem auch Heath fasziniert war, aber im Moment waren seine Gedanken ganz woanders.

Pass auf sie auf. Sorge für ihre Sicherheit.

Und halte sie von Skandalen fern.

Sinnend blickte er den grauen Rauchschwaden seiner Zigarre nach. Seltsam, dass er sich ausgerechnet jetzt an Russells Abschiedsworte erinnerte. Jetzt, da die Auseinandersetzung zwischen den einstigen Freunden so nahe gerückt war.

Gut, für Julias Sicherheit hatte er gesorgt.

Hatte er sie auch von Skandalen ferngehalten?

Er schüttelte den Kopf. Er konnte durchs Fenster sehen, wie sie mit Hermia im hellen Mondschein über den Rasen ging. Julia an sich war bereits ein Skandal.

Und auch dafür liebte er sie.

Die beiden Frauen hatten die Scheune erreicht. Ein letzter Blick auf ihr silberfarbenes Kleid, und dann verschwand sie im dunklen Eingang.

Als er das Buch wieder aufschlug, fiel ein gefalteter Zettel heraus. Heath hob ihn auf, las ihn dreimal, bevor er auf die Füße sprang, kreidebleich im Gesicht.

Ich habe sie heute in der Buchhandlung zum ersten Mal aus der Nähe gesehen. Sie ist sehr hübsch, etwa im Alter meiner Schwester, wenn Sie sie nicht getötet hätten. Werden Sie um sie trauern, Boscastle? Oder sind Sie etwa, so wie ich, unfähig, diesen rührseligen Wahnsinn zu empfinden, den man Liebe nennt?
Armand

Heath starrte blind auf den Zettel in seiner Hand, sein Herz begann zu rasen, als er den Sinn begriff. Der Fremde, der damals das Buch aufgehoben hatte, das Julia heruntergefallen war, musste Auclair gewesen sein. Und bevor er es ihr ausgehändigt hatte, hatte er heimlich diesen Zettel zwischen die Seiten geschoben.

Heath hatte ihn um wenige Sekunden verpasst. Hätte er ihn überhaupt erkannt?

Der Eindringling in Julias Garten, die unheimliche Ahnung, die ihn im Theater befallen hatte, der schwarze Handschuh, das Smaragdarmband. Was kam als Nächstes? Auclair war furchtlos. Aber was sollte die Anschuldigung, Heath habe seine Schwester getötet? Er hatte nie im Leben eine Frau getötet … gütiger Himmel, oder doch? Die Wochen der Foltern, die aus seinem Gedächtnis gelöscht waren …

Was hatte er getan?

Was würde Auclair tun?

Das Blut rauschte ihm in den Ohren. Julia hatte ihm die Antwort gegeben. Wäre er aufmerksamer gewesen, hätte er die Wahrheit herausgefunden.

Eine Schauspielerin wurde in letzter Minute krank. Die Rolle der Gräfin hat ein Mann übernommen. Ich fürchte, sie – er – hat vergessen, sich zu rasieren.

Hermia blieb kurz stehen, um den schweren Korb mit kaltem Braten, Käse und Brot in die andere Hand zu nehmen. Ihr Gesicht war gerötet, sie war ein wenig außer Atem.

Julia blieb gleichfalls stehen. „Wir hätten Hamm bitten sollen, uns zu helfen. Schaffst du es noch, Tante Hermia?"

Hermia bedachte sie mit einem gereizten Blick. Sie hatten beinahe das hohe Scheunentor erreicht. In der Scheune brannte noch Licht, die Bühne war noch nicht vollständig abgebaut, aber es war ganz still.

„Ich werde doch noch in der Lage sein, einen Korb zu tragen, Julia", entrüstete Hermia sich und setzte sich wieder in Bewegung.

Julia schmunzelte. „Kannst du mir dann bitte verraten, warum dein Gesicht gerötet ist? Und warum du kaum Luft kriegst?"

Hermia seufzte und wirkte verlegen. „Es ist wegen Odham. Der Dummkopf hat mich schon wieder geküsst vorhin, als ich das Haus verließ. Du liebe Güte, die Schauspieler sind gar nicht mehr da."

Julia warf einen Blick über die Schulter. „Wahrscheinlich schminken sie sich in ihren Wohnwagen ab und ziehen sich um."

„Ich hätte den Schauspieler gerne kennengelernt, der den Orsino spielte", seufzte Hermia wehmütig. „Er erinnerte mich an meinen verstorbenen Ehemann."

„Vielleicht hast du ja noch Gelegenheit dazu", tröstete Julia sie mit einem Augenzwinkern.

„Odham hat mich wieder gefragt, ob ich ihn heirate." Hermia knabberte an einem Stück Käse aus dem Korb. „Diesmal überlege ich ernsthaft, ob ich Ja sage. Ich weiß, es klingt albern, aber als ich dieses Theaterstück sah, hatte ich das merkwürdige Gefühl, mein lieber Gerald will mir sagen, ich möge glücklich werden."

Julia wandte sich ihr zu. „Dann bringe Herzog Orsino deinen Korb, und laufe zu Odham, und sage Ja – oh, sieh nur. Ein Schauspieler ist noch in der Scheune. Ich bitte ihn, uns zu helfen."

„Ich geh schon mal vor."

„Bleib nicht zu lange, Tante Hermia", scherzte Julia. „Odham hat Sehnsucht nach dir."

In der Scheune verbreitete nur eine Laterne einen schwachen Schein, als Julia den schweren Korb mit Obstkuchen, einem Laib Brot, Käse und zwei Flaschen Wein auf der provisorischen Tischplatte auf zwei Holzböcken abstellte.

Auf dem grob gezimmerten Podium übte nun ein einsamer Schauspieler sich im Fechtkampf gegen einen imaginären Gegner, probte offenbar für die nächste Vorstellung. Grayson hatte erwähnt, dass *Romeo und Julia* gleichfalls auf dem Programm der Truppe stand.

Ein schwarzer Umhang umwallte die sehnige Gestalt des Fechters, der in dramatischen Posen herumsprang. Offenbar spürte er, dass er Publikum hatte, und gab Julia eine Privatvorstellung seiner Fechtkunst. Prahlerei war schließlich nichts Ungewöhnliches bei Schauspielern. Julia trat an die Bühne.

„Die Vorstellung hat mir gefallen."

Der Fechter machte eine gezierte Verbeugung und sprang vom Podium. „Es war mir ein Vergnügen."

Sie musterte sein kantiges unrasiertes Gesicht, nicht unattraktiv, wenn auch eine Spur zu grob geschnitten. Seine Augen lagen tief in den Höhlen und glitzerten im schwachen Lichtschein wie schwarze Kohle. „Sie haben die Rolle der Gräfin Olivia gespielt", sagte Julia erstaunt. „Ohne Ihr Kostüm hätte ich Sie nicht erkannt."

Er verbeugte sich wieder, kreuzte den Degen vor seinem Herzen. „Und Sie", sagte er weich mit einem kaum merklichen französischen Akzent, „sind Julia Hepworth Whitby. Die Frau, die von Boscastle und Althorne begehrt wird. Wie reizend von Ihnen, mir meine Vergeltung so leicht zu machen."

Im ersten Moment ergaben seine Worte keinen Sinn, es dauerte eine Weile, bis Julia begriff, was er meinte. Doch dann erkannte sie in ihm den Fremden auf der Straße mit dem Zylinder, der ihr Buch aufgehoben hatte. Ein Stich des Grauens fuhr ihr ins Herz, als ihr klar wurde, dass sie allein mit dem französischen Offizier war, schutzlos dem Mann ausgeliefert, der Heath grausam gefoltert und ihm Wunden zugefügt hatte, deren Narben seinen Körper bis heute entstellten. Diese Begegnung erschien ihr unwirklich wie ein Albtraum. Nicht hier, im Hause der Boscastles, wo sie sich geborgen und sicher fühlte. Nicht hier an diesem Ort, wo dieser Mann so vielen unschuldigen Menschen Schaden zufügen konnte.

„Auclair", stieß sie tonlos hervor, stand wie gelähmt, das Herz schlug ihr bis zum Hals. Der Name hing in der Luft. Er war das Monster, dem es höllisches Vergnügen bereitete, andere leiden zu sehen.

Er warf den Degen in die Luft und fing ihn mit der Linken auf, als wiege er nichts. Sie sah gerötete Narben wie Brandmale an seinen Fingern. Dann zuckte sie unter seinem kalten, grausamen Lächeln zusammen.

Wo war Heath? Wie lange war sie schon hier? Gewiss nur ein paar Minuten. Nicht lange genug, um vermisst zu werden. Und Hermia – lieber Gott, lass meiner Tante nichts zustoßen, flehte sie innerlich.

Auclair bemerkte Julias verzweifelten Blick zum Eingang. Er näherte sich ihr, sie wich zurück, bis sie mit dem Rücken gegen das Podium stieß. Eisige Kälte krallte sich um ihr Herz. Aber sie weigerte sich, diesem Unhold ihre Angst zu zeigen.

„Er wird kommen, wenn er bemerkt, dass Sie verschwunden sind."

Er trat noch näher. Sie spürte die kalte Klinge seines Degens durch ihr leichtes Kleid. Während der Vorstellung war es unerträglich heiß gewesen in der Scheune. Nun wehte sie ein eisiger Hauch an. Sie fröstelte. Ihr ausgetrockneter Mund schmeckte nach Kreide. Auclairs dunkle Augen waren ausdruckslos, nicht einmal Grausamkeit war darin zu lesen … sein Blick war leer.

„Warum tun Sie das?“, fragte sie krächzend und schluckte den bitteren Geschmack in ihrem Mund hinunter.

„Hat er es Ihnen nicht gesagt?“

„Nein.“

„Er hat meine Schwester ermordet“, sagte Auclair stirnrunzelnd. „Sie hielt sich in dem Kloster auf, in dem Althorne und Boscastle sich nach ihrer Flucht versteckten. Die Nonnen gewährten ihnen Unterschlupf. Zum Dank hat Ihr geliebter Boscastle meiner Schwester direkt ins Herz geschossen. Als ich sie fand, war sie bereits tot.“

Heath stürmte den gewundenen Weg zur Scheune entlang und hätte beinahe Jane und ihre Zofe niedergerannt. „Gütiger Himmel, Heath“, rief Jane, als er sie bei den Schultern packte, um ihr Halt zu geben. „Rennst du hinter Julia her, oder fliehst du vor ihr?“

Ihr scherzhaftes Lächeln schwand, als sie sein Gesicht sah. Kalkweiß, entsetzt, mit irrsinnig flackerndem Blick. „Auclair war einer der Schauspieler in dem Stück“, stieß er hervor. „Suche Grayson und Drake. Beeile dich!“

Julia hörte das schwache Echo ihrer Stimme im Gebälk der Scheune. Vom Heuboden fiel ein Bündel Mondstrahlen schräg auf die dunkle Bühne.

Sie kam sich vor wie ein Zuschauer in einer Theateraufführung, stand neben sich, halb betäubt, wusste kaum, was sie sagte oder tat. Ihre eisigen Finger schlossen sich um den Griff der Pistole, die sie unter ihrem weiten Umhangs trug. Ihr Ehemann hatte ihr die Waffe vier Monate vor seinem Tod gegeben. Heaths Warnung im Wald und eine seltsame Ahnung heute Abend hatten sie dazu bewogen, die Waffe einzustecken. Und plötzlich hallten die Worte ihres verstorbenen Ehemanns in ihrem Kopf nach. Versuchte Adam ihr zu helfen?

Trage sie nicht sichtbar, Julia. Wir leben in einer grausamen Welt. Ich kann nicht immer bei dir sein, um dich zu beschützen.

Eine Welle der Trauer um ihn durchflutete sie – zum ersten Mal, seit sie Indien den Rücken gekehrt hatte. Damals war sie wütend und verwirrt über seinen frühen Tod gewesen, ohne zu wissen, was aus ihr werden sollte. Die Rückkehr nach England zu ihrem Vater hatte ihr ein wenig Trost gegeben, aber auch wehmütige Erinnerungen an einen anderen Verlust geweckt.

Sie hatte geglaubt, Heath für immer verloren zu haben, den Mann, den sie heimlich liebte. Sie hatte ihren Ehemann verloren, den sie gerngehabt hatte, wenn auch nicht mit dieser beängstigenden Leidenschaft, die sie für Heath empfunden hatte. Vor ihr lag eine Zukunft, in der sie in den Kreis der Aristokratie, die sie nie wirklich anerkannt hatte, zurückkehren würde, diesmal als reiche Witwe mit zweifelhaftem Ruf.

Sie war Julia Hepworth Whitby, eine Frau, die sich mit Leib und Seele in die Freuden des Lebens stürzte, die ihre Schicksalsschläge mit Fassung trug, das hatte sie bewiesen. Sie würde nicht sterben, ohne um ihr Leben gekämpft zu haben.

„Meine Schwester war erst neunzehn", fuhr Auclair finster fort und hob den Degen. „Ich brachte sie in dieses Kloster, um sie zu schützen. Boscastle hat sie kaltblütig ermordet, und ich …"

Julia hob die Pistole und krümmte den Finger um den Abzug.

30. KAPITEL

Julia hatte reflexartig die Augen zugekniffen, und als sie die Lider wieder aufschlug, lag Auclair seltsam verrenkt auf dem strohbedeckten Lehmboden. Durch die Rüschen seines weißen Hemdes sickerte Blut. Sie war froh, sein Gesicht nicht sehen zu können. Der Degen war vor ihre Füße gefallen.

Sie trat wankend einen Schritt zurück. Das Echo des Schusses hatte sie einen Moment betäubt. Sie hob den Blick über Auclairs leblosen Körper und sah Hermia wie erstarrt in der Mitte der Scheune stehen. Sie wusste nicht, wie lange ihre Tante schon da stand, konnte sich nicht einmal daran erinnern, wann sie geschossen hatte. Sie legte die Pistole hinter sich aufs Podium.

Hermia entglitt der leere Korb. „Julia", stammelte sie mit schwacher Stimme, aschfahl im Gesicht. „Ich glaube … ich glaube, ich falle in Ohnmacht. Du musst dir endlich abgewöhnen … auf Männer zu schießen."

Julia stieg mit gerafften Röcken über Auclair hinweg und war bei Hermia, als diese zu Boden sank. Gottlob landete ihre Leibesfülle auf einer dicken Schicht Stroh. „Tante Hermia." Julia kniete neben ihr. „Kannst du mich hören?"

„Was soll ich hören?" Hermias Augen suchten bang im Gesicht ihrer Nichte. „Bin ich in Ohnmacht gesunken?"

Julia tätschelte Hermias Wangen. „Ich glaube nicht."

„Warum nicht?", hauchte Hermia.

„Deine Augen waren die ganze Zeit offen, und du hast nicht aufgehört zu reden."

Hermias angstvoller Blick wanderte zu der reglos auf dem Boden liegenden Männergestalt. „Ist er tot?"

Julia zog die Unterlippe zwischen die Zähne. Ein Zittern durchflog sie, ihr war heiß und kalt zugleich wie im Fieber. „Ich glaube, ja."

„Ich wünschte, ich könnte ohnmächtig werden", murmelte Hermia und richtete sich mühsam zum Sitzen auf.

„Das wünschte ich auch", sagte Julia mit kraftloser Stimme. „Diesmal habe ich wirklich einen Menschen getötet."

„Du hast ihn nicht getötet."

Sie kam unsicher auf die Beine, hörte Heaths tiefe Stimme von irgendwo nahe der Leiter, die zum Heuboden führte. Es dauerte eine Weile, bis sie seine vertraute Gestalt sehen konnte.

Ihre Gedanken begannen wirr durcheinanderzuwirbeln.

Er trägt immer noch seinen Abendanzug. Er hält eine Pistole in jeder Hand. Zum ersten Mal sehe ich ihn zerzaust und verwirrt und …

„Du hast Stroh an den Hosen", sagte sie einfältig und fragte sich, ob sie unter Schock stand. Sie hatte einen Mann getötet – oder etwa nicht? Sie nahm all ihren Mut zusammen und sah sich Auclair genauer an. Er lag unnatürlich verrenkt und leblos da.

Bevor sie zu einer Bewegung fähig war, zog Heath sie in seine Arme, als wolle er sie nie wieder loslassen. Sie genoss seine Wärme, seine Kraft, seinen Rückhalt, fürchtete, ihre Fassung nicht mehr lange bewahren zu können. Ihr Mut war noch nie wirklich auf die Probe gestellt worden. Und plötzlich schoss ihr der Gedanke durch den Kopf, dass ihr Vater stolz auf sie wäre. Erst jetzt konnte sie sich eingestehen, welches Grauen sie gepackt hatte, und registrierte dankbar, dass ein unerklärlicher Drang zum Leben sie gerettet hatte.

„Er ist tot, nicht wahr?", fragte sie und spähte über Heaths Schulter.

Er drehte sie in die andere Richtung, damit sie den Leichnam nicht mehr sehen konnte. „Ja, er ist tot, aber *du* hast ihn nicht getötet. Ich habe ihn erschossen."

Sie starrte ihn an. Die Pistolen, die er soeben noch in beiden Händen gehalten hatte, waren verschwunden. Aber an seinem Abendanzug klebten immer noch Strohhalme. Plötzlich war ihr nach Weinen zumute. „Seit wann bist du hier?", fragte sie mit trockener Kehle.

„Ich kam kurz nach dir. Sofort nachdem mir klar wurde, was passiert ist."

„Du hast vom Heuboden herunter auf ihn geschossen?", fragte sie verwundert.

„Ich bin durch ein Fenster geklettert. Einen Moment lang

glaubte ich, du hättest mich gehört. Du hast direkt in meine Richtung geschaut." Seine Stimme klang belegt. „Ich hatte wahnsinnige Angst, ich könnte ihn verfehlen."

Er festigte die Arme um sie, als müsse er sie immer noch beschützen. Dann hob er den Blick und nickte knapp. Aus den Augenwinkeln sah Julia, wie Drake von oben heruntersprang, geschmeidig wie eine Katze. Dann legte er seinen Mantel über den Toten.

Das Scheunentor wurde aufgerissen. Stimmengewirr erfüllte die Scheune, besorgte Rufe der Familie und der Dienerschaft, die zu Hilfe geeilt waren. Grayson und Odham stellten Hermia behutsam auf die Füße und führten sie an die frische Luft.

Drake und Hamm trugen Auclairs Leichnam weg, während Heath seine Geliebte immer noch in den Armen hielt. Julia konnte kaum fassen, wie schnell das alles geschehen war, dass Angst und Grauen endlich ausgestanden waren. Heath hatte den Mann getötet, der ihm nach dem Leben getrachtet hatte. Sie fühlte sich so schwindelig und benommen, dass sie sich kaum daran erinnerte, wie Auclair ausgesehen hatte. Sie wollte ihn vergessen.

„Hast du gehört, was er sagte?", fragte sie leise. Heath blickte starr an ihr vorbei in die Ferne. Seine Augen wirkten dumpf, leer. Sie fürchtete, ihn nicht zu erreichen.

Dann sah er sie an. Die Spannung wich aus seinen Gesichtszügen, als ihre Blicke einander trafen. „Ich habe jedes Wort gehört, aber ich erinnere mich nicht, was damals in dem Kloster geschehen ist. Ich erinnere mich nur, dass Hamm und Russell mich auf einem Karren eine sturmgepeitschte Straße entlangzogen ... als Bauern verkleidet."

„Ich glaube dem Kerl kein Wort", sagte Julia verzagt.

Heath schüttelte bedächtig den Kopf. „Warum sollte er lügen?" Sein Blick irrte verstört hin und her. Hatte sie diesen Mann je für kühl und gleichgültig gehalten? Sie konnte kaum glauben, dass sie jahrelang das Bild eines leichtfertigen, gefühlskalten Mannes von ihm hatte.

Der Mann, der sie in den Armen hielt, der getötet hatte, um sie zu beschützen, war zu tieferen Gefühlen fähig, als irgendjemand es für möglich gehalten hätte. Und sie spürte, dass er im Begriff war, ihr sein Herz auszuschütten, wären die besorgten Hausbewohner nicht so plötzlich aufgetaucht.

Ein Windstoß fuhr in die Streu auf dem Lehmboden. Grayson stürmte herein wie ein empörter Herrscher, der beinahe seines größten Schatzes beraubt worden wäre.

Er nahm Julias Pistole vom Rand des Podiums. Seine blauen Augen blitzten stolz. „Geht es ihr gut, Heath?"

„Ja. Sie wird sich bald von dem Schreck erholen."

„Das war ein verdammt guter Schuss, Julia", sagte Grayson gedehnt. „Obwohl ..." Seine Stimme verlor sich. Er untersuchte die Waffe mit einem verdutzten Stirnrunzeln. „Nur gut, dass du vorsichtiger mit Feuerwaffen umgehst, seit du auf meinen Bruder geschossen hast."

Heath bedachte ihn mit einem vielsagenden Blick. „Sie hat Auclair nicht erschossen. *Ich* war es."

„Aha." Grayson nickte und ließ die Pistole sinken. „Das erklärt, warum aus ihrer Waffe kein Schuss abgefeuert wurde."

„Ich bringe sie auf ihr Zimmer", sagte Heath mit fester Stimme. Bevor Julia wusste, wie ihr geschah, hatte er sie aus der Scheune geführt. Grayson zögerte nicht lange und folgte dem Paar.

„Gute Idee", sagte er. „Bringe sie gleich zu Bett."

Heath warf Julia einen verschmitzten Seitenblick zu. „Ist er nicht eine Inspiration? Grayson, solltest du dich nicht um *deine* Frau kümmern? Ich habe Jane einen tüchtigen Schrecken eingejagt. Bitte entschuldige mich bei ihr."

„Jane macht sich mehr Sorgen um Julia und dich", antwortete Grayson. Er warf einen Blick über die Schulter auf die Scheune und schüttelte den Kopf. „Man stelle sich vor", fuhr er grimmig fort, „auf meinem eigenen Grund und Boden. Ich könnte mich ohrfeigen, dass ich diesen Schlächter persönlich in mein Haus eingeladen habe."

Julia verbrachte eine unruhige Nacht, schlief schlecht, fuhr immer wieder auf, nackt in Heaths Armen, und dachte zunächst, sie habe Auclairs Tod nur geträumt. Die grässliche Szene in der Scheune war so unwirklich gewesen, alles war so blitzschnell geschehen, so unerwartet. Und Heath hatte sie so leidenschaftlich geliebt, so stürmisch, dass die schrecklichen Ereignisse des Abends verblassten. Sie wünschte sich, ihre Begegnung mit Auclair völlig zu vergessen, sie für immer aus ihrem Gedächtnis zu löschen.

Hatte Auclair sie tatsächlich mit einem Degen bedroht?

„War das alles nur ein Albtraum?", murmelte sie, während sich Heath über ihr bewegte.

Sie konnte sein sündiges Lächeln im Dunkeln nur ahnen und versuchte, sich aufzusetzen. Mühelos drückte er sie in die Kissen zurück und verschloss ihr die Lippen mit einem innigen Kuss.

„Nein, meine tapfere Geliebte. Es war die Wirklichkeit. Und nun ist es vorbei."

Seine tiefe melodische Stimme jagte ihr wohlige Schauer über den Rücken. Hatte der unerwartete Sieg über seinen Todfeind in ihm noch tiefere Gefühle für sie geweckt?

Wenn dem so war, gab es nur eine Antwort für sie: Hingabe und Genuss.

Sie schlang die Arme um seinen Nacken. „Du bist ein gefährlicher Gegner, Boscastle. Ich bin froh, dich als Freund zu haben."

„Uns verbindet mehr als nur Freundschaft", sagte er und spreizte ihr die Schenkel mit dem Knie, um seinen Worten Nachdruck zu verleihen.

Und er bekräftigte diese Feststellung mehrmals, bevor die Nacht zu Ende war. Julia hatte ihn nie so entfesselt erlebt, und ihre Leidenschaft steigerte sich bis zur Verzückung.

Die Zärtlichkeit in seinen Augen raubte ihr ebenso den Atem wie seine wilde Wollust. Sie gab sich ihm mit Leib und Seele hin. Er nahm sie hungrig, forderte mehr, und sie gab ihm alles.

Immer wieder hob sie sich ihm entgegen, begegnete seinen Bewegungen wie in einem niemals endenden Rausch.

Er neckte sie, verharrte kurz, nur um sich erneut tief in ihrem Schoß zu versenken. Glücksgefühle überschwemmten sie wie turmhohe Wellen. Es war ein Spiel der Ekstase, das beider Verzückung ins beinahe Grenzenlose steigerte.

Darin war Heath ein Meister.

Und Julia stand ihm in nichts nach.

Am Ende würden beide Sieger sein, aber die Wonnen lagen im Auskosten dieses Spiels, es ging nicht darum, wer als Erster das Ziel erreichte.

Er erschauerte vor Lust, spannte jeden Muskel an, als sie sich dem Gipfel der Lust näherte.

Im Augenblick ihrer Erlösung nahm er ihren Mund in einem heißen, hungrigen Kuss in Besitz. Julia schmolz in tiefster Hingabe, umklammerte seine Schultern. Er stöhnte in ihren Mund, tief in ihren Schoß gebettet.

Sie war ein einziges sattes, träges Fließen und überließ sich hilflos ihrer Wollust. Vor wenigen Stunden waren sie beide einem Mörder begegnet, der ihnen nun nichts mehr anhaben konnte. Heath hatte seinen Feind besiegt, und dieses Wissen machte diesen Moment umso süßer. Er wollte endlich die erlittene Pein vergessen, und sie wollte ihm dabei helfen.

Sie streichelte sein festes Gesäß und zog ihn näher. Sie hatte alle Hemmungen abgelegt, bestand nur noch aus Empfinden, stöhnte leise in seinen Mund, ihre Fingernägel kratzten sanft seinen Rücken entlang, als er mit einem dunklen Stöhnen in ihr zerbarst. Er hielt sie eng an sich gepresst. Sie spürte seinen dröhnenden Herzschlag, spürte, wie die Spannung allmählich von ihm wich, streichelte sein Gesicht mit den Fingerkuppen.

Die Luft im Zimmer war warm und schwer, getränkt vom Duft dieser leidenschaftlichen Nacht. Eng umschlungen lagen die beiden zusammen und kosteten die letzten Minuten bis zur Dämmerung aus. Schon bald würde ein neuer Tag beginnen, ein Tag, der ihre Innigkeit bedrohen, vielleicht zerreißen würde. Russell würde eine Erklärung fordern, die ihm nicht verwehrt werden durfte. Julia wusste auch, dass Heath erst mit sich ins Reine kommen würde, wenn er die Wahrheit über die Vorfälle an jenem Tag im Kloster erfuhr. Auclairs Anschuldigung hatte ihn tief getroffen. Hatte er Auclairs Schwester getötet? Wenn ja, war er sich damals überhaupt bewusst gewesen, was er tat? War er zurechnungsfähig gewesen? Sie würde ihm jedenfalls zur Seite stehen, was immer er auch getan haben mochte. Heath war ein guter Mensch.

Julia dachte flüchtig an ihr Ansehen in der Gesellschaft, an den Klatsch, der losbrechen würde wie ein Sturm. Möglicherweise würde sie nie wieder nach London zurückkehren, was sie allerdings nicht wirklich bedauerte.

„Nach diesen Ereignissen wird uns niemand mehr einladen", überlegte sie halblaut.

Er schlang den Arm um sie. „Ein toter Spion macht noch keinen Skandal. Im Übrigen wird niemand von uns darüber sprechen."

Sie lag still, hielt die Augen geschlossen. Männer hatten die Gabe, alles auf das Grundsätzliche zu reduzieren. Allen voran die Boscastle-Männer, die in der Überzeugung lebten, alles, was sie bestimmten, sei Gesetz. Oder sich über dem Gesetz erhaben fühlten, zumindest über den Gesetzen der Gesellschaft.

„Ich fürchte, du vergisst Russell", sagte sie zögernd. „Das kleine Hindernis auf dem Weg unserer verbotenen Liebe. Und wenn ich von einem kleinen Hindernis spreche, meine ich eigentlich eines von der Größe eines Gebirges."

Heath knurrte. „Ich spreche mit Russell, wie ich dir bereits sagte. Ich habe ihn keineswegs vergessen." Er zog ihren warmen biegsamen Körper an sich. „Ich schlage vor, *du* vergisst ihn. Als dein zukünftiger Ehemann verlange ich es sogar von dir. Meine Familie gibt dir Rückhalt, egal, was andere tun oder sagen. Und mich interessiert die Meinung anderer nicht im Geringsten."

„Vielleicht sollte ich zuerst mit ihm sprechen", sagte sie leise.

„Das halte ich für keine gute Idee."

„Er wird mir nichts tun."

„Das ist mir klar."

Sie küsste seinen Hals. „Es wäre nur anständig, Heath."

Wie Heath vorausgesagt hatte, scharte die Boscastle-Familie sich am nächsten Tag um Julia wie um eine königliche Verwandte, die von einer feindlichen Armee belagert worden war. Es war, als sei sie bereits Teil der Sippe.

Die Familie versammelte sich zu einem reichhaltigen Frühstück mit Tee, gebratenem Schinken, Eiern, frischen Teekuchen und Marmelade. Während Julia der angeregten Unterhaltung, den scherzhaften Bemerkungen und Plänen für die kommende Woche mit halbem Ohr folgte, fragte sie sich verwundert, ob Heath tatsächlich gestern Nacht einen Mann getötet hatte. Bald wurde ihr klar, dass die gute Laune der Familie Ausdruck großer Erleichterung war, eine tödliche Gefahr gebannt zu wissen. Die Boscastles teilten alles miteinander, Gutes und Schlechtes. Sie liebten das Leben und liebten einander; gelegentlich aber prallten Gefühle und Eigensinn aufeinander, was zu schmerzhaften Konflikten führte.

Bezeichnend für diese Familie war ihre Neigung zu Extremen. Das Wort *lauwarm* existierte nicht in ihrer Welt. Und Julia wurde überschwänglich und vorbehaltlos in ihrem leidenschaftlichen Chaos willkommen geheißen.

Der jüngste Spross, Devon Boscastle, traf zum Entzücken aller am späteren Vormittag ein, zog sich aber bald zu einem Gespräch mit seinen Brüdern zurück. Julia hatte keine Ahnung, wie Devon von Auclairs Tod erfahren hatte, entnahm aber seinem triumphierenden Lächeln, mit dem er Heath begrüßte, dass er Bescheid wusste und gekommen war, um den Sieg mit der Familie zu feiern.

Auch die Schwestern Emma und Chloe hatten ihre Ankunft angemeldet. Der Marquess war in Hochstimmung angesichts des bevorstehenden Familientreffens, und seine gute Laune wirkte ansteckend auf alle.

Hermia und Odham lachten und tauschten heimliche Blicke. Endlich hatten auch sie alle Hindernisse überwunden und konnten sich eingestehen, was sie füreinander empfanden.

Der Charme und die Heiterkeit der Boscastles waren so ansteckend, dass Julia die bevorstehende unangenehme Aussprache völlig vergaß.

Ihre Begegnung mit Russell und die Lösung ihrer Verlobung.

Althornes Kutsche fuhr eine Stunde nach dem Frühstück vor, nachdem die Familie sich zurückgezogen hatte, um sich für ein Kricketspiel umzukleiden. Julia war noch geblieben, um im sonnigen Frühstückszimmer eine Tasse Tee zu trinken und die Ruhe zu genießen, die ihr Muße gab nachzudenken.

Die wärmenden Sonnenstrahlen schienen plötzlich ihre Kraft zu verlieren, als ein Diener Russell hereinführte. Julia stellte die Tasse ab und erhob sich langsam. Er schien schmaler geworden, sein Gesicht wirkte beinahe hager, dennoch sah er blendend aus in dunkelbraunen Hosen und doppelreihigem Reitjackett. Seine schwarze Augenklappe verlieh ihm wie gewöhnlich einen verwegenen Reiz. Ein vertrauter Mann aus ihrer Vergangenheit, aber ihr Herz schlug bei seinem Anblick nicht schneller. Sie wären niemals glücklich miteinander geworden. Julia hoffte, er würde das einsehen.

„Russell."

„Wie reizend. Du erkennst mich noch."

Er wollte es ihr offenbar nicht leicht machen. Das hatte sie auch nicht erwartet. Aber plötzlich bereute sie, dass sie nicht Heaths Angebot angenommen hatte, ihr dieses Gespräch abzunehmen. „Ich weiß nicht, was ich sagen soll."

„Ich habe mein Leben riskiert, um Heath zu retten, und das Gleiche hätte ich getan, um dich zu beschützen. Ich habe dich in seiner Obhut gelassen, weil ich euch vertraute. Wie konntest du mir das antun? Stört es dich gar nicht, was die Leute reden?" Seine Stimme klang schneidend wie ein Peitschenhieb.

Julia wandte den Blick aus dem Fenster und sah sein Haar im Sonnenlicht blauschwarz glänzen. Mit dem Rücken zu ihr stand Heath im Garten am Marmorspringbrunnen. Er wirkte so einsam. Sie wollte bei ihm sein, wollte die Düsterkeit vertreiben, die ihn umgab.

Was hatte er einmal gesagt? Dass er glaubte, er sei für die Einsamkeit bestimmt? Das war ein Irrtum. Sie würde durch die Flammen der Hölle gehen, um an seiner Seite zu sein.

Sie hörte, wie Russell sich hinter ihr bewegte. „Hörst du mir überhaupt zu, verdammt noch mal?", fragte er gereizt und hochmütig.

Nein, sie hatte ihm nicht zugehört. Heath hatte sich umgedreht und lenkte sie ab. Sie studierte sein kühnes Profil im Sonnenlicht, dachte an ihre leidenschaftliche Liebesnacht mit ihm, fühlte sich noch schwach von seinen heißen Umarmungen und beschloss, sich noch weitere Anregungen von Audrey geben zu lassen. Heath schien Gefallen an ihrem Wissen in der Kunst der Liebe zu finden. „Hast du etwas gesagt, Russell?“

„Ich weiß, dass du ein Verhältnis mit Heath hast. Leugne es nicht.“

Er fuchtelte mit einem Papier vor ihrer Nase herum und versperrte ihr die Sicht auf den Schwerenöter, den sie vergötterte. Gütiger Himmel, es war die satirische Zeichnung des nackten Heath Boscastle. Diese Karikatur würde sie wohl bis an ihr Lebensende verfolgen.

„Ich gehe jede Wette ein“, fuhr Russell mit hässlich schnarrender Stimme fort, „ihr habt euch auf meine Kosten prächtig amüsiert. Kannst du mir das hier erklären?“

Sie nahm ihm das Blatt aus der Hand. „Nein, das kann ich nicht.“

„Aber es ist *dein* Werk?“

Sie betrachtete die Zeichnung, Heaths prachtvolle Gestalt, seine wohlgeformten Muskeln und Sehnen. „Ist er nicht herrlich?“, meinte sie voller Bewunderung.

„Herrlich?“ In Russells Wange vibrierte ein Muskelstrang. „Du gibst also zu, dass dieses abscheuliche Machwerk tatsächlich von dir stammt?“

Sie lächelte geheimnisvoll, ohne ihm zu antworten. Ihre Aufmerksamkeit war wieder bei Heath, der sich nun dem Haus näherte.

„Sieh mich an, Julia!“, befahl Russell in seinem verhassten Offizierston.

Sie gehorchte. Er war ein attraktiver Mann, ein ambitionierter Mann. Er war nicht durch und durch schlecht. Aber Russell war nicht ihr wagemutiger Held. Er war es nie gewesen. Gottlob hatte ein gnädiges Schicksal sie davor bewahrt, ihn zu heiraten.

Er zog eine Braue hoch, zufrieden, endlich ihre Aufmerksamkeit zu haben. „So ist es besser. Endlich hörst du mir zu.“ Er nahm ihr Kinn in seine schwielige Hand. „Die Boscastles sind berüchtigte Frauenhelden. Ich weiß, dass der Schurke dich in Versuchung geführt hat. Ich weiß auch, wie schwer es ist, den Boscastles zu widerstehen. In meiner Jugend sehnte ich mich danach, in ihre Welt zu gehören."

Julia schluckte, verspürte gegen ihren Willen Mitleid. Russell war von einer lieblosen Tante erzogen worden, da seine Eltern früh verstorben waren. Ungeachtet der unglücklichen Umstände hatte er es weit gebracht und sich mit Ehrgeiz und Fleiß nach oben gearbeitet. Aber er würde sich nie zufriedengeben mit dem, was er erreicht hatte. Er würde nie genügend Reichtum anhäufen, nie ausreichend Anerkennung bekommen oder genügend Frauen haben, um seinen Ehrgeiz und seine innere Rastlosigkeit zu befriedigen. Sie hatte aus falschen Beweggründen eingewilligt, ihn zu heiraten. Weil sie allein war, sich einsam gefühlt hatte und dankbar für seinen Rückhalt gewesen war. Sie hatte ja nicht gewusst, sich nicht träumen lassen, dass sie Heath je wiedersehen würde. Und dass er auf sie gewartet hatte.

„Du hast mir zuerst gehört", sagte Russell mit einem Anflug von Verzweiflung in der Stimme.

„Nein." Heath trat ein. In seiner verschlossenen Miene lag keine Spur von Verständnis oder Vergebung. „Sie hat mir zuerst gehört." Er lehnte sich gegen den Türrahmen und verschränkte die Arme vor der Brust. „Und du hast sie betrogen. Es ist allein deine Schuld. Du hast mich gebeten, sie zu beschützen, und das habe ich getan. Vor dir."

Russell bedachte Julia mit einem verächtlichen Blick. „Hat er dich damit in sein Bett gelockt?"

„Lass diese idiotischen Beschuldigungen, Russell", widersprach Julia entrüstet. „Du hast eine Geliebte, der du offensichtlich weit mehr Aufmerksamkeit schenkst als mir, sonst wäre sie nicht in anderen Umständen."

Russell zog verwirrt die Schultern hoch. „Ein Mann in meiner Position hat nun mal eine Geliebte. Offenbar hatte Boscastle nichts Besseres zu tun, als dir das zu erzählen."

„Nein, das hat er nicht", entgegnete Julia. „Aber ich wünschte, er hätte es getan."

Russell legte ihr die Hände auf die Schultern, versuchte eine andere Taktik anzuwenden. „*Ich* bin es, der gekränkt wurde, dem Unrecht getan wurde."

Heath näherte sich ihm, jeden Muskel angespannt. „Nimm deine Hände von ihr, Russell.“

Julia atmete erleichtert auf, als Russell widerspruchslos gehorchte.

„Ich kann mir den Skandal eines Duells nicht leisten“, sagte Russell kalt. „So wie die Dinge liegen, bin ich wahrscheinlich ohnehin ruiniert. Auclair hat mich auf eine falsche Fährte gelockt, während er sich offenbar die ganze Zeit in London aufhielt. Meine Verlobte und mein Freund haben Schande über mich gebracht ...“

Heath wandte sich an Julia. „Lass uns bitte allein.“

Sie blickte zu Russell, der ihrem Blick auswich. Offenbar wusste er noch nichts von Auclairs Tod, ahnte nicht, dass er seine goldene Chance auf Anerkennung verpasst hatte. Die Tatsache, dass Heath ihm auch diese Genugtuung genommen hatte, würde ihn nicht friedfertiger stimmen. „Ich weiß nicht, was ich dir sagen soll, Russell.“

Er lachte hohl. „Ich brauche Zeit, um darüber nachzudenken.“

Julia holte tief Atem, empfand plötzlich ein überwältigendes Gefühl der Erleichterung. „Es ist vorbei. Ich hoffe, du siehst das ein.“

Heath schloss die Tür hinter Julia. Er wollte die Geliebte nicht länger in Russells Nähe wissen, fürchtete, dieser könne versuchen, sie zu manipulieren, an ihr Gewissen appellieren, um ihr Jawort zu erzwingen. Seine maßlose Eitelkeit hatte gewiss einen schweren Schlag erlitten. Aber er würde sich erholen. Allerdings nicht mit Julia an seiner Seite. Er verdiente sie nicht.

„Auclair ist tot“, sagte Heath ohne Übergang. „Durch meine Hand.“

Russell hob verdutzt den Kopf. „Was?“

„Er verfolgte mich bis hierher.“ Heath betrachtete den ehemaligen Freund sinnend. „Offenbar hatte er es auf mich abgesehen. Er wollte sich an mir rächen.“

„*Du* hast ihn getötet?“ Russells schmaler Mund verzerrte sich zu einer hässlichen Grimasse. „Diese Genugtuung hast du mir also auch gestohlen? Was bist du nur für ein Held!“

„Hast du gewusst, dass er mich töten wollte?"

„Du bist ihm entkommen, das hat ihn maßlos aufgebracht. Wer kann schon die Beweggründe eines Wahnsinnigen mit Vernunft erklären?"

„Aha. So einfach ist das also, wie?"

Russell wandte sich dem Fenster zu. „Wie, zum Teufel, soll ich wissen, was in dem kranken Kopf dieses Mistkerls vorging? Er war verrückt. Hast du vergessen, was er dir angetan hat?" Er maß Heath herausfordernd. „Ich habe es nicht vergessen. Du warst halb tot, als ich dich fand. Nicht mehr bei Verstand."

„Offenbar habe ich noch mehr vergessen." Heath schüttelte den Kopf. „Auclair behauptete nämlich, ich hätte seine Schwester getötet."

Russell straffte die Schultern. Er nickte, ohne Heath anzuschauen. „Ich sah keine Veranlassung, dich daran zu erinnern. Du hast in Selbstverteidigung gehandelt, ohne zu wissen, was du tust. Sie gab vor, dir helfen zu wollen. Aber sie trug eine Waffe und richtete sie auf dich. Du hast sie getötet, bevor sie dich töten konnte. So sah es jedenfalls aus."

Heath versuchte verzweifelt, sein Gedächtnis zu erforschen. Er konnte sich an einen Arkadengang in einem Kloster erinnern, an einen halb zugefrorenen Brunnen, in dem er sich sein blutverkrustetes Gesicht gewaschen hatte; daran, dass er um sein Leben gelaufen war, stolpernd und zu Tode geschwächt; an Hamm, der ihn auf die Füße gezogen hatte; das Rattern eines Karrens über eine holprige vereiste Straße. Er sollte eine junge Frau getötet haben? Das konnte er nicht begreifen.

„Aber wen interessiert das heute noch?", fuhr Russell gleichmütig fort. „Es war Krieg. Daran ist nun mal nichts zu ändern. Das Problem besteht doch darin, den Skandal aus der Welt zu schaffen, den du mit Julia ausgelöst hast."

„Du hattest deine Chance, sie für dich zu gewinnen", entgegnete Heath kalt. „Du hast hoch gespielt und verloren."

„So sieht es wohl aus", entgegnete Russell bitter. „Eine Frau kann man ersetzen, aber der Schaden an meiner Karriere ist nicht wiedergutzumachen. Auclair war für mich bestimmt. Ich bin mit leeren Händen zurückgekommen, und obendrein wurden mir Hörner aufgesetzt."

„Vielleicht ist noch etwas zu retten." Heath legte eine Pause ein. „Ich mache dir einen Vorschlag, ein Abkommen unter Gentlemen, wenn du so willst. Mir liegt nichts an der Anerkennung, Auclair unschädlich gemacht zu haben, mir liegt nur an Julia."

Russell starrte ihn an, sein Mund verzog sich bitter. „Auclair gegen Julia? Schlägst du mir einen Tausch vor?"

„Niemand außerhalb dieses Hauses weiß, dass er tot ist. Wir haben die Behörden noch nicht verständigt."

Russell schwieg, aber Heath wusste, dass er seine Entscheidung bereits getroffen hatte. Mit diesem Vorschlag konnte Russell sein Gesicht wahren und den Anschein erwecken, er habe sein persönliches Glück für sein Land geopfert. Heath würde Julia vor einem Skandal schützen. Die Gerüchte über ihre verbotene Liebesaffäre würden mit dem Tag ihrer Hochzeit verstummen. Die feine Gesellschaft würde ihnen verzeihen und sie wieder in ihrem Kreis aufnehmen, wobei Heath und Julia nicht häufig Gebrauch von diesem Gunstbeweis machen würden.

Russell hob die zerknitterte Zeichnung vom Teppich auf. „Hast du das gesehen?"

Heath verkniff sich ein Lächeln und sah Russell gleichmütig ins Gesicht. „Ja."

„Sag bloß nicht, du standest Modell dafür", meinte er fassungslos."

„Ehrlich gestanden, ja." Heath räusperte sich. „Für einen Wohltätigkeitsbasar."

Heath überließ es Drake, mit Russell die Einzelheiten der Meldung an die Polizei über Auclairs Tod zu besprechen. Ihm lag nur daran, schnell zu Julia zu kommen. Nun waren sie beide frei, und ihm war, als sei ihm eine tonnenschwere Last von den Schultern genommen, die er so viele Jahre mit sich herumgeschleppt hatte, so lange, dass sie ein Bestandteil seiner Person geworden war. Es gab Zeiten der Vernunft und Zeiten der Verruchtheit. Es gab Zeiten des Krieges und Zeiten der Liebe.

Er stürmte die Treppe hinauf, zwei Stufen auf einmal nehmend, und den Flur zum Turmzimmer entlang. Hamm stand Wache vor Julias Zimmer, so wie er es ihm aufgetragen hatte. Sein breites pockennarbiges Gesicht war finster.

„Wartet Lady Whitby auf mich?“, fragte Heath.

„Ja, Mylord, aber ... kann ich Sie einen Moment unter vier Augen sprechen?“

„Ist etwas passiert?“

„Ich muss Ihnen etwas gestehen.“

„Wenn Sie wieder eine Porzellanschüssel zerschlagen haben, machen Sie sich keine Sorgen. Ich besänftige die Haushälterin.“

„Ich habe mein Wort gegeben, nie darüber zu sprechen. Sir Russell war mein vorgesetzter Offizier, genau wie der Ihre. Ich habe ein Schweigegelöbnis abgelegt.“

Heath warf einen Blick auf Julias Tür. „Das klingt ernsthafter als eine zerbrochene Suppenschüssel. Bitte sprechen Sie, Hamm.“

Hamms gutmütiges Gesicht verfinsterte sich noch mehr. „Er ließ Sie neben der toten jungen Frau stehen, damit jeder annehmen musste, Sie hätten sie getötet. Verzeihen Sie. Ich hatte nicht die Absicht, Ihr Gespräch mit Ihren Brüdern gestern Abend zu belauschen.“

„Sie wussten von Auclairs Schwester?“

„Ich weiß nur von einer jungen Frau im Kloster. Damals wusste ich nicht, wer sie war. Ich glaube auch nicht, dass Sir Russell Sie öffentlich beschuldigt hat, die junge Frau getötet zu haben. Er erhob lediglich keinen Einwand, als Ihnen unterstellt wurde, es getan zu haben. Über den Vorfall wurde nie wieder gesprochen, bis gestern.“

Heath schluckte. Eine weitere Last wurde von seiner Seele genommen. „Wollen Sie damit sagen, Russell habe sie getötet?“

„Gesehen habe ich es nicht und kann nur vermuten, dass er in Selbstverteidigung auf sie geschossen hat und sich hinterher schämte, es einzugestehen. Als der Schuss fiel, rannten Sie zu ihm. Mylord, Sie waren in einem derartig verstörten Zustand, dass Sie ihm auch geglaubt hätten, er sei der König von England.“

„Danke, Hamm. Es ist vorbei. Sie haben mich mehr erleichtert, als Sie sich vorstellen können. Vielen Dank."

„Man hat mich vor den Folgen gewarnt, wenn ich mein Schweigen breche."

„Die Sache ist bereits vergessen. Kein Wort mehr darüber."

31. KAPITEL

Julia traf Heath am folgenden Morgen am Ende des Flurs im Ostflügel. Er sah bemerkenswert ausgeruht und erfrischt aus im grauen Frack mit schwarzen Hosen; ein ahnungsloser Betrachter wäre niemals auf die Idee gekommen, dass die beiden sich die ganze Nacht in allen nur denkbaren Positionen geliebt hatten.

Erst vor einer Stunde waren sie auseinandergegangen.

„Du siehst hinreißend aus. Am liebsten würde ich über dich herfallen", raunte er und bot ihr höflich den Arm, als hätte er sie nicht noch vor einer Weile nackt im Bad gesehen und ihr anschließend das Mieder verschnürt.

Sie strich glättend über den Rock ihres cremefarbenen Hauskleides. „Wenn ich mich recht entsinne, bist du die ganze Nacht über mich hergefallen."

„Daran wirst du dich gewöhnen müssen. Ich werde viele Jahre jede Nacht über dich herfallen."

Arm in Arm schritten sie die breite Treppe nach unten. „Du liebe Güte, da kann ich mich ja auf etwas gefasst machen. Wobei das keine Klage sein soll."

Er lächelte. „Was dann? Ein Kompliment?"

Sie hielt den Blick geradeaus gerichtet. „Zu meiner Schande muss ich Ja sagen."

„Leidenschaft ist nichts, wofür man sich schämen muss, Julia. Nicht zwischen Eheleuten."

„Wir sind nicht verheiratet."

„Wir werden es bald sein."

„Diesmal wird uns nichts mehr hindern, nicht wahr?", fragte sie und blieb am Fuß der Treppe stehen.

„Nein. Warum habe ich wohl dein Zimmer von Hamm bewachen lassen?" Er zog sie zärtlich in die Arme und küsste sie, die Liebe zu ihr leuchtete in seinen Augen.

Sie seufzte. „Das Haus ist voller Leute."

„Ich kann niemanden sehen."

„Ich kann sie hören."

Er hob den Kopf.

Aus dem Salon drangen Stimmen. Heaths Kuss machte Julia zu benommen, um auch nur ein Wort zu verstehen. Sie schlang eine Hand um seinen Nacken und zog ihn näher. Sie hatte immer gewusst, dass er tapfer und ehrenhaft war, aber gestern Nacht hatte sie bis in seine Seele gesehen. Seine Tapferkeit und sein Ehrgefühl waren nicht oberflächlich.

„Wir müssen damit aufhören", flüsterte sie lachend.

„Warum?" Er ließ seine Hände über ihren Rücken nach unten gleiten. Sie fühlte sich noch warm an vom Bad. „Wollen wir wieder nach oben gehen?"

„Wir sind gerade heruntergekommen."

„Niemand hat uns gesehen." Er versuchte bereits, sie wieder eine Stufe nach oben zu ziehen.

„Julia! Heath!", dröhnte eine laute Männerstimme durchs Treppenhaus. „Wir dachten schon, ihr würdet den ganzen Tag im Bett verbringen."

Heath seufzte, und Julia entwand sich ihm. „Guten Morgen, Gray. Und vielen Dank für dein Taktgefühl."

„Was heißt hier guten Morgen? Es ist Mittag", entgegnete Grayson vergnügt. „Wir wollten uns gerade zum Mittagessen begeben. Können wir mit euch rechnen, oder habt ihr andere Pläne?"

„Nun ja", antwortete Heath gedehnt. „Wir haben andere Pläne, genauer gesagt, Hochzeitspläne."

Grayson lachte schallend. „Was du nicht sagst."

„Wieso?"

„Ich bin zwar nicht erstaunt, aber sehr erfreut. Darf ich der Erste sein, der euch gratuliert?"

Heath wollte so rasch wie möglich heiraten, innerhalb der nächsten vierzehn Tage. Julia stimmte ihm zu. Sie hatten Jahre auf ihr Wiedersehen gewartet. Diesmal wollte sie nicht riskieren, dass irgendetwas ihr Glück trübte. Ihre angehende Schwägerin Jane war außer sich vor Begeisterung und sagte dem Paar jede erdenkliche Hilfe zu.

Hermia brachte ihre Besorgnis zum Ausdruck, dass zwei Wochen nicht ausreichten, um die Hochzeit vorzubereiten. Aber Heaths Schwester Emma, die Viscountess Lyons, wies darauf hin, dass die beiden imstande wären, „in vierzehn Tagen einen weiteren Skandal heraufzubeschwören. Meine Schülerinnen reden immer noch von dieser anstößigen Karikatur."

Julia und Heath waren sich allerdings darin einig, eine Hochzeit im kleinen Kreis auf dem Lande zu feiern, wenigstens im Rahmen des Möglichen mit einem Haus voller Boscastles, Brüder, Schwestern, Schwägern, Onkeln und Tanten und einer Heerschar lärmender Vettern und Cousinen, der lebende Beweis dafür, dass Blutsbande nicht zu verleugnen waren.

Die Hochzeit wurde an einem Samstagnachmittag auf dem Herrensitz des Marquess of Sedgecroft gefeiert. Heath, bereits im Hochzeitsanzug, betrat die Galerie im ersten Stock, wo sein ältester Bruder auf ihn wartete. Er blickte hinunter auf die Kutschen, die aufgereiht in der Auffahrt standen, und fragte sich wenig begeistert, ob es in ganz England einen Menschen gab, den Grayson nicht eingeladen hatte.

„Ich dachte, du kannst Hochzeiten nicht ausstehen", bemerkte er, als sie nebeneinander aus dem Fenster schauten.

„Das stimmt. Aber es ist nicht meine Hochzeit. Diesmal bist du dran mit dem Spießrutenlauf. Ich habe meine Pflicht bereits getan … und habe es überlebt."

„Guter Gott", entfuhr es Heath, als er eine zierliche Dame in einem hellgrünen Satinkleid und mit einem fantasievollen Blütengebilde auf dem Kopf erkannte, die aus einer offenen Kutsche zu den Brüdern heraufwinkte. „Audrey Watson. Du hast eine Kurtisane zu meiner Hochzeit eingeladen?"

„Nein, das habe ich nicht", sagte Grayson. „Julia hat sie eingeladen."

„Und du hast es zugelassen?"

„Es ist nicht meine Hochzeit."

„Immer noch keine Spur von Drake?"

„Ach ja. Er ließ uns wissen, dass er sich ein wenig verspäte. Ein Duell habe ihn aufgehalten."

Heath lächelte. „Und Devon?"

„Er hat zwei junge Damen zu einem Waldspaziergang eingeladen. Ich habe den Verdacht, er möchte den beiden Hübschen eine gewisse Höhle zeigen. Erinnerst du dich?“

„In allen Einzelheiten.“

Grayson lachte. „Die Legende lebt weiter.“

„Ich zögere zu fragen … wo ist unsere reizende diktatorische Schwester Emma?“

Grayson senkte die Stimme. „Sie verteilt ungebetene Ratschläge über gutes Benehmen. Deshalb verstecke ich mich hier oben.“

„Ich darf mich nicht verstecken“, sagte Heath und zog die Hände aus den Hosentaschen. „Ich werde zu einer Hochzeit erwartet.“

Die Brüder stiegen die Treppe hinunter. Emma, eine zierlich gebaute Frau mit goldblondem Haar und blauen Augen und dem Herzen eines Kriegers, empfing den Bräutigam.

„Da bist du ja endlich“, begrüßte sie Heath. „Kein Wunder, dass du dich verkriechst, nachdem diese schändliche Zeichnung mittlerweile jeder in England zu Gesicht bekommen hat.“

„Ich freue mich auch, dich zu sehen, Emma“, entgegnete Heath liebenswürdig und rückte seine Krawatte aus schneeweißer Seide zurecht.

„Ich war weniger erfreut, so viel von dir auf Flugblättern zu sehen“, tadelte sie flüsternd, schob seine Hände weg und zupfte die Krawatte zurecht. „Herzlichen Glückwunsch, du Schwerenöter“, fuhr sie mit einem nachsichtigen Lächeln fort. „Ich freue mich und bin mächtig stolz auf dich.“

Die Marquess hatte Haus und Garten für den Hochzeitsempfang festlich schmücken lassen. Das Wetter war mild und nicht zu warm, es wehte eine leichte Brise. Auf einem mit Palmen geschmückten Podium spielte ein Orchester zum Tanz. Diener in goldbetressten Uniformen und weißen Perücken standen an jeder Tür und boten Gebäck und Champagner an.

Die Trauung fand in der Hauskapelle statt. Die Braut trug ein cremefarbenes Hochzeitskleid, dessen Mieder aus Spitzen mit winzigen Perlen bestickt war. Weiße lange Saffianhandschuhe und weiße Pumps komplettierten die Robe. Hellrosa Rosenblüten und

Efeublätter zierten ihren Brautschleier. Allerdings trug sie – entgegen einer anderslautenden Zeitungsmeldung – keine Pistole.

Der Bräutigam im doppelreihigen dunkelblauen Frack, plissierten weißen Batisthemd mit grauer Weste und schmal geschnittenen schwarzen Hosen sah so blendend aus, dass Julia Mühe hatte, ihre Hände von ihm zu lassen.

Devon saß im Kreise junger Damen, die über alles, was er von sich gab, kicherten. Der Marquess of Sedgecroft übernahm die Rolle des Brautführers; seine Gemahlin Jane saß mit einer seiner Tanten in der ersten Bank der kleinen Kapelle. Hermia und Odham saßen gleichfalls in der ersten Bank, redeten aber nicht miteinander. Sie hatten sich beim Frühstück gezankt, willigten aber ein, sich Julia zuliebe gemeinsam in der Öffentlichkeit zu zeigen.

Eine Minute bevor die Trauung begann, schlenderte Lord Drake Boscastle in Begleitung einer üppigen jungen Dame, die keiner kannte, herein. Viscount Stratfield führte seine bildschöne Gemahlin Chloe als Brautjungfer seitlich vor den Altar und nahm in der zweiten Bank Platz, doch sein Blick wich während der Trauungszeremonie nicht von ihr. Emma übernahm die Rolle der Brautführerin, nachdem sie sanft, aber unnachgiebig darauf bestanden hatte, Jane, die den Familienerben erwartete, sei keine passende Wahl für diese Aufgabe.

Audrey Watson schüttelte wehmütig den Kopf, als Heath seine Braut zärtlich in die Arme nahm, um sie zu küssen. „Schwerenöter“, murmelte sie. „Noch ein Boscastle, der mir das Herz gebrochen hat.“ Dann blickte sie sich in der überfüllten Kapelle um, und ihre Miene erhellte sich beim Anblick der beiden jüngsten Brüder. „Ach ja, es gibt immer noch Hoffnung, nicht wahr, Drake?“

„Kommt drauf an, wovon du sprichst, Audrey, vom Altar oder von einer verruchten Tändelei.“

„Was bist du nur für ein Schurke, Drake Boscastle“, zischte die Dame neben ihm. „Kannst du dich nicht einmal während einer Trauung benehmen?“

Er richtete seinen Blick auf Heath und grinste schadenfroh. „Zum Glück ist es nicht meine Hochzeit.“

Nachdem der Priester das Paar zu Mann und Frau erklärt hatte, hallten die Glück- und Segenswünsche der Gäste in der Kapelle wider. Julia spürte Heaths starke Hand, die sich um die ihre schloss, als die Gäste sich erhoben und ihnen zujubelten. „Nun entkommst du mir nicht mehr“, sagte er weich und hob ihren Schleier.

Sie blickte glücklich lächelnd zu ihm auf. „Das gilt auch für dich.“

„Mich wirst du jedenfalls nie wieder los. Wir haben es geschafft, Liebste.“

Julia war die Kehle zugeschnürt. Sie konnte kaum glauben, dass er ihr endlich gehörte. Sie war Heath Boscastles Gemahlin. Während das Brautpaar sich den Weg durch die Menge bahnte, hielt er ihre Hand fest, ließ sie auch nicht los, als er Schwestern, Tanten und Cousinen auf die Wangen küsste. Und seine Brüder konnten allem Anschein nach nicht genug davon kriegen, Julia herzhaft zu küssen.

„Sie gehört mir“, sagte er höflich und entzog sie sanft dem Ansturm. „Sucht euch selber eine Braut.“

„Willst du ihre Hand überhaupt nicht mehr loslassen?“, neckte ihn seine Cousine Charlotte.

„Nein.“ Er zog Julia aus Devons Armen. „Nein, nie wieder.“

Das Hochzeitsmahl fand im Bankettsaal statt. Im angrenzenden Ballsaal, gekrönt von einer Glaskuppel, wurde zu den Klängen des Orchesters auf dem Balkon bis tief in die Nacht hinein getanzt. Julia hatte noch nie in ihrem Leben so viel Lachen gehört, die Beschwingtheit und Freude der Gäste erwärmten ihr Herz.

Während eines Tanzes entführte Heath seine Braut heimlich und blickte von der Empore auf die ausgelassene Hochzeitsgesellschaft hinunter, Julias Kopf ruhte an seiner Schulter. „Wie lange dauert es wohl, bis man unser Verschwinden bemerkt?“, fragte sie lächelnd.

„Das kann Tage dauern. Devon möchte mit jedem einzelnen Gast anstoßen, am liebsten auch mit dem Gärtner.“

„Wir hätten uns verabschieden müssen.“

„Vertrau mir. Es ist klüger, einfach zu verschwinden. Niemand wird uns vermissen.“

Und wenige Minuten später hatten sie sich im Turmgemach eingeschlossen. Im Kamin knisterte ein Feuer. Auf dem Tisch stand eine Flasche Champagner, dazu eine Platte hauchdünn geschnittener Schinken, frisches Weißbrot und französische Pasteten.

Heath hatte sich bis auf Hemd und Hose entkleidet, während Julia auf dem Bett saß und Champagner trank. Sie betrachtete ihn nun mit schwellendem Verlangen, berauscht von seiner Erscheinung und der Tatsache, dass er nun ihr gehörte. Champagner und Heath. Eine Mischung, die ihr augenblicklich zu Kopfe stieg.

„Schönes Hochzeitsfest, nicht wahr?", fragte sie und schluckte, als er sich ihr näherte.

„Fand ich auch."

„Und wir beide haben uns tadellos benommen."

„Damit ist es vorbei."

Er ging vor ihr in die Knie, zog ihr die Seidenpumps aus, rollte die Strümpfe nach unten und spreizte ihr die Beine. Julias Atem beschleunigte sich in unverhülltem Verlangen. „Machen wir etwa da weiter, wo wir heute früh aufgehört haben?"

„Natürlich." Er setzte sich neben sie aufs Bett und löste Ösen und Haken ihres französischen Korsetts. „Sie sehen heute Abend ausgesprochen begehrenswert aus, Lady Boscastle."

„Das Kompliment kann ich nur erwidern."

Er befreite ihre Brüste aus dem Korsett, legte Julia nach hinten und beugte sich über sie. „Ich habe prickelnde Gerüchte über Sie gehört."

Julia schloss die Augen. Seine Hand glitt nach oben und umfasste ihre Brust. „Ich fürchte, sie entsprechen alle der Wahrheit. Ich kann es nicht leugnen."

„Wozu auch?" Er legte sich auf sie und nahm ihren Mund in Besitz. „Ich hoffe, ich bekomme eine Kostprobe davon."

Sie streichelte seine Brust, verweilte an jeder Muskelwölbung. „Hast du vielleicht an so etwas gedacht?", flüsterte sie an seinen Lippen.

„Gar nicht schlecht für den Anfang. Aber, wenn du mir bitte gestattest."

„Gestatten …“

Seine Finger umschlossen ihre Handgelenke und hielten ihre Arme über dem Kopf gefangen. Als sie versuchte, sich zu entwinden, festigte er seinen Griff. Die freie Hand glitt über ihre Hüften nach unten und tauchte in die Wärme zwischen ihren Schenkeln. Eine flüchtige Berührung nur, eine neckende Verheißung. Sie öffnete sich, fieberte ihm entgegen.

„Bitte“, flüsterte sie.

„Meine geliebte Frau, unsere Hochzeitsnacht hat eben erst begonnen. Ich habe nicht vor, die Dinge zu überstürzen.“

„Unsere Hochzeitsnacht“, hauchte sie. „Wie oft habe ich davon geträumt.“

„Hast du, Julia?“, fragte er leise. „Dann hatten wir wohl den gleichen Traum.“

Sie lachte glücklich. „Was würden die Leute denken, wenn sie wüssten, dass ausgerechnet Heath Boscastle, der Meister der Selbstbeherrschung, davon träumte, die Frau zu heiraten, die auf ihn geschossen hat?“

„Ehrlich gestanden, ist es mir völlig einerlei, was andere über mich denken.“

Sie blickte ihm in die Augen. „Stört es dich denn gar nicht, dass Russell den Ruhm einsteckt, der dir gebührt?“

„Ruhm …“ Er seufzte tief. „Es ist nicht ruhmreich, Menschen zu töten. Dass Auclair keine Bedrohung mehr für uns ist, gibt mir lediglich ein Gefühl des Friedens. Soll Russell getrost den Helden spielen. Ich gönne ihm allen Ruhm und alle Ehre von ganzem Herzen.“

„Russell war nie mein Held“, sagte sie und lächelte zu ihm auf.

„Nein?“

„Du warst immer mein Held. Vielleicht hätte ich ihm sagen müssen, was ich für dich empfinde.“

Heath schüttelte den Kopf. „Das hättest du mir sagen müssen.“

„Soll ich dir sagen, was ich jetzt empfinde?“

Er lächelte sein verwegenes Schurkenlächeln. „Ich weiß genau, was du empfindest.“

„Was …“

„Unsere Hochzeitsnacht", unterbrach er sie, „soll für uns beide ein unvergessliches Glückserlebnis werden."

Und er hielt Wort.

Er küsste und streichelte die geheimsten Stellen ihres Körpers, erregte sie, bis sie halb wahnsinnig vor Lust nach ihm war. Sie fieberte seinen Berührungen entgegen, bis sie glaubte, den Verstand zu verlieren, wenn er ihr nicht endlich Erlösung gab. Jedes Fleckchen liebkoste er, ohne die Stellen zu berühren, wo sie es am dringendsten ersehnte. Ihr Innerstes zerfloss vor Sehnsucht nach ihm. Er aber ließ sich Zeit.

„Meine süße Geliebte", raunte er und zog eine harte Brustspitze zwischen die Zähne. „Sündig", fügte er hinzu und hob ihre Beine über seine breiten Schultern. „Meine köstliche, entfesselte Julia. Ich danke dir, dass du meine Frau geworden bist."

Langsam versenkte er sich in ihren Schoß und verharrte. Sie bewegte sich nicht. Es machte sie glücklich, ihn nur zu spüren. Aber dann empfing sie ihn mit einer Glut, die der seinen in nichts nachstand. Er bäumte sich auf, drang tiefer in sie. Sie hob ihm die Hüften entgegen und stöhnte vor Wonne.

Erst jetzt gab er ihre Hände frei, und sein Herz zog sich zusammen, als sie ihn berührte. Sie strich über die Narben an seiner Brust, über seinen Rücken, bis zu seinem Gesäß, drängte ihn näher, tiefer. Er studierte ihr Gesicht, verlor sich in der Wärme und Liebe, die er in ihren Augen las. Julia hatte sein Herz befreit, damit er es ihr schenken konnte, so wie er es sich vor Jahren gewünscht hatte.

Wieder griff er nach ihren Händen, verschränkte seine Finger mit den ihren, wollte ganz und gar mit ihr verbunden sein. Er warf den Kopf in den Nacken, drängte sich tiefer in ihre Hitze. Sie nahm ihn in völliger Hingabe in sich auf. Er spürte, wie er die Beherrschung verlor, das Blut rauschte ihm wild in den Adern. Als sie ihre Erlösung fand, hielt er sie immer noch an den Händen, und sein Herz hämmerte so schnell, dass er kaum atmen konnte.

„Mein Gott, du bist wundervoll", raunte er, schloss die Augen und überließ sich seinem Sinnesrausch. „Meine Frau." Seine Stimme krächzte heiser. „Meine große Liebe."

Sie lag erschöpft in den zerknüllten Laken unter ihm, barg

ihre Wange an seiner Schulter, als er ausgelaugt über ihr zusammenbrach. Lange lagen sie eng umschlungen, erhitzt, gesättigt, wollten sich nicht voneinander lösen. Julia fühlte sich geliebt und beschützt, überwältigt vor Glück, dass sie einander wiedergefunden hatten. Und als er sprach, war ihr, als habe er ihre Gedanken gelesen.

„Ich hätte mir nie träumen lassen, dass ich je so glücklich sein könnte wie jetzt."

Er küsste ihren Scheitel, ließ die Finger durch ihre schwere rot schimmernde Haarfülle gleiten.

„Mir ergeht es genauso."

Er hob den Kopf. „Horch. Hörst du das?"

Sie schlug die Augen auf und lachte. „Das Orchester … Sie spielen uns ein Ständchen unten im Garten."

Heath verzog das Gesicht. „Ich könnte Gray erwürgen."

„Bitte nicht in unserer Hochzeitsnacht."

„Gut. Ich warte bis morgen."

Später schickte sein Bruder einen Diener hinauf, der ein Tablett mit Essen und einer weiteren Flasche Champagner diskret vor die Tür stellte. Heath ließ sich dadurch nicht stören. Er hatte einen Morgenmantel übergeworfen, saß am Kamin und zeichnete seine nackte Frau in versunkener Konzentration.

Julia warf einen Blick zur Tür. „Sollten wir uns nicht wenigstens bei unseren Gästen bedanken?"

„Auch das kann bis morgen warten. Grayson wird sie gewiss einladen, über Nacht zu bleiben. Zieh dein rechtes Bein ein wenig an, Liebste. Beuge dich vor, und hebe dein Haar etwas hoch."

„Du bist ein unverbesserlicher Schwerenöter, Heath Boscastle. Das ist eine schamlose Position."

„Nicht von meinem Standpunkt aus."

„Darf ich fragen, *warum* du mich zeichnest?"

„Ich will mich nur erkenntlich zeigen, Liebste. Was ist falsch daran, wenn ein Mann seine eigene Braut zeichnet?"

Sie ließ ihr Haar über den Rücken fallen. „Du willst das Bild doch nicht öffentlich zeigen?", fragte sie entsetzt.

„Wo denkst du hin? Es ist ein Hochzeitsgeschenk."

Sie warf ihm einen misstrauischen Blick über die Schulter zu. „Eine Rückenansicht von mir als Hochzeitsgeschenk? Perlen, ja. Vielleicht auch Diamanten. Aber eine Zeichnung … noch dazu eine Aktzeichnung von mir?"

Er trat einen Schritt von der Staffelei zurück und betrachtete sein Werk mit leicht zusammengekniffenen Augen. „Sehr gut … was sagst du? Ach ja, das Geschenk. Nur zu meinem Vergnügen. Ein Geschenk an mich selbst, wenn du so willst."

„Das will ich aber nicht", entgegnete Julia und richtete sich auf. „Ich meine, ich sitze dir nicht Modell."

Er trat hinter sie und schlang die Arme um sie. „Ich habe für dich Modell gestanden."

Sie drehte sich in seinen Armen, ohne sich ihm zu entziehen. „Und du weißt genau, welchen Aufruhr das hervorgerufen hat."

„Ich wünsche mir", raunte er, „dass wir einander ständig in Aufruhr versetzen – für den Rest unseres Lebens."

„Ich denke, damit kannst du rechnen", flüsterte sie.

– ENDE –

Jillian Hunter
Sündige Geheimnisse eines Lords
Band-Nr. 25596
7,99 € (D)
ISBN: 978-3-86278-323-6
368 Seiten

Brenda Joyce
Freibeuter der Leidenschaft
Band-Nr. 25635
7,99 € (D)
ISBN: 978-3-86278-485-1
416 Seiten

Lynsay Sands
Der Highlander
und sein wilder Engel
Band-Nr. 25654
7,99 € (D)
ISBN: 978-3-86278-510-0
320 Seiten